WORLD TEACHER
이세계식 교육 에이전트

네코 코이치 지음 Nardack 일러스트

천선필 옮김

12

정말?
어떤 방식인데?

카렌 *Karen*

이 꽃은
여러 가지 방식으로
쓸 수 있어.

유익인 소녀와의 여로――.

CONTENTS

《프롤로그》   7

《날개 달린 소녀》   19

《희망의 마법》   116

《용과 유익인》   158

《누군가를 위한 싸움》   236

《스승과 어머니의 결의》   294

《에필로그》   349

번외편 《폐쇄적인 마을의 혁명》   354

후기   374

월드 티처

이 세 계 식 교 육 에 이 전 트

티처

네코 코이치 지음
Nardack 일러스트
천선필 옮김

12

커버 그림, 본문 일러스트 | **Nardack**

"시리우스 님. 홍차 드세요."

"그래, 고마워."

수국(獸國)……, 아비트레이를 출발하고 나서 며칠 뒤.

순조롭게 여행을 계속하고 있는 우리는 도로에서 조금 떨어진 들판에 마차를 세운 뒤 쉬고 있었다.

마차를 끌고 가는 호쿠토의 체력만 놓고 보면 온종일 달려가도 문제는 없지만, 급한 여행도 아니기에 몇 번씩 쉬어가면서 느긋하게 나아가고 있다.

에밀리아가 끓여준 홍차를 마시면서 숨을 돌리고 있자니 조금 떨어진 곳에서 레우스와 호쿠토가 모의전을 벌이는 목소리가 들렸다.

"어이쿠……, 흐읍!"

"멍!"

그쪽을 돌아보니 호쿠토가 날린 연속공격을 레우스가 대검으로 받아내고 있는 모습이 보였다.

좀 전부터 레우스가 반격하지도 않고 방어만 하는 건, 공격이 아니라 방어 쪽 훈련을 하는 중이여서 그렇다. 엄청난 속도로 날아드는 호쿠토의 앞나리를 레우스가 겨우 반응하며 대검으로 받아내고 있었다.

"……멍!"

"이게……, 끄악?!"

보아하니 호쿠토가 레벨을 한 단계 올린 모양이었다.

속도를 올린 것뿐만이 아니라 꼬리로 일격을 날리기 시작했고, 기어코 제때 반응하지 못한 레우스는 배에 일격을 맞고 날아갔다.

"멍!"

"으……, 아, 아직 싸울 수 있어!"

무슨 말을 하고 있는지는 모르겠지만 아마 호쿠토가 '일어서'라고 했을 것 같다.

그리고 레우스는 바로 일어선 뒤 흐트러진 호흡을 고르면서 호쿠토와 다시 모의전을 벌이기 시작했다. 이대로 가면 레우스의 재능이 깨어나는 날도 그리 멀지 않을 것 같다.

한편, 리스와 피아는 마주 보고 이야기를 나누면서 마법 훈련을 하고 있었다.

"음~, 이 정도 힘이라면 어떨까?"

"……안 되겠어. 아직 무거워서 정령이 싫어하니까."

두 사람이 시도하려는 것은 정령 마법을 이용한 합체 마법인 것 같은데, 정령의 변덕 때문에 잘 풀리지 않는 것 같았다.

하지만 저 두 사람은 실패한다고 해서 포기할 만한 성격도 아니고, 뭐든지 시행착오가 중요하다. 아무런 말도 하지 않고 지켜보기로 했다.

그렇게 각자 훈련을 하고 있는 와중에 나와 에밀리아는 아비트레이에서 손에 넣은 우리가 지금 있는 대륙……, 휴프네 대륙의 지도를 펼쳐놓고 길을 확인하고 있었다.

"이대로 가면 내일쯤 근처 마을에 도착할 수 있을 것 같은데."

"그리고 이 마을을 지나서 이 산을 멀리 돌아가는 도로를 지나면……, 생도르가 나오겠네요."

생도르.

휴느네 대륙에 오래전부터 존재했으며 이 세계에서 가장 크다고 하는 나라다.

세계에서 제일 크다고 하니 구경하는 게 기대되는 나라지만, 그만큼 어두운 면도 있을 것 같다. 안 그래도 우리는 피아나 호쿠토와 함께 다니고 있어서 눈에 띄니까 골치 아픈 일이 휘말리게 될 가능성이 매우 크다.

그래서 휴프네 대륙에 있는 다른 마을과 나라를 돌아보면서 생도르의 정보를 확실하게 모은 다음에 가볼 예정이었는데, 지금은 그 예정을 대폭 변경해서 바로 가게 되었다.

어째서 예정을 앞당겼을까? 물론 이유가 있기 때문이다.

이야기는 며칠 전으로 거슬러 올라간다.

※※※※※

"끄아아아아아악——?!"

"하아아아아앗——?!"

아비트레이의 앙녀인 메리를 납치하려넌 벨쬬드의 야망을 저지하고 나서 한 달 뒤.

오늘도 훈련장에서 레우스와 키스의 비명소리가 울려 퍼지는 와중에 나는 혼자 수왕의 집무실에 와 있었다.

"바쁘신 와중에 일부러 시간을 내주셔서 감사합니다."

"그렇게 격식을 차릴 필요는 없어. 그런데 내게 하고 싶은 말이 있다고?"

"사실, 슬슬 다시 여행을 떠날까 해서요……."

"……그런가."

모험자인 우리가 나라를 떠나겠다는 말을 들은 수왕은 아쉬워하는 표정을 지었지만, 하인에게 음료수를 부탁한 다음에는 평소처럼 늠름한 표정을 짓고 있었다.

지금까지 여러 번 붙잡았기에 이번에는 힘들 거라는 사실을 이해했기 때문일 것이다.

"집사람이나 키스도 그렇겠지만, 특히 메리가 아쉬워하겠어."

출발하려고 나서면 메어가 울음을 터뜨릴 것 같……, 아니, 실제로 울면서 붙잡았기에 좀처럼 떠날 수가 없었다.

그러던 와중에 한 달이나 지나버렸고, 어젯밤에 겨우 메어가 이해해줘서 출발하기로 하였다.

"그건 저희도 마찬가지죠. 하지만 저희는 모험자니까, 계속 같은 곳에 머무를 수는 없거든요."

"으음, 그렇긴 하지. 우리가 억지로 오랫동안 머무르게 해서 미안하군. 출발은 언제쯤 하나?"

"준비는 다 되어 있으니 늦어도 내일이나 모레쯤에는 출발할 예정입니다."

"알았다. 그럼 지금까지 활약해준 보수를 줘야겠지. 여러모로 신세를 진 것까지 합쳐서……, 이 정도면 어떤가?"

미리 마련해두었던 건지 수왕이 우리에게 줄 보수 금액을 적은 종이를 내밀었고, 그것을 확인해보니…….

"이거……, 너무 많은 것 아닌가요? 저희도 부탁드린 게 있으니까 절반만 받아도 충분할 것 같습니다만."

"대대적으로 공표하지는 못했지만, 그대들은 우리나라를 구해준 영웅이잖나? 게다가 그대가 부탁한 것들은 우리에게도 유익했으니까."

참고로 내가 한 부탁이란, 가르간 상회에 연락을 취해서 우리가 애용하는 식재료와 향신료를 보충한 것이다.

한 나라의 왕에게 부탁할 만한 내용이냐고 태클을 먹을 만할 법도 한데, 예전에 내가 이 나라에 존재하지 않는 식재료 같은 것들을 써서 만든 요리를 대접하니 감동했고, 그것들을 취급하는 가르간 상회에 대해 알려주니 곧바로 움직여주었다.

멀리 떨어져 있는 대륙인데도 무역을 쉽사리 허가하는 그 결단력은 놀라웠다. 아무래도 메어 같은 경우도 있어서 먹을 것에 대해서는 꽤 관심이 많은 것 같았다.

일이 그렇게 되자 나도 끼어들어서 편지 배달과 식재료 보충을 부탁하였다. 수송하는데 드는 수고 같은 걸 고려하면 보수의 절반이 날아간다 해도 이상하진 않을 것이다.

"메리와 집시람의 응어리를 풀어준 것뿐만이 아니라 딸의 몸과 마음을 성장시켜주었으니까. 내 개인적인 사례도 포함되었으니 사양하지 말고 받아줬으면 하는군."

"……알겠습니다. 감사히 받도록 하죠."

나도 모르게 사양해버릴 정도로 큰 금액이었지만, 그렇게까지 말하니 받지 않는 게 더 실례가 될 것 같았다.

아비트레이를 방문한 이유 중 하나가 돈이 부족하다는 것이었는데, 이러쿵저러쿵하면서도 목적을 훌륭하게 달성한 것 같다. 이제 한동안 여비가 부족하진 않을 것 같은데.

미리 말해두었던 마석 현물 지급도 이루어진다는 것 등을 확인하고 있자니 수왕이 조금 진지한 표정으로 책상 위에 있던 서류를 뒤적거리며 내게 물었다.

"사실 나도 물어볼 게 좀 있다만, 그대는 생도르라는 나라를 알고 있나?"

"이야기를 듣기만 했습니다. 이 세계에서 가장 크다는 나라죠?"

"으음, 이 휴프네 대륙의 북쪽 끝……, 우리 아비트레이와 거의 정반대쪽에 있는 나라다. 그리고 반년 정도 남긴 했다만, 거기에서 대륙간 회합(레전디아)이 개최될 예정이지."

대륙간 회합이란……, 10년에 한 번 각 나라의 중진이나 왕들이 저번 회합 때 정한 나라에 모여서 자국의 상황과 근황에 대해 이야기를 나누는 세계 규모의 회합……이었나?

그 회합에 참가할 수 있는 것은 확실한 통치자가 있는 대국뿐이라 참가하는 나라가 그리 많지 않고, 초대국도 그 회합에서 결정한다.

다시 말해 대륙간 회합에 참가할 수 있다는 시점에서 대국이라는 사실을 인정받는 것이기에 꽤 명예로운 일인 것 같다.

"저번에는 포르테 대륙의 어떤 대국에서 개최되었지. 정말 왕인가 싶을 정도로 의아한 사람도 보긴 했지만 꽤 유익한 회합이었다."

"모험자인 저희와는 인연이 없을 것 같은 이야기인데요……."

"아니, 그대들도 참가해달라는 이야기는 아니다. 사실 저번에 그대들에게 들은 엘리시온이라는 나라도 대륙간 회합에 참가하는데, 그 왕에 대해서 좀 물어보고 싶은 게 있어서 말이다."

우리에 대해 알고 싶어 하는 수왕 일가의 요청으로 몇 년 동안 지냈던 엘리시온에 관한 이야기한 적이 있긴 하다. 그 때문에 메어가 학교에 가보고 싶다는 말을 꺼냈고, 수왕과 키스가 야단법석을 피웠다.

그 밖에도 수왕 일가처럼 엘리시온의 왕족하고도 사이좋게 지내게 되었다는 점도 이야기했는데, 엘리시온 왕……, 카디어스에 대해 뭘 물어보고 싶은 거지?

"……실례지만 어째서 그런 걸 알고 싶으신 겁니까?"

"나라와 대륙은 다르지만, 왕족들끼리 인연을 맺어두면 손해 볼 게 없겠지. 그리고 그대들이 마음을 터놓고 있는 상대라면 다른 왕들보다 믿을 수 있겠고."

저번 대륙간 회합 때는 바빠서 이야기를 제대로 하지 못했지만, 이번에는 적극적으로 이야기를 나눠보려는 생각인 것 같다. 그래서 키디어스에 대한 이야기를 듣고 싶다는 건가.

"그리고 말이다, 예전에 만났을 때도 느꼈는데 엘리시온 왕은 아무래도 남 같지 않거든."

"그건……, 왠지 이해가 가네요."

딸바보라고 해야 하나, 딸을 귀여워한다는 점은 똑같으니까.

그런 면에서 마음이 맞을 것 같기도 한데, 자기 딸이 더 귀엽다……, 그러면서 싸움을 벌이진 않겠지?

"그대 이야기를 꺼내면 상대방도 경계하지 않겠지. 이야기할 수 있는 범위 내에서라도 상관없으니 가르쳐주지 않겠나?"

"알겠습니다. 엘리시온 왕은 엄격하면서도 싹싹하신 분이고, 예전에 모험자였던 시기도 있었죠. 그 밖에도 식사하는 게 취미고……."

요즘에 거의 한 달 정도 함께 지내면서 수왕이 비겁한 남자가 아니라는 건 알게 되었지만, 리스가 엘리시온 왕의 친딸이라는 사실은 말하면 안 될 것 같다.

일단 무난하게 개인적인 견해까지 포함해서 카디어스의 성격과 취미 등에 대해 알려주었다.

그런 다음 수왕에게 생도르의 정보를 받고 밤에 모두를 방에 모은 다음 앞으로 방침에 관해 이야기했다.

"대륙간 회합이라고요. 대륙 전체의 왕족이 모인다면 매우 정신이 없겠네요."

"경비가 엄중할 것 같으니까 끝난 뒤에 가는 게 나을 것 같은데, 그래도 시리우스는 갈 생각이야?"

"그래. 카디어스 씨가 있다면 얼굴 정도는 보여주러 가야겠다 싶어서. 리스도 만나고 싶을 테고."

"물론이지! 그런데 정말 괜찮아? 저번에 이야기했을 때, 생도르는 나중에 갈 예정이라고 했었지?"

"어찌 됐든 간다는 건 마찬가지니까. 우리는 신경 쓰지 말고 마음 편하게 생각해."

"고마워. 후후……, 아버님께서는 잘 지내고 계실까?"

고향을 그리워하는 것 같진 않지만, 아버지를 만날 수 있다는 걸 알게 되니 기쁜 것 같았다.

그렇게 다음 목적지가 정해졌을 때, 좀 전부터 한마디도 하지 않고 있는 레우스가 신경 쓰였다. 아무래도 뭔가 마음에 걸리는 게 있는 것 같다.

"저기, 형님. 내 감인데 말이야, 그 높은 사람들이 모이는 회합이라는 거에 리페 누나도 오는 거 아니야?"

"……충분히 그럴 수 있지."

리스는 지금까지 가르간 상회를 통해 리펠 공주와 카디어스에게 편지를 여러 번 보냈으니까.

지금 우리가 있는 휴프네 대륙으로 간다는 내용을 적어도 보낸 적 있으니 우리의 움직임을 예측한 리펠 공주가 차기 여왕으로서 경험을 쌓아야 한다……는 명목으로 올 가능성도 있을 것 같다.

"그래도 반드시 만날 수 있을 거란 보장은 없어. 찬물을 끼얹는 것 같아서 미안하지만 너무 기대하시는 날고."

"리페 누나라면 반드시 올 것 같은데."

"나는 만나고 싶어. 리스의 언니와 아버지니까."

"응. 나도 피아 씨를 소개하고 싶어."

언니인 리펠 공주와 언니 같은 존재인 피아가 만나면 어떻게 될지 상상조차 할 수가 없긴 하지만, 나도 만날 수 있기를 기원한다.

그리고 출발하는 날……, 우리는 성 앞에서 수왕 일가와 작별 인사를 나누고 있었다.

레우스와 키스가 주먹을 맞부딪혔고, 여자 일행들이 메어, 이자벨라와 이야기를 나누고 있는 와중에 나는 수왕과 마주 보며 악수를 하였다.

"너희들이라면 걱정할 필요는 없겠지만, 조심히 가도록 해라."

"신경 써 주셔서 감사합니다. 그럼 생도르에서 뵙죠."

이미 수왕 일가에게는 대륙간 회합에 맞춰서 생도르에 가겠다고 이야기했다.

여기서 시간을 보내다가 수왕 일행과 함께 생도르로 가자는 제안도 받긴 했지만, 나는 대륙을 둘러보면서 가고 싶었기에 사양했다.

그리고 수왕과 악수를 마치자 여자 일행들과 인사를 마친 메어가 내게 몸통 박치기를 날리는 듯한 기세로 안겼다.

"오빠……, 나는 말이지, 모두하고 함께 지내면서 정말 즐거웠어!"

"그거 다행이네. 나도 메어의 선생님이 되어서 즐거웠어."

"오빠가 가르쳐준 거, 열심히 계속할게. 그리고……, 더 강해질 거야."

"그래, 열심히 해. 하지만 혼자서는……."

"응. 모두하고 의논하면서……, 하란 말이지?"

내가 천천히 물러서자 메어는 눈물을 머금었지만, 미소를 지으며 배웅하려고 있는 힘껏 미소를 지으려고 했다.

마지막으로 메어의 머리를 쓰다듬어주고 마차에 올라타자 출발하는 것만 남았다.

그러자 호쿠토에게 경례하던 병사들이 마차가 나아갈 방향으로 정렬해서 마치 퍼레이드 같은 행렬을 마을까지 만들어주었다.

약간 질색하면서 마차 뒤쪽에서 수왕 일가에게 손을 흔들고 있자니…….

"오빠~! 나……, 나중에 크면 언니들처럼 멋진 여자가 될 거야! 그럼 네 번째 색시로 삼아줘!"

"""잠깐——!"""

"탈출하자! 호쿠토!"

"멍!"

여담이지만, 키스만은 마을 바깥까지 쫓아왔다는 것을 덧붙여 둔다.

※ ※ ※ ※ ※

……뭐, 그렇게 허둥지둥 아비트레이를 출발한 우리는 이리저리 샛길로 빠지면서 생도르를 향해 가고 있다.

지도를 보고 지금 있는 위치와 목적지를 확인하고 나니 리스와 피아가 돌아왔고, 그 두 사람은 에밀리아가 내준 홍차를 마시며 숨을 돌리고 있었다.

"휴우……. 군더더기를 꽤 많이 쳐냈지."

"그래. 이런 식으로 계속해보자. 시리우스 쪽은 끝났어?"

"그래, 다 마시면 출발하자고. 호쿠토, 레우스, 이제 슬슬……."

훈련을 멈추라고 하면서 돌아보니 껄끄럽다는 듯이 눈을 피하는 호쿠토와 대자로 바닥에 쓰러져 있는 레우스가 보였다.

"끄응……."

"음……, 힘 조절에 실패했다고 하네요."

에밀리아가 통역해주지 않아도 이해가 되는 상황이다.

호쿠토는 찔린 구석이 있는 것 같지만, 힘이 너무 많이 들어가 버리는 것도 이해가 된다. 요즘 레우스는 여러 가지 행동을 시험해보게 되었고, 때로는 예상을 뛰어넘는 움직임을 보이기도 하기 때문이다.

가르치는 입장에선 힘들긴 하지만, 레우스의 성장을 확실하게 느낄 수 있게 되었다.

기쁜 비명이란 바로 이런 것을 일컫는 말일 것이다.

"……휴식은 연장해야겠어."

"그래."

《날개 달린 소녀》

"아직 호쿠토 씨를 따라잡으려면 멀었네……."

잠시 후 레우스가 아무 일도 없었다는 듯이 깨어났기에 다시 이동하기 시작한 우리는 숲으로 뒤덮인 도로를 나아가고 있었다.

참고로 평소였다면 달려가고 있었을 레우스는 만에 하나를 대비해 마차에 타고 있었는데, 벌써 몸을 움직이고 싶어서 근질근질한 모양이었다. 당한 경험만은 매우 많았기에 회복도 빠른 것 같다.

"저기, 형님. 나는 이제 괜찮으니까 밖에 나가서 달려도 될까?"

"안 돼, 좀 더 쉬어. 한가하면 진 이유를 확실하게 떠올려보고. 이미지 트레이닝도 중요하니까."

"진 이유라. 호쿠토 씨의 움직임이 너무 빨라서 몇 수 앞까지 생각하는 게 힘들단 말이지……."

레우스와 호쿠토는 종족부터 압도적인 능력차이가 있기에 예측만으로는 도저히 당해낼 수 없다. 더 많은 경험을 쌓고 감을 단련하면 호각으로 싸울 수 있게 될 것이다.

"그래도 내가 보기에는 호쿠토의 공격을 보는 것뿐만이 아니라 예측하는 시점에서 대단한데."

"여러 번 싸우다 보면 씨아 누나도 알 수 있게 될 거야. 참고로 형님의 공격은…… 구불구불해서 예측할 수가 없고, 호쿠토 씨는 파바박 오니까 피하기가 힘들어."

"미안, 이해가 잘 안 되는데."

"아마 레우스만 알아들을 수 있을 거예요."

방금 그 설명을 완전하게 이해할 수 있는 사람은 본능으로 검을 휘두르는 라이오르 영감님 정도밖에 없을 것이다. 순조롭게 성장하고 있는 건 훌륭하지만, 다른 사람에게 알려주는 솜씨가 서투른 건 여전하다.

그런 레우스를 조금 어이없이 바라보고 있자니 갑자기 마차가 멈췄고, 호쿠토가 코를 움직이면서 주위를 경계하기 시작했다.

"······멍!"

"적이 습격한 건가?"

"시리우스 님. 뭔가가 이쪽으로 접근하고 있다고 하네요."

바로 '서치'를 발동시켜서 주위를 조사해보니 아무래도 우리들이 나아가고 있는 방향에서 마차가 다가오고 있는 것 같았다.

이곳은 도로니까 마차가 지나가는 건 신기할 게 없지만, 신경 쓰이는 것은 마차의 속도이다. 척 보기에도 온 힘을 다해 말을 달리게 하고 있는데, 더욱 넓은 범위로 조사해보니 그 이유를 바로 알 수 있었다.

"호쿠토. 도로를 조금 벗어나서 길을 양보해. 우리는······."

"전투 준비는 완벽해요."

"나도 괜찮아."

"정령들도 경고하네. 숫자가 꽤 많은 것 같아."

이쪽으로 다가오는 마차는 마물들에게 쫓기고 있었다.

그 기세 때문에 스쳐 지나가면 부딪힐 가능성도 있을 것 같아

마차를 도로에서 벗어난 위치로 이동시킨 다음 잠시 기다리고 있자니 모래먼지를 거세게 피워올리며 달리는 마차와 그 뒤에서 밀려드는 마물들을 확인할 수 있었다.

"역시 쫓기고 있는 것 같은데. 그건 그렇고 꽤 많이 끌고 왔잖아."

"어떻게든 도망치고 있긴 하지만, 저대로 가다간 말의 체력이 바닥날 거예요. 금방 따라잡힐 것 같네요."

추격당하고 있는 마차 뒤쪽에는 호쿠토보다 더 커다란 검은 늑대 마물……, 메르키 울프가 쫓아오고 있었고, 그 머리 위에는 거대한 벌 마물이 수십 마리나 날아오고 있었다.

"저건 마화벌이잖아. 그런데 도로에 나타나다니, 신기하네."

"마물이 도로에 나타나는 게 신기해?"

"마화벌은 둥지를 숲속 깊은 곳에만 만드니까 이런 곳에서 습격당하는 경우는 거의 없어. 벌꿀을 채집하러 갔다가 실패한 모험자들인 것 같네."

저 벌의 벌집에서 채집할 수 있는 벌꿀은 맛있고 영양가가 풍부하지만, 채집하려면 벌집을 지키는 다수의 마화벌들을 상대해야만 한다.

벌 한 마리의 크기는 내 한쪽 팔만 했고, 그런 벌들이 거의 백 마리 정도가 동시에 습격하기 때문에 상대하려면 그에 맞는 준비와 실력이 필요하다. 딱 잘라 말해 땅을 달리고 있는 메르키 울프보다 훨씬 골치 아플 것이다.

"무슨 상황인지는 모르겠지만, 마법으로 원호 정도는 해둘까?

그다음에는 상대방이 어떻게 나오는지에 따라 맞춰서 움직이자."

"알겠습니다."

"멍!"

상대방은 마차에서 화살을 날릴 거나 물건을 닥치는 대로 던져서 저항하고 있는 것 같았지만, 숫자가 너무 많아서 효과는 별로 없는 모양이었다.

우리도 마법으로 마물을 요격했지만, 마차에 맞지 않게끔 날렸기 때문에 숫자를 별로 줄이지 못한 것 같았다.

점점 벌들이 모여들기 시작하고 있는 마차가 우리들이 있는 곳으로 다가오고 있을 때, 마부석에서 고삐를 쥐고 있던 남자가 우리를 보고 소리를 질렀다.

"오, 마침 괜찮아 보이는 녀석들……."

"뭐하고 있어! 어서 도망치라고!"

하지만 마차 안에서 이쪽을 보고 있던 남자가 소리치자 마차는 속도를 전혀 늦추지 않고 우리 앞을 지나쳤다.

마차를 급하게 세우는 게 더 위험할 테고, 상대방도 살아남기 위해 필사적이었을 테니 원망할 생각은 없다. 하지만 마물들은 기본적으로 도망치는 상대를 쫓아갈 텐데, 갑자기 마차의 추적을 포기한 것은 뜻밖이었다.

게다가 우리 눈앞까지 와 있기 때문에 이 녀석들을 상대할 수밖에 없을 것 같다.

"어쩔 수 없지. 얼른 퇴치……, 응? 이 냄새는 뭐야?"

"저거야, 형님. 좀 전에 마차에서 떨어졌어."

레우스가 손가락으로 가리킨 쪽을 보니 마차가 지나간 도로 한가운데에 철제 상자가 떨어져 있었다.

그 철제 상자는 내가 아슬아슬하게 들어갈 수 있을 정도로 크기로, 바깥에서는 안이 보이지 않았지만 거리가 떨어져 있어도 느껴지는 그 자극적인 냄새는 그 상자에서 풍기는 것 같았다.

"으으…… 뭐지? 코가 따끔거린다고 해야 하나, 별로 맡고 싶지 않은 냄새인데."

"마물들을 끌어들이는 열매를 썼구나. 그런데 냄새로 보니 한두 개 정도가 아닌 것 같아."

피아가 한 말을 증명하려는 듯이 철제 상자 쪽으로 마물들이 잔뜩 몰려들고 있었다.

그리고 그 냄새에는 마물들을 끌어들이는 것뿐만이 아니라 흥분시키는 효과도 있었던 모양이다. 마구 몰려들어서 한데 뭉친 마물들이 우리들을 노리려 하는 것 같았다.

"타이밍을 보아하니 우연히 떨어진 건 아닐 것 같은데."

"네. 아무래도 우리를 미끼로 삼은 것 같네요."

사고든 고의든, 자신들이 끌고 온 마물들을 다른 사람에게 떠넘기는 행위는 용납할 수 없다.

한순간 살짝 보이긴 했지만, 타고 있던 사람들의 얼굴과 마차의 특징은 기억하고 있으니 마을에 도착하면 모험자 길드에 보고해야지.

하지만 그 전에…….

"멍!"

"나도 알아, 먼저 저 녀석들을 정리해야지."

흥분해서 그런지 확실하게 실력 차이가 나는 호쿠토의 위압을 받고도 도망칠 것 같지 않았기에 싸울 수밖에 없을 것 같다.

늑대 10마리와 벌 50마리, 숫자가 꽤 많긴 하지만, 별다른 문제가 되진 않을 것이다.

"레우스와 호쿠토는 늑대. 나머지는 벌을 떨궈⋯⋯."

각각 나눠어서 재빠르게 전멸시키자고 생각했을 때, 철제 상자를 바라보고 있던 나는 어떤 사실을 눈치챘다.

"윽?! 작전 변경이다! 마물들을 상대하면서 나를 따라와!"

갑작스럽게 작전을 변경했는데도 다들 냉정하게 움직이며 나를 따라와 주었다.

그리고 몰려드는 마물들을 쓸어버리며 철제 상자 쪽으로 다가가자 작전을 변경한 이유를 다들 눈치챈 모양이었다.

"뭐야, 상자 안에 누가 있나?!"

"여자아이의 비명이야! 나이아, 상자를 맞추면 안 돼."

"상자를 중심으로 원진을 짜자! 피아!"

"그래, 큰 거 한 방 간다! 얘들아, 해치워버려!"

철제 상자를 피해 날아간 물덩이와 소용돌이로 인해 철제 상자 쪽으로 몰려들던 늑대와 벌이 모조리 쓰러졌다.

그동안 좌우로 나눠어 돌격한 호쿠토와 레우스가 늑대를 맡아 주었기에 나는 에밀리아를 데리고 철제 상자 쪽으로 다가갔다.

"괜찮으신가요! 금방 구해드릴 테니 대답해주세요!"

"히익?! 아⋯⋯."

바로 앞까지 다가가자 마물들 때문에 희미하게만 들리던 비명을 확실하게 들을 수 있었다.

목소리로 보아하니 여자아이 같은데, 철제 상자에는 작은 통풍구가 몇 개 있을 뿐이라 안이 어떤 상황인 건지는 모르겠다.

적어도 안에 있는 사람이 겁을 먹었다는 것은 분명했기에 에밀리아는 안심시키기 위해 말을 걸면서 철제 상자에 손을 가져다 댔다.

"크윽……, 열쇠가!"

"시간이 있다면 도구로 열 수 있을 것 같지만, 이렇게 된 이상 자르는 게 더 빠르겠는데."

"제게 맡겨주세요!"

후각이 뛰어난 에밀리아는 마물을 끌어들이는 열매의 냄새 때문에 매우 괴로울 것이다.

그럼에도 불구하고 그녀는 열심히 참으면서 마력을 집중시킨 뒤 자그마한 바람의 칼날을 날려 자물쇠의 이음매만 정확하게 잘라냈다.

훌륭한 솜씨라고 감탄하고 있는 동안 철제 상자가 열렸고, 에밀리아와 함께 안을 들여다보니 겁먹은 표정으로 이쪽을 보고 있는 소녀가 있었다.

"싫어……."

"너무해. 이렇게 어린아이를 가두어 두나니."

"화는 나중에 내고. 우리는 너를 구하러 왔어. 이쪽으로 오렴."

최대한 부드럽게 말을 걸면서 손을 내밀었지만, 소녀는 구석에 앉은 채 움직이려 하지 않았다. 이런 상황이니 낯선 사람을 겁내는 것도 당연할 것이다.

같은 여자인 에밀리아에게 맡기고 우선 소녀가 진정할 수 있게끔 해야 할 텐데…….

"멍!"

"형님! 호쿠토 씨가 마물들이 더 많이 다가오고 있대!"

상자 안에 뭉개진 열매 냄새를 맡고 주변에 있던 마물들이 반응하기 시작한 모양이라 너무 오래 머무를 여유는 없을 것 같다.

하지만 열매의 액체가 소녀의 몸에도 묻어 있어서 그냥 데리고 가기만 하면 소용이 없을 것 같다.

"리스. 통째로 씻어줘."

"응, 금방 준비할게. 나이아, 부탁해."

소녀에게는 미안하지만 좀 강제로 나서야겠다.

조금 늦게 다가온 리스가 바로 상황을 이해하고 정령인 나이아에게 부탁해서 물 덩어리를 만들어주었기에 나는 소녀의 팔을 잡고 억지로 상자 안에서 끌어냈다.

물어뜯을 수도 있다는 각오는 하고 있었지만, 이제 저항할 체력도 없는지 소녀는 가만히 있었다.

"으으……."

"미안해, 조금만 참아줘."

소녀의 팔은 꽉 쥐면 부러질 것 같을 정도로 가늘었다. 어린애라서 그렇기도 하겠지만, 아마 식사를 제대로 하지 못한 것 같았다.

그럼에도 불구하고 소녀를 물 덩어리 속으로 집어넣자 리스의 지시에 따라 물 전체가 희미하게 빛나면서 소녀에게 묻은 얼룩을 떼어내기 시작했다.

이제 세탁이 끝나고 새로운 마물이 모여들기 전에 이곳을 떠나기만 하면 되는데, 에밀리아와 리스가 멍한 표정으로 소녀를 바라보고 있다는 것을 눈치챘다.

"형님, 늑대 쪽은 대충 정리했어!"

"이쪽도 끝났어. 그런데 여자아이는 무사……, 아니, 그 아이는?!"

철제 상자 안에 있을 때는 어두워서 미처 몰랐는데, 밝은 곳에서 다시 모습을 보니 그 소녀는 우리에게 없는 특징이 있었다.

금빛 머리카락을 어깨까지 기른 소녀의 등에는…….

"이 아이는 유익인……인가?"

천사를 방불케 하는 순백의 날개가 달려 있었다.

하지만 우리가 신경 쓰였던 것은 그뿐만이 아니었다. 원래 날개는 좌우 대칭으로 같은 크기일 텐데, 소녀의 날개는 오른쪽이 훨씬 작았기 때문이다.

유익인.

이름을 보면 알 수 있겠지만, 등에 날개가 달린 인간형 종족이다.

자료나 소문에 따르면 인구가 극단적으로 적고, 휴프네 대륙 어딘가에 있는 산속 마을에서 평생 나오지 않기 때문에 엘프와 맞먹을 정도로 희귀한 존재인 모양이었다.

그런 유익인 소녀를 구해낸 우리는 마물을 끌어들이는 냄새 때문에 새로운 마물들이 모여들기 전에 그곳을 떠나 안전한 곳까지 이동했다. 리스의 마법으로 그 냄새를 확실하게 씻어낸 덕분인지 마물들이 쫓아오는 것 같지 않았기에 일단 안심해도 될 것 같다.

그런 다음 야영하기에 적합한 곳을 찾아냈을 때는 이미 해가 기울기 시작했기에 각자 나뉘어서 야영할 준비를 시작했다.

나는 거의 단골 메뉴가 되어가는 소화가 잘 되는 스프를 만들면서 마차 안에 재운 소녀를 지켜보고 있던 여자 일행에게 말을 걸었다.

"그 애는 좀 어때?"

"아직 깨어날 것 같진 않아요."

"상처는 치료했고, 숨소리도 편안하니까 괜찮을 것 같긴 한데, 조금 걱정이 되네."

만난지 몇 시간 정도가 지났지만, 사실 소녀에 대해서는 아무것도 아는 게 없다.

그때 리스가 만들어낸 물 덩어리 안으로 들어간 소녀가 물속에서 잠시 버둥거리다가 갑자기 의식을 잃었기 때문이다.

물속에 있던 시간은 몇 초에 불과했고, 애초에 리스가 호흡을 할 수 있게끔 조정했기에 아마 긴장이 풀려서 기절했을 것이다. 리스의 부드러운 마음씨가 담겨서 그런지 그 물에 몸을 담그면 마음이 편해지니까.

그래서 소녀는 아직 잠들어 있는데, 좀 전에 '스캔'으로 살펴보고 영양부족으로 인해 몸이 쇠약해진 것 말고는 치명적인 상처나 병에 걸리지 않았다는 것을 확인했다.

희소가치 때문에 맞지는 않았는지 마차에서 떨어진 충격 말고 다른 상처가 없어서 그나마 다행인 것 같다.

"그건 그렇고, 신기한 아이네."

"그래, 나도 만난 건 처음이긴 하지만, 이야기를 들었던 유익인하고도 다른 것 같아. 이 아이가 특수한 건가?"

유익인은 날개가 달린 종족이기에 어느 정도로는 마음대로 하늘을 날아다닐 수가 있다고 한다.

평소에는 접어두는 날개를 펼치면 꽤 커지고, 하늘에서 이동할 때는 그 날개로 조정한다고 하니 유익인에게는 날개가 꽤 중요할 것이다.

그럼에도 불구하고 이 소녀의 날개는 누가 봐도 알 수 있을 정도로 좌우의 균형이 맞지 않았다.

유전이나 다른 무언가의 영향인 것 같긴 한데, 생각해보니 다른 유익인을 본 적이 없으니 이게 일반적일 가능성도 있다.

성장하면 자연스럽게 크기가 맞게 될지도 모르니 그냥 모른 척해야겠다. 신기하다는 점만 놓고 보면 우리와 함께 다니는 엘프나 백랑도 마찬가지니까.

"그런데 날개보다는 몸이 더 문제야. 정말, 어린아이를 이런 꼴로 만들다니, 용서할 수 없어."

"응. 마차에서 떨어뜨리고, 이렇게 홀쭉해질 때까지 밥을 주지 않다니, 너무해."

"노예에게는 거역할 의욕을 빼앗기 위해서 식사를 최소한 만 준 거죠. 맞는 것도 싫었지만, 배가 고픈 게 더 괴로웠거든 요……."

소녀의 머리카락은 제대로 손질하지도 않아서 푸석푸석했고, 영양부족이라는 것을 주장하는 듯이 몸 전체가 홀쭉했다.

그런 소녀를 보고 예전에 노예였던 에밀리아가 괴로운 과거를 떠올린 모양이었다. 슬픈 듯한 눈초리로 소녀를 바라보고 있었 기에 에밀리아의 머리를 쓰다듬어주었다.

"그럼 깨어나면 바로 뭘 좀 먹여줘야지. 에밀리아, 네가 그런 표정을 짓고 있으면 그 아이도 불안해할 테니 좀 진정해. 너희 하고 처음 만났을 때 노엘이 그런 표정을 지었어?"

"……아뇨. 언니는 항상 웃고 있었고, 자상한 눈초리로 저희 를 봐주었어요."

그때 노엘은 약간 긴장하긴 했지만, 아이들처럼 순수한 미소 로 남매의 마음을 풀어주었으니까.

머리를 쓰다듬어주다 보니 에밀리아가 진정한 것 같았기에 다 시 스프를 만들고 있자니 사냥하러 갔던 레우스와 호쿠토가 돌 아왔다.

"어서 와. 제대로 된 먹잇감을 잡아 온 모양이구나."

"끄응……."

호쿠토가 피를 빼낸 금직한 먹잇감을 내 앞에 내려놓자마자 머리를 들이댔기에 그 머리를 듬뿍 쓰다듬어주었다.

전생에서 개였을 때와 비교하면 몸집이 많이 커졌지만, 사냥

성과를 보여주고 칭찬해달라며 응석을 부리는 건 여전하네.

"레우스도 고생했어. 어떻게 되었는데?"

"확실하게 끝냈지. 벌집이 생각했던 것보다 크긴 했는데, 숫자가 줄어든 상태라 편했다고."

그리고 레우스가 건넨 커다란 주머니 안을 확인해보니 안에서 달콤한 향기가 나는 덩어리……, 마화벌의 벌집이 들어 있었다.

우리를 습격했으니 벌집도 어느 정도 허술해졌을 거라 판단하여 레우스의 훈련도 겸해서 따오라고 한 것이다.

벌집이 너무 커서 그런지 가져온 건 일부에 불과했지만, 그래도 벌꿀과 애벌레가 잔뜩 들어 있는 것 같다. 그냥 먹기는 좀 힘들 테니 레우스에게 손질을 부탁했다.

"내게 맡겨. 그런데 형님, 그 여자아이는 일어났어?"

"아직 자고 있어. 그렇지, 여유가 생기면 그 벌꿀을 써서 요리해볼까? 영양도 듬뿍 있을 테니까."

"그럼 그거 만들어줘! 그거!"

"그거 좋은데? 그럼 나도 손질을 도울게."

참고로 레우스가 말한 그거란 벌꿀을 잔뜩 끼얹은 프렌치 토스트다. 만들 때마다 제자들이 다툴 정도로 인기가 있는 요리 중 하나다.

벌꿀에 넘어간 리스도 작업에 참가했고, 마화벌 벌집에서 추출한 꿀을 준비해둔 용기에 담았다. 먹기 딱 좋은 애벌레도 나무 그릇에 옮겼다.

성장한 마화벌은 매우 크지만, 태어난 지 얼마 안 된 것들은 내 새끼손가락 크기 정도밖에 안 된다. 보기에는 좀 그렇지만, 벌꿀보다 영양이 풍부하고 미용에도 좋아서 여자들도 좋아하는 식재료다.

벌꿀은 내일 아침 식사나 과자를 만들 때 쓸 예정이니 일단 남겨두고, 애벌레는 바로 저녁 식사에 넣을까.

"시리우스 님. 메뉴를 하나 추가하실 거라면 제가 스프를 보고 있을게요."

"저 아이는 안 봐도 돼?"

"신경 쓰이긴 하지만 피아 씨가 봐주고 있으니까요. 그리고 기다리는 것보다는 움직이는 게 마음이 더 편해지고요."

"그렇구나, 그럼 부탁할게."

"이 아이는 내게 맡겨."

그렇게 평소처럼 분업하였고, 나는 오늘 얻은 것들과 레우스에게 받은 애벌레를 써서 저녁 메뉴를 어떻게 할지 생각하기 시작했다.

그런 다음 스프와 저녁 식사가 완성되었고, 다 먹었을 때까지 소녀가 깨어나지 않았기에 우리는 모닥불 앞에 둘러앉아 소녀에 대해 이야기를 나누고 있었다.

"희귀한 유익인을 볼 수 있었던 건 기쁘지만, 설마 저런 상태로 만나게 될 줄은 몰랐는데."

"그래. 할 수 있다면 평범하게 만나서 이야기를 해보고 싶었어."

"그래도 어린아이를 구해냈으니 나쁘기만 한 건 아니에요. 그런데 시리우스 님께서는 저 아이를 어떻게 하실 생각이신가요?"

"가능하다면 부모나 동족들에게 돌려보냈으면 해. 일단 이야기를 들어봐야겠지만."

남인 우리가 그렇게까지 해줄 이유는 없지만, 이렇게 만난 것도 인연일 것이다. 어찌 됐든 어린아이를 내버려둘 수는 없고, 소녀를 보호해서 부모에게 데리고 가면 유익인과 친하게 지낼 수 있게 될지도 모른다.

그렇게 설명하자 남매와 리스는 기뻐하며 고개를 끄덕였지만, 피아만은 어쩔 수 없다는 듯이 쓴웃음을 짓고 있었다.

"아직 아무것도 모르는 상황인데, 당신은 여전하구나."

"견문을 넓히기 위한 여행이라고. 아는 사람을 많이 만들어둬서 손해볼 건 없잖아?"

"그건 나도 같은 생각이야. 그런 당신이니까 내가 이렇게 즐거운 여행을 계속할 수 있는 거기도 하고."

피아와 처음 만났을 때, 악당에게 습격당하던 그녀를 구한 이유는 여러 가지가 있었지만, 친구가 되고 싶다는 게 가장 먼저 떠오른 생각이었으니까.

그때는 그냥 친구가 되려고 다가간 거였는데, 정신을 차리고 보니 연인이 되어서 함께 여행하고 있으니 신기하기도 하다.

그렇게 예전 생각을 하면서 에밀리아가 끓여준 홍차를 마시고 있자니 내 옆에 엎드려 있던 호쿠토가 살짝 짖었다.

"형님, 그 애가 깨어날 것 같다는데."

"알았어. 공주님 기분이 어떠신지 모르겠네."

깨어나 보니 낯선 사람이 바로 옆에 있으면 깜짝 놀랄 것 같다고 생각한 우리는 움직이지 않고 소녀가 깨어나기를 조용히 기다리고 있었다.

그리고 모포를 치우고 천천히 윗몸을 일으킨 소녀는 기절하기 전에 있었던 일이 기억나지 않는지 잠이 덜 깬 눈으로 주위를 둘러보고 있었다.

"……어디야?"

고개를 갸웃거리면서 마차 밖으로 고개를 내민 소녀는 우리를 보고 굳었다.

은랑족 남매가 깜짝 놀랐을 때 꼬리를 곤두세우는 것처럼, 접혀 있었던 소녀의 날개가 단숨에 펼쳐졌다. 이런 말을 하면 좀 그렇겠지만, 그런 모습이 훈훈해 보였다.

그렇게 비대칭 날개를 펼치고 우리를 경계하던 소녀에게 예전에 노엘이 그랬듯, 에밀리아가 자상하게 말을 걸었다.

"안녕. 몸은 괜찮니?"

"……언니, 누구야?"

조금이나마 경계를 늦춘 건지, 소녀는 날개를 천천히 접으면서 귀엽게 고개를 갸웃거리고 있었다.

멋대로 돌아다니면 위험하기 때문에 만약 겁을 먹고 도망친다면 억지로라도 잡을 생각이었지만, 지금까지는 그럴 걱정을 할 필요가 없을 것 같다.

"나는 에밀리아라고 해. 거기 있으면 추우니까 이쪽으로 오렴. 같이 몸을 데우자."

"배는 안 고프니? 따뜻한 스프도 있어."

"아으……."

당황해하며 겁을 먹은 소녀의 모습이 모성본능을 자극했는지 에밀리아와 리스가 껴안아주고 싶다는 것 같은 뜨거운 눈초리로 소녀를 바라보았다.

그리고 소녀는 우리를 한 명씩 번갈아 보다가…….

"어머, 내가 좋니?"

"……응."

""이럴 수가?!""

"히익?!"

조용히 상황을 지켜보던 피아 뒤에 숨어버렸다.

소녀는 충격을 받은 두 사람을 보고 놀라면서도 피아에게서 떨어지려 하지 않기에 그녀에게 맡겨야 할 것 같다.

"그럼 우선 자기소개부터 하자. 내 이름은 피아야. 이제 네 이름도 가르쳐줄래?"

"……카렌."

"그래, 카렌이구나. 귀여운 이름이네."

이름을 칭찬해준 게 기뻤는지, 소녀……, 카렌은 볼을 붉히면서 날개를 조금씩 떨고 있었다.

"다음은 저희 차례네요. 좀 전에도 소개했는데, 제 이름은 에밀리아라고 해요."

"나는 리스야. 잘 부탁해, 카렌."

"…………."

그 뒤를 이어 에밀리아와 리스가 자기소개했지만, 카렌은 겁을 먹었는지 피아 뒤에 숨어 있기만 했다.

그렇게 확실하게 거절하자 두 사람은 한숨을 쉬면서 어깨를 늘어뜨리고 있었다.

"겁먹지 않아도 괜찮아. 여기 있는 사람들은 네게 심한 짓을 절대로 하지 않을 테니까……, 알겠지?"

"그래도, 무서워……."

잡혀 있는 동안 당한 짓 때문에 그런지 사람들을 믿지 못하는 것 같았다.

하지만 우리는 그런 녀석들과는 다르다고 해봤자 어린아이의 생각을 간단히 바꿀 수는 없을 것이다. 위험하지 않다는 것을 이해할 때까지 함부로 자극하지 않는 게 가장 좋긴 할 텐데, 어째서 피아만은 괜찮은 거지?

"그래도 난 무섭지 않은 거구나?"

"응. 언니는 뭔가 다른 것 같아."

둘 다 희귀한 종족이라서 무의식적으로 이끌리는 건지도 모르겠다.

뭐, 이유는 제쳐두더라도 조금이나마 마음을 터놓을 상대가 있다는 건 다행이다. 이제 카렌에게 이야기를 들을 수도 있고, 도망칠 염려도 없어졌으니까.

"다음은 내 차례구나. 나는 레우스……."

"히익?!"

"어째서?! 아직 이름밖에 말하지 않았는데!"

"갑자기 큰 소리로 말하니 그렇죠. 특히 레우스는 몸집이 크니까 더 조심스럽게 행동하세요."

"형님! 키를 줄이려면 어떻게 해야 돼?"

"말도 안 되는 소리 하지 마."

호쿠토를 제외하면 레우스가 우리 중에서 키가 제일 커서 아이가 보기에는 위압감이 들었던 모양이다.

하지만 그런 레우스가 에밀리아에게 혼난 다음, 내게 매달렸기에 카렌은 신기하다는 듯이 레우스를 바라보고 있었다.

"봐, 저래 봬도 누나에게는 약하거든. 그러니 무섭지 않지?"

"……응."

안타깝게도 카렌은 이해해버린 모양이다.

레우스가 불쌍하긴 하지만, 약한 부분을 보고 카렌이 경계를 조금이나마 풀어서 다행……인지도 모르겠다.

"그리고 저 커다란 늑대가 호쿠토야. 보기에는 무서울지 몰라도 정말 귀엽고 든든한 아이지."

"늑대……."

겁을 먹지 않게끔 조용히 엎드려 있었던 게 도움이 되었는지 뜻밖에도 카렌은 호쿠토를 무서워하지 않는 것 같았다.

"마지막으로 저기 있는 오빠가 시리우스야. 우리 리더고."

"잘 부탁해, 카렌."

"…………."

최대한 자극하지 않게끔 미소를 지었는데, 역시 겁을 먹었는지 대답도 해주지 않았다. 좀 아쉽긴 하지만 초조해할 필요는 없으니 천천히 대화해나가야겠다.

자기소개를 마쳤으니 슬슬 카렌에게 뭔가 먹여줘야겠지.

그런 내 눈빛을 눈치챈 에밀리아는 조용히 고개를 끄덕인 다음 좀 전에 만든 스프를 나무 그릇에 담아서 피아에게 건넸다.

"저기, 카렌. 저 두 사람이 만들어준 스프가 있는데 먹을래? 따뜻하고 맛있어."

"먹어도 돼?"

"물론이지. 안 먹으면 우리가 전부 먹어버린다?"

그리고 스푼으로 스프를 떠서 카렌의 코 근처로 가져다 대자 배가 고픈 건 이길 수가 없었는지 먹어주었다. 에밀리아와 리스도 그렇게 해주고 싶었는지 내 옆에서 아쉬워했지만, 못 본 척하기로 했다.

"⋯⋯맛있어."

"그렇구나. 이제 혼자서 먹을 수 있니?"

"응, 먹을 수 있어."

피아에게 그릇을 받은 카렌은 뜨거운 스프에 고전하면서도 계속 먹기 시작했다.

맛있다고 하면서 먹어주는 건 기쁘긴 한데, 미소를 짓는 게 아니라 입가만 조금 실룩이고 있어서 아쉽다.

아직 우리와 만난 지 얼마 되지도 않았고, 험한 꼴을 당했으니 어쩔 수 없겠지만, 활짝 웃을 수 있게 되었으면 좋겠다.

잠시 후, 카렌이 스프를 다 먹고 숨을 돌리자 피아가 다시 카렌에게 물어보았다.

"카렌은 지금 몇 살이야?"

"음······, 다섯 살."

"그럼 아빠하고 엄마가 어디 있는지 알아?"

"··········말하고 싶지 않아."

"곤란하네. 우리는 너를 부모님에게 데려다주고 싶은데. 집이라도 좋으니까 어디 있는지 가르쳐주면 안 될까?"

"말했는데 혼났어."

겁먹은 모습을 보니 카렌을 버리고 간 녀석들도 똑같은 질문을 했고, 대답하니 심한 짓을 한 모양이었다.

어른스럽지 못한 녀석들 때문에 모두가 조용히 화가 난 와중에 피아가 그런 마음을 겉으로 드러내지 않게끔 하면서 카렌에게 자상하게 말을 걸었다.

"언니들은 절대로 화를 내지 않을 테니까, 가르쳐줄래?"

"··········모르겠어."

"그러니까 집뿐만이 아니라 여기가 어딘지도 모르겠다는 뜻이야?"

피아가 그렇게 말하자 카렌은 조심조심 고개를 끄덕였다. 다섯 살이라는 나이를 생각해보면 당연할지도 모르겠다.

"카렌은 말이지, 엄마랑 걸어가다가 강에 빠졌어. 그런데 일어나 보니까 엄마는 없고, 그 무서운 사람들이 있어서······."

"그래, 힘들었겠구나."

부모님 생각이 났는지 카렌이 울상을 짓자 피아가 머리를 쓰다듬으려 했지만, 손을 가져다 대자 싫어하는 걸 보니 함부로 만질 수도 없을 것 같다. 머리를 지키려는 걸 보니 그 녀석들에게 맞았을지도 모르겠다.

그래도 피아가 끈기 있게 계속 말을 걸어서 카렌에 대한 정보를 이것저것 알아냈기에, 상황을 정리해보았다.

카렌은 유익인들이 사는 마을에서 가족들과 함께 지내고 있었고, 산책하다가 누군가에게 습격당해서 강에 떨어져버린 모양이었다.

그대로 하류까지 흘러왔을 때 그 녀석들……, 카렌이 한 이야기를 들어보니 상인인 것 같은 녀석들에게 잡혀버린 것이다.

그리고 강제로 그 철제 상자에 갇힌 뒤 얼마 안 되는 음식과 물을 받아먹으면서 며칠을 지내다 갑자기 마차가 흔들리기 시작하더니 거센 충격이 느껴졌고, 틈새로 보이는 마물들 때문에 겁을 먹고 있다가 우리들이 나타났다고 한다.

이야기를 들어보니 참 너무하다는 생각이 들었지만, 불행 중 다행인 점도 몇 가지 있었다.

강에 떠내려갔는데도 무사했고, 노예로 잡혀 있던 기간이 며칠 정도에 불과했다……는 점.

예전에 에밀리아가 떠안고 있었던 정신적 외상도 없고, 지금은 상황의 변화를 따라잡지 못해서 주위 사람들에게 과민 반응을 보이는 것뿐인 것 같다.

다행히 피아를 잘 따르는 것 같으니 우리가 조심히 대하면 함께 가더라도 문제는 없을 것 같다.

스프를 먹고 배가 불러서 그런지 카렌은 어느새 피아에게 몸을 기댄 채 숨소리를 내며 자고 있었다.

그 천진난만한 모습을 보고 여자 일행들이 푹 빠진 와중에 레우스가 작은 목소리로 예정에 대해 물었다.

"결국 유익인에 대해서는 알아내지 못했네. 이제 어떻게 할 거야? 형님."

"내일쯤 근처 마을에 도착할 테니 거기서 정보를 수집해야지. 유익인은 희귀한 종족이니까 길드에 물어보면 어디 있는지 단서 정도는 얻을 수 있을 거야."

정확한 장소라는 보장은 없지만, 그럴싸한 곳으로 카렌을 데리고 가면 뭔가 생각날 가능성도 있다.

그 상인을 찾아내서 캐묻는다는 방법도 있긴 하지만, 카렌을 노예로 삼은 것뿐만이 아니라 마물들을 우리에게 떠넘기고 도망치는 녀석들이니까. 일부러 왔던 길을 되돌아가면서까지 엮이고 싶진 않으니 어디까지나 마지막 수단으로 남겨두어야겠다.

정보도 필요하지만, 마을에 도착하면 카렌의 옷도 사줘야겠는데.

우리가 구해냈을 때, 카렌은 몸을 겨우 가릴 수 있을 정도에 불과한 천조각 같은 옷을 입고 있었기 때문에 지금은 에밀리아가 가지고 있었던 예비 셔츠에 날개 구멍을 억지로 뚫어서 입혔기 때문이다.

"오늘은 내일에 대비해서 쉬도록 하자."

"그래. 그럼 오늘 밤 차례 말인데, 우선 나부터……."

"아니, 피아는 불침번을 서지 말고 그냥 카렌하고 같이 자줘. 밤중에 깼을 때 피아가 근처에 없으면 불안해할 테니까."

"그래, 우리에게 맡겨."

"멍!"

"그럼 호의를 받아들이도록 할게. 후후……, 아이가 생기면 이런 기분이 드는 걸까?"

그리고 카렌을 살짝 안아 든 피아는 마차로 돌아가 잠들었다.

평소에는 모두의 누나, 언니처럼 행동하지만 이렇게 보니 마치 어머니 같네. 피아의 새로운 매력이 드러난 것 같기도 하다.

"아, 나도 같이 자고 싶었는데……."

"저는 카렌을 사이에 두고 시리우스 님과 함께 자고 싶어요. 그렇게 하면 마치 부모 자식 같을 테니까요……, 우후후."

그렇게 진심으로 부러워하는 두 여자를 달래면서 우리는 불침번 차례를 정했다.

다음 날, 불침번 차례가 마지막이었던 나는 모두가 일어날 시간에 맞춰서 아침 식사를 준비하고 있었다.

요리가 다 되면 냄새를 맡고 자연스럽게 일어나긴 하겠지만, 최대한 소리가 나지 않게끔 준비하고 있자니 문득 뒤쪽에서 시선이 느껴졌다.

"…………"

"……카렌이야?"

돌아보니 마차에서 고개만 내밀고 이쪽을 빤히 바라보는 카렌이 있었다.

　나와 눈이 마주치자 바로 숨었지만, 잠시 후에 다시 고개를 내밀었기에 나는 미소를 지으며 말을 걸었다.

　"배가 고파? 아침 식사라면 금방 될 테니까 기다려."

　"윽?!"

　하지만 카렌은 경계하는 듯이 날개를 펼치기만 할 뿐, 그 자리에서 움직이려 하지 않았다.

　어제는 스프만 먹어서 배가 고플 텐데, 꽤 버거운 상대인 것 같다.

　그 이후로 깨어난 에밀리아와 리스도 카렌을 불러보았지만, 우리에게 다가오지 않았다.

　"잘 안 되네요. 배가 고픈 것 같으니까 고기를 보여주면 다가올 줄 알았는데……."

　"냠냠……, 배가 고픈데 참으면 안 되지."

　"냠냠……, 맞아. 말린 고기는 이렇게 맛있는데."

　"낚인 건 항상 잘 먹는 두 사람뿐이에요."

　카렌은 마치 꽁트를 찍는 것 같은 세 사람을 무시하고 피아 곁에서 떨어지려 하지 않았다.

　세수할 때도, 옷을 갈아입으러 마차 반대쪽으로 갈 때도 피아 뒤를 따라다니는 모습은 마치 전생에서 보았던 오리 가족 같았다.

　참고로 항상 내 곁에 있는 호쿠토는 지금 카렌에게 겁을 주지 않기 위해 조금 떨어진 곳에서 망을 봐주고 있으니까 나중에 빗질을 해줘야겠다.

"좋았어, 오늘은 다들 원했던 프렌치 토스트야. 그릇을 들고 줄을 서."

"""네~.""""

"프렌치……, 뭐?"

"간단히 말하자면 빵을 구워서 과자 같이 만든 거야. 달콤하고 맛있어."

피아가 설명해주는 와중에 나는 빵을 차례차례 구워서 자기 순서를 기다리던 제자들의 그릇에 얹어주었고, 어제 따온 벌꿀을 취향에 맞게 바르면 완성이다.

그리고 모두가 음식을 받자 나도 먹기 시작했는데, 카렌만 혼자 받은 접시를 들고 굳어 있었다. 에밀리아에게 이야기를 들어보니 노예의 식사는 항상 마지막에 하는 것이 당연하다고 가르치지기 때문에 바로 먹어도 되는지 망설이고 있는 모양이었다.

"왜 그러니? 바로 안 먹으면 식어버릴 텐데."

"……카렌도 먹어도 돼?"

"물론이지. 그건 카렌을 위해서 만든 거니까 먹어주지 않으면 곤란한데."

내가 한 말을 듣고 각오를 다졌는지 카렌이 벌꿀을 잔뜩 바른 프렌치 토스트를 한입 먹자 등에 달린 날개가 소리를 낼 정도로 활짝 펼쳐졌다.

우리가 그렇게 지나친 반응에 깜짝 놀란 것도 아랑곳하지 않고 카렌은 엄청난 기세로 계속 먹어댔고, 눈 깜짝할 새에 다 먹어버린 다음 아쉽다는 듯이 그릇을 내려다보고만 있었다. 배 속

상태를 고려해서 양을 조절했는데, 너무 작게 자른 모양이다.

"후후, 부족한 모양이네. 더 먹고 싶으면 시리우스에게 먹고 싶다고 부탁해보지 그래?"

"그래도……."

"어린아이는 사양 같은 걸 할 필요가 없어. 하지만 배가 아파질 정도로 많이 먹으면 안 된다."

"그럼……, 더 먹고 싶어. 벌꿀도……, 잔뜩."

"그래. 자, 이쪽으로 와."

겁을 먹으면서도 내 앞으로 온 카렌은 추가 토스트를 그릇에 얹어주자마자 도망치듯이 피아 뒤로 숨어버렸다.

보아하니 잘 따르게 될 때까지 시간이 더 걸릴 것 같다. 남매와 리스처럼 사양하지 않고 더 달라고 하게 되려면 시간이 얼마나 걸릴까.

"한 그릇 더 부탁드려요."

"형님, 한 그릇 더!"

"시리우스 님, 한 조각만 더 잘라주실 수 있을까요?"

아니……, 이렇게까지 적극적인 것도 좀 곤란한 것 같은데. 식욕이 왕성한 아이는 이미 많이 있으니까.

결국 카렌과의 거리는 거의 줄어들지 않은 채 아침 식사를 마친 우리는 야영 뒷정리를 한 다음 다시 여행을 떠났다.

상인들에게 잡혔던 생각이 난 카렌이 마차에 타는 걸 꺼려하기도 했지만, 피아와 딱 붙어 있는 상태라면 괜찮은 것 같았기에 예정대로 오늘 안에 마을에 도착할 수 있을 것 같다.

그리고 마차 뒤쪽에서는 피아 옆에 앉은 카렌이 설명회를 개최하고 있었다.

"저 새는 루카인 버드. 이 근처에만 있는 새야."

"지방 특유의 새구나. 그럼 저 꽃은 뭔지 아니?"

"음……, 미오리 꽃이야. 추울 때 피는 꽃이고, 배가 아플 때 갈아서 먹으면 아픈 게 나아."

"카렌은 척척박사구나."

"엄마에게 배웠어."

어젯밤과는 달리 체력이 회복되어서 그런지, 오늘 카렌은 조금 말수가 많았다.

여전히 카렌의 표정에 큰 변화는 없었지만, 피아에게 칭찬받을 때만은 날개를 움직이며 기뻐했기에 정말 훈훈한 광경이 펼쳐지고 있었다.

"그리고, 책에도 나와 있었어."

"카렌은 벌써 글자를 읽을 수 있어?"

"응, 조금."

날개를 파닥파닥 움직이면서 피아와 이야기하고 있는 카렌의 뒷모습을 나와 에밀리아가 마부석에 앉아 바라보고 있었다. 참고로 레우스와 리스는 마차 밖에서 뛰면서 두 사람의 이야기를 듣고 있는 것 같았다.

"형님. 카렌, 대단하다. 내가 카렌 나이였을 때는 글자는커녕, 책이라는 것도 몰랐거든?"

"저도 마찬가지예요. 카렌은 정말 공부를 열심히 하는 아이인가 보네요."

"너희는 글자와 인연이 없는 생활을 하고 있었으니 어쩔 수 없지. 그건 그렇고……."

카렌이 해준 이야기를 듣다 보니 위화감이 조금 들었다.

좀 전에 내가 말했던 것처럼 은랑족은 사람들이 사는 곳에서 멀리 떨어진 숲속 깊은 곳에 사는 종족이기에 글자를 배울 필요가 거의 없다.

그리고 유익인도 사람들이 사는 곳에서 멀리 떨어진 곳에 살고 있는 것 같으니 글자를 배울 필요가 없다. 책이 있다는 점도 묘하다. 사실 몰래 사람들과 교류를 하고 있는 건가?

한 가지 더 신경 쓰이는 점이 호쿠토를 별로 겁내지 않는다는 점이다. 사람이나 마물에게는 겁을 먹지만, 호쿠토가 공격하지 않는다는 사실을 이해한 것과 동시에 겁을 내지 않게 되었으니까.

몇 가지 신경 쓰이는 점이 있긴 하지만, 사이좋게 이야기를 나누고 있는데 찬물을 끼얹기도 좀 그렇다. 상황을 봐서 피아에게 물어봐달라고 해야겠다.

"카렌은 책을 읽는 걸 좋아하는구나."

"응. 책 읽는 거 좋아. 여러 가지를 알게 되는 게……, 재미있어."

"그럼 이것도 아니? 저 미오리 꽃은 갈아서 먹는 것보다 말린 다음에 뜨거운 물에 담가서 마시는 게 더 좋아."

"그래?"

보충 설명을 하자면, 미오리 꽃은 말려서 차로 마시면 군더더기 성분이 빠져서 효율 좋게 필요한 성분만 취할 수 있기 때문이다. 그리고 너무 많이 마시면 배탈이 나기 때문에 조심할 필요가 있다.

그렇게 피아에게 토막 지식을 들은 카렌은 흥미롭다는 듯이 날개를 파닥파닥 움직였다.

"그런데……, 왜 그런 거야?"

"어?! 음……, 자세하게 설명하게 되면 좀 어렵거든. 진정 작용이라고 하면 알아들을 수 있을지……, 시리우스, 부탁할게."

"내게 넘기는 건 상관없긴 한데, 내가 설명하면 카렌이 무서워하지 않을까?"

"왜 그런 거야?"

"자자, 기대에 찬 눈초리로 보고 있잖아."

피아의 옷소매를 잡고 있긴 하지만, 알고 싶다는 듯이 진지한 눈초리로 나를 바라보고 있다. 저렇게까지 관심을 보이니 괜찮을 것 같고, 무슨 일이 생길 경우엔 물러나면 되겠지.

그렇게 된 관계로 카렌이 이해하기 쉽게끔, 최대한 풀어서 설명해 보았다.

"……뭐, 그런 성분이 포함되어 있기 때문이야."

"음……, 응. 재미있었어."

중간에 확인하면서 설명했는데, 놀랍게도 카렌은 확실히 이해하고 있었다. 그리고 처음 듣는 단어가 나오면 바로 의미를 알고 싶어 하는 지식욕도 있는 것 같았다.

이 아이는 호기심이 왕성한 것뿐만이 아니라 머리도 꽤 좋은 아이라는 것을 알 수 있었다.

"카렌은 나와 마찬가지로 여러 가지를 보거나 알고 싶은 모양이구나. 나중에 크면 모험자가 되는 것도 괜찮을지 모르겠어."

"모험자는 마물하고 싸우니까 무섭다고 엄마한테 들었어."

"그래, 마물이 무섭긴 하지. 그래도 오늘 아침에 카렌이 먹은 벌꿀은 그 무서운 벌 마물이 만든 건데?"

"앗?! 그렇게 맛있는데?"

생각해보니 카렌이 오늘 아침에 프렌치 토스트를 먹을 때 빵보다 벌꿀에 더 정신이 팔려 있었던 것 같다.

그리고 진실을 알게 된 카렌은 마치 벼락을 맞은 것처럼 눈을 크게 뜨고 있었다. 자신을 습격했던 벌이 그렇게 달콤한 벌꿀을 만들어냈다고는 상상도 하지 못했을 것이다.

"그렇게 모험자가 되면 여러 가지를 알 수 있게 돼. 그 대신 마물과 싸울 수 있을 정도로 강해져야 하지만."

"꼭 싸워야만 해?"

"반드시 싸워야 한다는 법은 없지만, 어찌 됐든 싸울 수 있게 해두는 게 좋을 거야. 중요한 건 강해지는 거지. 그것만은 기억해두렴."

"……응."

억지로 강하게 만들 생각은 없지만, 아마 피아는 자신의 몸 정도는 지킬 수 있게 되라는 것을 카렌에게 가르쳐주고 싶은 것 같다.

강해진다는 점에 대해서는 나도 마찬가지 생각이다. 이대로 무사히 마을로 돌아가서 평생을 그곳에서 산다고 하더라도 이번 같은 경우가 두 번 다시 없을 거라는 보장은 없으니까.

어린아이에게 지나치게 엄하게 구는 건지도 모르겠지만, 그것도 카렌을 진심으로 걱정하기 때문이다. 무엇보다 피아의 눈이 자애로움으로 가득 차 있으니 내가 끼어들 여지는 없을 것 같다.

그 이후로 가끔 습격하는 마물을 쓰러뜨리면서 우리는 도로를 계속 나아갔고, 해가 저물기 시작할 무렵에 행거라는 마을에 도착했다.

행거는 아비트레이와 비교하면 규모가 절반도 되지 않았지만, 생도르로 가는 중간지점인 숙박 마을이라 자연스럽게 많은 모험자와 상인들이 모여들었다.

우리는 그런 마을에서 여러 사람이 오가는 길을 나아가고 있는데, 호쿠토와 피아가 있기에 여전히 눈에 띄고 있었다.

"지금까지는 카렌을 묘한 시선으로 보는 사람은 없는 것 같은데."

"가장 눈에 띌 만한 건 날개니까요. 그걸 가리면 평범한 아이로만 보이겠죠."

일단 카렌에게는 어른용 로브를 입혀서 날개를 가렸기에 유익인이라는 사실을 들킬 걱정은 없을 것 같다.

"아니, 우리 중에는 카렌보다 더 눈에 띄어버리는 사람이 있으니까……."

"그래도 방심은 금물이야. 특히 카렌은 날개를 갑자기 움직이지 않게끔 조심해."

"……응."

카렌은 피아의 옷소매를 붙잡고 주위에 있는 사람들에게 겁을 먹으면서도 고개를 끄덕였다.

그렇게 사람들의 주목을 받으면서도 무사히 숙소를 확보할 수 있었지만, 여관 주인은 수인이 아니었기 때문에 호쿠토가 마차를 맡긴 창고에서 자게 된 게 아쉽다.

그리고 자기 전에 호쿠토에게 빗질을 해주러 오겠다고 말한 뒤, 우리는 여관 식당에서 저녁 식사를 하고 있었다.

"이거 보기와는 달리 매운데? 이렇게 맛을 낼 수도 있구나."

"맛있는 것 같긴 하지만 제게는 간이 좀 센 것 같네요."

"나도 그렇게 생각해. 역시 형님이 해준 게 제일 맛있네."

6인용 테이블에 앉아 이 지방 특유의 맛을 즐기면서 대충 식사를 마쳤지만 리스와 레우스, 먹보 남매가 아직 부족했는지 추가로 주문했다.

한편, 카렌은 1인분 식사 절반 정도로 만족한 모양이었다.

"아직 하나밖에 안 먹었는데, 카렌은 벌써 다 먹었니?"

"응. 배불러."

"너무 적게 먹는 거 아니야? 많이 먹어야 큰다고."

"맞아. 맛있는 걸 먹는 시간이 짧으면 아깝지."

"둘 다 그만해둬. 당신들하고 똑같다고 생각하면 안 되지."

어리니까 그렇겠지만, 우리 중에서는 특이하게도 적게 먹는 아이다.

그렇게 이야기를 주고받으면서 추가로 주문한 요리를 기다리던 동안 우리는 앞으로 어떻게 할지 예정에 대해 의논했다.

"내일은 유익인에 대한 정보를 모으면서 마을에서 느긋하게 지내자. 그리고 물자 확인도 해두어야겠지."

"알겠습니다. 그래도 물자 확인은 제가 할 테니 시리우스 님께서는 쉬세요. 오늘은 오랜만에 침대에서 자는 거니까요."

"야영할 때도 호쿠토가 지켜주니까 안심이지만, 역시 숙소에서 자는 건 다르지."

"맞아. 카렌도 바깥에서만 자면 힘들지?"

"아니, 지금은 따뜻하니까 괜찮아."

"……아마 모포 한 장만 덮고 지냈던 거겠죠. 여러 가지 의미로 추웠을 거예요."

모두가 동정하는 눈빛으로 카렌을 보았지만, 정작 본인은 과실 음료가 담겨 있는 컵을 두 손으로 잡은 채 고개를 갸웃거리기만 했다.

그렇게 귀여운 모습을 보고 푹 빠지거나, 힘든 일을 겪었던 것에 동정하는 등, 우리 여자 일행들은 정말 바쁜 것 같다.

"뭐, 보면 알겠지만 본인은 그렇게 심각한 것 같지 않으니까. 우리가 지나치게 걱정해봤자 소용없을 것 같은데."

"그렇긴 하지. 그런데…… 정말 귀엽다. 다가갈 수가 없어서 안타까워."

"네, 카렌의 머리를 쓰다듬어주고 싶어요."

"나도 쓰다듬어주고 싶긴 한데……."

"……맛있어."

지금 유일하게 잘 따르는 피아도 손을 뻗으면 맞을 거라 생각하고 도망쳐버리니까.

세 여자가 한숨을 쉬는 와중에 소녀는 천진난만하게 과실 음료를 마시고 있었다.

다음 날, 오랜만에 침대에서 기분 좋게 깨어난 나는 몸단장을 마친 다음 레우스와 함께 여자 일행들이 묵고 있는 방으로 갔는데…….

"카렌이 일어나지 않는다고?"

"네. 여러 번 불러봤는데 몸을 뒤척이기만 해서요."

"내가 흔들어봐도 일어나지 않아."

"병……은 아니겠지? 그랬다면 형님이 눈치챘을 테고."

이미 세 사람은 깨어나서 나갈 준비를 마쳤는데, 카렌만 혼자 침대에서 잠들어 있었다.

처음에는 몸이 약해져서 그런 줄 알았는데, 이야기를 들어보니 아닌 모양이었다.

"진짜……, 조금만……."

"형님. 이거 그냥 자고 있는 것뿐이지?"

"나도 그렇게 생각해. 오랜만에 침대에서 자니까 기분이 좋아서 그런가?"

"그러고 보니 어제는 내 옆에서 졸기도 했지. 피곤해서 그런 줄 알았는데 아니었나 봐."

5분만 더……, 라고 말할 것 같은 모습을 보니 남들보다 자는 걸 좋아할 뿐만이 아니라 잘 일어나지도 못하는 것 같다.

내버려 두면 낮까지 잘 것 같기도 하니 슬슬 일어났으면 하는데, 이렇게까지 기분 좋게 잠든 모습을 보니 깨우기도 껄끄러웠다.

"어쩔 수 없지. 길드에는 나와 레우스만 다녀올게. 다른 사람들은 카렌을 봐주면서 쉬어."

"응, 카렌은 내게 맡겨."

"그럼 작전을 좀 짜보죠. 조금이라도 빨리 카렌을 쓰다듬어주기 위해서."

"작전도 좋지만, 카렌이 깨어나면 내게 연락해줘."

카렌은 우리와 얼마나 함께 있을지도 모르고, 자칫하다가는 이 대륙을 구석구석 돌아볼 때까지 함께 다닐 가능성도 있다.

조금 거친 방법일지도 모르지만 카렌이 마을을 돌아다니면서 조금이라도 사람들에게 익숙해져야 한다고 모두에게 설명했다. 혹시나 길에서 아는 사람과 만날 가능성도 있으니까.

"그럼 준비를 마치면 시리우스 님께 연락드릴게요."

"부탁할게. 그런 다음에는 거리에서 합류하자. 그럼 다녀올게."

"다녀오십시오."

""다녀와.""

"흠냐……."

여전히 깨어날 기색이 없는 잠자는 공주의 얼굴을 힐끔 본 다음 나는 레우스를 데리고 모험자 길드로 향했다.

"유익인?"

"네, 그들이 어디에 사는지 알 수 있을까요?"

모험자로 가득한 행거의 모험자 길드에 도착한 우리는 여행 도중에 모았던 마물들의 소재를 팔았고, 계산하는 동안 접수처에 있던 여자에게 유익인에 대해 물어보았다.

그런데 그 질문을 하자마자 여자의 눈초리가 날카로워졌다는 사실을 깨달았다.

"……먼저 묻겠는데, 유익인을 찾아서 어떻게 할 생각이야?"

"저는 견문을 넓히기 위해서 세계를 여행하고 있는데요. 신기한 경치를 보거나 여러 종족과 교류하고 싶기 때문이죠. 혹시 유익인과 접촉하는 게 금지되어 있는 건가요?"

"딱히 그런 규칙은 없지만, 유익인과 접촉하려는 생각은 버리는 게 좋을 거야. 목숨이 여러 개 있더라도 부족할 테니까."

"왜 그러는데? 우리는 만나서 이야기를 하고 싶을 뿐이라고."

"당신들은 여기에 처음 왔으니까 알려줄게. 유익인들이 산다는 곳은 말이지, 용의 둥지라 불리는 위험한 곳이야."

말 그대로 수많은 용종들이 서식하고 있고, 발을 내디디는 것조차 힘든 산맥이 펼쳐져 있는 이 대륙에서도 손꼽히는 위험지대라고 한다.

그럼에도 불구하고 유익인과 용의 소재를 찾아서 돌격하는 사람들이 끊이지 않는 모양이고 그런 사람들은 다들 빈사 상태로 돌아오거나 용에게 살해당한다는 것 같다.

"꽤 살벌한 곳인 모양이네요. 그런데 돌아온 사람이 별로 없는데 어째서 거기에 유익인들이 살고 있다는 거죠?"

"꽤 예전 기록이긴 한데, 거기서 유익인과 만난 모험자가 있기 때문이야. 지성을 지닌 용과 만나서 인정받고 유익인과 우호관계를 맺었다는데."

전례가 있으니 용과 교섭하려는 사람도 있을 것 같은데, 그런 용과 마주친 사람은 아직 없는 것 같다.

하지만 산에 갔던 사람들이 하늘을 날아다니는 사람을 본 적이 있는 것 같으니 유익인이 있다는 이야기는 신빙성이 있을 것도 같다.

"아무튼! 용의 둥지는 너무 위험하니까 유익인을 찾는 건 그만둬. 우리가 아무리 위험하다고 충고해도 상관없다면서 떠난 파티 몇 개가 돌아오지 못했으니까."

지금 우리처럼 충고를 해줘도 제대로 듣지 않고 험한 꼴을 당한 모험자들을 계속 봐 왔던 것 같다. 결국 스스로 책임을 져야할 문제겠지만, 진지하게 충고할 만도 하다.

"알겠습니다. 충고해주셔서 감사합니다."

"아냐, 아냐. 길드 직원으로서 당연히 해야 할 일이고, 너희가 이렇게 질이 좋은 소재를 가져다주었으니까."

중간에 많은 마물들과 싸워서 소재를 갈무리해왔는데, 너무 많이 모으면 부피가 커지니까 희귀한 부분만 챙겨 왔으니 그렇겠지.

귀한 소재를 한꺼번에 많이 판 덕문에 접수저에 있던 여자가 미소를 지으며 배웅해주었고, 우리는 길드를 떠났다.

"한 잔 사준 보답으로 말해주마. 용의 둥지에 가는 것만은 그만둬."

"그야 나도 유익인을 보고 싶긴 한데 말이지. 그곳은 사람이 갈 만한 곳이 아니거든."

"아직 젊으니 급하게 굴 것 없다고."

그 이후로 모험자와 정보상에게 유익인에 관해 물어보았지만 대부분 길드에서 들었던 이야기와 별 차이가 없었다.

특이한 정보로 따지면 유익인과 용이 공존 관계를 맺고 있다……거나, 산을 뒤덮을 정도로 거대한 용이 있다…… 같은 의심스러운 정보도 있긴 했지만, 공통적인 것은 위험하다는 점이다.

사실 그렇게까지 위험을 무릅쓰면서 갈 필요는 없지만…….

"카렌이 있는 이상 용의 둥지라는 곳에 가볼 수밖에 없겠어."

매우 살벌한 이야기만 듣긴 했지만, 유력한 곳을 알아낸 게 그나마 다행이다.

그 밖에 신경 쓰이는 점이 있다면, 유익인과 용이 공존 관계를 맺고 있다는 이야기겠지.

하늘을 날 수 있다는 점이 비슷하긴 하지만 차이가 명확하니까. 유익인이 용을 끌어들이는 특수한 능력을 가지고 있을지도 모른다.

미지의 요소가 많아서 흥미진진하니까 카렌을 만나지 않았더라도 유익인이 사는 곳을 찾으러 가자고 생각했을지도 모르겠다.

"형님. 용이 있다던데, 키스네 나라에서 싸웠던 용하고는 다른 거지?"

"그래, 아마 그때 그 용은 잘해봐야 하룡종이나 중룡종일 거야. 이번에는 몇 배는 크고 강한 용이 많을 것 같으니 준비를 철저하게 해야겠어."

이 세계의 용은 여러 종류가 있는데, 크게 나누어서 상룡종, 중룡종, 하룡종이라 부른다. 물론 위쪽으로 갈수록 강한 용이다.

참고로 아비트레이 성에서 싸웠던 익룡은 하룡종이고, 드래그로스 부위에 사용되었던 용은 중룡종일 것이다.

그리고 길드나 정보상의 이야기에 따르면 지성을 지닌 용……, 상룡종으로 보이는 용도 확인되었다는 거지.

"그런데 말이야, 정말 그런 곳에 가도 괜찮은 거야? 나는 상관없지만."

"딱히 싸우러 가는 건 아니니까. 전투는 최대한 피할 생각이고, 정보대로 말이 통하는 상대라면 카렌을 맡긴 다음에 떠나면 되겠지."

유익인인 카렌이 있으면 어떤 반응을 보일 가능성이 크고, 상대방이 먼저 접촉해올지도 모르니까.

물론 말도 듣지 않고 공격해와서 전투를 벌이게 될지도 모르니 도망치는 것도 염두에 두어야 할 것이다. 최종 수단이긴 하지만 호쿠토에게 부탁해서 억지로 돌파한 다음 유익인들이 사는 곳에 카렌만 두고 떠나는 방법도 있다.

어찌 됐든 용의 둥지에 가봐야만 뭔가 알 수 있다.

"그럼 다음 목적지도 정해졌으니 다른 사람들하고 합류할까."

"그래! 지금쯤 누나들은 카렌을 쓰다듬으려고 애를 쓰고 있겠지."

카렌에게 너무 정을 주면 헤어지기 힘들어지겠지만, 돌봐주지 말라고 할 수도 없다.

도가 지나치면 부모 곁으로 돌아가는 것도 싫어할지 모르겠다는 생각도 들었는데, 부모와 헤어지는 게 얼마나 괴로운지 알고 있는 그녀들이라면 문제가 없을 것이다. 지금은 다들 하고 싶은 대로 내버려 두자.

정보를 모으는 동안 에밀리아에게 연락이 왔기에 나와 레우스는 합류 장소인 마을 중심부로 향했다.

그리고 도착한 곳에는 사람들이 정말 많았지만, 우리 여자 일행들은 피아를 비롯해서 눈에 잘 띄는 편이기에 바로 찾을 수 있었다.

그런데 멀리서 확인해보니 두 사람만 묘하게 신이 난 것 같았다.

"카렌, 이거 드실래요?"

"이것도 맛있는데?"

"……안 먹어."

보아하니 에밀리아와 리스가 노점에서 산 꼬치구이를 카렌에게 먹이려 하고 있는 것 같았다.

하지만 매몰차게 거절당한 두 사람은 내밀었던 꼬치구이를 슬프게 자신의 입으로 가져가고 있었다.

"아직 안 되는 모양이네요."

"휴우……, 맛있긴 한데, 좀 짭짤한 맛이 나."

"그래도 어제와 비교하면 전진한 것 같은데."

어제는 말도 없이 거부하는 것처럼 피아 뒤에 숨어 있었으니까.

지금은 숨으려 하지 않으니 전진했다는 건 분명한 것 같은데……

"어때? 맛있어?"

"……응."

"후후, 시리우스와는 다른 사랑스러운 느낌이네."

"뭔가요? 피아 씨. 승자의 여유인가요?"

"저도 먹여주고 싶은데요."

피아가 내민 꼬치구이는 먹고 있기에 두 사람은 더욱 분한 것 같았다.

그런 상황을 보고 쓴웃음을 지으며 합류하려 했는데, 우리보다 먼저 여자 일행들에게 다가가는 남자 세 명이 있었다. 차림새를 보아하니 모험자 같다.

또 피아나 에밀리아를 노리는 파렴치한 녀석들인가?

평소였다면 그런 녀석들은 호쿠토가 무서워서 다가오지 못하는데, 공교롭게도 오늘 호쿠토는 카렌이 겁을 먹지 않게끔 거리를 두고 몰래 지켜보고 있어서 남자들도 눈치를 채지 못한 것 같다.

"저 녀석들이! 바로 가자! 형님!"

"아니, 잠깐만. 호쿠토도 기다려."

여자 일행들도 남자들이 다가오고 있다는 걸 눈치챈 모양인데, 카렌의 상태가 이상했다. 마치 남자들을 보고 싶지 않다는 듯이 피아 뒤에 숨어서 겁을 먹고 있었다.

잘 살펴보니 그 남자들 중 한 명은 낯익은 사람이었다. 어제 우리에게 마물들을 떠넘겼던 녀석들의 마차에 타고 있던 남자가 분명했다.

사실 바로 뛰어가야겠지만, 어떤 작전이 생각났기에 잠시 상황을 지켜보기 위해 레우스와 호쿠토에게 대기하라는 지시를 내렸다.

그리고 기척을 죽인 채 언제든 달려갈 수 있게끔 대기하고 있자니 카렌을 보고 더욱 경계하던 피아가 남자들을 날카로운 눈초리로 바라보며 말을 걸었다.

"우리에게 볼일이라도 있어?"

"헤헤……, 아니, 거기 있는 꼬맹이에게 볼일이 있거든. 사실은 엘프인 당신하고 사이좋게 지내고 싶지만 말이야."

"그래? 뭐든 상관없지만 볼 일이 있다면 거기서 말해줘. 이 아이가 겁을 먹으니까 더 이상 다가오지 않았으면 하거든."

그 정도가 피아에게 맞는 간격인 것 같았다. 약 세 발짝 정도 거리에서 상대방을 멈추게 했고, 에밀리아와 리스도 마찬가지로 카렌을 지키려는 듯이 움직인 상태였다.

"어쩔 수 없지. 실은 말이야, 우리가 데리고 있던 날개 달린 꼬맹이가 사라져버렸거든. 그러니까 거기 뒤에 숨어 있는 꼬맹이를 좀 확인하게 해달라고."

"거절할게. 이 아이는 우리 여동생이니까 상관없거든."

"이봐, 이봐, 그런 말로 둘러댈 수 있을 거라 생각하지 말라고. 너도 언제까지 칭얼대고 있을 거야! 정체는 다 알고 있으니까 얼른 돌아오라고!"

"히익?!"

한 발짝도 물러나지 않는 피아를 보고 남자들이 서서히 짜증을 내기 시작했고, 그들이 소리치자 카렌이 걸치고 있던 로브 등 쪽 부분이 크게 부풀어 올라 버렸다.

카렌은 반사적으로 움직여버린 날개를 바로 접었지만, 남자들은 똑똑히 보았는지 확신에 찬 미소를 지으며 피아를 다그쳤다.

"어차피 꼬맹이로군. 이봐, 엘프 누님. 방금 그건 아무리 봐도 날개잖아? 엘프의 여동생이 유익인이면 좀 이상하지 않나?"

"가족이라는 건 핏줄만 따지는 게 아니야. 그런 것도 모르다니, 그릇이 작은 남자구나."

"뭐라고!"

"이봐, 이제 됐잖아. 여동생이든 뭐든 우리가 데리고 있던 녀석이라고. 얼른 이쪽으로……."

"잠깐만요."

"그렇게 두진 않을 거야!"

한 남자가 손을 뻗었지만, 중간에 끼어든 에밀리아가 그 남자의 손을 붙잡았고, 리스는 카렌을 지키려는 듯이 뒤에서 껴안고 있었다.

"여동생에게 겁을 주지 말아주시겠어요? 더 이상 뭔가 하려고 드시면 이쪽에서도 강경한 수단을 취할 테니까요."

"괜찮아. 우리가 지켜줄 테니까 겁먹지 않아도 돼."

"적당히 좀 해! 그 녀석은 우리가 잡은 노예라고!"

"이 아이가 당신 일행이라는 증거는 없고, 애초에 나는 당신들이 이 아이를 마차에서 떨어뜨린 걸 봤어. 게다가 마물을 끌어들이는 열매까지 쓰면서 말이지. 그런데 이제 와서 자기 일행이라고 주장하는 건 말이 안 되잖아?"

무슨 사정이 있는지 카렌은 노예라는 증명인 예속의 목줄을 차고 있지 않았으니까.

그렇기 때문에 본인이 인정하지 않는 이상 누구의 소유였는지 증명할 수 있을 리가 없기에 피아의 정론을 들은 남자들은 말문이 막혔다.

이대로 내버려 둬도 괜찮을 것 같긴 하지만, 슬슬 우리도 움직여볼까.

"이해했으면 돌아가. 안 그러면 험한 꼴을 당하게 될걸?"

"젠장, 끝까지 드센 여자로군."

"하지만 난 그런 여자가 싫지 않아. 이제 귀찮으니까 모두 끌고 가는 건 어때?"

"잠깐. 누나들하고 놀기 전에 나하고 호쿠토 씨랑 노는 건 어때?"

"크르르르르릉!"

기척을 죽인 채 뒤쪽에서 접근한 레우스와 호쿠토가 살기를 뿜어내자 남자들은 공포에 질린 표정으로 굳어버렸다.

"어, 어째서 마을에 마물이?! 그리고 왜 그렇게 화가 난 거지⋯⋯."

"이 늑대는 내 종마고, 너희가 시비를 걸고 있는 사람이 우리

가족이기 때문이지. 해치려하는데 화를 내는 것도 당연하잖아?"

"종마든 뭐든 상관없으니까 얼른 치우라고! 덤벼들면 어떻게 할 거야!"

"함부로 손대지만 않으면 아무 짓도 하지 않을 거야. 그런데 몇 가지 물어보고 싶은 게 있거든. 너희가 어제……."

"이런 곳에 계속 있을 순 없지!"

"가, 가자! 그 녀석에게 전해야 해."

카렌을 발견했을 때 어떤 상황이었는지 물어보려 했는데, 질문하기도 전에 남자들이 도망쳐버렸다.

정말, 호쿠토가 무섭다는 건 이해가 되지만, 저런 담력으로 용케 지금까지 살아남은 것 같다. 모험자로서 살아가기에는 여러 가지가 부족하다는 느낌이다.

그렇게 남자들을 어이없는 표정으로 바라보고 있자니 뒤에서 시선이 느껴졌기에 돌아보자 에밀리아와 리스가 약간 불만이라는 눈빛으로 바라보고 있다는 걸 깨달았다.

"왜 그래? 뭔가 하고 싶은 말이 있는 것 같은데."

"시리우스 님. 여쭙고 싶은 게 한 가지 있는데요. 근처에 오셨으면서 어째서 숨어계셨던 건가요?"

"맞아. 우리는 상관없지만, 카렌은 정말 무서워했는데."

"그건 미안해. 좀 억지스럽긴 하지만 카렌이 에밀리아와 리스에 대해서 알았으면 했거든."

"저희……, 말인가요?"

"그게 무슨……, 앗?! 미, 미안해. 카렌. 갑자기 껴안았는데……,

아프지 않았니?"

"……괜찮아."

카렌을 계속 껴안고 있던 리스가 허둥대며 물러났지만, 카렌은 피아 뒤에 숨으려 하기는커녕, 자신을 지켜준 두 사람의 얼굴을 빤히 바라보고 있었다.

"나……, 언니들 여동생이야?"

"그래. 나는 그렇게 생각해. 물론 너희도 마찬가지겠지?"

"네, 저도 카렌을 여동생이라고 생각해요."

"나, 나도 마찬가지야. 혹시 싫은…… 거야?"

"아니. 난 언니들이 많이 있어서……, 기뻐."

그리고 카렌은 살짝 입가를 실룩이면서 에밀리아와 리스가 있는 쪽으로 다가갔다.

예상했던 대로 두 사람의 자상한 마음씨를 알아준 모양이다. 조금 겁을 먹게 해버렸지만 이렇게 된 이상 시간문제일 것이다. 눈앞에 다가왔는데도 도망치지 않는 카렌을 보고 두 사람이 미소를 지으며 하이파이브를 하고 있었다.

"해냈어요. 다음에는 머리를 쓰다듬어주는 걸 도전해야죠!"

"그래도 급하게 굴면 안 돼. 나도 카렌의 머리를 쓰다듬어주고 싶으니까, 천천히 해나가자."

"해냈구나! 누나! 저기, 카렌, 실은 나도 카렌을 여동생이라고……."

"앗?!"

레우스도 그 흐름에 올라타려 했지만, 카렌이 피아 뒤에 숨어버렸다.

그뿐만이 아니라 에밀리아와 리스도 비난하는 눈초리로 바라보자 뒷모습에서 슬픈 기색을 풍기며 레우스가 나를 돌아보았다.

"형니임……."

"뭐, 우리는 남자니까 어쩔 수 없지. 앞으로 천천히 이해해달라고 하면 돼."

"멍!"

그때, 에밀리아와 리스에게 맡기지 않고 우리가 구하러 나섰다면 카렌이 우리에게 마음을 터놓았을지도 모른다.

하지만 남자인 우리보다 같은 성별인 에밀리아 같은 사람들이 마음을 더 터놓기 편할 것 같고, 여자 일행들이 더 카렌에게 관심을 보이는 것 같으니까.

계기는 사라지긴 했지만, 여자 일행들과 사이좋게 지내다 보면 조만간 우리에게도 마음을 열어줄 것이다.

그런 다음 우리는 모두 함께 마을을 산책한 뒤 근처 식당에 들어가 점심 식사하면서 모은 정보를 공유하고 있었다.

"……그러니까 다음 목적지는 용의 둥지야. 위험한 곳이긴 하지만 가볼 가치는 있을 것 같은데."

"꽤 유력한 정보구나. 이제 무사히 카렌을 집에 데려다줄 수 있을 깃 같아."

"그래. 그런데 유익인이 용과 공존한다니, 신기하네. 카렌, 네가 살던 집 주위에 용이 있었니?"

"응, 용이라면 잔뜩 있어. 왜 여기에는 없는지 신기했는데."

"""………….""""

본인에게 물어보는 게 가장 빠른 방법이었는지도 모르겠지만, 카렌의 설명을 들어보니 집 주위는 산으로 둘러싸인 높은 곳……이라는 것밖에 모르는 것 같았다.

그리고 어린 나이뿐만이 아니라 유익인에게 용은 당연히 함께 있는 존재이기에 우리가 일부러 물어보지 않는다면 차이를 느끼지 못했을 것이다.

"아, 아무튼 틀림없을 것 같은데. 형님."

"그래. 지금쯤 카렌의 어머니가 찾고 있을 테니 오늘 안으로 준비를 마치고 내일 출발하도록 하자."

모두의 의견이 일치했고 주문했던 요리를 대충 먹었을 무렵……, 갑자기 큰 목소리가 식당 안에 울려 퍼졌다.

"저기다! 저기서 밥을 먹고 있는 녀석들이야."

"이봐, 나는 이제 저 녀석들하고 엮이기 싫다고. 돌아가도 되지?"

목소리를 듣고 돌아보니 좀 전에 시비를 걸었던 녀석들이 식당 입구에 서 있다는 것을 눈치챘다.

복수하러 온 건가 싶었는데, 아무래도 상황이 이상하다.

"흐음……, 너희는 이제 돌아가도 된다. 계약도 끝난 거라 생각해도 되겠지?"

"아무리 빌어도 두 번 다시는 안 헤!"

"우리는 분명히 충고했다!"

잘 살펴보니 녀석들은 척 보기에도 뭔가 달라 보이는 남자 한

명을 데리고 있었다.

그 남자는 여기까지 안내해준 것으로 보이는 녀석들에게 자그마한 주머니를 건넨 다음 부드러운 미소를 지으며 우리 앞으로 다가왔다.

"죄송합니다. 잠깐 시간을 좀 내주실 수 있을까요?"

"아……, 으……"

"왜 그러니? 우리가 있으니까 진정해."

그 남자는 상대방이 경계하지 않게끔 미소를 짓고 있었지만, 카렌이 겁을 먹고 피아 뒤에 숨을 만도 했다.

왜냐하면…….

"한 가지만 묻겠는데, 그쪽이 우리에게 무슨 짓을 했는지 알면서도 왔다고 생각해도 되겠지?"

"그야 물론이죠. 그래서 이렇게 여러분께 사죄하러 온 겁니다."

매우 미안하다는 듯이 고개를 크게 숙이고 있는 이 남자는 좀 전에 왔던 녀석들과 마찬가지로 그때 마차에 타고 있었던 사람이기 때문이다. 얼굴과 마력 반응을 기억하고 있으니 틀림없다.

40대 정도로 보이는 남자이고, 나이가 들어서 그런지 차분한 느낌이 들었다. 하지만 카렌을 잡아간 녀석이니 경계해야겠지.

"이 아이가 무서워하니 저쪽에서 이야기하지. 아……, 에밀리아. 같이 가자."

"네!"

일단 사과하러 왔다니 시비조로 대꾸하는 건 어른스럽지 못할 것 같아 에밀리아와 함께 남자를 데리고 다른 테이블로 이동했다. 여담이지만 에밀리아를 데리고 간 이유는 그녀가 함께 가고 싶다며 눈빛으로 호소했기 때문이다.

"그럼 소개부터 드리죠. 제 이름은 아시트. 어떤 나라를 섬기는 상인입니다."

"모험자인 시리우스다."

"시리우스 님의 시종, 에밀리아라고 합니다."

간단히 자기소개를 마친 뒤, 내 맞은편에 앉은 아시트가 주문한 음료수를 권했지만, 나는 정중하게 거절하고 바로 본론으로 들어갔다.

"방금 식사를 해서 괜찮아. 그건 그렇고 사과를 하러 왔다니 우리에게 마물들을 떠넘겼다는 사실을 인정한다는 뜻이겠지?"

"그렇습니다. 뜻밖의 사태에 혼란스러워서 그러긴 했지만, 저번에는 정말 죄송했습니다. 사과해서 끝날 문제는 아니지만 우선 이걸 받아주십시오."

미안하다는 듯이 고개를 숙인 아시트는 품속에서 자그마한 주머니를 꺼내 테이블 위에 올려놓았다.

"……이게 뭐지?"

"이번 일로 폐를 끼쳤기에 드리는 겁니다. 사양하지 마시고 받아주십시오."

아마 안에는 금품이 들어 있을 것이다.

일부러 그린 게 아니라 해도 마물을 떠넘기는 행위는 상대방을 죽이려 한 행위나 마찬가지이기 때문에 그런 짓을 했다는 소문이 퍼지면 상인에게는 치명타가 된다.

다시 말해 여기에는 폐를 끼쳐서 주는 것뿐만이 아니라 입막음 요금까지 포함되어 있을 가능성도 클 것 같다. 그러고 보니 유익인에 대한 정보 수집을 우선시하다 보니 이번 일에 대해서 길드에 보고하는 걸 깜빡했다.

하지만 이렇게 직접 사과하러 왔고, 우리도 다치진 않았으니 용서해줘도 괜찮을 것 같은데, 그냥 넘어갈 수 없는 문제가 한 가지 있었다.

"알았어, 사과는 받아들이지. 그런데 당신에게 물어볼 게 좀 있어. 이미 그 남자들에게 들었을 것 같은데, 우리가 보호한 저 소녀를 미끼로 삼은 이유가 뭐지? 마물들의 주의를 끌려면 마물들을 끌어들이는 열매만 썼어도 괜찮았을 텐데."

"그건 저도 골치 아픈 문제라서요. 전부 그 남자들이 폭주했기 때문입니다."

그 남자들이란 좀 전에 여자 일행들에게 시비를 걸고 아시트를 이곳으로 안내해준 세 사람일 것이다.

아시트는 정말 어이가 없다는 표정으로 어제 있었던 일을 이야기하기 시작했다.

"제게는 전속 호위가 있습니다만, 이 근처를 잘 알진 못합니다. 그래서 주변 상황을 잘 안다는 그 남자들을 고용한 겁니다만, 정말 쓸모없는 녀석들이라서요……."

이 근처라면 맡기라며 근소리를 쳤지만, 보아하니 일을 맡고 싶어서 거짓말을 한 건지 실제로는 잘 알지 못했다고 한다.

그리고 실력도 없는데 거만하기만 해서 늑대와 벌에게 쫓긴 것도 그 남자들이 멋대로 행동했기 때문인 모양이었다.

나아가서는 마물들에게서 도망치다가 공포에 질려 혼란에 빠진 남자들이 카렌을 보고 아시트의 허가도 없이 마물을 끌어들이는 열매를 철제 상자 안에 넣고 마차에서 떨어뜨렸다고 한다.

"의뢰자인 제 말을 제대로 듣지도 않는 남자들이었죠. 애초에 제 사명은 소녀를 어떤 사람에게 데리고 가는 거라 미끼로 이용할 리도 없고요."

"말은 그렇게 하면서 보수는 준 것 같던데?"

"주지 않으면 끈질기게 굴 것 같고, 이번에는 제가 사람 보는 눈이 없었다고 생각해서 지불했습니다. 이미 사정은 길드에 보고하였으니 그 남자들은 언젠가 처분을 받게 될 겁니다."

제대로 이야기를 해보지도 않았지만, 욕망에 충실한 것 같은 녀석들이었으니까.

거짓말을 하는 것 같지도 않으니 이미 보고가 되었다면 그 녀석들은 분명히 길드에서 주의를 받을 것이다. 그럼에도 불구하고 바뀌지 않는다면 언젠가 나쁜 평가가 퍼져서 모험자를 해나갈 수 없을 테고.

"그러니 제가 저 소녀를 버린 건 아닙니다."

"그래, 여러모로 이해가 가는군. 볼 일이 있다는 건 우리뿐만이 아니라는 것도."

"네, 짐작하신 대로 저는 여러분께 사죄하기 위해서만이 아니라 저기 있는 소녀를 회……, 아니, 찾기 위해서 왔습니다."

우리가 떠난 뒤에 아시트 일행이 카렌을 찾으러 현장으로 돌아갔는데, 그곳에는 사람이 죽은 흔적이 없고 마물들의 시체만 있어서 눈치챈 모양이었다.

현장의 흔적을 보고 카렌이 살아 있을 가능성이 크다고 짐작한 아시트는 우리를 쫓아와 마을로 왔고, 그 남자들에게 책임을 지라며 찾아내라고 명령했다고 한다. 그 녀석들이 카렌을 데리고 가려 했던 이유가 뭔지도 알겠다.

그리고 레우스와 호쿠토가 쫓아낸 남자들에게 이야기를 듣고 우리를 찾아온 것이다.

대충 사정을 설명한 다음, 아시트는 좀 전에 꺼낸 주머니보다 훨씬 커다란 주머니를 꺼내 테이블 위에 올려놓았다.

"지금까지 무례를 범한 걸 알면서도 부탁드리겠습니다. 부디 이걸 받으시고 저 아이를 돌려주실 수 없을까요?"

꼼꼼하게도 주머니를 열어 안을 보여주었는데, 예상했던 대로 안에는 금화가 가득 담겨 있었다. 주머니의 크기로 보아하니 분명히 100개 이상……, 전생의 감각으로 따지면 천만 엔 정도는 들어있을 것 같다.

"애초에 저희가 먼저 발견한 아이잖습니까. 그리고 저 아이를 데리고 돌아가지 않으면 제 목숨도 위험합니다."

"…………."

"부족하십니까? 그렇다면 이 정도면 어떨까요."

내기 입을 다물고 있자 아시트는 수머니를 더 꺼내 내 쪽으로 밀었지만, 나는 한숨을 쉬면서 주머니 두 개를 아시트에게 돌려주었다.

"마물들을 떠넘긴 것 때문에 화가 나셨습니까? 아니면 그 남자들이 실례를 범했나요?"

"아니, 그건 상관없어. 그냥 내가 카렌을 넘기고 싶지 않을 뿐이야."

자신의 목숨이 위험하다고 정에 호소하는 듯한 표정으로 끈질기게 매달렸지만, 나는 딱 잘라 거절했다.

카렌이 가고 싶다고 한다면 모르지만, 저렇게 무서워하는 시점에서 이미 싫어한다는 건 분명하니까.

그리고 카렌을 미끼로 삼은 게 아시트가 아니었다고 할지라도 그렇게 한 남자들을 제대로 관리하지 못했다는 것도 그렇고, 카렌에게 음식을 제대로 먹이지 않은 시점에서 용서할 수가 없다.

문득 옆에 서 있던 에밀리아를 돌아보니 진지한 표정을 지으면서도 상대방에게 보이지 않게끔 꼬리를 살짝 흔들고 있다는 걸 눈치챘다. 내가 딱 잘라 거절한 게 기뻤던 모양이다.

"미리 말씀드리지만 저만큼 저걸 비싸게 살 사람은 없습니다. 아무리 희귀하다 해도 저렇게 덜떨어진 날개가 달린 유익인이라면 가격을 깎을 가능성이……."

"저 아이가 남들과 다르다고 해서 어쨌다는 거지? 아무리 돈을 많이 준다 해도 내 대답은 마찬가지야."

보호한 이상 부모 곁으로 돌려보내고 싶고, 모두가 말한 것처럼 카렌은 우리 여동생 같은 아이니까.

"하지만……."

"들으셨겠지만, 저 아이는 시리우스 님과 저희가 책임을 지고 보호할 테니 이만 물러가 주십시오."

그리고 절묘한 타이밍에 에밀리아가 끼어들어서 아시트를 가로막았다.

시종 교육을 통해 익힌 훌륭한 예절과 말 때문에 이야기를 계속할 수 없게 된 아시트는 멍한 표정을 짓고 있다가 잠시 후 씁쓸한 표정을 지으며 머리를 긁기 시작했다.

"……진짜로 돈에 흥미가 없는 건가? 골치 아픈 녀석이 주워가 버렸군."

자기에게만 들릴 정도로 작은 목소리였지만, 마력으로 강화시킨 내 귀는 이 녀석의 진심을 놓치지 않았다.

보아하니 본성을 드러낸 모양인데.

"다 들린다고. 지금까지 보여주었던 억지 웃음보다는 그쪽이 더 자연스럽고 어울리는데."

"쳇, 껄끄러운 녀석이군. 순순히 돈을 받았으면 좋았을 텐데."

인상이 좋아 보이는 미소와 정중한 태도, 그리고 동정을 이끌어 내려는 듯한 말투는 상대방을 방심하게 만들기 위한 아시트의 상투수단이었던 것이다.

저렇게 내숭을 떠는 녀석들은 예전에 여러 번 상대해본 적이 있다. 미처 숨기지 못한 약간의 감정을 파악했기 때문에 나도 일부러 고압적인 태도로 대했던 것이다.

내가 돈으로 움직이지 않는다는 것을 알았는지 아시트는 짜증난다는 듯이 테이블을 손가락으로 두드리며 이쪽을 노려보았다.

"너희들을 위해서 하는 말이다. 어서 저 덜떨어진 걸 넘겨. 안 그러면 후회할 거다."

"거절한다고 했잖아. 그 돈을 써서 적당한 노예라도 찾아보지 그래?"

"그럴 수 있다면 고생도 안 했겠지. 이건 한 나라의 영주님이 직접 하신 의뢰니까. 다시 말해 나를 방해하면 나라를 적으로 돌리게 되는 거다."

"……어느 나라지?"

"태도를 보니 이해한 모양이로군. 유익인을 원하는 곳은 놀랍게도 오벨리스크의 영주님이다."

오벨리스크?

아직 가본 적은 없지만, 아비트레이스 수왕이 가르쳐준 대륙 간 회합에도 참가하는 다른 대륙의 대국 중 하나……였던가?

아시트가 허풍을 떨고 있을 가능성도 있긴 하지만, 저렇게 자신만만한 표정을 짓는 것과 아무렇지도 않게 금화를 낼 수 있는 재력……, 뒤를 봐주는 곳이 있다는 느낌이 들 정도로 여유를 부리는 모습을 보니 무시하긴 힘들 것 같다.

"영주님은 말이지, 신기한 종족을 모으는 취미가 있는 이상한 녀석이긴 하지만 보수는 잔뜩 주는 단골 손님이야. 이 금화도 선불로 받은 것 중 일부지."

"선불로 그렇게 많이 주다니. 그렇게 유익인을 가지고 싶어하는 거야?"

"그래. 그 녀석의 집착은 장난 아니거든? 내가 이번 일을 보고하면 너희들을 지명수배자로 만들면서까지 욕심내겠지. 자, 알

앉으면 저 덜떨어진 걸 얼른 내놔. 그 쓰레기들 때문에 안 그래도 일정에 차질이…….”

“그렇다면 더더욱 넘길 수 없겠는데. 다른 대륙에 가게 되도 고향이 더 멀어지는 것뿐이니까.”

“너, 제정신이냐? 대국이 노리게 될 거라니까?”

“무슨 말인지는 이해했어. 그런데 그게 어쨌다는 거지?”

상대방이 완전히 협박에 나섰지만, 내 대답은 마찬가지였다.

오벨리스크는 아비트레이와 비슷할 정도로 큰 나라인 것 같으니 적대시하게 되면 골치 아파질 게 분명하지만, 카렌이 고향으로 돌아가지 못한다는 것과 비교하면 굳이 따질 필요도 없다. 물어볼 필요도 없겠지만, 내 동료들도 마찬가지 의견일 것이다.

내가 그렇게 거절하자 아시트는 정색하며 헛웃음을 흘리고 있었다.

“하하……, 센 척도 정도껏 하시지. 미리 말해두지만 다른 대륙으로 도망쳐봤자 소용없을걸? 그 나라 녀석들은 적에게 자비심이 없고, 그런 녀석들에게 보낼 특별한 숙청 부대도 키우고 있거든? 도망칠 수 있을 거라…….”

“하지만 그건 당신이 보고한 뒤에나……, 그렇겠지?”

상대방이 협박한다면 이쪽도 맞받아칠 뿐이다. 게다가 강력한 부대를 지니고 있는 대국이라 해도 적이라는 사실을 모른다면 노릴 수도 없을 테니까.

철저하게 저항하겠다는 생각으로 노려보자 아시트의 표정에 확실하게 동요가 드러났다.

하지만 대국 상대로 거래하는 상인답게 이런 상황에는 익숙한 모양이었다. 그가 바로 마음을 다잡았기에 나와 아시트는 한동안 노려보기만 하게 되었다.

"당신, 진심이야?"

"농담으로 이런 말은 안 하지. 희귀한 종족이라면 찾아내지 못했다고 보고해도 둘러댈 수 있을 테고, 더 잘 찾아보면 다른 유익인을 찾아낼 가능성도 있잖아. 전부 당신에게 달렸다고."

다시 말해 카렌과 우리를 잊어버리지 않으면 여기서 당신의 인생을 끝내겠다……는 뜻이다.

그리고 소동이 벌어지지 않을 정도로 날카로운 살기를 뿜어내자 아시트는 크게 한숨을 쉬면서 하늘을 올려다 보았다.

"휴우……, 유익인이 얼마나 희귀한지도 모르는 녀석이 말은 잘하는군. 어쩔 수 없지. 그렇다면 나와 승부를 하는 건 어때?"

"……내용하고 조건은?"

"내일 마을 바깥에서 양쪽 대표들끼리 싸워서 결판을 낸다……, 다시 말해 결투지. 너희가 이기면 여기서 있었던 일은 전부 잊어주고 이 돈도 주마. 우리가 이기면 저 덜떨어진 걸 넘겨."

"승부하는 건 상관없는데, 앙심을 품고 계속 질질 끌면 곤란해."

"나를 얕보지 마. 내가 이런 일을 하고 있긴 하지만 상인의 긍지는 가지고 있다고. 약속한 건 지킬 거고, 만약 우리가 지면 오벨리스크에도 보고하지 않으마. 모처럼 손에 넣을 기회가 생긴 상품을 간단히 포기할 수는 없단 말이지."

끈질긴 것도 상인이기 때문이다……, 아시트는 내 살기를 정면으로 받아내면서 그렇게 말한 다음 자신의 호위에 대해 말하기 시작했다.

어제는 마물들 무리에게서 도망쳤던 주제에 자신만만한 걸 보니 아시트의 전속 호위라는 녀석들이 상급 모험자급 실력자이기 때문이라고 한다.

그렇다면 도망칠 필요도 없었을 것 같지만, 싸우지 못하는 사람을 지키면서 싸우는 건 힘들었는지 그 호위의 판단에 따라 도망쳤던 모양이다.

다시 말해 정면 승부라면 승산이 있다는 뜻인 것 같다.

이번에는 이쯤 마무리 지어야 할 것 같다. 딱히 이 남자를 믿는 건 아니지만, 내버려둘 수도 없으니 승부를 받아들일 수밖에 없는 상황이다.

"알았어, 결투로 정하도록 하지."

"그렇게 나오셔야지. 그리고 내일 말인데……."

아시트는 그렇게 간단한 규칙과 싸울 곳을 정한 다음 테이블에 올려놓았던 주머니를 챙긴 뒤 일어섰다.

"그럼 가보도록 하지. 내일까지 작별 인사를 해두라고."

"잠깐, 이쪽 주머니는 안 가져가나?"

"폐를 끼쳐드린 건 사실이니 그건 드리도록 하죠."

아시트의 태도가 만났을 때 상태로 돌아간 걸 보니 이야기가 끝난 것 같다.

지금 금전적으로는 충분히 여유가 있긴 하지만, 돈이라면 얼마든지 쓸데가 있고 위자료이기도 하니까 그냥 챙겨두기로 했다.

돌아보지도 않고 식당을 나가는 아시트를 바라보고 있자니 옆에서 대기하고 있던 에밀리아가 불쾌해하는 것을 눈치챘다.

"저분은 카렌을 물건으로만 보는군요. 그리고 날개가 조금 특이하다고 해서 그런 호칭으로 부르다니, 용서할 수 없어요."

"모든 걸 완전히 객관적으로만 보는 남자야. 카렌이 무서워하는 것도 이해가 되는데."

"시리우스 님. 만약 내일 승부에 누굴 내보낼지 망설이고 계신다면 부디 제게 맡겨주세요. 상대가 누구라 해도 질 생각은 없습니다."

"정말 믿음직한데?"

"카렌을 넘기고 싶지도 않고, 저는 시리우스 님의 시종이니까요."

에밀리아가 미소를 지으며 그렇게 말하는 게 많이 익숙해졌는데, 저렇게 자랑스러워하면서 웃는 걸 보니 내 마음도 만족스러워졌다.

"그래, 에밀리아는 자랑스러운 시종이야. 물론 부인으로서도."

"우후후, 과찬이세요."

멋대로 승부하기로 정해버렸지만, 이번 같은 경우엔 다들 기뻐하면서 찬성할 것 같으니 이제 온 힘을 다하기만 하면 된다.

자잘한 것들은 모두 함께 생각하기로 하고, 에밀리아의 머리를 쓰다듬으면서 모두가 있는 곳으로 돌아갔다.

아시트가 떠나서 카렌도 진정했을 거라 생각하면서 돌아왔는데, 왠지 분위기가 이상했다.

피아의 옷소매를 붙잡고 있는 건 좀 전과 마찬가지인데, 돌아온 나를 울먹이며 바라보고 있었기 때문이다.

대체 무슨 일인가 싶어서 고개를 갸웃거리고 있자니 카렌에게 다가갈 수가 없는 레우스가 설명해주었다.

"카렌이 말이야, 아까 그 남자에게 가게 될지도 모르겠다고 겁을 먹어서."

"그럴 일은 없다고 계속 타일렀는데, 그 사람을 보면 불안해져서 어쩔 줄 모르는 것 같아."

"여기에서는 이야기가 안 들리던데, 그 남자의 분위기가 중간에 확 바뀌었지? 무슨 일이 있었는지 가르쳐줘."

다들 신경 쓰였던 모양이라 어떻게 된 건지 말하기로 했지만, 더 이상 카렌이 불안해하면 안 될 것 같았기에 내일 하기로 한 승부와 오벨리스크에 대해서는 빼고 설명했다. 다른 사람들에게는 나중에 '콜'로 보고해야겠다.

"그래서 카렌을 넘기라는 제안은 거절했으니까 안심해."

"봐, 내 말이 맞지? 시리우스 씨라면 괜찮다니까."

"······응."

"좋아, 그 녀석도 떠났으니까 슬슬 가자고, 형님."

테이블에 놓여 있던 수많은 그릇이 전부 깨끗하게 비어 있는 걸 보니 내가 아시트와 이야기를 하는 동안 추가로 주문한 요리를 전부 먹은 모양이었나.

점심 식사를 좀 오래 하게 되어버렸지만, 예정대로 출발에 대비해서 장을 보러 가야겠다.

하지만 그 전에 할 일이 있었기에 나는 의자에서 내려오려고 하는 카렌 앞에 앉아서 눈높이를 맞추며 말을 걸었다.

뜻밖의 행동에 카렌이 경계했지만, 도망치려고 하진 않았기에 이야기를 할 수 있을 것 같다.

"카렌. 우리는 아직 네가 어떻게 해줬으면 하는지 못 들었거든."

"……어떻게 해줬으면?"

"그래. 우리는 카렌을 지켜줄 거고, 엄마가 있는 곳으로 데려다줄 생각이야. 그런데 말이지, 카렌이 어떻게 해줬으면 하는지는 아직 못 들었어."

카렌을 보호해서 어머니 곁으로 돌려보내려는 것은 우리가 멋대로 하는 일이고, 카렌은 지금까지 그냥 고개를 끄덕이기만 했다. 보기에 따라서는 우리가 끌고 다니기 때문에 얼떨결에 함께 있는 것 같기도 하다.

물론 이렇게 어린아이가 집으로 돌아가는 걸 싫어할 리는 없으니 무의미한 대화일지도 모른다. 하지만 이런 건 확실하게 자신의 입으로 말하는 것이 중요할 것 같다.

짧은 기간 동안이긴 하지만, 이왕 함께 다니게 되었으니 자신의 감정을 잘 표현할 수 있도록 성장했으면 하니까.

"집으로 돌아가고 싶은지 아닌지, 그것만이라도 좋으니까 대답해줬으면 좋겠어. 카렌이 직접."

"나는……, 집에 가고 싶어. 엄마……, 보고 싶어."

"그래, 알았어. 그럼 우리가 데려다주려고 하는데, 같이 갈래?"

"응! 나는……, 언니들하고 같이 갈래……, 가고 싶어!"

카렌은 겁을 먹고 떨면서도 내 눈을 똑바로 보면서 대답해주었다.

이렇게 대답했으니 충분하다. 그런데 만족스럽게 고개를 끄덕이고 있는 내 옆에서 에밀리아와 다른 일행들이 마치 가슴이 뻥 뚫린 것처럼 굳어 있다는 것을 눈치챘다.

"아……, 귀엽네요."

"나, 나도 카렌이랑 같이 가고 싶어!"

"언니들에게 맡겨. 반드시 카렌을 집에 데려다줄 테니까!"

처음부터 그랬지만, 마음을 사로잡았다는 게 바로 이런 경우일 것이다. 우연이긴 하지만 카렌이 절묘하게 올려다보면서 모성본능과 보호욕을 자극하기 때문이다.

그건 그렇고 언니들……이라. 남자인 나와 레우스를 잘 따르려면 아직 시간이 더 필요할 것 같다.

"형님. 오늘 아침에는 누나들이 작전 회의를 하던데, 우리도 할 필요가 있지 않을까?"

"……그렇지."

호쿠토까지 포함해서 회의해야겠다.

그 이후로 필요한 물건을 사고 저녁 식사까지 바깥에서 마친 우리는 숙소로 돌아와 있었다.

징을 보는 동안 카렌에게 들키지 않게끔 내일 하기로 한 승부와 나라를 적대시할 가능성에 대해 설명했지만, 생각할 틈도 없이 모두가 카렌을 선택했다.

모두의 자상한 마음씨는 자랑스럽긴 하지만, 다툴 여지는 최대한 적은 게 낫다.

그래서 나는 내 방으로 부른 남매에게 어떤 부탁을 한 다음 나갈 준비를 하고 여자 일행들의 방에 와 있었다.

"카렌은 벌써 자?"

"응. 잠깐 한눈판 사이에 잠들어버린 모양이야."

방에 들어가자 카렌은 침대에 엎드린 채 숨소리를 내며 자고 있었다. 왠지 오늘 아침에도 비슷한 일이 있었던 것 같은데, 돌아다니면서 장을 보느라 지친 모양이다.

잘 살펴보니 펼쳐놓은 책 위에 엎드려서 자고 있어서 여러모로 쓴웃음이 나오는 모습이다.

"책이 재미있긴 하지만 졸음을 이길 순 없었나 봐."

이 책은 마을에서 장을 볼 때 발견한 것이다.

이 대륙에 서식하는 식물들에 대해 나와 있는 도감 같은 책이었고, 카렌이 흥미롭게 바라보고 있었기에 내가 사서 선물해주었다.

그럼에도 불구하고 아쉽게도 미소를 보여주지는 않았지만, 고맙다고 인사를 해줬으니 상관없을 것 같다.

그런 다음 카렌은 숙소로 돌아오자마자 졸음에 질 때까지 정신없이 책을 읽고 있었던 것 같다.

"처음에는 무릎 위에 앉히고 같이 읽으려 했는데, 거절당했어. 아쉽네."

"굴하지 말고 다음에도 도전해봐. 저렇게 보면 자세가 신경 쓰이니까. 이왕 볼 거면 앉아서 봤으면 하거든."

등에 날개가 달려 있으니 드러누워서 보긴 힘들 것 같긴 하지만, 엎드려서 책을 계속 읽으면 몸에 부담이 심하다. 그나마 옆으로 누워서 보면 안심이 될 텐데.

어떻게 안 될까 하는 마음에 고민하고 있자니 리스가 자애로운 느낌이 가득한 미소를 지으며 카렌에게 다가갔다.

"이대로 자면 얼굴에 자국이 남으니까 책은 옆에 둘게."

"……음냐."

"하윽?!"

그러자 자고 있던 카렌이 책을 빼내려던 리스의 팔을 껴안았다.

당황하면서도 기뻐하는 리스를 바라보고 있자니 내 옆에 서 있던 피아가 이해가 된다는 듯이 고개를 끄덕이고 있었다.

"카렌은 잘 때 껴안는 버릇이 있는 것 같아. 어제도 내 팔을 껴안던데."

"그럼 껴안는 베개를 만들어 보는 것도 괜찮을 것 같은데."

호쿠토의 털로 껴안는 베개를 만들면 부드럽고 감촉도 좋을 것 같다.

하지만 호쿠토의 털은 빗질을 해줘도 잘 빠지지 않아서 만드는데 시간이 오래 걸린다는 게 단점이다. 가위로 자를 수도 있겠지만, 그러면 너무 불쌍하니까.

껴안는 베개가 있으면 쿠션으로 삼아서 엎드렸을 때 부담도 덜 이줄 수 있을지도 모르겠나. 진싸로 만들시 섬토하고 있자니 살며시 몸을 기댄 피아가 눈을 가늘게 뜨면서 살짝 웃고 있었다.

"후후, 왠지 지금 우리가 아이를 키우면서 고민하는 부부 같아."

"그러고 보니 그렇네. 아이가 생기면 이런 느낌이려나?"

"우리 아이는 언제쯤 생길까? 나는 언제든지 상관없는데."

"그렇게 따지고 들면 곤란한데."

사실 본인의 적극적인 요구로 피아에게만은 아이가 생기게끔 하고 있는데, 전혀 안 된다고 해도 될 정도로 아이가 생기지 않고 있다.

엘프의 출생률이 극단적으로 낮다는 말을 듣긴 했는데, 설마 이 정도일 줄은 몰랐다.

그래도 인간족과 아이를 만든 사례가 있는 것 같으니 뭔가 독특한 법칙 같은 게 있을지도 모르겠는데……, 지금까지는 알아내지 못하고 있다.

"미안해. 카렌을 보니까 욕심이 좀 생긴 것 같아. 내가 엘프여서 그런 거고, 당신 잘못이 아닌데."

"신경 쓰지 마. 나도 노력할 테니까 마음을 급하게 먹지 말자고. 인생을 즐기는 게 우리잖아?"

"……그렇지. 어머니뿐만이 아니라 연인으로서도 날마다 즐겨야겠어. 그런데 벌써 나가려고?"

"그래. 다들 잠들기 전에 돌아올게."

"당신이라면 별일 없긴 하겠지만, 조심히 다녀와."

"카렌은 내게 맡겨."

내가 뭘 하려는 건지 알고 있으면서도 리스와 피아는 미소를 지으며 보내주었다.

그런 두 사람에게 고마워하며 나는 내 방으로 돌아왔다.

방으로 돌아오자 책상 앞에서 작업하고 있던 남매가 내가 온 것을 알고 고래를 들었다.

나와 마찬가지로 남매도 외출할 준비뿐만이 아니라 무기까지 가지고 있어서 그야말로 싸우러 갈 차림새이기도 했다.

"시리우스 님. 저희 준비는 다 끝났습니다."

"나도 마찬가지야. 호쿠토 씨도 방금 물어보고 왔는데 문제없대."

남매가 작업을 하면서 바라보고 있던 것은 대충 손으로 그린 이 마을의 약도였다.

약도는 우리가 머무르고 있는 숙소를 중심으로 그려져 있었고, 침입 예상 루트와 사각이 될 만한 곳에 동그라미가 쳐져 있었다.

내가 남매에게 부탁했던 것이란 숙소 주변을 돌아다니면서 이 약도를 만드는 것이었다.

"고생했어. 예정대로 이 위치는 에밀리아가 지키고, 레우스는 정면에서 미끼 역할하고 위협을 주는 역할을 맡도록 해. 무슨 일이 생기면 임기응변으로 움직이고."

"알겠습니다."

"맡겨줘! 형님!"

"나는 돌아다니면서 정보를 수집해볼 거야. 상황에 따라서는 숙소를 벗어나게 될 테니까 뒷일은 맡길게."

내일은 아침 일찍부터 아시트와 승부하기로 되어 있는데, 어째서 우리가 싸움에 나설 채비를 하고 있는 걸까?

그 이유는 아시트가 보낸 자객이 카렌을 노리고 덤벼들 가능성이 있기 때문이다.

"그런데 형님, 정말 적이 올까?"

"그렇게 욕심이 많은 녀석은 수단을 가리지 않을 경우가 많아. 대비해둬서 손해는 없겠지."

그때, 상인으로서 긍지가 있다고는 했지만, 강력한 배경을 아무렇지도 않게 내보인 시점에서 이미 수상쩍다.

그런 녀석이 우리에게 승부하자고 제안한 것은 내가 협박에 굴하기는커녕 오히려 협박했기 때문일 것이다. 그곳에서 바로 싸우는 건 바람직하지 않다고 판단하고 일단 도망치기 위해 말한 구실일 것 같다.

애초에 아시트는 카렌만 확보하면 될 테니 밤중에 자객을 보내서 우리를 처리하면 승부 같은 건 하지 않아도 상관없다. 승부 시간을 이른 아침으로 잡은 것도 우리가 일찍 자게 만들기 위해 잔머리를 굴렸기 때문일 것이다.

물론 습격하지 않을 가능성도 있지만, 그래도 상관은 없다.

내일 승부에서 사양하지 않고 박살 내서 두 번 다시 우리에게 참견할 수 없을 정도로 공포를 심어주기만 하면 된다.

"녀석들은 우리가 마물 무리를 쓰러뜨릴 수 있는 실력을 지니고 있다는 사실을 알고 있을 거다. 대규모로 쳐들어오기만 하는 거라면 괜찮겠지만, 뒤에서 몰래 잠입하는 녀석들을 고용했을 가능성도 크지. 기척은 항상 예민하게 파악하도록."

"그래! 숨어드는 녀석이라면 우리들이 딱이지."

"네. 어떤 상대가 온다 해도 숨은 시리우스 님을 찾는 것과 비교하면 편하죠."

기척에 예민한 것뿐만이 아니라 후각이 뛰어난 은랑족과 호쿠토 상대로 숨는 것은 매우 힘들 것이다. 요즘은 나도 진심으로 숨지 않으면 금방 들켜버릴 정도니까.

"무슨 짓을 할지 모르니 무리하지 말고, 지나치게 추격하지 말도록 해. 어디까지나 카렌을 지키는 게 제일 중요하니까."

지금까지 내가 몰래 움직였다는 사실을 다들 이미 알고 있겠지만 내 마음을 헤아려서 일부러 이야기를 꺼내진 않았다.

하지만 지켜주기만 하는 건 싫다고 했던 게……, 반년 정도 전이었나?

그 이후로 이번 같은 상황이나 몰래 움직이는 녀석들과 엮이게 되면 모두에게 설명하고 도움을 받게 되었다. 이제 어린아이도 아니고, 여러 가지 경험을 쌓기 위해 허락한 것이다.

하지만 암살만은 시킬 생각도 없고, 허락할 생각도 없다. 그렇게 더러운 일들은 나 혼자만으로도 충분하니까.

그대로 조용히 시간이 지나서 사람들이 잠드는 늦은 밤이 되었을 무렵, 숙소 지붕에 앉아서 대기하고 있던 나는 바람이 불어오는 방향 반대쪽에서 묘한 기척을 느꼈다.

곧바로 '서치'를 발동시켜서 주위를 조사해보니 이쪽으로 접근하는 반응을 몇 개 포착했다.

주정뱅이치고는 숫자가 많았고, 무엇보다 일직선으로 이쪽을 향해 다가오고 있으니 틀림없을 것이다.

나는 다른 곳에서 대기하고 있던 남매에게 '콜'을 발동시키며 지붕에서 뛰어 올랐다.

"온 모양이야. 예정대로 부탁한다."

『네!』

『맡겨둬!』

그럼 튄 불똥을 털어내러 가자.

소리없이 땅바닥에 착지한 나는 녹아드는 듯이 어둠 속으로 몸을 숨겼다.

── 아시트 ──

정말 건방지고 골치 아픈 녀석들과 만난 날 밤, 나는 숙소의 방에서 술을 마시며 욕설을 내뱉고 있었다.

"젠장, 어째서 이렇게 일이 안 풀리는 건지……."

이렇게 마을에서 가장 호화로운 숙소에 머무르면서 일을 마친 다음 맛있는 술도 마시고 있는데, 아까부터 짜증이 가시질 않는다.

원래 예정대로였다면 선금도 남은 상태고, 목표인 유익인을 확보했을 텐데.

"안 그래도 골치 아픈 종족인데, 더 이상 낭비하지 않았으면 좋겠다고."

얼마 전……, 내 단골손님인 오벨리스크의 영주가 유익인을 가지고 싶다고 했다.

선뜻 내민 선금과 막대한 보수에 눈이 멀어서 의뢰를 받아들인 것까지는 좋았는데, 현지에서 조사해보니 유익인이란 종족이 상상했던 것보다 골치 아픈 종족이라는 것을 알게 되었다.

희귀한 이유가 적은 숫자 때문인 줄 알았는데, 설마 용이 사는 산속에 살고 있을 줄이야. 그 녀석이 거금을 아낌없이 낼 만도 하지.

뭔가 성과를 내지 못하면 그 영주에게 버림받을 것 같고, 최악의 경우에는 우리가 죽었다고 위장하고 도망치는 것도 생각해봤지만……, 역시 보수는 아깝다.

그래서 최대한 발버둥쳐보려고 우선 현지에 대해 잘 아는 모험자를 고용하기로 했다.

모험자에게 용의 둥지까지 안내를 받고, 척후가 특기인 내 호위가 용의 눈을 피해 유익인을 납치해오는 작전으로 가기로 한 것이다.

그리고 조건에 맞는 모험자를 찾아서 목적지로 가던 도중에 운 좋게도 유익인을 확보할 수 있었다.

상류에서 떠내려온 모양인지 휴식하러 잠깐 들렀던 강가에 유익인 꼬맹이가 쓰러져 있는 걸 발견했고, 살아 있다는 걸 알았을 때는 소리를 지르며 기뻐했다.

어른이 아니라 꼬맹이라는 점도 좋다. 그 변태 영주님은 직접 목줄을 매는 게 취향이니까, 보통 도망치지 못하게 만드는 예속의 목줄을 달지 않더라도 꼬맹이라면 간단히 도망치지 못하기 때문이다.

뭐, 날개가 이상하게 생겨서 덜떨어진 것 같은 유익인이지만, 그 꼬맹이가 유익인이라는 건 분명하다. 이제 죽지 않을 정도로만 밥을 주면서 오벨리스크로 돌아가기만 하면 된다.

딱히 고생도 하지 않고 거금을 얻을 수 있게 되어서 기뻐하고 있었는데…….

"빌어먹을! 몇 번을 생각해봐도 열 받는군. 전부 그 쓰레기 놈들 때문이야!"

그 모험자를 자칭하는 쓰레기들을 고용했던 것은 안내뿐만이 아니라 용에게 미끼로 써먹기 위해서이기도 했다.

그래서 말빨에 넘어가기 쉬운 바보를 고용했는데, 내가 한눈을 판 사이에 그 쓰레기들이 마화벌 둥지를 발견하고 건드려버렸다.

그 때문에 우리는 마물 무리에게 쫓기게 되었는데, 가장 용서할 수 없는 건 그 덜떨어진 것을 미끼로 삼으려고 멋대로 마차에서 떨어뜨린 것이다.

그대로 계속 달려갔다면 마물에게서 충분히 도망칠 수 있었을 텐데, 겁내기는.

"정말 그런 꼴로 용케 지금까지 살아남았군."

그런 내 불평을 듣고 있던 호위……, 커틀러스가 맞장구를 치는 듯이 고개를 끄덕이고 있었다.

모험자 등록을 하진 않았지만, 상급 모험자와 맞먹는 실력을 지닌 형제 중 형이고, 나와 오랫동안 함께 지낸 호위 겸 파트너다.

"뭐, 그 운도 여기까지겠지. 동생의 표적이 되었으니 살아남지는 못할 거야."

그리고 그 쓰레기들은 좀 전에 커틀러스의 동생이 처리했다.

짜증이 나기도 하지만, 일도 제대로 못 한 쓰레기들에게 돈을 한 푼도 주고 싶진 않았기에 돈을 회수할 겸 처리하도록 했다.

오히려 중간에 지불한 식비까지 돌려받고 싶을 정도인데, 안타깝게도 내가 마지막으로 건넨 보수 말고 다른 돈은 가지고 있지 않았던 것 같다. 죽은 뒤에도 열 받게 만드는 쓰레기들이다.

"그러니 이제 쓰레기들은 잊어버려. 문제는 그 녀석들이라고."

결과적으로 그 덜떨어진 게 살아있어서 다행이지만, 그걸 주운 녀석들……, 특히 그 건방진 애송이는 골치가 아프다.

돈에 전혀 흥미가 없는 것뿐만이 아니라 오벨리스크라는 이름으로 협박했는데도 굴하기는커녕, 오히려 나를 협박할 줄은 몰랐지.

묘하게 강해 보이는 종마를 데리고 다니는 데다, 우리가 떠넘긴 마물들에게 습격당했는데도 피해가 전혀 없는 것 같았으니까.

다시 말해 그 정도로 힘을 지니고 있으니 억지로 뺏는 것도 힘들겠다고 판단한 나는 마을에 있는 불량배들을 돈으로 모아서 커틀러스의 동생 일행과 함께 녀석들이 있는 숙소를 습격하라고 명령한 것이다.

덕분에 선금이 거의 남지 않게 되었지만, 그 녀석들 일행 중에서 엘프와 은랑족을 팔면 충분히 돈벌이가 될 것 같다.

"상대방은 겨우 다섯 명이지만, 묘하게 커다란 늑대도 있으니까. 만에 하나를 대비해서 인원도 충분히 모았으니 오늘 밤 안으로 결판이⋯⋯, 응?"

"오, 호랑이도 제 말하면 온다더니."

술이나 안주를 추가로 주문하지도 않았으니 이 시간에 문을 두드릴 녀석은 커틀러스의 동생이나 고용한 녀석들 말고는 없을 것이다.

"⋯⋯누구냐?"

"나야. 의뢰를 완료했다고 보고하러 왔지."

"오, 기다리고 있었다!"

커틀러스가 경계하면서 문을 열어보니 망토와 후드로 온몸을 가린 남자가 커다란 주머니를 떠안고 서 있었다.

정말 수상쩍은 남자이긴 하지만 이 녀석은 이번 같은 일을 생업으로 삼고 있기 때문인지 모습을 드러내는 걸 싫어해서 처음부터 이런 차림이었다.

뭐, 얼굴이나 몸이 보이지 않는다 해도 묘하게 큰 키와 특이한 목소리로 보아하니 내가 고용한 남자가 분명했기에 커틀러스에게 말해서 방 안으로 들어오게 했다.

"결과는 어때?"

"이 안에 있어. 지금은 약으로 재워두었고."

그리고 방안으로 들어온 남자가 가지고 있던 주머니를 바닥에 내려놓자 그 충격 때문에 입구로 하얀 깃털이 몇 개 튀어나왔다. 저 새하얀 깃털은 유익인의 깃털이 틀림없는 것 같다.

나는 미소를 지으며 보수를 꺼내려 하다가 남자가 아무도 데리고 오지 않았다는 것을 눈치챘다.

"잠깐, 나머지 여자는 어쨌지?"

"엘프와 은랑족 여자라면 바깥에 대기하고 있는 다른 녀석들이 맡아두고 있다. 그쪽은 돈을 받은 다음에 넘기지."

"그 건방진 애송이는 어쨌어?"

"처리했다. 인질을 쓰니 얌전하더군."

그렇게 말하며 꺼낸 것은 그 애송이에게 주었던 입막음용 금화 주머니였다.

"좋다. 자, 이게 보수다."

"……꽤 얕잡아본 모양이군."

하지만 보수를 확인한 남자는 불만이라는 듯이 말했다. 확보한 엘프와 은랑족을 팔면 더 많은 돈을 벌 수 있을 테니 무슨 심정인지는 이해가 되지만.

그래도 더 이상 돈을 낼 여유는 없다. 이번 일은 한 나라를 적대시할 수도 있는 의뢰라고 하니 투덜거리면서도 갔으면서 진짜를 보니 욕심이 생긴 건가?

어쩔 수 없지, 누구를 적으로 만들게 되는지 다시 알려…….

"잠깐! 이 녀석! 아니야!"

"응? 아니………… 윽?!"

커틀러스가 소리를 질러서 눈치챘는데, 남자가 불만스럽게 말했을 때의 목소리는……, 뭔가 묘했다.

쉰 듯한 목소리가 젊은 느낌이라고 해야 하나, 아무튼 다른 사람이라는 사실을 커틀러스보다 늦게 눈치챈 순간, 남자가 망토를 벗어 던지고 정체를 드러냈다.

"너희 꿍꿍이는 잘 들었어."

"네, 네놈?!"

그곳에 있던 것은 덜떨어진 것을 주운 그 애송이였다.

하지만 내가 캐묻기도 전에 커틀러스가 움직였고, 애송이의 얼굴을 향해 나이프를 찔렀지만……, 정신을 차리고 보니 오히려 커틀러스가 공중에 뜬 뒤 바닥에 내동댕이쳐졌다.

멍하게 바라보고 있는 동안 커틀러스를 걷어차서 기절시킨 애송이는 꺼낸 밧줄로 커틀러스의 몸을 묶은 다음 나를 돌아보았다.

"이제 너하고 느긋하게 이야기를 나눌 수 있겠는데."

그 눈은 낮에 보았던 온화한 눈빛이 아니라 커틀러스가 꼬맹이처럼 보일 정도로 날카로웠고, 숨이 막힐 정도로 강한 위압감을 뿜어내고 있었다.

손을 뻗어도 닿지 않을 거리에 있는데도 불구하고 마치 목덜미에 나이프를 들이대고 있는 것 같은 느낌이 드는 와중에 애송이는…….

"자……, 낮에 말했던 상인의 긍지라는 걸 한 번 더 말해보시지."

상황에 어울리지 않게 시원스러운 미소를 짓고 있었다.

—— 시리우스 ——

우리를 노리고 있는 것 같은 집단이 다가오는 와중에 나는 여관 전체를 둘러볼 수 있을 정도로 높은 지붕 위에서 몸을 숨긴 채 남매의 상황을 확인하고 있었다.

넓은 범위에 '서치'를 사용한 결과, 이쪽으로 다가오는 수상쩍은 반응의 숫자는 스무 명 정도였고, 그중 세 명이 여관 뒤쪽으로 다가오고 있었다.

그리고 정면에서 당당하게 다가오는 집단이 숙소에서 조금 떨어진 곳에 서 있던 레우스와 마주친 모양이었다.

"너는 뭐야? 우리는 이 여관에 볼일이 있으니까 얼른 비켜."

"대충 열다섯 명 정도인가? 꽤 많네."

레우스의 역할은 정면에서 다가오는 적을 요격하는 것이다.

그렇게 레우스 앞으로 다가온 녀석들은 아무래도 아시트가 돈으로 고용한 불량배들인 것 같았다. 다양한 옷차림을 보니 모험자도 꽤 있는 모양이었다.

아시트는 우리의 실력을 어느 정도 파악하고 있을 테니 사람들을 많이 모으면 이길 수 있……고 생각하진 않을 것이다.

다시 말해 정면에서 온 집단은 미끼이고, 진짜배기는 뒤쪽으로 온 세 명인 것이다. 아시트의 목적은 카렌이니까 딱히 우리를 쓰러뜨릴 필요는 없을 테고.

"은발하고 늑대 귀……, 이야기를 들었던 은랑족인가? 저게 목표야?"

"아니, 잡는 건 여자쪽이고 남자는 마음대로 하라던데?"

"그럼 단숨에 해치워버릴까."

"너희들, 여기에 무슨 볼일로 왔는지 알려주면 안 될까?"

레우스는 조용히 물었지만, 모험자들의 대답은 무기를 겨누는 것이었다.

그 모습을 본 레우스는 한숨을 쉬면서 등에 메고 있던 대검을 뽑아 강파일도류 자세를 취하면서 다시 말을 걸었다.

"미리 말해두지만 지금 돌아간다면 쫓아가지 않을 거야. 하지만 공격한다면 안 봐줄 거다."

"꽤 세게 나오는 녀석이네. 설마 우리가 예의를 지키면서 차례차례 공격할 거라 생각하는 거냐?"

"하하, 모험자를 하다 보면 이런 녀석들이 있지. 원망할 거라면 그 남자에게 찍힌 걸 원망해라."

"아무리 봐도 도적인 것 같은 너희가 모험자라니, 이상하잖아."

"입만 살았군……, 윽?!"

레우스의 예리한 지적을 듣고 한 사람이 앞으로 뛰어나가려 했지만, 바로 멈춰서게 되었다.

왜냐하면 레우스가 누구보다 빠르게 파고들어서 휘두른 대검의 칼끝이 남자의 눈앞에 있었기 때문이다.

그 움직임을 전혀 따라잡지 못한 모험자들이 멍해진 와중에 원래 위치로 돌아온 레우스는 주위를 노려보면서 다시 대검을 겨누었다.

"이게 마지막 충고야. 이렇게 사람이 많아서 힘 조절을 하기 힘드니까 누가 죽더라도 난 모른다?"

"계속 까불어 대기는……, 크헉!"

"동시에 덤비면……, 커헉?!"

수적 우세라는 상황이 그들을 용감하게 만들었는지 모험자들이 소리를 지르며 차례차례 덤벼들고 있었다. 하지만 레우스가 검을 휘두른 것과 동시에 몇 명이 한꺼번에 날아갔고, 근처에 있던 화단이나 어둠 속으로 사라졌다.

　동시에 공격했지만 레우스의 앞에 보이지 않는 벽이 있는 것처럼 튕겨져나가는 광경을 본 모험자들은 멈춰 설 수밖에 없었다.

　"젠장?! 다가갈 수가 없어!"

　"나이프다! 원거리에서 공격해!"

　"이 정도는 별것 아니지!"

　하지만 원거리 공격 정도로 초조해할 레우스가 아니었다.

　주위에서 날아드는 수많은 나이프를 냉정하게 대검과 수갑으로 전부 쳐낸 레우스를 보고 저 녀석들도 어떻게 해볼 수가 없는 실력차이를 깨달은 것 같다.

　"대체 어떻게 된 거야?! 이렇게까지 강하다고 하진 않았는데!"

　"……어떻게 하지?"

　"저 녀석이 도망쳐도 쫓아오지 않는다고 했었지?"

　그제야 도망치는 것을 염두에 두기 시작하는 것 같은데, 그런 생각을 할 여유가 있다면 바로 도망쳐야지. 만약 레우스가 힘 조절을 하지 않았다면 이미 몸이 두 동강 났어도 이상하진 않을 테니까.

　위기의식이 부족한 녀석들만 고용한 걸 보니 미끼뿐만이 아니라 버림말로서도 이용하려는 모양이다. 역시 진짜배기는 숙소 뒤쪽에서 오는 별동대인가?

여기는 레우스에게 맡겨두어도 괜찮을 것 같은데, 신경 쓰이는 남자 한 명이 나타났다.

다른 모험자들보다 몸집이 크고 강자의 분위기를 풍기는 남자다. 저번에는 너무 대충 고용해서 쓴맛을 보았기 때문인지 저 녀석들을 관리하는 감시역 같다.

저 남자를 몰래 잡아서 상대방의 정보를 얻어야 할지 고민하고 있자니 마음이 약해져서 도망치려던 모험자 한 명이 그 남자 옆을 지나치려 하자…….

"어이쿠, 멋대로 도망치면 안 되지."

남자가 도망치던 모험자의 얼굴을 붙잡은 다음 그대로 몸까지 통째로 들어 올렸다. 장비를 장착하고 있는 성인 남자를 한 손으로 들어 올리다니.

레우스도 쉽사리 이기지 못할 것 같다고 생각한 순간……, 그 남자가 얼굴을 붙잡고 있던 손에 힘을 주었고 무언가가 부서지는 듯한 소리가 난 것과 동시에 땅바닥을 향해 모험자를 내던졌다.

"윽?! 이 자식! 무슨 짓이야!"

땅바닥에 떨어진 모험자는 머리가 박살 나서 완전히 숨이 끊어진 건지 꿈쩍도 하지 않았다.

적이긴 하지만 목숨을 쉽사리 빼앗는 행동을 본 레우스는 매우 화를 냈지만, 남자 쪽은 뭐가 이상하냐며 의아해하고 있었다.

"싸우지도 않는 겁쟁이를 정리했을 뿐이야. 왜 네가 화를 내는 거지?"

"그렇게까지 할 필요는 없잖아! 막으려면 때리기만 해도 충분할 텐데!"

"때리기만 하면 재미가 없잖아? 살을 뭉개는 소리와 감촉이 기분 좋은데 말이야."

사람의 목숨을 빼앗는 것을 망설이지 않는 정도가 아니라 기뻐할 정도로 바람직하지 못한 성벽을 가지고 있는 것 같다.

남자의 그런 이상한 모습에 모험자들도 위험하다고 생각했는지 쏜살같이 도망치기 시작해서 정신을 차리고 보니 레우스와 그 남자가 맞대결을 벌이는 듯한 상황이 되어 있었다.

"아, 너희들. 그렇게 도망치지 말라고. 쫓아가는 게 귀찮아지잖아."

"네가 싸울 상대는 나일 텐데. 얼른 덤비시지!"

내버려 두면 위험할 것 같다고 판단한 레우스는 남자 막을 막아섰지만, 들고 있던 검을 칼집에 넣고 땅바닥에 내려놓은 뒤 주먹으로 싸울 자세를 취했다.

"뭐야, 그건 안 쓰나?"

"너처럼 강해 보이는 녀석하고 검으로 싸우면 죽여버릴지도 모르니까. 나는 누나들을 노리는 녀석들을 용서할 수 없지만, 너 같은 녀석이 되고 싶진 않아."

목숨을 걸고 싸우는 거니 레우스가 한 행동이 어설프다고 생각하는 사람도 많을 것이다.

하지만……, 너는 그러면 된다.

생명의 소중함을 이해하고 그것을 경솔하게 다루려 하지 않는 레우스가 자랑스럽다.

"하하! 검에 의존하는 녀석이 나와 몸싸움을 벌이겠다는 건가? 재미있는데!"

상대방의 상황 같은 건 신경 쓰지도 않는지, 그 남자는 이야기를 하던 도중에 레우스에게 다가가 주먹을 휘둘렀다.

멀리에서도 바람을 가르는 소리를 들을 수 있을 정도로 예리한 일격이었지만, 레우스는 몸을 비틀어서 피했고, 카운터를 날리는 듯이 남자의 배에 주먹을 때려 넣었다.

"호오……, 꽤 하는데. 검뿐만이 아니라 주먹도 꽤 쓰나 보지?"

하지만 반대쪽 팔로 막았는지 그 남자는 오히려 즐겁다는 듯이 미소를 짓고 있었다.

"이거 박살 낼 보람이 있겠는데. 이봐, 네 이름을 알려줘."

"……레우스다."

"나는 매드다. 그럼 네 살을 뭉개주마!"

매드라는 남자는 눈을 번뜩이며 달려들었고, 이번에는 주먹을 휘두르는 것이 아니라 붙잡으려는 듯이 움직였다.

상대방의 몸을 뭉개는데 이상할 정도로 집착하고 있으니 잡히면 매우 골치 아플 것이다. 평소라면 맞서서 힘 대결을 벌였을지도 모르겠지만, 지금 레우스는 조금 다르게 행동하는 것 같았다.

"하앗! 흐읍! 젠장, 잽싸기는!"

"네 움직임이 조잡한 거야."

그냥 피하기만 하는 게 아니라 남자가 뻗은 팔을 손과 팔꿈치로 치면서 흘리는 저 움직임……, 내가 레우스의 공격을 쳐낼 때 보여준 움직임인데.

검을 사용하면 힘조절을 하기 힘들 뿐, 나나 호쿠토와 모의전을 계속 벌여온 레우스에게는 버거운 상대가 아닐 것 같다. 매드의 움직임을 완전히 간파하고 있다.

"……다른 건 없나 보네."

"이 자식! 까부는 거냐!"

"아, 미안해. 보이길래 나도 모르게."

그 증거로 숙소 쪽으로 다가가는 적이 있는지 한눈을 팔면서 싸우고 있다. 지키기 위한 싸움이니 상관없긴 하지만, 레우스의 방식은 정반대다. 주위를 기척으로 살피고 눈은 상대방에게서 돌리면 안 되는 거니까.

레우스는 도발할 생각이 없지만, 매드가 보기에는 기분이 좋지 않을 것이다. 짜증을 드러내면서 더욱 빠르게 움직이기 시작했다.

"하하! 잡았다!"

상대방도 레우스의 움직임에 대처하기 시작했는지 움직임에 변화를 주면서 기어코 레우스의 팔을 잡는데 성공한 모양이었다.

곧바로 팔을 박살 내기 위해 힘을 주었지만, 기대했던 소리가 들리지 않자 웃음소리가 멎었다.

"이 정도로 내 팔을 박살 낼 수 있을 거라 생각하지 말라고!"

날마다 훈련을 거듭해서 단련한 근육과 완력으로 인해 레우스의 팔은 철조차 능가할 정도로 단해졌다.

자신의 악력이 통하지 않는다는 사실 때문에 깜짝 놀란 상대방의 배에 레우스가 발차기를 때려 넣었지만, 매드는 끙끙대면서 몇 발짝 물러날 뿐이었다.

"커……헉?! 이…… 자식이!"

"안 되네. 그럼 이건 어때!"

상대방도 레우스와 맞먹을 정도로 몸이 튼튼한 모양이었다. 한쪽 무릎을 꿇은 채 숨을 헐떡이고 있긴 하지만 아직 싸울 수 있다는 듯이 레우스를 노려보고 있었다.

그 모습을 본 레우스는 허리를 조금 숙이고 오른쪽 팔을 뒤쪽으로 돌린 채 마력을 집중시킨 뒤 기합을 넣으며 그 기술을 날렸다.

"울프…… 팽!"

"뭐?! 으, 아아아앗?!"

레우스의 할아버지…… 가브에게 배운 필살기가 방어 자세를 취한 매드의 두 팔에 맞았고, 그 일격이 상대방의 방어를 뚫고 뒤쪽으로 멀리 날려버렸다.

날아가서 어둠 속으로 사라진 매드는 어딘가의 벽에 격돌한 뒤 움직이지 않게 되었다.

일단 '서치'로 매드를 확인해보니 의식을 잃었을 뿐, 죽지는 않은 것 같았다.

하지만 충격으로 보아 팔뼈는 확실하게 부서졌을 테니 앞으로는 두 번 다시 다른 사람을 뭉갤 힘을 내지 못할 것이다.

"너무 심했나? 그래도 뭐……, 상관없겠지. 그런 짓을 즐기는 팔 같은 건 없는 게 나으니까."

레우스는 때린 감각을 통해 중상을 입혔다는 사실을 알아차렸지만, 별로 신경 쓰지 않고 내려놓았던 검을 회수하고 있었다.

그건 나도 마찬가지 생각이었기에 레우스가 신경 쓰지 않는다면 괜찮겠지.

그렇게 가장 강해 보이던 매드를 쓰러뜨리자 남아서 상황을 지켜보던 모험자 몇 명도 완전히 전의를 상실한 모양이었다.

"당신들은 어떻게 할 거야? 돌아갈 거라면……."

"마, 말도 안 돼. 더 이상 괴물들하고 같이 있을 순 없지!"

"가는 김이 저 녀석도 데리고……, 아, 가버렸네."

숙소 정면을 지키는 것이 주된 역할이라 그런지 멀리 날려버린 매드가 어떤 상태인지 보러 가는 것 같지도 않고, 레우스 쪽은 이제 괜찮을 것 같다.

참고로 번갈아가며 지켜보고 있던 에밀리아 쪽은 딱히 문제가 없었고, 슬슬 결판이 날 것 같다.

나는 꽤 믿음직해진 남매의 성장에 만족하면서 다른 곳으로 이동했다.

"아, 시리우스 님."

"고생했어. 이쪽은 문제가 없는 것 같네."

레우스가 매드와 싸우는 동안 숙소 뒤쪽에서 에밀리아가 조용히 싸우고 있었고, 내가 갔을 무렵에는 이미 끝난 상태였다.

이야기도 제대로 듣지 못하고 미끼로 이용당한 모험자들과는 달리 이쪽은 실력뿐만이 아니라 은밀 행동에 익숙한 자들이 기습하기 위해 다가오고 있었지만, 지붕 위에서 오히려 먼저 기습한 에밀리아가 쉽사리 기절시켰기에 지금은 밧줄로 묶인 채 땅바닥에 굴러다니고 있었다.

상대방이 세 명밖에 안 된다고 해도 단숨에 제압하고 눈 깜짝할 새에 밧줄로 묶은 솜씨는 대단한데…….

"재주가 좋구나."

"시종으로서 당연한 소양이니까요."

어떻게 이렇게 복잡하면서도 깔끔하게 묶을 수 있는 거지? 이 매듭은 아무리 봐도 거북이 모양을 본떠 만든 그건데.

팔다리도 확실하게 묶었으니 문제는 없지만, 나는 이런 방식을 가르쳐준 적이 없다. 애초에 밧줄을 다루는 재주가 시종으로서 어떤 소양인 건지 나중에 캐묻고 싶어질 정도다.

에밀리아에게 태클을 걸만한 구석이 많긴 하지만, 지금은 해야 할 일을 먼저 해야 한다.

칭찬해달라는 듯이 꼬리를 흔들고 있던 에밀리아의 머리를 쓰다듬고 있자니 마차를 보관해둔 창고에 있던 호쿠토가 다가왔다.

"멍!"

"그쪽도 끝난 것 같네."

사실 호쿠토 쪽으로도 세 명 정도가 다가갔지만, 당연하게도 쉽사리 물리쳤고, 지금 그 세 사람을 기절시킨 상태로 호쿠토가 끌고 왔다.

그 남자들도 에밀리아에게 묶였고, 모두 합쳐 여섯 명이 된 습격자들을 내려다보고 있던 나는 망토로 온몸을 가리고 있고 키가 큰 남자에게 눈독을 들였다.

"이 녀석이군. 에밀리아, 미안하지만 이 남자의 밧줄을 풀어줘."

"알겠습니다. 그런데 이분을 어떻게 하시려는 거죠?"

"망토를 좀 빌리려고. 이 남자 행세를 하면서 녀석들과 접촉하고 올 거야."

"네에……."

조건에 맞는 녀석이 없다면 다른 방법을 생각할 예정이었지만, 이 남자라면 충분할 것 같다.

그런데 몸을 망토로 가려도 이 남자의 키가 너무 커서 금방 들켜버릴 것이다. 그래서 정말 이 남자 행세를 할 수 있을지 에밀리아가 의아해하며 남자의 밧줄을 푸는 동안 나는 마차 안에서 어떤 것을 가지고 왔다.

"그건 예전에 레우스에게 신기셨던 신발이죠?"

"그래, 키높이 나막신이야. 이걸 신고 몸을 망토로 가리면 적어도 키는 속일 수 있겠지?"

레우스의 균형 감각을 단련시키기 위해 만든 거였는데, 이런 식으로 쓸 수도 있다.

"이제……, 이봐, 일어나."

망토를 회수한 다음 다시 묶은 남자의 볼을 살짝 때려서 억지로 깨운 다음 몇 가지 물어보니 역시 예상했던 대로 이 녀석들은 아시트의 의뢰로 카렌을 빼앗으러 온 모양이었다.

호쿠토가 있는 우리에게 손을 대는 건 위험하다며 처음에는 거절한 모양이었지만, 아시트에게 협박당해서 어쩔 수 없이 의뢰를 받았다고 한다.

"이런 거로 먹고 사는 입장이라고. 사실 너희들에게 손을 대고 싶진 않았지만 결국 이 꼴이 되었지. 빌어먹을!"

"다시 말해 당신도 피해자나 마찬가지로군. 더 이상 우리에게 덤비지 않겠다고 맹세하면 목숨을 살려줄 수도 있어."

"……알았다."

어떤 귀족의 딸을 잡아 오라는 식으로 둘러댔는지, 카렌이 유익인이라는 사실은 모르는 눈치였다. 만약 알았다 하더라도 대국을 적으로 만들 수도 있다는 공포 앞에서는 어쩔 수 없다고 생각했는지도 모르겠다.

애초에 소극적이었고, 발을 내디디면 안 되는 부분도 알고 있는 것 같으니 이번 일이 정리되면 풀어줄 생각이다. 물론 진심으로 이해할 수 있게끔 호쿠토의 위압을 잔뜩 맛보게 한 다음에.

그리고 다른 정보도 알아낸 다음, 나는 남자의 망토를 걸치고 에밀리아에게 다녀오겠다고 말했다.

"잠깐 다녀올게. 이제 습격하진 않겠지만……, 어흠, 경계를 게을리하지 말도록 해."

"?! 여전히 솜씨가 대단하시네요."

일부러 남자를 깨운 것은 정보를 얻기 위해서만이 아니라 남자의 목소리를 듣기 위해서이기도 했다. 오랜만에 성대모사를 했는데, 에밀리아의 반응을 보니 어느 정도 비슷하긴 한 것 같다.

손을 흔들며 배웅하는 에밀리아와 호쿠토, 그리고 멍하게 있는 남자에게 등을 돌린 나는 다시 어둠 속으로 녹아드는 듯이 이동했다.

아시트에게 가기 전에 일을 하나 마치고 준비를 끝낸 나는 망토를 빌린 남자에게 들었던 마을에서 가장 고급스러운 여관에 와 있었다.

그 녀석은 여관 부지 안에 있는 별실을 빌렸고, 거기에서 잡아온 사람들을 넘겨받을 예정이었던 것 같다.

그건 그렇고 저 별실……, 이야기를 들어보니 요금이 꽤 비싸고, 그렇게 비싼 요금만큼 수상쩍은 곳인 것 같다.

"어느 정도 떠들썩해져도 간섭하지 않는 방……이라. 에밀리아 같은 아이들을 납치해서 무슨 짓을 하려고 했는지 쉽사리 상상이 되는데."

하지만 반대로 생각하자면 이 근처에서는 무슨 일이 있더라도 목격당할 가능성도 적다는 뜻이다.

기척을 죽이고 건물로 다가가 방 안의 상황을 확인해보니, 안에는 아시트와 호위로 보이는 남자 두 명밖에 없는 것 같았다.

묘하게 소리를 지르는 것 같아서 귀를 기울여보니 아시트가 불만을 터뜨리고 있는 모양이었다.

뜻밖에도 녀석들의 진심과 상황을 알 수 있게 되었기에 일단 그곳에서 물러난 나는 준비해둔 주머니를 떠안고 의뢰를 마쳤다는 듯이 별실의 문을 두드렸다.

"……누구냐?"

"나야. 의뢰를 완료했다고 보고하러 왔지."

"오, 기다리고 있었다!"

문이 열렸고, 묘하게 눈초리가 날카롭고 몸이 홀쭉한 남자가 나를 맞이해주었다.

그렇군, 이 녀석이 아시트가 말했던 호위 중 한 명이고 망토를 빌렸던 남자도 싸우고 싶지 않다고 했던 녀석인가?

정보에 따르면 좀 전에 레우스와 싸웠던 매드의 형인 것 같았고, 풍기는 분위기로 보아 동생 못지 않은 실력자라는 걸 알 수 있었다. 이름은 커틀러스라고 했지.

"결과는 어때?"

"이 안에 있어. 지금은 약으로 재워두었고."

적당한 물건과 카렌에게 조금 빌려온 깃털을 넣어둔 주머니를 일부러 보이게끔 내려놓자 아시트는 간단히 믿은 모양이었다. 안에 들어 있는 걸 보여달라고 해도 딱히 상관은 없지만, 예상했던 것보다 더 술에 취한 것 같다.

그러자 에밀리아와 피아가 없다는 점과 내 상황에 대해 물었지만, 준비해둔 것을 보여주니 납득하면서 약속했던 보수를 주었다.

"……꽤 얕잡아본 모양이군."

우리 일행들은 돈과 맞바꿀 수 있는 존재도 아니고, 애초에 사람에게 가격을 매기고 싶지 않지만 왠지 마음에 들지 않는 가격이다. 나라면 전 재산을 털어서라도 가지고 싶어 할 여자인데.

하지만 그렇게 불만을 털어놓은 목소리 때문에 성대모사가 흐트러져버렸는지 커틀러스가 위화감을 눈치채고 나이프를 들이댔다.

변장해서 이야기를 들어보려 했는데, 술에 취한 아시트의 진심은 이미 들었으니 더 이상 변장할 필요는 없을 것 같다.

내가 망토를 벗자 완전히 적이라는 사실을 눈치챘는지 커틀러스가 들이대고 있던 나이프로 내 얼굴을 망설임없이 노렸지만, 고개를 움직여 피하면서 발로 걷어찼다.

"흥, 꽤 하는데!"

날아가면서도 재빠르게 자세를 바로잡은 커틀러스는 흥미롭다는 듯이 웃으며 투척 나이프 여러 자루를 던졌다.

모두 합쳐서 세 자루가 날아온 투척 나이프는 피했지만, 그동안 다시 덤벼든 커틀러스가 나이프를 두 손으로 쥐고 휘둘렀기에 나는 한 발짝 물러나서 피했다.

"왜 그러지? 도망치기만 하는 것 같은데."

그렇군……, 아시트가 느긋하게 술을 먹을 정도로 여유가 있을 만도 하다.

대국이라는 배경뿐만이 아니라 이 정도로 강한 호위가 있으니 안심할 수 있었겠지.

아마 나이프 기술만 놓고 보면 내가 지금까지 봐온 사람 중에서 상위에 속하는 실력일 것이다. 과장이 아니라 상급 모험자에 필적하는 실력을 지니고 있는 것 같긴 한데…….

"안타깝게도, 너무 직선적인데."

이미 나는 매드의 움직임과 버릇을 간파하고 있었다.

이 녀석의 나이프 솜씨가 훌륭하기 하지만, 나는 이 녀석보다 훨씬 뛰어난 경지에 있는 존재를 알고 있다.

굳이 말할 필요도 없겠지만, 스승님 이야기다. 그 사람의 나이프는 마치 살아있는 뱀처럼 쫓아오기 때문에 매우 무시무시한 기술이었다.

"잘난 척하기는! 그렇다면 반격 한두 번 정도는……, 끄윽?!"

날아든 나이프에 찔리기도 전에 커틀러스의 손목을 붙잡아서 비틀고 악력이 풀린 순간을 노려 나이프를 빼앗았다.

커틀러스는 동요하면서도 반대쪽 나이프를 휘둘렀지만, 나는 그 팔에 팔꿈치를 가져다 대고 억지로 막은 다음 빼앗은 나이프로 상대방의 목 쪽을 찌르려 했다.

그런 상황에서는 목을 비틀어 피하거나 일단 물러나서 거리를 벌리는 방법밖에 없었고, 커틀러스는 물러나는 쪽을 선택한 것 같았다.

곧바로 커틀러스를 쫓아가려는 듯이 한 발짝 내디딘 나는 상대방이 물러나는 기세를 이용해 목감아 던지기로 바닥에 내동 댕이친 다음 걷어차서 기절시킨 뒤에 본인이 가지고 있던 밧줄로 묶었다.

"이제 너하고 느긋하게 이야기를 나눌 수 있겠는데."

그리고 남은 것은 술기운이 완전히 가신 아시트뿐이었다.

바깥에 방해할 사람이 없다는 것을 '서치'로 확인한 나는 미소를 지으며 천천히 말을 걸었다.

"자……, 낮에 말했던 상인의 긍지라는 걸 한 번 더 말해보시지."

"아……, 안 돼……."

한 발짝 다가가면 아시트가 그만큼 뒤로 물러섰지만, 출입구인 문은 내 뒤에 있다.

점점 안쪽으로 몰리다가 등이 벽에 부딪히자 도망칠 수 없다는 걸 눈치챘는지 겁을 먹으면서도 나를 손가락으로 가리키며 입을 열었다.

"너, 너! 이런 짓을 하고도 무사할 것 같으냐!"

"이런 상황에서 그런 말을 해봤자 소용없다는 건 알고 있을 텐데? 네 본심은 좀 전에 바깥에서 듣고 왔거든. 이제 각오하는 게 낫지 않을까?"

손을 쓸 방법이 없다……는 게 바로 지금 같은 상황일 것이다.

기어코 헛웃음까지 보였기에 나는 빼앗은 나이프를 던져 아시트의 발을 뚫었다.

"끄악?! 그, 그만둬! 목숨만은…….."

"그래, 그럼 몇 가지 알려줬으면 하는 게 있는데."

이왕 온 김에 카렌을 주운 곳과 오벨리스크에 대해 좀 물어보기로 했다. 유비무환이니까.

하지만 오벨리스크는 비밀이 많은 나라라 별다른 정보를 얻을 수 없었다. 그 대신 카렌을 발견한 위치인 강의 상류가 용의 둥지와 가깝다는 것을 알아냈기에 그곳이 카렌이 고향일 거라는 신빙성이 더욱 커졌다.

그리고 어느 정도 이야기를 듣고 나니 아시트가 몸을 벌벌 떨면서 내게 애원하려는 듯이 손을 뻗었다.

"이, 이제……, 됐지? 몸이 저려……, 어서…….."

"역시 나이프에 독을 발라두었군. 내버려 두면 죽게 되나?"

"움직이지 못할……뿐이야. 부탁이야……, 약은……, 저 녀석이 가지고 있…….."

"죽는 독이 아니라면 문제는 없겠지. 배경과 호위를 믿고 방심하다가 위기를 미처 알아차리지 못한 네 잘못이라고."

"끄……으으……."

아시트 일행의 목숨은 내 선택에 달렸지만, 결국 나는 두 사람을 방치해둔 채 건물 밖으로 나왔다.

나중을 생각하면 확실하게 해치워야 할 것이다. 하지만 이번에는 나보다 더 적합한 녀석이 있기 때문이다.

좀 전에 벗은 망토를 걸치며 여관 부지 바깥으로 나온 나는 근처에 숨어 있던 남자를 불렀다.

"준비는 다 됐다. 뒷일은 맡기지."

"그래……, 해치워주겠어!"

온몸이 피투성이가 되었고, 한쪽 팔과 한쪽 다리가 뭉개진 것처럼 뒤틀린 그 남자는 아시트가 불평하던 남자 중에서 유일하게 살아남은 사람이다.

이곳으로 오던 도중에 우연히 발견했고, 아직 살아 있다는 걸 확인한 나는 위장한 상황을 이용해서 복수하는 걸 도와주겠다고 제안했다.

보통은 수상쩍어할지도 모르겠지만, 분노해서 제정신이 아니었던 남자가 간단히 받아들였기 때문에 우선 레우스에게 당해서 기절했던 매드를 해치우게 했다.

그리고 준비가 다 되는 대로 부르겠다고 한 다음, 근처에 숨어 있게 한 것이다.

"허억…… 허억……, 빌어……, 먹을……. 절대로……, 용서

못 해!"

응급처치를 하긴 했지만, 그 남자는 이제 손을 쓸 수 없는 상태였다.

그럼에도 움직일 수 있는 이유는, 자신과 동료가 당한 복수를 하기 위해서일 것이다. 매드의 피로 물든 검을 지팡이처럼 짚으면서도 힘찬 발걸음으로 내가 방금 나온 별실로 향했다.

아마 한 시간도 버티지 못하겠지만, 움직이지 못하는 아시트 일행을 해치우기에는 충분할 것이다.

"이것도 인과응보……겠지."

그리고 잠시 후, 건물 안에 남아있던 반응이 전부 사라진 것을 확인한 다음 나는 조용히 그곳을 떠났다.

아시트 일행의 문제가 정리된 다음 날, 나는 하품이 나오는 것을 참으며 마차에 딸린 조리대에서 아침 식사를 만들고 있었다. 여관에 부탁해도 되겠지만, 어젯밤에는 이런저런 일들이 있었기에 기분 전환을 좀 하고 싶었기 때문이다.

빗질을 해줘서 그런지 기분 좋게 꼬리를 흔드는 호쿠토가 지켜보는 가운데 요리를 하고 있자니 에밀리아와 리스가 마차 쪽으로 와서 아침 인사를 나누었다.

"여기 계셨군요."

"뭘 만들고 있는 거야? 아, 혹시……."

"그래, 카렌에게 주려고."

나는 아침 식사인 샌드위치뿐만이 아니라 케이크도 만들고 있었다.

어제 해줬던 프렌치 토스트에 흠뻑 빠진 걸 보니 분명히 케이크도 기뻐해줄 것이다.

"음식으로 꼬시는 건 비겁할지도 모르겠지만, 얼른 나도 잘 따라줬으면 하니까."

"카렌이 먹고 어떤 반응을 보일지 기대되네요."

"내가 처음 케이크를 먹었을 때는 정말 충격이 대단했어. 다시 생각해보니 나는 케이크에 길들여진 거나 마찬가지거든."

"남이 들으면 오해하겠다."

당시에는 그런 의도가 전혀 없었고, 에밀리아에게 처음으로 친구가 생겼다는 게 기뻐서 어머니 같은 심정으로 환영해주었을 뿐이다.

하지만 다시 생각해보니 그때 보여준 리스의 녹아내릴 것 같은 미소를 보고 나도 모르는 사이에 매료된 건지도 모르겠다. 아버지와 언니에게 그렇게 많이 사랑받고 있으니 여러 가지 의미로 죄가 많은 여자다.

"반죽을 오븐에 넣고……. 그동안 샌드위치를 마무리할까."

"저도 도울게요."

"그럼 나는 빵을 자를게."

아침에 기운을 내기 위해 우리는 각자 분담해서 샌드위치를 완성했고, 4인용 방인 여자 일행들의 방에 모여서 아침 식사를 했다.

잔뜩 만든 샌드위치가 차례차례 없어지고 있긴 하지만 레우스가 계속 하품하면서 먹던 걸 멈췄기에 평소보다 줄어드는 속도가 느렸다.

"흐암……. 졸려."

"……쿠울."

"자, 카렌. 잠 깨고 먹어."

"……응."

레우스는 어젯밤에 모험자들과 싸워서 그런지 흥분이 좀처럼 가시지 않아서 제대로 잠들지 못했던 모양이다. 호위를 맡아서 늦게까지 깨어 있었으니 단순한 수면부족이다.

그래서 레우스는 이해가 되는데, 카렌까지 졸린 기색을 보이는 이유는 뭐지?

이 아이는 우리보다 빨리 잠들었고, 오늘 아침에는 마지막에 일어났으니 거의 한나절은 잤는데.

"졸리면 이동하면서 자도록 해. 어디에 가든지 몸 상태를 유지할 수 있게끔."

"그래. 그럼 해먹을 꺼내둘게."

진동은 마차의 서스펜션이 어느 정도 흡수해줄 테니 길이 극단적으로 거칠지만 많으면 충분히 잘 수 있을 것이다.

레우스를 보고 나도 덩달아 하품을 하고 있자니 리스와 피아가 쓴웃음을 지으며 이쪽을 보고 있다는 것을 눈치챘다.

"시리우스 씨도 졸려? 그럼 아침 식사를 우리에게 맡겨도 되는데."

"우리는 조금 늦게 잔 정도니까 괜찮지만, 시리우스는 더 늦게 잤지?"

어젯밤에 아시트 일행의 최후를 확인한 다음, 나는 여관으로 돌아오지 않고 이번 사건에 관련된 사람들을 찾아다니면서 앞으로 영향이 생기지는 않을지 조사했다.

다행히도 고용된 녀석들은 카렌이 유익인이라는 것을 몰랐던 모양이라 아시트 일행만 없으면 오벨리스크에 이야기가 들어가지 않을 것 같았다.

만에 하나를 대비해 마을을 뒤에서 주름잡고 있는 암흑가 녀석들과도 접촉해보았지만 이야기가 나온 건 엘프와 백랑뿐이었기에 평소대로 행동하면 문제가 없을 것 같다.

그렇게 전부 확인을 마치고 여관으로 돌아왔는데, 그때는 이미 날짜가 바뀐 정도가 아니라 바깥이 살짝 밝아지기 시작할 시간이었다. 일단 잠깐 눈을 붙이긴 했지만, 수면시간이 부족하다는 건 사실이지.

"그래, 그러니까 나도 마차에서 좀 잘게. 아니, 안 자면 안 될 것 같으니까."

"네! 약속하셨으니까요."

내가 쓴웃음을 지으며 그렇게 말하자 에밀리아가 꼬리를 흔들며 그렇게 대답했다.

어젯밤……, 먼저 자라고 '콜'로 다른 사람들에게 말했을 때, 에밀리아만 시종으로서 주인이 돌아올 때까지 잘 수 없다고 했다. 겨우 달래고 어떤 약속을 해주니 바로 잠든 모양인데, 그 약속이라는 것이…….

"출발하기 전까지는 몸을 깨끗하게 해둘 테니 주무실 때 말씀해주세요. 언제든지 제 무릎은 비어 있으니까요."

"무릎 베개가 그렇게 신나는 건가?"

"시리우스 님께 봉사하는 게 제 기쁨인데요? 그리고 무릎 베개는 좀처럼 하게 해주시지 않으니까요."

"그랬나? 무릎 베개라면 몇 번 한 것 같은데."

"그래도 시리우스 씨를 가장 잘 아는 에밀리아가 한 말이니 틀림없을 거야."

"그래. 당신 같은 경우에는 무릎 베개를 해달라기보다 우리에게 해줄 때가 더 많으니까. 나도 시리우스에게 무릎 베개를 해준 기억이 거의 없고."

그러고 보니 그럴지도 모르겠다.

딱히 해주는 게 싫거나 그런 건 아니다. 어렸을 때 그 꽃밭에서 어머니가 해준 무릎 베개의 느낌은 평생 남을 추억이니까.

그리고 내 경우에는 무슨 일이 생기면 바로 호쿠토가 다가와서 몸을 기대주니까 쿠션 같은 게 필요 없었기 때문일지도 모르겠다.

"나중에 허벅지를 마사지해줘야겠어요. 그렇게 하면 조금 부드러워지겠죠?"

"그러니까, 그렇게 신이 날 필요는 없잖아."

머리를 쓰다듬어서 에밀리아의 폭주를 막았을 때쯤 샌드위치를 다 먹었기에 오늘 메인 메뉴인 케이크를 꺼냈다. 평소보다 데코레이션에 신경을 써서 내가 생각해도 자신작이다.

케이크가 등장하자 모두가 기뻐하는 와중에 처음 보는 카렌만은 고개를 갸웃거리면서 케이크를 바라보고 있었다.

"이 하얀 건 뭐야? 먹을 수 있어?"

"이건 케이크라고 하는데, 저번에 먹었던 프렌치 토스트처럼 달콤한 과자야. 카렌을 위해서 시리우스가 만들어 준 거래."

"벌꿀보다 달콤해?"

"달콤하기만 한 게 아니라 폭신폭신하고 정말 맛있어. 조금이라도 좋으니까 먹어봐. 분명히 카렌도 마음에 들 테니까."

리스와 피아의 말을 듣고 흥미가 생겼는지 카렌의 시선이 완전히 케이크에 고정되었다. 그리고 에밀리아가 모두에게 케이크를 잘라서 나누어주었고, 각자 맛있게 먹는 모습을 본 카렌이 케이크를 입에 넣자…….

"……맛있어!"

날개를 파닥파닥 움직이면서 입가를 실룩이고 있었다.

"그렇구나. 입맛에 맞는 것 같아서 다행이네."

"시리우스 님의 케이크라면 당연하죠."

"맞아. 몇 번을 먹어도 전혀 질리지 않으니까."

성공했다는 느낌이 드는 와중에 옆에 앉아 있던 피아가 카렌 입가에 묻은 크림을 닦아주면서 물어보고 있었다.

"어때? 우리가 한 말이 맞지?"

"응. 그런데 카렌은 벌꿀이 더 좋아."

"""…………""".

아무래도 카렌은 설탕의 단맛보다는 벌꿀의 단맛을 더 좋아하는 것 같다.

취향은 사람에 따라 다를 테니 어쩔 수 없겠지만, 그렇게까지 딱 잘라 말해버리니 조금 맥이 빠지네. 역시 천연 재료는 강하다는 건가?

"큰일이야! 누나! 형님이 풀 죽었어!"

"크윽?! 카렌에게는 사용하고 싶진 않았지만, 저는 시리우스 님의 시종이에요. 주인님을 위해 지금이야말로……."

"잠깐, 잠깐, 딱히 풀죽은 건 아니야. 그리고 에밀리아, 뭘 하려는 건지는 대충 예상이 되지만 절대로 하지 마."

"……알겠습니다."

아마 세뇌 같은 거겠지만, 왜 그렇게 안타까운 표정을 짓는 건지 모르겠다.

약간 실망하긴 했지만, 딱히 누가 잘못한 것도 아니고 카렌이 말은 그렇게 했지만 케이크를 맛있게 먹고 있으니 잘 되었다고 생각하자.

그래도……, 약간 분한 마음이 들긴 한다. 다음에는 벌꿀을 사용해서 과자를 만들어야 하나?

나는 그런 생각을 하면서 케이크를 계속 먹고 있는 카렌을 바라보았다.

"시리우스 씨, 잠깐 괜찮을까?"

그 이후로 아침 식사 뒷정리를 하고 있자니 리스가 불러서 돌아보자 그녀 뒤에 숨어 있는 카렌이 있었다.

어제까지 피아 곁을 떠나려 하지 않았는데, 리스와 에밀리아도 괜찮아진 모양이었다.

"왜 그래? 무슨 문제 있어?"

"카렌이 하고 싶은 말이 있대. 자, 용기를 내."

"……응."

리스와 평범하게 이야기를 나누고 있는 광경이 정말 훈훈하긴 하지만, 내게 볼일이 있다니 계속 바라보고만 있을 순 없을 것 같다. 하던 일을 멈춘 나는 몸을 숙이고 눈높이를 맞춘 다음 카렌이 말하기를 기다렸다.

"저기……, 카렌에게 마법을 가르쳐주었으면 좋겠어."

"마법?"

"카렌의 고향에서는 다섯 살이 지났을 때부터 마법 연습을 하기 시작하는 모양이야."

"유익인은 몸이 가벼운 종족이니까 전사 쪽에는 어울리지 않으니 마법 쪽에 더 집중하는 건지도 모르겠네."

"그래도 그렇게 어렸을 때부터 시작하는 것도 대단하지. 내가 다섯 살이었을 때는 어머님께 응석을 부리기만 했는데."

나를 무서워하는 탓에 카렌의 설명은 매우 서툴렀지만, 미리 이야기를 들었던 리스와 근처에 있던 에밀리아, 피아가 보충 설명을 해주었기에 사정은 대충 이해할 수 있었다.

대충 정리하면 이런 것이다.

유익인은 태어난 뒤 다섯 살이 되면 마법 연습을 시작하기에 한 달 정도 전에 다섯 살이 된 카렌은 부모님께 마법을 배우고 있었다.

하지만 몇 번을 시도해봐도 카렌은 초급 마법조차 제대로 발동시키지 못했다고 한다.

"엄마는 괜찮다고 했지만, 좀 곤란해했어. 그러니까 언니들처럼 마법을 쓸 수 있게 되어서 엄마를 놀라게 해주고 싶어."

"그래서 마법을 가르쳐달라는 거구나……."

오늘 아침에 리스가 세수하기 위해 물을 만들어낸 것을 본 게 계기가 된 모양이었다.

소문에 따르면 유익인은 전체적으로 마법에 적성이 있는 종족이고, 카렌이 해준 이야기를 들어보니 어린아이라도 며칠만 연습하면 초급 마법을 사용할 수 있게 된다고 한다.

그럼에도 불구하고 카렌만은 마법을 제대로 사용할 수 없다는 건가…….

안 그래도 다른 유익인과 비교하면 날개의 형태가 다르기 때문에 동족들 사이에서는 완전히 붕 떠버리고 있을 가능성도 크겠는데.

어머니를 위해서 노력하려는 것도 그렇지만, 굴하지 않고 마법을 배우려 하는 자세가 정말 훌륭한 것 같다.

그러니까 마법을 가르쳐주는 건 딱히 상관이 없지만 무서워하는 나보다 여자 일행 중 누군가가 가르쳐주는 게 나을 것 같다. 눈짓으로 그런 생각을 전해보았지만, 세 사람 모두 한쪽 눈을 감기만 했다.

"우리는 시리우스 씨에게 마법의 요령을 배웠으니까 미리 말해두어야 할 것 같아서."

"당신은 이 파티의 리더잖아? 누가 가르친다 하더라도 확실하게 보고할 필요가 있지."

"그리고 다른 사람을 가르치는 것은 시리우스 님이 제일 잘하시잖아요. 시리우스 님께 배우면 분명히 카렌도 마법을 쓸 수 있게 될 테니까요."

그렇구나. 이번에는 카렌이 나를 잘 따르게 만들 차례라는 뜻인가?

사실 자신이 가르쳐주고 싶을 텐데, 내게 기회를 양보해준 것이다. 순순히 호의를 받아들여야겠다.

그렇게 생각하고 있는 동안 카렌이 불안한 듯한 표정으로 기다리고 있었기에 나는 웃으면서 손을 천천히 내밀었다.

"좋아, 나라도 괜찮다면 가르쳐줄게. 하지만 그 전에 조사해보고 싶은 게 있으니까 손을 내밀어줄래?"

"……응."

우선 카렌의 적성 속성이 신경 쓰이지만, 그건 전용 마도구로 조사해보지 않으면 판정을 내리기가 힘들다.

그래서 우선 마력의 흐름을 조사해보려는 생각에 카렌의 작은 손을 잡고 '스캔'을 발동시켰다.

"그런데 카렌은 마력이 어떤 건지 알고 있어?"

"음……, 이렇게 흐릿한 게 마력이지?"

애매한 표현이긴 하지만 마력에 대해서는 몸으로 이해하고 있는 것 같다.

그런 다음 물의 초급 마법을 사용해달라고 하고 마력의 움직임을 '스캔'으로 자세히 조사해보니…….

"흐음, 마력은 확실하게 몸속을 순환하고 있는 것 같은데."

"그렇다면 어째서 마법을 쓰지 못하는 걸까요? 초급 마법이라면 소량의 물 정도는 만들 수 있을 것 같은데요."

"이 느낌은…… 아니, 이건 확실하게 조사해봐야겠는데."

가능성이 한 가지 생각나긴 했지만, 처음이니 확실한 증거가 없었다.

마법은 이동하면서 가르칠 생각이었으니 바로 마을을 출발할 예정이었지만, 그 전에 들를 곳이 한 군데 생긴 것 같다.

뭔가 잘못된 것 같다는 분위기를 느끼고 카렌이 울상을 지었지만, 문제 없다고 웃어준 뒤 모두에게 말했다.

"출발하기 전에 모험자 길드로 가자."

그리고 여관을 나선 우리는 미리 말한 대로 모험자 길드로 가서 마법의 적성 속성을 알려주는 마도구를 쓰게 해달라고 부탁했다. 하지만 기본적으로 길드에 등록할 때만 사용할 수 있는 물건이라 접수처 사람이 왜 쓰려는 건지 물어보았다.

"조사하고 싶은 사람은 우리가 아니라 이쪽 여자애예요. 나중에 마법을 가르쳐줄 생각이라 적성 속성을 알아두고 싶거든요."

"그 여자애는 네 아이야?"

"아뇨, 그건 아니고요. 이 아이는 형이 남긴 아이인데 지금은 제가 거두어서 함께 여행하고 있어요. 뭐, 저희 여동생이나 마찬가지죠."

"그래……. 응, 의심해서 미안해. 길드 접수처에서는 일단 알아둬야 해서."

그렇게 둘러대자 의아해하긴 했지만, 모험자들이 많이 모인 길드의 분위기에 겁을 먹은 카렌이 피아 뒤에 달라붙는 모습을 보고 믿어준 모양이었다.

처음에는 내 아이라고 할까 하는 생각도 들었지만, 아직 외모가 어려 보이는 내게 이렇게 큰 아이가 있다는 건 좀 무리가 있을 것 같으니까.

"그럼 바로 준비할 테니까 기다려."

"여기서 뭐하는 건데?"

"마법에는 불이나 물 같은 속성이 있잖아. 그중에서 카렌은 어떤 속성에 맞는지 조사하는 거야."

"사람에 따라 잘 맞는 속성이 다르거든. 그걸 알면 카렌도 빨리 마법을 쓸 수 있을 테고."

"정말?!"

두 사람의 설명을 듣고 희망이 생겨서 그런지 카렌의 눈이 반짝이기 시작했다.

기뻐해주는 건 좋지만 날개를 감추고 있는 로브가 조금씩 움직이고 있으니 최대한 진정했으면 좋겠다.

일단 카렌을 둘러싸는 듯이 일행들을 움직이자 준비가 다 끝났는지 투명한 마석이 달린 마도구가 우리 앞에 놓였다.

"자, 아가씨. 이 돌 위에 손을 올려줘."

"……응."

이번에는 호기심이 무서움을 이긴 모양이었다. 카렌은 별로 망설이지도 않고 돌 쪽으로 손을 뻗었다.

우리가 등록했을 때 사용했던 마도구와 형태가 조금 다른 것 같긴 했지만, 손을 댄 사람의 적성 속성에 따라 빛나는 구조는 마찬가지일 것이다. 화속성이라면 붉은색, 수속성이라면 푸른색 같은 느낌으로.

신경 쓰이는 카렌의 적성 속성이 내 예상대로라면 주위 사람들이 볼 수 없게 하는 게 나을 것 같다. 나는 다른 일행들에게 카렌을 둘러싸라고 하며 마석의 빛을 주위 사람들이 보지 못하게 했다.

그리고 카렌의 손에 닿은 마석이 빛나기 시작했고⋯⋯

"아, 빛났어!"

"이건⋯⋯."

"⋯⋯역시나."

그 빛의 색은⋯⋯, 붉은색도, 녹색도 아닌 완전한 무색이었다.

다시 말해 카렌의 적성 속성은 나와 마찬가지로 무속성이었다.

"봐봐, 예뻐, 언니."

"네, 정말 예쁘네요."

"그렇⋯⋯구나."

"카렌의 마음과 마찬가지로 순수한 색인 것 같아."

접수처 여자를 비롯해서 마도구의 빛을 확인한 모두가 복잡한 감정을 품게 된 와중에 카렌만은 그 빛을 보고 넋이 나가 있었다.

한편, 나는 이 결과를 어느 정도 예상하고 있었다.

하지만 지금까지 나 말고 다른 무속성을 만난 적도 없고, 혹시나 극단적으로 적성이 낮거나 알아내지 못했을 가능성도 있었기에 아무런 말도 하지 않았지만 이 빛을 보니 카렌이 무속성이라는 건 틀림없는 것 같다.

지금 나도 4속성 마법은 마법진이 없으면 초급 마법조차 제대로 발동시키지 못하니 카렌이 마법을 제대로 쓰지 못한 것은 당연할지도 모른다.

살며시 끼어들어서 마도구의 기능을 끈 나를 보고 카렌이 고개를 갸웃거렸지만, 그 색이 어떤 의미인지 이해하지 못하고 천진난만하게 질문했다.

"저기, 언니. 카렌이 잘 쓸 수 있는 마법은 뭐야? 엄마하고 마찬가지로 바람 마법?"

"음, 말하기 좀 그렇긴 한데……"

"피아, 교대하자. 이런 건 내가 말해야 할 것 같아."

"……무슨 소리야?"

"알겠어? 카렌. 네가 잘 쓸 수 있는 마법은 말이지……."

그렇게 카렌의 적성 속성을 조사한 우리는 마을을 출발해서 유익인들이 사는 곳인 용의 둥지로 향해 마차를 달렸다.

조금 빠르게 달리고 있으니 이틀 만에 용의 둥지 입구인 숲 앞에 도착할 것이다.

이제야 카렌을 데려다줄 수 있을 것 같은데……, 지금 마차 안의 분위기는 무겁다.

자신이 무속성이라는 사실을 알게 된 카렌이 마차 뒤쪽에 앉아 풀 죽어 있기 때문이다. 그런 마음을 나타내는 것처럼 날개도 늘어져 있고, 말을 걸기 힘들 정도로 슬픈 분위기가 느껴졌다.

"역시 유익인도 무속성을 좋게 보지 않는 것 같네요."

"카렌이 많이 기대했는데."

아무래도 무속성에 대한 평가는 만국 공통인 모양이다.

우리에게 마법을 배워서 어머니를 놀라게 하려는 생각을 하고 있었기에 충격이 더 큰 것 같았다.

원래 예정으로는 마차에서 눈을 붙일 생각이었지만, 지금 카렌을 내버려 두고 자는 건 마음에 걸렸기에 나는 조용히 지켜보고 있었다.

그리고 시간이 조금 지나서 마차가 마을을 벗어나 주위에 인기척이 없어지자 해먹에 누워있던 레우스가 갑자기 움직였다.

"……엄마."

"이봐, 기운 내, 카렌. 무속성도 꼭 나쁜 것만은 아니거든?"

신중하게 거리를 두면서 접근한 덕분인지 레우스가 말을 걸었는데도 카렌은 도망치려 하지 않았다. 그만큼 풀 죽었다는 증거일지도 모르겠다.

레우스가 그렇게 말하자 감정이 북받쳤는지 카렌은 눈물을 뚝뚝 흘리면서 레우스를 보았다.

"그래도 무속성인 아이는 마법을 제대로 쓸 수 없다고……, 엄마가 그랬어."

"그렇구나. 그런데 말이지, 나는 무속성이라는 게 오히려 부럽거든?"

"……왜?"

"그야 내가 존경하는 형님이 무속성이니까."

"어?!"

레우스가 활짝 웃자 한순간 멍해졌다가 무슨 뜻인지 이해한 카렌은 날개를 펼치며 나를 돌아보았다.

길드에서는 주위 사람들이 들을 수도 있기에 설명하지 않았지만, 여기에서는 문제가 없을 것이다.

"그래. 나도 카렌하고 마찬가지로 무속성이야. 호쿠토."

"멍!"

굳이 말하지 않아도 내 의도를 파악한 호쿠토는 도로에서 조금 떨어진 초원으로 가서 마차를 세워주었다.

우리가 바로 마차에서 내리자 카렌은 고개를 갸웃거렸지만, 피아의 재촉으로 우리를 따라왔다.

"뭐할 건데?"

"약속했던 대로 카렌에게 마법을 가르쳐줄게. 이 정도 넓이라면 충분하겠지."

"하지만, 무속성인데?"

"가르쳐줄 게 무속성 마법이니까 괜찮아. 카렌은 나와 같은 무속성이니까 연습만 하면 분명히 쓸 수 있게 될 거야."

애써 밝은 표정으로 말을 걸었지만, 이미 무속성 마법을 배울 필요가 없다는 말을 들었는지 반응이 별로 없었다.

실제로 보여주는 게 더 빠를 것 같다.

"알겠어? 카렌. 뭐든지 사용하는 방식이나 사고방식에 따라 크게 달라지는 법이야. 그렇지, 비교 대상이 있다면 이해하기 편하겠구나."

내가 눈짓으로 보낸 신호를 받은 남매는 고개를 끄덕인 뒤 손바닥에 마력을 집중시켜서 마법을 발동시켰다.

"이게 바람 초급 마법이에요. '윈드'."

"나는 불이야. 잘 봐, 카렌. '플레임'."

"……어라?"

에밀리아가 만들어낸 마법의 바람이 주위에 있는 나무를 크게 흔들었고, 그 뒤를 이어 레우스가 날린 불덩이가 근처에 있던 바위를 부쉈다.

남매가 사용한 마법을 본 카렌은 흥미진진하게 바라보고 있다가 어떤 사실을 깨닫고 질문했다.

"엄마는 마법을 사용하기 전에, 음……, 뭐라고 말한 다음에 마법을 썼는데, 언니하고 오빠는 그 말을 하지 않아도 쓸 수 있어?"

"우리는 시리우스 님께 지도를 받아서 영창 없이도 마법을 사용할 수 있어요."

"물론 나도 할 수 있어. 오늘 아침에 세수할 물을 만들었을 때 그런 말을 하지 않았지?"

잠이 덜 깬 상태였기에 기억이 잘 나지 않는 모양이다. 카렌은 리스가 한 말을 듣고 그제야 생각났는지 눈을 크게 뜨면서 고개를 끄덕였다.

"나도 영창 없이 사용할 수 있어. 뭐, 나하고 리스는 조금 특수하지만."

"처음에는 마법에 대해 아무것도 몰랐던 우리도 쓸 수 있게 됐어. 카렌도 분명히 할 수 있게 될 거야."

무영창을 바로 눈치챈 건 대단한 것 같지만, 지금은 마법의 비교를 먼저 해야겠지.

자기도 할 수 있을 거라는 말을 듣고 흥분하기 시작한 카렌에게 내가 진지한 표정으로 말했다.

"잘 봐둬. 이게 무속성 마법의 가능성……, 아니, 하나의 모습이야. '임팩트'."

목표로 삼은 것은 레우스가 부순 것보다 몇 배나 큰 바위였다.

내 손에서 날아간 충격탄은 바위를 부수고 가운데에 커다란 구멍을 뚫었다. 마음만 먹으면 바위 전체를 파괴할 수도 있지만, 우선 기본부터 하자는 생각으로 힘을 조금 약하게 조절했다.

그 위력을 본 카렌이 충격을 받았는지 날개를 펼친 채 완전히 굳어 있었다.

손뼉을 살짝 치자 정신을 차렸고, 그때 보여준 카렌의 표정은 처음으로 내게 보여주는 공포가 사라진 표정이었다.

"어때? 이래도 익힐 필요가 없을까?"

"나도……, 할 수 있어?"

"물론이지. 마법은 할 수 있다는 생각과 포기하지 않고 계속 연습을 반복하는 게 중요하니까."

"……응!"

같은 무속성이니 '부스트' 같은 것도 가르쳐주고 싶지만, 용의 둥지까지 가는 이틀 동안에는 힘들 것 같다.

며칠 정도 유익인이 사는 곳에 머무르며 가르쳐줄 수도 있겠지만, 카렌을 데려다주고 난 뒤 오래 머무르지 못하고 바로 헤어질 가능성도 있으니 한두 개 정도가 한계일 것이다.

같은 무속성이라는 인연도 있으니까 내 오리지널 마법인 '매그넘'을 가르쳐줄까 하는 생각도 들었지만, 어린아이에게 총이라는 것을 가르쳐주는 것이 마음에 걸렸기에 포기해야 할 것 같다.

그리고……, 총의 이미지로 사용하는 마법은 이 세계에선 너무 이질적이고 강력하다.

호신용이라면 '임팩트'로 충분할 테고, 카렌에게는 먼저 상대방을 죽이는 마법이 아니라 상대방을 뛰어넘는 호신용에 가까운 마법부터 가르쳐야 할 것 같다.

카렌의 몸과 마음이 성장하고 선악을 확실하게 판단할 수 있게 되었을 때 다시 만난다면 다시 생각해보도록 하자.

어서 가르쳐달라는 듯이 날개를 퍼덕이는 카렌을 바라보며 나는 앞으로 진행할 훈련 계획을 짜기 시작했다.

카렌에게 내 마법을 보여준 다음 날.

해가 지기 전에 마차를 세운 우리는 각자 나뉘어서 야영 준비를 하기 시작했다.

근처 숲에서 식재료를 조달하러 간 팀과 식사 준비를 하기 위해 마차에 남은 팀으로 나뉘어서 작업했고, 나와 카렌은 마차에서 떨어진 곳에서 마법 훈련을 하고 있었다.

준비를 돕지 않는 건 미안하지만, 모두가 카렌을 먼저 봐달라고 했기에 이번에는 호의를 받아들이기로 했다.

그리고 마력을 다루는 방법에 대해 복습을 마친 다음 드디어 마법을 발동시킬 때가 왔다.

"좋아, 그렇게 하면 돼. 그 상태로 온몸의 마력을 천천히 움직여서 손바닥에 모으는 거야. 아까처럼 힘들어지면 바로 멈추고."

"……이러면 돼?"

"좋아. 이제 손을 상대방에게 향하면서 마법 이름을 외치는 것과 동시에 마력을 날리는 거야.”

“응, ‘임팩트’.”

그리고 카렌의 손에서 날아간 보이지 않는 마력탄이 근처에 있던 바위에 맞았고, 바위의 표면을 살짝 부쉈다.

어제 날렸던 내 ‘임팩트’와 비교하면 약한 위력이지만 지금 카렌에게는 그게 한계인 것 같다.

원인은 마력의 집중이 어설프기 때문인데, 그래도 대단한 편이다.

부모에게 마력을 다루는 법을 배웠다고 해도 다른 마법 이론을 배운지 하루 만에 마법을 발동시킬 수 있게 되었으니까.

마법이 특기라는 종족 때문일 수도 있겠지만, 역시 본인의 재능일 것이다.

마을에서 사준 책을 정신없이 읽던 것처럼 카렌의 집중력은 매우 높다.

집중하면 주위를 볼 수 없게 된다는 점이 단점이기도 하지만, 그 집중력으로 가르쳐준 것을 놀라운 속도로 흡수한다. 남매도 집중력이 대단한데, 카렌은 그보다 더 뛰어난 것 같다.

그 때문에 몇 번 마력 고갈 상태에 빠져서 괴로워했지만 자신의 한계를 알기 위해서, 그리고 강해지는데 필요한 경험이라고 생각했기에 나는 딱히 말리지 않았다. 진짜로 쓰러질 것 같은 경우에는 말렸지만.

그렇게 마법을 성공시킨 카렌은 입가를 실룩이며 나를 돌아보았다.

"……해냈어!"

"그래, 잘했어. 이 정도라면 마물 상대로도 충분히 효과가 있을 거야."

적어도 일반적으로 사용하는 '임팩트'보다 몇 배는 강하고, 마물의 눈을 노리면 겁을 먹게 하는 정도는 가능할 것이다.

막대한 마력을 소모하는 것치고는 위력은 별로……, 그것이 '임팩트'의 상식이고 아무도 쓰지 않으려 하는 이유다.

하지만 카렌은 그 상식에 얽매이지 않고 내가 한 말을 믿으며 불과 하루만에 여기까지 왔다. 다시 말해 그만큼 카렌이 순수하다는 뜻이다.

"몸속의 마력을 잘 조작할 수 있게 되면 더 강한 마법을 날릴수 있게 돼. 초조해할 필요는 없으니까 몇 번이고 반복해서 강하게 만들면 되는 거야."

"열심히 할래!"

카렌은 기쁜 듯이 날개를 파닥파닥 움직이고 있었는데, 마력고갈 상태에 가까워졌는지 안색이 조금 안 좋았다.

식재료를 조달하러 간 팀도 슬슬 돌아올 때가 되었고, 저녁 식사를 준비해야 하니까 오늘은 이만 마쳐야겠다.

"하지만 오늘은 여기까지. 아침부터 여러 번 집중해서 피곤하지?"

"그렇긴 한데……, 한 번 더 하고 싶어. 카렌도 얼른 오빠처럼 잘 쓸 수 있게 되고 싶으니까."

이미 마력 고갈이 얼마나 힘든지 알고 있을 텐데, 그럼에도 불구하고 노력을 게을리하지 않는 자세는 정말 훌륭하다.

이제 쉬라고 해야 하겠지만…….

"……어쩔 수 없지. 한 번만이야. 그런데 물어보고 싶은 건 없어?"

"카렌하고 오빠의 마법은 뭐가 달라?"

"그럼 한 번 더 보여줄게. 스스로 깨닫는 것도 중요하니까."

"응!"

어제는 그냥 마법을 날렸지만, 이번에는 천천히 발동시켜서 카렌이 관찰하기 쉽게끔 해주었다.

지금은 숨을 쉬는 것처럼 '임팩트'를 발동시키지만, 천천히 하게 되면 마력을 집중시키는 시간이 늘어나서 오히려 골치가 아프다.

하지만 놀라운 집중력을 지니고 있는 카렌이라면 관찰해서 뭔가 깨달을 가능성이 크기 때문에 해볼 가치는 있을 것 같다.

"마력이 오른손에 모이는 걸 알아보겠어? 그리고 마력을 모으는 게 힘들면……."

"…………."

내가 중간에 해준 설명을 들으면서도 카렌은 내 일거수일투족을 놓치지 않으려는 듯이 관찰하고 있었다.

카렌은 여러모로 마이페이스지만 순수하고, 성실하고, 무엇보다 지식에 대해 매우 욕심이 많아서 정말 가르치는 보람이 있는 아이다.

그런 카렌에게 도움이 되었으면 하는 생각에 나는 평소보다 집중하면서 '임팩트'를……

"다녀왔어. 이것저것 따왔는데."

"봐줘! 형님! 맛있을 것 같은 거……, 응? 왜 그래? 카렌."

"……벌꿀?"

아니……, 방금 한 말은 취소해야 하나?

좀 전까지 진지한 표정으로 나를 관찰하고 있던 카렌이 정신을 차리고 보니 사냥하고 돌아온 레우스 앞에 서 있으니까.

날린 '임팩트'가 표적으로 삼은 바위를 산산조각 내는 와중에 나는 왠지 허무한 느낌이 들었다.

그런 모습을 바라보고 있던 에밀리아와 리스는 어떻게 반응해야 할지 곤란해하고 있었고, 아무것도 모르는 피아는 고개를 갸웃거리고 있었다.

"무슨 일 있었어? 분위기가 이상한데."

"아뇨, 뭐라고 해야 할까요……."

"매우 복잡한 기분……이라고나 할까?"

마법은 나중에 다시 보여주면 되겠지만, 뭐라 할 수 없는 이 감정은 어떻게 하지?

그리고 두 사람에게 이야기를 듣고 있는 피아 옆에서 레우스가 눈앞으로 다가온 카렌과 이야기를 나누고 있었다.

"정말, 갑자기 나타나서 깜짝 놀랐다고. 그런데 왜 왔어?"

"벌꿀 냄새가 나서."

"오, 용케도 알았구나. 사실 가던 도중에 또 벌집을 찾아내서 말이야. 전부 다 가져오진 못해서 일부만 가져왔지."

"먹고 싶어!"

"어? 이제 곧 저녁 식사를 할 건데? 먹고 싶으면 형님에게 허락을 받아와."

이러쿵저러쿵해도 카렌은 우리에게 마음을 열기 시작하고 있었고, 새로운 모습을 차례차례 보여주었다.

그중 하나가 이런 모습이다. 이 아이는 생각했던 것보다 벌꿀을 마음에 들어 하는 것 같았다.

벌꿀 자체는 냄새가 거의 나지 않을 텐데도 재주도 좋게 알아채고 반응하는 것이 그 증거다. 사족을 못 쓴다는 게 바로 이런 경우일 것이다.

그런 이야기를 하고 있던 두 사람의 시선이 이쪽으로 쏠렸기에 나는 어쩔 수 없이 고개를 끄덕였다.

"조금만 먹어야 한다?"

"그래! 잠깐만 기다려, 카렌."

"응!"

그리고 필요한 도구를 가지러 마차로 돌아간 레우스를 카렌이 마치 새끼강아지처럼 따라갔다.

카렌의 머릿속은 완전히 벌꿀로 가득 차서 마법 같은 건 까맣게 잊어버렸을 뿐만이 아니라 레우스도 무섭지 않은 것 같았다.

뭐……, 애초에 오늘은 여기까지 하기로 했었고, 카렌이 즐거워하고 있으니 아무런 말도 하지 않을 거지만.

벌꿀을 발라내는 작업을 빤히 바라보고 있는 카렌을 보고 쓴웃음을 지으면서 나는 피아와 레우스가 가져온 식재료로 저녁 식사 준비를 하기 시작했다.

마음을 다잡고 저녁 식사 준비를 하기 시작한 것까지는 좋았지만, 나는 바로 망설이고 있었다.

오늘 저녁 메뉴는 고기야채 조림으로 정했는데, 마차 냉장고에 곧 상하게 될 닭고기가 남아있기 때문이다.

카렌과 만나기 전에 방부 처리를 해서 넣어둔 고기인데, 유익인이 닭고기를 먹는 게 금기일 가능성도 있기에 마을에서 식사를 할 때도 마찬가지로 지금까지 무의식적으로 피해왔다.

냄비에 넣지 않고 구워서 우리끼리만 먹는 방법도 있겠지만, 카렌 앞에서 대놓고 그러기도 껄끄럽다. 하지만 그 고기는 좀처럼 얻기가 힘든 고기라 버리기도 아깝다.

일단 함께 준비를 도와주고 있는 에밀리아와 리스에게 의논을 해볼까?

"……그런 건데 어떻게 생각해?"

"그렇군요. 저는 은랑족이긴 하지만 늑대 고기를 먹는데 거부감이 들지 않으니까 괜찮을 것 같은데요."

"하지만 종족에 따라 다를 수도 있으니까 일단 카렌에게 물어보자."

"리스 말이 맞네."

예전에는 우리를 무서워해서 물어볼 수가 없었지만, 지금이라면 직접 물어봐도 대답해줄 것 같다.

일단 저녁 식사 준비를 멈추고 벌꿀을 발라내고 있던 레우스와 피아가 있는 곳으로 가보니 각자 분담해서 작업을 하고 있었다.

마화벌 벌집은 크기가 커서 어느 정도 크기로 나눈 다음 가지고 온 것 같은데…….

"자, 피아 누나."

"그래, 마지막은 카렌이야."

"음…….."

우선 레우스가 벌집에서 애벌레를 골라내고, 다음에는 피아가 벌꿀을 짜내고, 마지막으로 카렌이 짜낸 벌집에 남은 벌꿀을 손가락으로 떠서 핥아먹고 있었다.

행복해 보이는 카렌을 보고 마음이 풀어져서 그런지 피아의 작업 솜씨가 조잡해졌다고 해야 하나……, 벌꿀을 깔끔하게 짜내지 않고 카렌에게 넘기고 있었다.

카렌의 발치를 보니 벌꿀을 깔끔하게 떠낸 벌집이 여러 개 굴러다니고 있었다.

그 모습을 우리가 미묘한 표정으로 바라보고 있다는 걸 눈치챈 두 사람은 작업을 멈추고 고개를 들었다.

"왜 그래? 저녁 식사 때 쓸 거면 거기 있는 걸 가지고 가면 돼."

"아니…… 카렌이 너무 많이 먹는 거 아닌가 싶어서."

"그런가? 벌집에 남은 벌꿀은 그렇게 많지는 않으니까 그 정도까지는…….."

"발치에 굴러다니는 벌집 숫자를 보고 그렇게 말했으면 하는데."

""아…….""

아무래도 작업과 카렌에 정신이 팔려서 눈치채지 못한 모양이었다. 카렌에게 실례가 되는 표현이겠지만, 애완동물에게 먹이를 너무 많이 준 거나 마찬가지다.

하지만 무슨 마음인지는 이해가 되고, 이미 저질러버렸으니 어쩔 수 없다.

지금 들고 있는 게 마지막이라고 하니 아쉬워했지만, 카렌은 충분히 맛을 보았는지 순순히 고개를 끄덕였다.

"……맛있게 먹었어?"

"맛있었어!"

참 곤란하다. 그렇게 만족스러워하니 아무런 말도 할 수가 없으니까.

마음속으로 한숨을 쉬고 있자니 마지막 벌집을 먹고 있는 카렌을 바라보던 리스가 뭔가 눈치챈 모양이었다.

"카렌은 애벌레도 먹을 수 있구나."

"응. 이것도 맛있으니까."

"그렇지. 꽤 달콤하고 특이한 식감이 좋잖아."

"리스 언니도 먹을래?"

"주려고? 고마워."

애벌레에는 영양소가 듬뿍 들어 있어서 먹는 건 상관없지만, 카렌은 소식하는 편이니 이대로 가다간 저녁 식사를 별로 못 먹을 것 같다. 만약 남매나 리스였다면 걱정할 필요도 없겠지만.

저녁 식사가 더 까다로워질 것이 확정되자 나는 카렌에게 원래 하려고 했던 질문을 했다.

"물어보고 싶은 게 있는데, 카렌은 닭고기 먹어본 적 있어?"

"……별로 먹어본 적은 없어."

"그러니까 먹는 게 금지된 건 아니라는 뜻이지……. 사실 오늘 저녁 식사로 닭고기를 먹으려 하는데 괜찮아?"

"응."

일단 고기에 대해선 문제가 없을 것 같았기에 우리는 다시 저녁 식사 준비를 하러 갔다.

그 이후로 저녁 식사를 마친 우리는 불침번 차례를 정한 뒤 잠들었다.

평등하게끔 불침번 차례를 매번 바꾸는데, 이번에 나는 두 번째다.

첫 번째인 피아와 불침번을 교대한 나는 모닥불 근처에 앉아 몸을 기대는 호쿠토를 빗질해주거나 작은 '라이트'로 조명을 확보해두고 책을 읽으며 시간을 때우고 있었다.

그리고 교대할 시간이 되었을 무렵, 근처에서 모포를 덮고 자던 에밀리아가 깨어나 몸을 일으켰다.

"흐암……, 고생하셨어요, 시리우스 님. 바로 준비를 마칠 테니 조금만 기다려주세요."

"그래, 천천히 해도 상관없어."

야영이라고는 해도 시종으로서 잠이 덜 깬 모습을 보여주고 싶지 않은 건지, 에밀리아는 빠르게 몸단장을 했다.

하지만 잘 때는 겉옷을 하나 벗기만 하니까, 몸단장이라 해도 세수를 하고 머리카락을 빗으로 살짝 빗기만 할 뿐이다. 하지만 그것도 여자에게는 중요한 과정일 것 같다.

몸단장을 마치고 수면에 영향이 없는 홍차를 끓인 에밀리아가 내 옆에 앉았기에 평소처럼 머리를 쓰다듬어주니 기쁜 듯이 꼬리를 흔들었다.

"여전히 시간은 정확하구나."

"우후후……, 시리우스 님 정도는 아니에요."

정확하지는 않지만 교대 시간을 대충 알 수 있게끔 모래 시계 같은 걸 두는데, 에밀리아는 몇 분 전에 반드시 깨어난다.

짧은 시간이라 해도 자신이 정한 시간에 확실하게 일어날 수 있는 것은 체내시계를 완전하게 컨트롤할 수 있다는 증거다.

사람에게 수면은 필요불가결한 존재이면서도 가장 무방비해지는 상황이기에 그것을 몸으로 익힐 수 있다면 여러 상황에서 도움이 된다.

그만큼 수면은 무의식적인 부분이 많아서 습득하는 게 매우 힘들지만, 에밀리아는 나를 받쳐주기 위해 오랜 세월에 걸쳐 터득했다. 그렇게 한결같은 마음에 부응할 수 있는 남자가 되어야 할 것 같다.

"휴우……, 잔뜩 즐겼어요. 역시 시리우스 님께서 쓰다듬어주시면 잠이 깨네요."

"내가 이런 말을 하는 건 좀 그렇지만, 쓰다듬어주면 기분이 좋아지지 않아? 그럼 오히려 졸릴 것 같은데."

"시리우스 님께서 쓰다듬어주시면 마음이 진정되지만 그 이상으로 기뻐져서 흥분되기도 하니까요."

"모순되는 거 아니야?"

"아무튼. 쓰다듬어주시면 기운이 나요. 제게는 마법의 손이
네요."

딱히 마력을 불어넣지도 않았으니 정신적인 의미인 것 같다.

뭐……, 행복하다면 문제는 없을 것 같다. 그대로 한동안 머
리를 쓰다듬어주고 싶지만, 어떤 기척을 느꼈기에 멈췄다.

"이제 됐어?"

"네. 뒷일은 맡겨주세요."

나는 에밀리아가 있는 곳에서 이동한 다음 모포를 덮고 누웠다.

그와 동시에 호쿠토가 내 근처에 누워서 바람을 막아주었고,
나는 눈을 감은 채 깨어 있었다.

잠시 후 장작이 터지는 소리와 함께 마차 쪽에서 에밀리아에
게 다가가는 기척을 느꼈다.

"……무슨 일이에요?"

"저기……."

등을 돌리고 있어서 얼굴이 보이지는 않았지만, 목소리와 기
척으로 카렌이라는 것을 바로 알 수 있었다.

에밀리아의 머리를 쓰다듬고 있을 때 깬 모양인지 내가 잘 때
까지 기다렸다가 움직인 모양이었다.

그리고 깨어난 이유는…….

"배가 고파서 잠이 안 오는 거죠?"

"……응."

예상했던 대로 배고픔을 견디지 못했던 모양이었다.

저녁식사는 빵과 조림 요리뿐만이 아니라 채소와 애벌레를 볶은 메뉴도 있었지만, 카렌은 조림을 한 그릇만 먹었으니까.

한 그릇도 먹기 힘든 것 같은 표정이었지만, 받은 분량을 확실하게 먹는 걸 보니 어머니에게 교육을 잘 받은 것 같았다.

그런데 소식한다고 해도 먹는 양이 너무 적은 것 같다. 굳이 말할 필요도 없겠지만, 그 이유는 식사하기 전에 벌꿀과 애벌레를 너무 많이 먹었기 때문이기에 준비해두길 잘했다.

"스튜가 있는데 드실래요?"

"있어?"

카렌이 의아해할 만도 했다.

리스와 레우스……, 먹보 남매가 냄비를 비우는 모습을 보았기 때문이다.

"시리우스 님께서 이렇게 될 줄 아시고 준비해두셨어요. 바로 데울 테니 기다리세요."

"……미안해."

"사과할 필요는 없어요. 피아 씨하고 레우스가 신이 나서 주었기 때문이기도 하고, 배가 부른데도 요리를 남기지 않게끔 열심히 먹었죠?"

"밥을 남기면 안 되니까. 그리고 내가……, 벌꿀을 잔뜩 먹어버려서."

"후후, 그러면 됐어요. 제대로 반성하는 마음이 있다면 시리우스 님이나 저희가 화를 내진 않을 거예요."

에밀리아가 말한 대로 자신이 간식을 너무 많이 먹었다는 것을 알고 반성하고 있으니 충분하다.

그리고 카렌은 아직 어리니까 저녁 식사 전에 출출할 때 좋아하는 음식이 눈앞에 있었으니 참을 수 없었을 것이다.

그런 다음 두 사람의 대화가 끊어졌고, 한동안 스튜를 다시 데우는 소리만 들리다 카렌이 스튜를 먹기 시작하자 다시 대화가 시작되었다.

"……맛있어."

"후후, 아침이 되면 시리우스 님께도 말씀해주세요. 분명히 기뻐하실 테니까요."

"……응."

"역시 말하기가 껄끄럽죠? 하지만 그 마음은 저도 잘 알아요. 예전에 저도 그랬으니까요."

"언니도?"

"그래요. 제가 카렌하고 비슷한 나이였을 때 밤중에 배가 고파서 시리우스 님이나 디 씨, 오빠 같은 사람이 식사를 차려준 적이 있었거든요."

내가 태어난 저택에서 지내던 무렵에 에밀리아가 한창 클 나이라서 그런지 배가 고파서 밤중에 깬 적이 몇 번 있었으니까. 참고로 레우스는 자주 깨곤 했다.

조용히 남매의 야식을 준비해준 사람은 디였지만, 가끔 나도 야식을 만들어주곤 했다.

"그런 사람들에게 은혜를 갚고 싶어도 어린 나이에는 힘들죠. 하지만 제가 성장하면 모두들 기뻐해주니까 필사적으로 배웠……, 아니, 지금도 계속 배우고 있어요."

"……무슨 뜻이야?"

"좀 어려운 말이었나 보네요. 다시 말해 카렌이 여러 가지를 배우면 그것만으로도 저희는 기뻐요. 오늘도 카렌이 마법을 썼을 때 시리우스 님께서 매우 기뻐하셨죠?"

"응, 칭찬해줬어."

"그런 거예요. 이번 실패를 교훈으로……, 아니, 잘 기억해두고 다음번에 똑같은 실수를 하지 않게끔 하세요."

동생인 레우스를 돌봐왔기 때문인지 아이들을 다루는 솜씨가 좋다.

에밀리아의 자상한 말을 듣고 카렌은 대답하지 않았지만 공기가 약간 흐트러진 걸 보니 고개를 끄덕였다는 것을 알 수 있었다.

아무튼 이제 간식도 적당히 먹어야 한다는 것을 이해할 것이다.

그런데 이 아이의 경우에는 벌꿀이 눈앞에 튀어나오면 또 똑같은 일을 반복하게 될 것 같다는 생각이 드는 이유가 뭘까? 그런 의문을 머릿속으로 생각하면서 오늘은 자기로 했다.

그리고 아침이 되어서 모두가 깨어난 다음에 아침 식사 준비를 하고 있자니 카렌이 내 곁으로 다가왔다.

"저기……, 스튜를 해줘서 고마워. 맛있었어."

"그렇구나, 입맛에 맞는 것 같아 다행이야. 벌꿀이 맛있다는 건 이해가 되지만, 식사도 제대로 해야 해."

"응. 다음부터는 벌꿀도 먹고 밥도 먹을 수 있게 노력할 거야!"

"장하다! 카렌!"

"그럼 오늘은 더 먹을 수 있게 도전해야지!"

"……뭔가 잘못된 것 같은데."

벌꿀을 안 먹는다는 선택지는 없는 것 같다.

뭐……, 그것도 하나의 선택이고, 카렌은 소식하는 편이니 조금 많이 먹는 정도가 딱 좋을 것 같기도 하다.

그렇게 나 자신을 타이르고 있자니 내게 다가온 피아가 위로해주려는 듯이 어깨에 손을 얹었다.

"부모 역할을 하는 것도 힘들겠구나."

"그래, 역시 아이를 키우는 건 어려운 것 같아. 그래도 교육하고 마찬가지로 정말 보람이 있는데."

"우리 아이도 카렌처럼 솔직한 아이로 자랐으면 좋겠어. 그러니까 같이 힘내자, 아빠."

"너무 성급한 거 아니야?"

"시리우스 님. 나중에 생길 우리 아이는 라이오르 할아버지와 최대한 거리를 두게 하는 게 나을까요?"

"그러니까, 성급하다고! 하지만 나도 그렇게 생각하긴 해."

내 아이가 그 영감님 같은 짓을 한다면 걱정이 되어서 정신이 버티지 못할 것 같다.

뭐, 그렇게 카렌의 교육에 대해 이것저것 고민하면서 여행을 계속하게 되었다.

그로부터 이틀 뒤. 예정보다 조금 늦어지긴 했지만 우리는 용의 둥지 입구로 보이는 숲 앞에 도착했다.

참고로 용의 둥지란 넓은 숲으로 둘러싸인 산을 일컫는 말이고, 그 산을 중심으로 여러 종류의 용이 서식하고 있어서 그런 이름이 붙었다고 한다.

하지만 여기에서는 큰 나무들이 가려서 산꼭대기가 보이지 않기 때문에 피아와 함께 공중으로 날아올라서 조사해보니 수해라고 불러도 될 정도로 넓은 숲 너머에 높은 산이 있다는 것을 확인했다. 아마 저 산 어딘가에 유익인이 사는 곳이 있을 것이다.

"우리 숲도 넓긴 하지만, 여기도 꽤 넓네."

"숲을 빠져나가는 것만으로도 꽤 고생하겠는데."

시력을 강화해서 먼 곳을 살펴보니 하늘에 크고 작은 용들이 날아다니는 모습이 보였다. 함부로 다가가면 확실하게 습격당할 것이다.

저것이 소문으로 들은 상룡종이라면 이야기를 할 수 있을지도 모르겠지만, 아닐 경우에는 주위에 있는 용들이 단숨에 덤벼들어서 위기에 처할 것이다. 하늘을 날 수 있는 우리도 용의 기동력을 당해낼 순 없으니 포위당하는 것은 최대한 피하고 싶다.

너무 오랫동안 날아다니면 들켜서 공격당할지도 모르기에 나아갈 방향만 확인한 다음 지상으로 내려왔다.

"하늘 상황은 어때?"

"하늘로 가는 건 눈에 띄니까 피하는 게 좋겠어. 정확한 장소도 아직 모르니까 지상 루트로 가야겠고."

"형님하고 호쿠토 씨만 있으면 용 같은 건 상대가 안 될 것 같은데."

"그건 안 돼. 용의 전력이 미지수고, 무엇보다 숲의 생태계를 일그러뜨리면 안 되지."

우리를 노린다면 어쩔 수 없지만, 적극적으로 싸워서 마물과 용의 숫자를 줄어들게 만들면 아시트 같은 바보들이 쉽게 잠입하게 된다.

유익인이 외부인들과 우호관계를 맺으려 한다면 상관없겠지만, 아직 아무것도 알아내지 못한 이상 함부로 생태계의 균형을 무너뜨리는 건 바람직하지 못하다.

"아무튼 준비를 마치고 출발하자. 그쪽은 어때?"

"네. 마차는 저쪽에 숨겨두었어요."

"짐도 자잘하게 나누고 큼직한 건 호쿠토에게 맡겼어."

"멍!"

"고생했어. 이제……."

내가 한 말을 듣고 모두가 바라본 곳에는 나무에 몸을 기댄 채 편안한 숨소리를 내며 잠든 카렌이 있었다.

딱히 지쳐서 그런 게 아니라 출발할 준비를 하는 동안 카렌은 할 일이 없었기 때문이다. 짐이 될 책은 가지고 갈 수가 없고, 이제부터 걸어갈 예정이기 때문에 피곤해지는 마법 연습도 하면 안 된다고 했기에 심심했던 모양이다.

그건 그렇고……, 잘 자는 애가 잘 큰다고는 하는데, 정말 잘 잔다. 뭐, 자고 있었기 때문에 나와 피아가 신경 쓰지 않고 하늘을 날아다녔던 거지만.

"……카렌이 깨면 출발해야겠구나."

"딱히 깨울 필요는 없잖아? 내가 업고 갈게."

"아니, 이동하다가 길이 생각날지도 모르니까 최대한 깨어 있을 때 이동하는 게 나을 거야."

카렌은 한 번 잠들면 말을 걸거나 몸을 흔들어도 깨어나지 않는다.

그래서 나는 품속에 넣어두었던 주머니에서 비밀병기를 꺼내 카렌의 코끝에 들이댔고……

"으……."

"좋았어, 이쪽이야."

입을 벌리고 먹으려 했기에 잡아당겨서 일부러 못 먹게 했다.

그리고 입을 움직였는데도 아무것도 씹히지 않는다는 것에 의문을 품었는지 카렌이 눈을 살짝 뜨고 일어섰다.

아직 잠이 덜 깬 상태이긴 하지만 내가 들고 있는 것을 향해 천천히 걸어오기 시작했고, 서너 발짝 걸어와서야 겨우 잠이 깬 모양이었다.

"……어라?"

"잘 잤어? 슬슬 출발하자."

"응……."

"그렇게 빤히 보지 않아도 줄 거야. 자."

내가 들고 있던 것은 벌꿀을 재료로 써서 만든 사탕이다. 그것을 카렌의 입에 넣어주니 정말 만족스러운 표정으로 먹기 시작했다.

정말 한심한 방법이긴 하지만 지금은 이게 가장 편하게 깨우는 방법이다.

참고로 뒤에서 조용한 압력을 느꼈기에 그쪽도 잊지 않고 입에 넣어주었다.

"벌꿀뿐만이 아니라 다른 과일도 들어 있어서 맛있지."

"우후후……, 시리우스 님께서 먹여주시니 몇 배는 더 맛있어지네요."

"맛있긴 한데, 나는 더 컸으면 좋겠어."

"좋았어, 이제 됐지? 그럼 슬슬……."

"하나 더 줘!"

"출발!"

긴장감이 없긴 하지만, 아무튼 우리는 숲을 향해 출발했다.

숲으로 들어선 우리는 예전에 이야기를 들었던 강을 발견했고, 그곳에서 강을 따라 상류 쪽으로 나아가고 있었다.

일직선으로 숲을 뚫고 용의 둥지로 갈 수도 있겠지만, 이 강은 아시트가 카렌을 발견한 곳이니 언젠가는 카렌이 본 적이 있는 곳에 도착할 것이다.

"카렌. 어때?"

"아?! 저 꽃, 집 뜰에서 봤어."

고향에 다가가고 있다는 증거인지 호쿠토 등에 타고 있던 카렌은 나아갈수록 바쁘게 주위를 둘러보고 있었다.

당연하게도 숲에는 많은 마물들이 살고 있기에 꽤 자주 마물과 마주쳤지만, 대부분 호쿠토가 무서워서 도망쳤다.

도망치지 않는 마물은 다가오기 전에 나와 피아가 저격하거나 레우스의 검을 맞고 날아갔다. 참고로 레우스가 검으로 두 동강 내지 않는 이유는 다른 마물들이 피 냄새를 맡고 흥분하게 만들지 못하게끔 하기 위해서다.

그리고 강에서 나타난 이족보행을 하는 도마뱀 마물……, 리저드맨을 물리친 다음 우리는 잠시 쉬고 있었다.

"용의 둥지라 그런지 마물도 용과 비슷한 종류가 많은데."

"저기, 형님. 이 리저드맨도 용이야?"

"정확히 따지자면 용이 아니지만, 용의 권속이라 불리는 종족이야. 집단으로 공격하면 버거울 테니 혼자서 싸울 때는 조심해야 한다."

그 밖에도 땅을 달리며 이족보행을 하는 지룡이나 하늘을 날아다니는 익룡도 덤벼들었지만, 전부 하룡종을 벗어나지 못한 용들뿐이었기에 별다른 문제 없이 물리치는 데 성공했다.

그렇게 여러 마물을 물리치고 나아가기 힘든 지형을 여러 군데 넘어가면서 상류를 향해 가다 보니 숲이 트이고 커다란 호수가 펼쳐진 곳으로 나왔다.

"와아, 예쁜 호수다. 신기한 물고기 같은 게 있을 것 같아."

"봐, 리스 누나. 저기에 커다란 폭포도 있어."

"시리우스 님. 이제 어떻게 하시겠어요?"

"그래……, 오늘은 이만 쉬자."

슬슬 해가 질 것 같아서 야영용 도구를 가지고 있는 호쿠토를 보았는데, 카렌의 상태가 이상하다는 것을 눈치챘다.

오던 도중에 같이 타고 있던 피아가 불렀는데도 카렌의 시선은 호수에 고정된 채 움직이지 않았다.

물에 빠져서 떠내려간 충격과 그 이후로 있었던 일 때문에 어머니와 헤어졌을 때 기억이 애매했는데 여기에 오니 뭔가 생각난 건가?

"왜 그래? 카렌? 뭔가 생각난 게 있니?"

"여기……, 여기야! 카렌하고 엄마가 왔던 곳이 여기야!"

유익인이 올 수 있는 곳이라니 목적지가 가까운 것 같다.

지금까지 보여준 것 중에 가장 큰 반응이었는데, 머리에 손을 대고 두통을 억누르려 하는 것 같기도 했다.

"그런데……, 뭐지? 뭔가……."

"아직 생각나지 않은 게 있어?"?

어서 가고 싶긴 하겠지만, 지금 이동하려면 어두워져서 위험할 것이다.

조금 먼 곳에서 호수를 만들어내고 있는 거대한 폭포 위로 올라가려면 시간이 오래 걸릴 것 같으니 오늘은 여기서 하룻밤을 지내야 한다.

마음을 굳게 먹고 타이르려 했을 때, 호쿠토가 경계하는 듯이 크게 짖었다. 그와 동시에 커다란 그림자가 발치를 스쳐갔기에

'서치'를 발동시키면서 하늘 위를 올려다보니…….

"들켰나!"

"오오?! 커다란데!"

"카렌, 뒤에 숨어 있어!"

"으, 응!"

커다란 날개가 달린 용 세 마리가 먼 하늘에서 날아다니고 있었다.

호쿠토가 경계하는 모습과 '서치'로 느낀 마력 반응을 보니 저 용들은 중룡종이 아닐 것 같았다.

저게 바로 소문으로 들었던 상룡종일 것 같으니 어떻게든 이야기를 할 수 있다면…….

『찾았다!』

『정신을 못 차리고 또 왔나!』

『이번에는 가만 두지 않는다!』

응……, 안 될 것 같은 느낌이다.

말을 이해하는데도 확실하게 적의를 드러내고 있으니 도저히 이야기를 나눌 수 있는 상태가 아닌 것 같다.

먼 하늘에서 급강하하는 용 세 마리를 바라보면서 우리는 전투준비를 하기 시작했다.

갑자기 하늘에서 나타났고 온몸이 붉은색, 녹색, 노란색으로 물든 상룡종 세 마리.

멋대로 영역에 들어와서 그런지 우리를 완전히 적대시하고 있는 것 같고, 지금은 일렬로 나란히 늘어선 상태로 하늘을 크게 선회하고 있었다.

그동안 카렌의 안전을 확보하고 전투 준비를 마치자 용 세 마리……, 세 용이 이쪽을 향해 일직선으로 급강하했다. 그렇게 낙하하던 도중에 세 용이 모두 숨을 크게 들이마신 걸 보니 넓은 범위를 휩쓸어버리는 브레스를 날릴 생각인 것 같았다.

"우리에게 맡겨! 물이여, 부탁해……."

우리가 한곳에 모이고 리스가 마법을 발동시키자 근처 호수에서 흘러들어온 물이 우리를 지키려는 듯이 감쌌다.

"다음에는 나구나. 다들, 부탁할게!"

그리고 피아의 마법으로 인해 거대한 소용돌이가 생겨났고, 그 소용돌이는 리스가 끌어들인 물을 휘감고 꿈틀대며 우리를 중심으로 휘몰아치는 거대한 물의 소용돌이로 변했다.

『그 정도 마법으로!』

『우리 브레스를 막을 수 있을 것 같으냐!』

『불타버리거라!』

세 용이 동시에 날린 불꽃 브레스는 엄청난 위력을 지니고 있었겠지만, 유연하게 움직이는 물의 소용돌이가 불꽃을 받아내며 흩어버리는 것뿐만이 아니라 숨을 쉬기만 해도 목이 타버릴 것 같은 열기까지 막아주었다.

이것이 바로 두 사람이 만들어낸 물과 바람의 정령의 합체 마법…….

""『스트림 실드』.""

아마 한쪽의 마법만으로는 브레스를 완전히 막아내지 못했을 것이다.

매우 강력한 방어 마법이지만, 강력한 정령 마법을 합쳤기에 가능한 방법이고, 일반적인 마법을 합친 정도로는 이렇게까지 견고한 방어벽을 만들 수 없다.

두 사람 말고도 쓸 수 있는 사람이 있다면 매직 마스터라 불리는 로드벨 정도밖에 없겠지.

"대단한데, 이거라면 내 '매그넘'도 막을 수 있을 것 같아."

"멋지지? 하지만 바람의 정령을 타이르는 게 힘들어서 이 정도까지 하는데 꽤 고생했거든."

"계속 흠뻑 젖곤 해서 정말 힘들었지."

두 사람에게 이야기를 들어보니 자유분방하지만 힘이 강한 바람의 정령을 성실하면서도 자잘한 지시까지 들어주는 물의 정령이 잘 유도해주고 있는 것 같다.

아무튼 두 사람 덕분에 첫 번째 공격은 막았지만, 세 용이 브레스로 지상을 휩쓴 것과 동시에 다시 하늘 위로 높게 날아올라서 반격하기가 힘들다.

뭐, 반격이라 해도 애초에 우리는 싸우러 온 게 아니지만.

"말도 안 통하나? 어떻게 할 거야? 형님."

"이야기를 나누는 건 가능하겠지만, 보아하니 우리 이야기를 들어줄 것 같지 않네요."

"어쩔 수 없지. 일단 떨어뜨릴까."

도망치려 해도 제공권을 상대방이 잡고 있으니 브레스로 융단 폭격을 가하는 용에게서 도망치기는 힘들다.

뭐든 상관없으니 땅으로 떨어뜨려서 우리 이야기를 들을 수 있는 상태로 만들어야 한다.

"우리 힘으로는 그럴 수 있겠지만, 그러면 오히려 화를 내지 않을까?"

"그때는 그때 가서 생각해야지. 일단 무력화시키자."

"공중에서 내려와야 뭐라도 될 테니까. 세 마리니깐 우리가 한 마리씩 상대하자고. 에밀리아는 상황을 봐서 원호해주고 카렌을 부탁해."

"알겠습니다!"

"그래!"

리스와 피아는 공격에 나서지 않고 그대로 카렌을 지키는 데 전념하도록 하자. 공격도 그렇지만, 수비도 우리 중에서 가장 잘 하는 사람이 그 두 사람이니까.

"우리는 신경 쓰지 말고 마음껏 공격해."

"카렌. 우리에게서 절대로 떨어지면 안 돼."

"으, 응!"

역할 분담을 정한 것과 동시에 하늘 위에서 크게 선회한 용들이 다시 급강하했다.

낙하하는 기세까지 실어서 엄청난 속도로 이쪽을 향해 다가왔지만, 아무리 빠르다 해도 결국엔 좀 전과 마찬가지에 불과하다.

『음?!』

『건방진 짓을!』

『그쪽은 맡기마!』

그리고 용들이 다가오자 우리는 정면에 레우스를 남긴 뒤 나는 오른쪽, 호쿠토는 왼쪽으로 크게 이동했다.

하지만 좌우에 있던 녹색과 노란색 용은 냉정하게 나와 호쿠토 쪽으로 고개를 돌렸고, 가운데에 있던 붉은 용은 정면에 있던 레우스를 노리고 있었다. 갑작스럽게 산개하자 한눈을 팔면서도 서로 자연스럽게 보조해주는 연계 실력이 훌륭한 것 같다.

좌우로 나뉜 우리를 향해 세 용이 브레스를 날리려고 입을 벌렸지만……

"'런처' 연사!"

"멍!"

상대방의 브레스보다 우리가 더 빨랐다.

브레스보다 먼저 내가 날린 마력탄과 땅이 터져버릴 기세로 뛰쳐나간 호쿠토의 몸통박치기를 맞고 녹색과 노란색 용이 땅바닥으로 떨어졌다.

그럼에도 불구하고 붉은 용은 레우스와 그 뒤에 있는 여자 일행들을 향해 브레스를 날리려 했지만, 에밀리아가 상대방의 얼굴을 노리고 수많은 '에어 임팩트'를 날려 브레스를 쏘지 못하게 했다.

『끄윽?! 건방진…….』

"으랴아아아아아아아앗──!"

그리고 자세를 바로잡으려 하던 붉은 용에게 달려든 레우스가 뛰어올라 용의 목에 대검을 내리쳤다.

원래는 베는데 쓰는 검이지만, 레우스의 대검은 어떤 의미로 쇳덩어리라 할 수 있을 정도로 크고 묵직했기에 때릴 때 사용하면 거대한 둔기가 되는 물건이다.

그렇게 마치 해머 같은 대검으로 맞은 붉은 용은 큰 소리를 내면서 땅바닥에 떨어졌다.

『끄……윽…….』

『우리를 떨어뜨리다니…….』

『꽤 하는구나!』

죽이지 않게끔 조심하긴 했지만, 세 용은 우리보다 수십 배는 커다란 상대이기 때문에 힘 조절 같은 건 거의 할 필요가 없을 것 같다.

그 증거로 바위조차 박살낼 수 있는 일격을 가했는데도 세 용 모두 아무렇지도 않게 일어섰으니까.

"역시 상룡종이구나. 호쿠토와 레우스에게 맞았는데도 비늘에 흠집도 나지 않다니."

"멍!"

"힘을 너무 조절했다……라는데. 나도 힘을 더 줄 걸 그랬네."

"그래도 땅으로 떨어뜨리는 데는 성공했어. 이제부터가 진짜니까 방심하지 말고 가자."

하지만 우리의 목적은 어디까지나 카렌을 고향으로 데려다주는 것이다.

여전히 우리를 적으로 보고 있지만, 상대방도 지상으로 내려왔으니 우리 상황을 눈치챌 수 있을 것이다.

세 용이 날개를 펼친 뒤 날아오르려 하고 있었기에 서둘러 카렌을 부른 다음 내 옆에 세웠다. 자, 어떤 반응을 보여줄까.

『으음?!』

『카렌 아가씨인가?!』

『무사했구나!』

용이라서 표정을 알아보기가 힘들긴 하지만 적어도 기뻐한다는 것은 알 수 있었다.

보아하니 카렌을 아는 눈치인데, 정작 본인의 반응이 애매한 이유는 뭐지?

카렌은 우리가 의아해하는 것도 아랑곳하지 않고 고개를 갸웃거리고 있었다.

"……누구야?"

『『『어?!』』』

그렇구나……, 카렌이 애매한 반응을 보일만도 하다.

상대방은 알고 있더라도 본인이 알고 있다는 보장은 없으니까.

카렌이 그렇게 말하자 용들이 고개를 축 늘어뜨렸기에 우리도 덩달아 넘어질 뻔했지만, 아무튼 이제 이야기를 할 수 있을 것 같다.

적이 아니라는 사실을 알리기 위해 경계를 풀었는데, 세 용의 상태가 크게 변했다는 것을 눈치챘다.

『어째서 저 아이가 외부인들과 함께 있는 거지?』

『행방불명되었다고 들었는데, 혹시 저 녀석들이 구해준 건지도 모르겠군.』

『아니……, 잠깐만. 외부인들은 동포를 잡아가는 녀석들밖에 없을 텐데.』

아무래도 분위기가 심상치 않은 것 같다.

카렌을 묶어두지도 않았고, 옷차림도 제대로 챙겨주었는데 의심하는 걸 보니 그만큼 어리석은 녀석들을 계속 상대해왔기 때문인가?

하지만 아는 사이라는 것은 알아냈으니 카렌을 건네주면 고향으로 데려다줄 것이다.

다시 공격당하기 전에 우리가 먼저 행동해야 할 것 같다.

"잠깐만요. 이 아이를 맡길 테니 어머니가 있는 곳으로 데리고……."

『설마?! 그 아이의 안내를 받으면서 우리의 마을에 쳐들어올 셈인가?!』

『어린아이를 납치한 것만으로도 용서할 수 없는 짓인데, 욕심 많은 놈들!』

『여기서 해치워주마!』

이거……, 안 되겠는데.

상대방이 냉정하지 못한 상태이기도 하지만, 생각하는 것보다 본능을 우선시하는 종족이어서 그럴지도 모르겠다.

완전히 착각하고 있으니 카렌을 두고 여기서 도망치거나, 상대방이 얌전해질 때까지 무력화시키거나, 둘 중 하나다.

가장 편한 건 카렌을 억지로 떠넘기고 도망치는 거겠지만, 냉정하지 못한 세 용이 모두 쫓아와서 카렌이 여기에 혼자 남겨질 가능성도 있기 때문에 그건 피하고 싶다.

그래서 싸우기로 결심한 우리가 카렌을 물러나게 했을 때, 갑자기 바람을 가르는 날카로운 소리가 들리기 시작했다.

"멍!"

"형님! 또 오고 있어!"

누구보다 빠르게 눈치챈 호쿠토보다 늦게 하늘에서 무언가가 접근해오는 것을 올려다보니 용 한 마리가 이쪽을 향해 급강하하고 있었다.

온몸이 푸르게 물든 그 용은 중간에 날개를 퍼덕이며 낙하속도를 줄였고, 커다란 소리를 내지도 안혹 우아하게 우리 앞에 내려앉았다. 그 푸른 용은 세 용보다 몸집이 더 컸고, 척 보기에도 격이 다르다는 분위기를 풍기고 있었다.

『제, 제노드라 님?!』

『어째서 이런 곳에?』

『여기는 저희만 있어도 충분합니다!』

보아하니 세 용의 상급자가 나온 모양이었다.

호쿠토가 좀 전보다 더 경계하고 있는 걸 보니 상당한 실력자인 것 같다. 이제 힘 조절 같은 걸 신경 쓸 상황이 아닌지도 모르겠다.

진심으로 도망치는 걸 검토하고 있자니 세 용이 제노드라라고 부른 푸른 용이 뒤에 있던 동료들에게 돌아섰고…….

『이…… 멍청한 녀석들이!』

『ㅠㅠ끄아악?!ㅛㅛ』

엄청나게 큰 소리를 울리며 세 용의 머리를 꼬리로 때렸다.

주위에 땅이 울릴 정도로 강력한 일격이었지만, 세 용이 아무렇지도 않게 일어난 걸 보니 항상 있던 일인 것 같다.

『무, 무슨 짓을 하시는 겁니까?!』

『적은 저 녀석들입니다!』

『그렇습니다! 저희는 어린아이를 인질로 잡은 악당을 쓰러뜨리려고…….』

『됐으니까 진정하거라. 저자들에게서 전의가 느껴지지 않는다는 건 멀리 떨어져 있던 나도 눈치챘다. 코앞에 있던 너희들은 왜 그걸 모르는 게냐!』

바로 제노드라의 잔소리가 시작되어서 전투 같은 걸 벌일 상황이 아니게 되긴 했지만, 일단 말이 통할 것 같은 용이 와준 것 같다.

한동안 잔소리를 늘어놓은 제노드라가 우리를 돌아보았고, 적의가 없긴 했지만 아직 경계하고 있는 것 같았다.

『여러모로 물어보고 싶은 게 많다만, 그대들이 이곳에 무얼 하러 왔는지 대답하거라. 이유에 따라서는 보내줄 수도 있다.』

"알겠습니다. 일단 카렌, 이쪽으로 와."

"……응."

카렌을 보고 제노드라도 세 용과 마찬가지로 놀라면서도 기뻐하는 반응을 보였다.

『오오! 무사했구나, 카렌.』

"……혹시, 그 제노드라 님?"

『음? 아, 그대에게는 아직 이 모습을 보여준 적이 없었구나. 잠시만 기다리거라.』

그렇게 말한 제노드라가 눈을 감자, 올려다봐야 할 정도로 커다란 몸집이 갑자기 줄어들기 시작한 뒤 레우스보다 덩치가 큰 남자로 변했다.

척 보기에는 사람 같았지만, 팔과 하반신이 푸른 비늘로 뒤덮여 있고, 용과 마찬가지로 뿔과 꼬리가 나 있었다.

이건 상룡종이라기보다는…….

"시리우스 님. 저 모습은."

"그래. 용족……이야."

남매와 리스에게는 씁쓸한 추억이겠지만, 그 모습은 엘리시온의 학교 미궁에서 마주쳤던 선혈의 드래곤 리더였던 고라온과 똑같았다.

하지만 고라온과는 달리 살인귀 같은 분위기는 전혀 느껴지지 않았고, 부드러운 미소를 짓고 있는 청년으로만 보였다. 설마 세간에 알려져 있는 용족이란 게 상룡종이 인간 모습으로 변한 모습이었다……는 건가?

"어떠냐? 이 모습이라면 알아보겠지."

"응! 제노드라 님이야!"

"하하하, 나다. 아무튼 네가 무사해서 다행이로구나!"

그 모습을 보고 카렌도 아는 사람이라는 걸 알아챘는지 조금 목소리가 들뜬 것 같았다.

여러모로 흥미로운 종족이긴 하지만 지금은 적이 아니라는 것을 알아주고 카렌을 고향으로 데려다 달라고 해야겠다.

그렇게 여기까지 온 사정을 간단히 설명하자 제노드라는 감탄하며 고개를 끄덕이고 있었다.

"호오……, 하계에 있는 자들은 유익인이라는 걸 알면 눈이 돌아가는 자들만 있는 줄 알았더니, 특이한 녀석들도 있는 모양이로구나."

『제노드라 님, 저 녀석이 한 말을 믿으시는 겁니까?!』

『저자가 카렌을 속이고 동포를 노리러 온 건지도 모릅니다!』

『여기에 온 사람들은 그런 녀석들밖에 없었습니다!』

"휴우……, 됐으니까 너희도 작아지거라. 만약 동포를 노리는 녀석들이라 하더라도 카렌을 데리고 와준 건 사실이다. 우리도 예의를 갖추어 대해야 할 것이야."

부드러운 목소리이긴 했지만, 해를 끼치면 용서하지 않겠다는 감정도 전해졌다.

그리고 제노드라가 한 말을 듣고 어쩔 수 없다는 걸 깨달았는지 세 용들도 투덜거리며 사람 모습으로 변했다.

그 모습은 색 말고는 제노드라와 거의 비슷했지만, 왠지 어린아이 같다고 해야 하나, 어딘가 어린 구석이 느껴졌다. 감정보다 행동이 앞서는 걸 보니 상룡종 중에서는 아직 젊은이들인 것 같다.

"소개하는 게 늦어졌군. 내 이름은 제노드라다. 동포를 구해준 것에 감사한다."

"흥, 나는 아이다."

"크바다."

"라이다."

"저는 시리우스입니다. 이쪽이 동료인……."

바로 우리 일행이 자기소개를 마치자 제노드라는 고개를 숙이며 사과했다.

"미안하다, 우리 젊은이들이 폐를 끼친 모양이군. 변명만 되겠지만, 이자들은 최근에 변신할 수 있게 되어서 우쭐해졌는지 툭하면 성급하게 굴곤 한다."

기품이 넘치고 매우 고고해 보이는 용인 듯한데, 상대방에게 솔직하게 고개를 숙일 수 있는 성실한 마음가짐을 보니 호감이 간다.

상황으로 보아 성급하게 굴어도 어쩔 수 없고, 애초에 화가 나지도 않았기에 나는 그 사과를 받아들였다.

"놀라긴 했지만 저희도 공격해버렸으니까요. 이번에는 서로 잘못한 거로 하고 끝내시는 게 어떨까요?"

"그렇군. 양쪽 다 다치지 않아서 다행이긴 하지만, 책임은 확실하게 해두어야겠지. 자, 너희도 고개를 숙이거라."

"으으……, 미안하다."

"하지만 말이지, 너희가 너무 수상한 게 잘못이라고!"

"맞아, 맞아. 너희가 인질을 잡으면서 비겁한 짓을……."

"멍!"

"""흐아악?!"""

제노드라의 말을 듣고 세 사람이 투덜거리며 고개를 숙였지만, 어느새 다가와 있던 호쿠토가 세 용의 머리를 앞다리로 때렸다.

좋은 태도가 아니긴 했지만, 설마 호쿠토가 나설 줄은 몰랐다.

"형님은 비겁하지 않아. 애초에 너희가 착각한 거니까 솔직하게 사과하는 게 맞다……는데."

"그런 거였구나. 호쿠토, 앉아. 화를 내는 건 우리가 할 일이 아니야. 저희 일행이 멋대로 실례를 저질러 죄송합니다."

평소에도 제노드라에게 혼나곤 하는 것 같으니 상관도 없는 우리가 잔소리하는 건 바람직하지 못할 것이다. 자칫하다가는 적대 행동으로도 볼 수 있는 상황인데, 제노드라는 화를 내기는커녕 만족스럽게 고개를 끄덕였다.

"아니, 전혀 상관없다. 아무래도 반성이 부족한 것 같으니 가끔은 나 말고 다른 자에게 잔소리를 듣는 것도 좋은 약이 되겠지. 죽이지만 않으면 마음대로 해도 좋다."

"제, 제노드라 님?!"

"저희는 동포를 지키려 했을 뿐입니다."

"맞아요! 그리고 이 늑대는 예상했던 것보다 힘이 세서……."

"멍!"

그리고 호쿠토는 이렇게 될 거라 예상했는지도 모르겠다.

생각해보니 예전에는 개였지만, 백랑은 우리보다 현명한 존재니까. 제노드라 일행의 관계를 보고 그렇게 대해도 괜찮다고 본능적으로 깨달은 모양이다.

그렇게 호쿠토가 윗사람에게 허락을 받고 사정없이 혼내기 시작했는데, 더 큰 반응을 보이는 사람이 나타났다.

"적당히 좀 하세요! 시리우스 님께서 카렌을 얼마나 생각해주셨는지 지금부터 확실하게 이해해주셔야겠어요!"

"크읔……, 용족인 우리가."

"겨우 늑대와 계집애가 하는 말을 쉽사리 들을 거라……."

"크르르르릉!"

"됐으니까 정좌하세요!"

"""정좌라는 게 뭐지?!"""

정신을 차리고 보니 잔소리를 하는 사람이 늘어났다.

너무 험악한 분위기라 세 용은 완전히 대들 수 없게 되었고, 바로 배운 정좌 상태로 에밀리아에게 내 이야기를 듣게 되었다. 조금이라도 반항적인 태도를 보이면 호쿠토에게 얻어맞았다.

불쌍하다는 생각도 들었지만 제노드라도 말리려 하지 않으니 버릇을 고치기 위해서라고 생각하고 못 본 척해야겠다.

그렇게 비현실적인 광경을 바라보고 있자니 카렌의 양쪽 어깨에 손을 얹은 리스와 피아가 진지한 표정으로 제노드라에게 질문을 하고 있었다.

"저기, 제노드라 씨. 카렌을 부탁드려도 될까요?"

"으음. 이 아이는 내가 책임지고 데려다주도록 하마. 돌아갈 거라면 서두르자. 브렌다의 몸 상태가 신경 쓰인다."

"엄마한테 무슨 일이 생겼어?!"

보아하니 집으로 돌아가더라도 어머니와 감동적인 재회를 할 수 없는 것 같다.

카렌의 어머니……, 브렌다의 몸에 문제가 생겼다는 것을 알고 카렌이 날개를 활짝 펼치며 깜짝 놀랐다.

"며칠 전에 이 근처까지 침입한 도적들이 날린 화살에 맞아버렸다. 그때 안고 있던 카렌을 놓쳐서 강에 떨어졌다고 들었다만, 너는 기억하지 못하는 게냐?"

"……응."

"카렌은 강에 떠내려간 충격 때문에 그때 기억이 애매한 것 같아요."

"그렇군. 그렇다면 억지로 떠올릴 필요는 없을게다. 그 이후로 동료들이 침입자를 처리했고, 브렌다는 치료 마법으로 목숨을 건졌다만 화살에 독이라도 발라두었는지 서서히 약해지고 있다."

뒤에서는 아직도 잔소리가 계속되고 있는데, 저 세 용이 과민 반응을 보였던 것도 그런 이유 때문이었던 모양이다. 그래도 갑자기 공격하는 건 너무 지나친 것 같지만, 지금 벌을 받고 있으니 신경 쓸 필요는 없다.

"의식은 있지만 고열과 통증 때문에 지금은 침대에서 몸을 일으키지도 못하고 있다. 치료 마법뿐만이 아니라 약초도 잘 듣지 않아서 이대로 가다간 머지 않아……."

화살에 맞았기 때문이긴 하지만 딸을 놓쳐버린 걸 매우 후회하고 있는 모양이다.

몸뿐만이 아니라 마음에도 큰 상처를 입어서 상처가 잘 낫지 않는 건지도 모르겠다.

"그러니 네가 무사하다는 걸 알려주고 안심시켜줘야겠지. 그럼 가자꾸나."

"응!"

뒤쪽에서 진행되던 잔소리가 끝난 것과 동시에 제노드라가 용으로 변신했고, 우리가 움직이려 하지 않는다는 것을 눈치챈 카렌이 불안한 표정으로 돌아보았다.

"오빠하고 언니는?"

『미안하다만 그들을 데리고 갈 수는 없다. 외부인을 함부로 마을에 데리고 갈 수는 없으니까.』

사실 우리도 가고 싶긴 하지만 이런 상황에서 우리도 데리고 가라는 말을 꺼내기는 껄끄럽다. 게다가 아무리 카렌을 보호해서 데리고 왔다고는 해도 우리가 수상쩍다는 건 사실이니까.

이제 카렌과 헤어지게 될지도 모르겠지만, 원래 이렇게 될 예정이었고 목적은 달성했으니 잘 된 거라고 생각하자.

"카렌. 우리는 신경 안 써도 돼."

"맞아. 어서 가서 어머니를 안심시켜 드려."

"어머니를 잘 보살펴드리고."

"불안해하는 어머님을 안심시켜드릴 수 있는 건 딸인 카렌만 할 수 있는 일이에요."

"엄마한테 잔뜩 응석 부려!"

"멍!"

잔소리를 마친 에밀리아와 호쿠토까지 함께 미소를 지으며 배웅해주고 있었지만, 카렌은 좀처럼 움직이려 하지 않았다.

바로 어머니에게 가고 싶으면서도 우리와 헤어지는 걸 아쉬워하는 모양이었다. 왠지 감격스럽기까지 하다.

『카렌. 너는 그들과 함께 가고 싶은 거냐?』

"응! 카렌에게 맛있는 밥을 주기도 했고, 마법도 가르쳐줬으니까!"

『심한 짓을 당하진 않았고?』

"안 당했어. 모두들 정말 잘해줬어."

불과 며칠 동안 함께 지냈을 뿐인데 저렇게 확실하게 믿어주니 기쁘다.

그렇게 진지한 표정으로 말하는 카렌을 조용히 바라보던 제노드라는 잠깐 생각하더니 정좌하다가 일어선 세 용에게 말을 걸었다.

『너희들. 변신해서 그들을 태워주거라.』

"그래도 되는 겁니까?"

"저희는 상관없지만요."

"먼저 장로님이나 다른 동족들하고 이야기해보는 게……."

『상관없다. 책임은 내가 지마.』

그렇게 딱 잘라 대답한 제노드라는 우리를 돌아보면서 계속 말했다.

『아이는 악의에 민감한 법이다. 특히 이 아이는 말이지. 그런 카렌이 이 정도로 믿어주는 사람들이라면 적어도 파렴치한 자들은 아닐 것이다.』

제노드라는 카렌의 날개를 보면서 계속 말했다.

카렌이 다른 동료들과는 날개가 다르기 때문에 주위의 시선이나 감정에 남들보다 민감하다고 말을 하고 싶은 것 같다.

제노드라가 한 말을 듣고 이해했는지, 세 용은 투덜거리지도 않고 용으로 변한 뒤 우리가 타기 편하게끔 그 자리에 엎드려주었다.

『자, 제 등에 타십시오, 시리우스 공.』

『호쿠토 님은 제 쪽으로.』

『레우스 공은 이쪽에 타시길.』

그렇게 짧은 시간에 이미 세 용의 조교가 끝난 모양이었다. 여러 가지 의미로 무시무시한 시종과 파트너다.

어떤 용에 탈지 잠깐 이야기를 나눈 결과, 리스와 피아는 카렌과 함께 제노드라 등에 타기로 했고, 나와 에밀리아는 크바, 아이 등에는 레우스, 그리고 라이 등에는 호쿠토가 타게 되었다.

『그럼 가도록 하지. 떨어지지 않게끔 꽉 잡거라.』

그 호령과 함께 용들이 날개를 펼치고 하늘로 날아올랐고, 제노드라가 선두, 그 뒤로는 아이, 크바, 라이가 일렬로 편대를 짜고 날아갔다.

"나도 할 수는 있지만 남이 태워주는 상태로 날아가는 것도 즐거운데?"

"네, 최고네요."

꽉 잡고 있으라고 해서 그런지 에밀리아는 기쁜 듯이 내 등을 껴안고 있었다. 볼을 비벼대는 건 상관없지만, 이런 상황이니 살짝 깨물지는 말아줬으면 한다.

앞쪽에서 날아가는 제노드라의 등을 바라보니 불안해하는 카렌을 두 사람이 달래고 있었고, 옆을 보니 레우스가 아이와 사이좋게 이야기를 나누고 있었다. 호쿠토는 라이 등에 엎드려 있는데, 늑대가 용을 타고 있는 것도 정말 신기한 광경인 것 같다.

숲 상공을 잠시 날아가서 거대한 산의 기슭 근처에 도착하니 아래쪽에 숲을 베어내 만든 광장과 집 여러 채가 늘어서 있는 마을이 펼쳐져 있었다.

『저기 보이는 것이 우리 용족과 동포인 유익인들이 사는 마을입니다.』

"저기가 유익인이 사는 곳이구나. 이렇게 숲속에 있으니 아무도 다가가지 못할 만도 하겠어."

"이런저런 일이 있었지만 예상했던 것보다 빨리 도착할 수 있어서 다행이네요."

날아서는 몇 분 정도밖에 걸리지 않았지만, 걸어서 왔다면 넓은 숲과 마물들의 습격까지 고려해서 하루 정도는 걸렸을 것이다.

카렌의 어머니가 위험한 상태라면 그 하루는 충분히 크다 할 수 있다.

"저 마을에는 용족하고 유익인만 사는 거야?"

『그렇습니다. 모두 합쳐 300명 정도겠군요.』

이야기를 자세히 들어보니 인구 중 대부분이 유익인이고, 제노드라와 세 용 같은 용족은 전체의 2할 정도밖에 안 된다고 한다.

크바에게 간단한 질문을 하던 동안 고도가 내려가기 시작했고, 마을에서 조금 떨어진 곳에 있는 집앞에 착륙했다. 별로 크진 않지만 한 가족이 살기에는 충분히 넓은 집이다.

그리고 용의 등에서 내리자 집의 문이 열렸고, 등에 하얗고 멋진 날개가 달린 여자가 나타났다.

"제노드라 님?! 이런 곳에 대체 무슨 일로……."

『급하게 볼일이 있어서 왔다. 설명하기보다 보여주는 게 더 빠르겠지.』

"할머니!"

"카렌?!"

60살이 넘어 보이는 여자는 믿기지 않는다는 듯이 눈을 크게 떴고, 달려온 카렌을 힘껏 껴안았다. 그동안 제노드라가 가르쳐주었는데, 그녀는 브렌다의 어머니인 데보라이고 이 집에서 함께 사는 가족이라고 한다.

"아……, 무사했구나. 걱정했어."

"할머니……, 좀 아파."

"그만큼 걱정했다는 증거니까 참으렴. 제노드라 님, 이 아이를 찾아주셔서 감사합니다."

『아니, 내가 찾은 게 아니다. 그 아이를 보호해서 근처까지 데려다준 건 저기 있는 그들이다.』

"그들이라니……, 윽?!"

뒤늦게 우리가 있다는 사실을 눈치챈 데보라는 재빨리 두 팔을 벌리고 카렌을 뒤쪽으로 숨겼지만, 제노드라가 한 말이 생각났는지 바로 팔을 내렸다.

하지만 경계를 풀지는 않았는지 그녀는 불안한 표정으로 제노드라를 올려다보았다.

"제노드라 님……."

『네가 무슨 말을 하고 싶은 건지는 안다. 하지만 여기 있는 자들은 네가 생각하는 녀석들과는 다른 것 같더구나.』

"응, 오빠하고 언니들은 나쁜 사람이 아니야. 카렌을 구해줬어."

"그랬구나……, 신세를 진 모양이야."

복잡한 마음을 나타내려는 듯이 숨을 크게 내쉬고 있긴 하지만, 제노드라와 카렌이 한 말을 듣고 이해해준 모양이었다.

그건 그렇고 비대칭 날개 때문에 눈치를 보면서 살 줄 알았는데, 카렌은 많이 사랑받고 있는 것 같다. 그 사실을 안 것만으로도 온 보람이 있는 것 같다.

『자세한 사정은 그들에게 듣거라. 우리는 좀 급하게 가야 하니.』

그리고 우리를 힐끔 본 제노드라는 다시 날개를 펼치고 날아오르려 했다.

『나는 바로 장로에게 이번 사정에 대해 설명해야만 한다. 너희는 이 집 근처를 떠나지 말거라.』

"알겠습니다. 시간이 오래 걸릴 것 같으면 이 근처에 텐트라도 치고 쉬죠."

『으음. 그리고 내가 돌아오기 전까지는 다른 자들과는 최대한 접촉을 피하도록 하거라. 너희와 싸우려면 나도 고생을 좀 해야 할 것 같으니.』

"갑자기 공격당하지 않는다면 저희는 아무 짓도 안 할 겁니다."

세 용은 껄끄럽다는 듯이 눈을 피하고 있었지만, 당신들이 우리를 발견한 덕분에 여기까지 올 수 있었던 거나 마찬가지니까 너무 신경 쓸 필요는 없는데.

그렇게 말해주니 세 용도 안심한 듯이 숨을 내쉬며 그 자리에 주저앉았다.

『역시 호쿠토 님의 주인이시군요. 정말 관대하십니다.』

『제노드라 님. 저희는 여기에 남으려 합니다.』

『설명할 수 있는 저희가 있으면 다른 분들도 안전하실 것 같습니다.』

『으음, 그럼 부탁하마.』

제노드라가 날아오르자 데보라가 남아있던 우리를 진지한 표정으로 바라보고 있다는 사실을 눈치챘다.

아직 완전히 믿고 있는 건 아닐 테니 이것저것 설명해야겠지만…….

"데보라 씨……라고 하셨죠? 저희는 여기서 기다릴 테니 우선 카렌을 어머니에게 데려다주세요."

"……그래. 미안하지만 당신들은 여기에서 기다려주게."

"안 돼! 오빠하고 언니도 같이 가!"

아직 집에 초대받을 상황이 아니라는 걸 서로 알고 있는데도 카렌은 싫다며 데보라 곁을 떠나 피아를 끌어안았다.

"마음은 기쁘지만, 어머니가 위험한 상황이니까 우리가 다가가지 않는 게 좋을 거야."

"그래도 오빠하고 언니는 대단한 마법을 쓸 수 있잖아? 그러니까 같이 가!"

나는 조금 놀라고 있었다. 어머니가 쓰러졌다는 말을 듣고 불안해진 상태로도 카렌은 어떻게든 해보려고 필사적으로 계속 생각하고 있었기 때문이다.

나중에 사정을 설명한 다음 어머니의 상태를 살펴보려고 했는데, 카렌의 생각이 그렇다면 예정을 앞당겨야겠다.

"저기, 저는 세계를 어느 정도 돌아다녀서 병에 대해 어느 정도 알고 있습니다. 좀 전에는 기다리겠다고 했지만 혹시 괜찮으시다면 집에 들어가게 해주실 수 있을까요?"

"치료 마법이라면 저도 자신이 있어요! 카렌의 어머니를 구하기 위해 데리고 가주세요!"

"정말이야! 오빠는 많은 걸 알고 있고, 리스 언니의 마법도 대단하다니까!"

"…………."

조금 과장하면서 설득해보니 데보라가 잠깐 생각하는 모습을 보인 다음 숨을 내쉬었다.

"……휴우……, 제노드라 님께서도 그렇게 말씀하셨으니, 좋아. 들어오렴."

"감사합니다."

그래도 처음으로 호쿠토를 보면 놀랄지도 모르기 때문에 호쿠토와 세 용을 바깥에 남겨두고 집 안으로 들어갔다.

그리고 데보라에게 안내를 받아 간 방에는 한 여자가 침대에 누워있었다.

카렌보다 화려하지는 않지만 금빛 머리카락을 묶어서 앞으로 늘어뜨린 이 여자가 카렌의 어머니인 브렌다인 것 같다. 예쁘다고 하기보다는 귀엽다고 할 수 있는 여자인데, 지금은 멀리서 봐도 알 수 있을 정도로 안색이 안 좋았고, 얼굴도 수척했다.

그렇게 약해진 어머니의 모습을 본 카렌은 눈물을 흘리면서 머리맡으로 달려갔다.

"엄마!"

"……카……렌?"

호흡이 거칠었고, 통증을 참으려는 듯이 눈을 감고 있던 브렌다가 천천히 눈을 떴지만, 카렌의 얼굴을 보려고도 하지 않고 신음하기만 했다.

보아하니 눈의 초점이 맞지 않는 것 같았기에 의식이 몽롱해져서 환각을 보고 있다고 착각하는 것일지도 모르겠다.

"미안……해. 네 손을…… 놓쳐서……, 미안해……."

"엄마! 카렌이야! 카렌은 여기 있어!"

무의식적으로 위로 뻗은 어머니의 손을 카렌이 감싸는 듯이 쥐자 브렌다도 딸이 왔다는 걸 깨달았는지 눈에서 눈물을 흘리기 시작했다.

"너……구나? 카렌……."

"응, 카렌이야! 돌아……왔어!"

"아……, 카렌……."

"엄마……."

실제로 두 사람이 헤어진 뒤로 2주도 지나지 않았을 것이다.

하지만 어린아이에게는 매우 길었고, 힘든 일이나 즐거운 일도 잔뜩 겪은 여행은 드디어 끝을 맞이한 것이다.

"미안해……, 카렌. 엄마가……, 약해서……."

"아니, 그렇지 않아. 카렌은 괜찮으니까."

"그래도……, 으으윽?!"

"아, 정말! 무리하지 말라고 했을 텐데!"

카렌은 겨우 어머니와 다시 만났고, 눈물을 흘리면서 손을 잡았지만 상처의 통증이 심해서 그런지 딸의 손을 제대로 잡아줄 수도 없는 모양이었다.

아픔 때문에 괴로워하는 브렌다에게 데보라가 치료 마법을 걸었지만, 안색이 조금 좋아진 상황에서도 통증이 가시지 않는 건지 괴로워 보이는 표정은 여전했다.

"엄마, 아파?"

"괜찮……아. 네가 돌아왔으니……, 이런 건……."

"그래, 카렌. 할머니가 어떻게든 해볼 테니까."

"그래도……."

데보라는 딸 앞이라 태연한 척했지만, 척 보기에도 위험한 상황이라는 것을 알 수 있었다.

이대로 가다간 곧 의식을 잃을 것 같았기에 미안하다고 생각하면서도 끼어들기로 했다.

"뭐지? 미안하지만 이야기는 나중에 해주게."

"보아하니 마법의 효과가 있긴 하지만 통증이 가시지는 않는 것 같네요. 이대로 계속 마법을 걸기만 하는 건 별로 의미가……."

"그럼 괴로워하는 딸을 그냥 바라만 보고 있으란 게야?"

그녀는 자신의 딸이 괴로워하는 모습을 계속 봐왔고, 좀 전까지는 손녀인 카렌을 잃었다고 생각했다. 어떻게 해볼 수 없는 울분이 가슴 속에 가득 차 있는 상태라 상관 없는 사람이 참견하면 화가 날 만도 할 것이다.

자식을 걱정하는 부모가 노려보니 조금 껄끄럽긴 하지만 여기서 물러날 수는 없다.

"이분의 몸속에 뭔가 원인이 있을 겁니다. 제가 그걸 조사해볼 수 있으니 손을 대봐도 괜찮을까요?"

"무슨 소릴 하는 거지? 너희가 뭘 할 수 있다고?"

"하지만 마법의 효과가 거의 없으니까요. 다른 방법이 없다면 제게 맡겨주셨으면 합니다."

"하지만, 당신들은……."

도적이 쏜 화살에 맞은 뒤 이미 며칠이 지났고, 괴로워하는 모습을 보니 바로 진단을 해봐야 할 것 같다.

물러설 수 없다는 듯이 진지한 표정으로 바라보자 데보라는 당황해하면서 한 발짝 물러났다.

이제 조금만 더 밀어붙이면 되는 상황에서 피아가 카렌의 어깨에 손을 댔다.

"카렌. 데보라 씨를 못 움직이게 막아줘!"

"응!"

"이, 이 녀석! 카렌! 뭐하는 게야! 어서 물러서지 못해?"

"싫어! 엄마를 구해달라고 할 거야!"

피아의 지시에 따라 카렌은 멋진 태클……, 아니, 데보라를 정면으로 껴안고 움직이지 못하게 막고 있었다.

어린애라서 간단히 떼낼 수도 있겠지만, 데보라는 손녀의 진지한 모습을 보고 손을 대지 못하는 것 같았다. 그동안 침대 쪽으로 다가가자 내 기척을 눈치챈 브렌다가 눈을 떴다.

"……누구……야?"

"당신의 딸을 보호하여 데리고 온 사람입니다."

"카렌……을?"

"네. 그리고 당신을 치료해달라고 카렌에게 부탁받았습니다. 갑작스럽게 이런 말씀을 드려 죄송하지만 팔에 손을 좀 댈게요."

조금 억지스럽지만, 지금은 그녀를 치료하는 게 최우선이다.

대답도 듣지 않고 프렌다의 팔에 손을 댄 뒤 '스캔'을 발동시켜 보니 예상했던 대로 몸속에 이물질 반응이 느껴졌다.

위치는 옆구리 깊숙한 곳이었고, 반응의 형태로 보아…….

"기, 기다려! 그 애에게서 손을……."

"브렌다 씨가 화살을 맞은 건 이 위치……, 이 각도가 맞죠? 그리고 다쳤을 때 치료 마법을 건 사람이 데보라 씨였나요?"

"뭐?! 그렇……긴 한데……."

미리 이야기를 들었다고 해도 옷 때문에 보이지 않는 상처의 정확한 위치와 각도까지 말하자 데보라도 묘하다고 생각했는지 순순히 대답해 주었다.

"박힌 화살은 치료할 때 뽑았나요?"

"안 그러면 치료를 못하잖아."

"화살 끄트머리에 달려 있던 화살촉도요?"

"물론 뽑았지. 좀처럼 빠지지 않아서 이 애도 꽤 힘들어 했어."

"그럼 그때였겠구나. 싸구려 화살을 썼거나, 뽑는 방식에 문제가 있었거나……."

'스캔'으로 진단해본 결과 브렌다의 몸속에는 화살촉 조각으로 보이는 물체가 남아 있는 것 같았다. 당시에는 피범벅이라 당황했을 테니 화살촉 끄트머리가 조금 깨진 것을 눈치채지 못할 만도 하다.

몸 상태가 안 좋아진 것도 독 때문이라 생각하면 착각해도 이상하지 않을 상황이다. 이것도 마법에 의존하는 세계이기 때문에 벌어진 실수일 것이다.

만약 조금 바깥쪽에 남아 있었다면 위화감이 드는 정도로만 끝났을 수도 있지만, 그녀의 경우에는 이물질이 절묘한 위치에 남아버려서 치료 마법을 걸어도 몸을 움직이면 화살촉이 장기를 헤집고 새로운 상처를 내버리는 것이다.

마법을 걸 때마다 괴로워하는 건 그 때문이고, 이물질에 반응해서 몸이 거절반응을 일으키는 것 같다.

최악의 경우에는 알레르기나 고통 때문에 쇼크사할 수도 있지만, 치료 마법을 계속 걸었기 때문에 지금까지 살아남았을 가능성도 있다.

하지만 언젠가는 한계를 맞이할 테니 이대로 내버려 두면 며칠도 버티지 못할 것이다. 그 사실을 데보라에게 알려주자 그녀는 절망에 물든 표정으로 축 늘어졌다.

"그럴 수가?! 그럼 이 아이를 구할 방법은……."

"몸에 구멍을 뚫고 파편을 꺼낼 수밖에 없죠."

"그런 건 불가능하잖아! 이런 상태에서 상처를 벌리면 바로……."

"물론 저도 알고 있긴 합니다만, 내버려 둔다 해도 계속 괴로워할 뿐이에요. 하지만 저는 최소한의 통증만으로 이걸 빼낼 방법을 알고 있습니다."

리스의 언니, 리펠 공주와 처음 만났을 때와 비슷한 상황이지만 다른 점이 있다면 환자의 체력과 이물질의 위치다.

이물질의 반응은 옆구리 깊숙한 곳에서 느껴지고, 그곳에는 팔과 다리와는 달리 중요한 기관이 많다. 절단면을 최소화하는 건 당연하고, 감염증까지 고려해서 치료할 필요가 있다.

"믿으라고 해도 힘드실 건 압니다만, 제게 맡겨주실 수 있을까요?"

"……어째서 당신이 그렇게까지 해주는 건데?"

"카렌이 우는 모습을 보고 싶지 않다는 이유도 있지만, 가장 큰 이유는 어머니를 잃는 슬픔과 괴로움을 알고 있기 때문이죠."

"시리우스 님……."

"형님……."

내게 어머니였던 에리나가 죽었을 때 맛보았던 괴로움은 아직

까지 잊지 못하고 있다.

하지만 치료라는 명분이 있다 해도 브렌다를 함부로 상처입히면 여기에 있는 모든 용족들에게 쫓기게 될 가능성도 있지만……, 상관없다.

나 자신이 그렇게 하고 싶고, 무엇보다 나는 제자들의 스승으로서 부끄럽지 않은 남자이고 싶다.

"이제 겨우 어머니와 다시 만나게 된 카렌이 그런 일을 겪게 하고 싶진 않아요. 그리고 천재지변 같은 어쩔 수 없는 상황이라면 모를까, 눈앞에 구할 수 있는 생명이 있는데 내버려 둘 순 없죠."

그렇게 딱 잘라 말하자 데보라는 그녀를 끌어안고 필사적으로 막던 카렌을 밀어내려 하지 않았다.

한숨을 쉬는 걸 보니 완전히 납득한 건 아닌 모양이지만, 카렌의 머리를 천천히 쓰다듬고 있는 표정은 부드러워졌다.

"이대로 내버려 둬도 소용이 없다는 것도 사실……이겠지."

"할머니……."

"자신이 있다면 해보게나. 단, 이 아이에게 무슨 일이 생기면 내가 마법을 날려주마."

"네, 그때는 사양하지 마시고요. 그럼 바로 시작하겠습니다."

이제 겨우 치료를 할 수 있을 것 같다.

브렌다의 체력도 그렇고, 데보라의 마음이 바뀌기 전에 끝내야겠다.

"맡겨주세요. 창문을 열게요."

"잠깐 실례할게. 형님, 여기면 돼?"

허가를 받았으니 바로 준비를 해야겠다. 에밀리아에게 바람으로 실내의 먼지를 날려보내달라고 한 다음, 레우스에게 깨끗한 천을 깐 테이블 위로 브렌다를 옮겨달라고 했다.

그리고 피아에게 공기의 흐름을 조정해달라고 해서 브렌다의 주위만 일시적으로 무균실 상태로 만들었다. 완전한 환경은 아니지만, 아무것도 하지 않는 것에 비하면 훨씬 낫다.

미리 잠이 오는 가루로 재우긴 했지만, 브렌다를 침대로 옮길 때는 데보라가 눈살을 찌푸렸기에 에밀리아가 준비하면서 상황에 관해 설명하고 있었다.

"두 사람이 치료를 할 때는 온몸이 물에 젖으니까 침대에서는 하기 힘들어요. 혹시 괜찮으시다면 브렌다 씨의 옷을 벗기는 걸 도와주셨으면 하는데요."

"그건 상관없는데, 남자들에게 이 아이의 속살을 보이는 건 좀 껄끄럽군."

"괜찮아, 데보라 씨. 나는 바로 밖으로 나갈 테니까."

"그리고 저는 이렇게 할 겁니다."

"뭐?"

레우스가 방에서 나간 것과 동시에 나는 눈가에 천을 둘러 시야를 완전히 가렸다.

조금 얼빠진 모습이긴 하지만, 기척과 '서치'를 활용하면 주위의 상황을 알아볼 수 있고, 치료를 하는 건 몸속이니 시야의 정보는 별로 필요가 없다. 다시 말해 나는 보든 안 보든 마찬가지라서 굳이 말하자면 예의를 차리기 위해 이렇게 하는 느낌이다.

내 모습을 보고 깜짝 놀랐는지, 아니면 말려야 할지 망설이고 있는지, 그런 시선을 등 뒤로 느끼면서 리스가 만들어낸 물로 몸을 씻은 나는 테이블 위에 누운 브렌다에게 다가갔다.

"자……, 이렇게까지 본격적인 수술은 오랜만인데. 리스, 부탁해."

"응, 그럼 갈게. 나이아, 깨끗한 물을 부탁해."

마력을 집중시킨 리스가 정령인 나이아에게 부탁해서 마법을 발동시키자 브렌다의 온몸이 물의 막으로 뒤덮였다.

이 물의 막이 잡균으로부터 그녀를 지켜주고 출혈도 어느 정도 억제해준다. 물론 호흡을 방해하지 않게끔 코와 입만은 피했다.

예전에 리펠 공주를 치료할 때 아무것도 하지 못했던 분한 마음에 만들어낸 마법인데, 몸속에서 이물질을 적출하는 기술을 지닌 내게는 정말 고마운 마법이다. 이물질을 적출하는데 성공한다 해도 이 마법으로 보호하지 않으면 감염증을 일으킬 가능성도 있으니까.

"마취 완료. 이제……."

물의 막 너머로 브렌다의 몸에 손을 댄 나는 마력을 불어넣어 평소처럼 마취를 시킨 다음 소독을 끝낸 나이프를 옆구리에 대고 살짝 그었다.

상처의 크기는 이물질이 빠져나올 수 있을 정도로만 벌린 다음, 뒤에서 대기하고 있던 에밀리아에게 나이프를 건넸다. 지금부터 필요한 것은 나이프가 아니라 집중력뿐이다.

"자, 지금부터가 진짜 시작이야."

상처를 통해 침투시킨 수많은 '스트링'으로 부담이 되지 않을 정도로 주위의 장기를 밀쳐내고, 몸속이 다치지 않게끔 이물질을 적출한 것은 수술을 시작한 지 30분 정도 지났을 때였다.

작업 자체는 단순하지만, 병렬 사고로 여러 '스트링'을 각각 조작하고 바깥에서 보이지 않는 몸속과 이물질의 위치를 정확하게 알아내기 위해 '서치'를 계속 발동시키고 있었기에 정신에 부담이 엄청났다.

이물질을 적출해냈기에 앉아서 쉬고 싶지만, 치료는 아직 끝나지 않았다. 이물질 때문에 여러 번 손상된 장기를 '스트링'을 이용한 재생 활성으로 완치시켜야 끝이다.

흐르는 땀을 에밀리아가 닦아주는 가운데 작업을 전부 끝냈고, 마지막으로 상처 치료를 리스에게 맡긴 다음 나는 준비해달라고 한 의자에 앉으면서 데보라를 돌아보았다.

"휴우, 적출이 끝났습니다. 이제 회복될 거예요."

"정말 이렇게 작은 게 이 아이를 괴롭히고 있었던 게야?"

"사람의 몸속은 작은 상처가 치명상이 될 수도 있고, 물건에 따라서는 지나친 반응을 보일 수도 있으니까요. 브렌다 씨에게 이게 몸에 맞지 않았던 겁니다."

적출한 이물질은 미리 마련해둔 접시에 올려놓았다. 내 예상대로 그것은 철로 만든 화살촉 끄트머리 부분이었다. 갓난아이 새끼손가락 손톱보다 작아서 데보라가 의아해하는 것도 이해가 된다.

화살촉에는 당연히 반대로 휜 부분이 달려 있었고, 그게 몸속에 걸려서 부담을 주었고, 끄트머리 일부분이 부러져서 남아버린 것 같았다.

데보라가 딸을 계속 괴롭혔던 파편을 노려보고 있던 와중에 불안해하던 카렌이 내 옷소매를 잡아당겼다.

"엄마는?"

"이제 상처가 아물기만 하면 되니까, 조금만 더 기다려."

그 이후로 리스의 치료가 끝났고, 에밀리아가 젖은 브렌다를 수건으로 닦아낸 다음 옷을 입히고 피아와 협력해서 침대에 데려다 놓는 모습을 확인한 다음, 나는 눈가리개를 벗었다.

옆에 앉아 있던 리스도 마력을 꽤 많이 소모해서 지친 모양이었지만, 표정은 매우 만족스러워 보였다. 이대로 한동안 쉬고 싶긴 하지만, 우선 결과를 보고해야 한다.

"카렌. 이제 엄마는 아픈 곳이 없어졌으니까 괜찮아."

"정말?!"

"그래, 깨어나면 분명히 웃을 수도 있을 거야. 하지만 한동안은 깨어나지 않을 테니까 카렌도 이제 자는 게 어떨까?"

"아니, 엄마 옆에 있을래."

이미 바깥이 어두워졌고, 오늘은 아침부터 숲을 지나와서 지쳤을 텐데 카렌은 의자를 가져와서 어머니 근처에 앉아 있었다.

그리고 에밀리아가 레우스를 부르러 갔을 때, 편한 숨소리를 내며 자고 있던 브렌다를 바라보고 있는 데보라에게 내가 말을 걸었다.

"체력이 걱정되긴 했지만, 전부 성공했습니다. 이제 몸조리만 잘하면 순조롭게 회복될 거예요."

"정말 이제 괜찮은 거지?"

"네. 하지만 많이 쇠약해져서 한동안은 몸을 제대로 움직이지 못할 겁니다."

"충분해. 이 아이가 무사하기만 하다면……, 상관없어."

지금까지 쌓였던 긴장이 풀렸는지, 데보라는 축 늘어지면서도 부드럽게 웃고 있었다. 이제 차분히 이야기를 들어줄 것 같다.

바로 남매가 돌아오자 우리는 자기소개를 마쳤고, 노예가 될 뻔한 카렌을 보호한 뒤 이곳까지 오게 된 상황에 대해 설명했다.

카렌이 악당들에게 잡혔다고 했을 때는 데보라도 많이 놀랐지만, 후유증 같은 것도 없다고 하자 안심하는 듯이 숨을 내쉬었다.

"휴우……, 그런 일이 있었구나. 아무튼 내 딸과 손녀를 구해 줘서 정말 고맙다."

"아뇨, 카렌을 내버려 둘 수 없었을 뿐이니까요."

"우리는 하고 싶었던 일을 했을 뿐이야. 신경 쓰지 마."

"그래도 고맙다는 인사를 하게 해 다오. 그리고……, 처음에 쌀쌀맞게 굴어서 미안하다. 나는 외부인을……, 모험자를 좋아할 수가 없어서 말이지."

"역시 이 마을에 사시는 분들은 외부인을 좋게 생각하지 않나 보네요."

카렌을 주웠던 녀석들처럼 유익인을 노리는 욕심 많은 녀석만 용의 둥지로 들어오려 하니 어쩔 수 없을 것 같기도 하다.

하지만 내 말을 들은 데보라는 쓴웃음을 지으며 고개를 천천히 저었다.

"아니⋯⋯, 그런 이유도 있긴 하지만, 나 같은 경우에는 개인적인 사정이 있단다."

데보라가 말해야 할지 망설이고 있자니 마치 노린 것처럼 꼬르륵거리는 소리가 세 방향에서 들렸고, 리스와 레우스가 쑥스럽다는 듯이 웃고 있었다.

바깥은 이미 어두워졌고, 저녁 식사 시간이 훨씬 지났으니 어쩔 수 없을 것이다. 참고로 카렌이 있는 쪽에서도 들렸지만, 자기가 낸 소리가 아니라는 듯이 눈을 피하고 있었다.

"나도 참, 은인을 대접하지도 않고 이야기에 빠져 있었네. 대단한 걸 내주지는 못하겠지만 식사를 대접하게 해다오. 미리 말해두는 건데, 이제 와서 사양 같은 걸 하면 화를 낼 거다."

"화를 내신다니 어쩔 수 없겠네요. 그럼 잘 먹겠습니다."

"맡겨두렴. 카렌, 할머니가 바로 식사를 차려줄 테니 조금만 기다리렴."

"응!"

역시 집으로 돌아와서 그런지 평소보다 밝은 표정을 지은 카렌이 힘차게 고개를 끄덕였다.

그리고 데보라가 옆방에 있는 주방으로 가려고 했는데, 이렇게 많은 사람의 식사를 혼자서 준비하려면 힘들 것 같았다. 특히 우리는 많이 먹는 먹보 남매가 있으니까.

"요리라면 저도 돕도록 하죠."

"아뇨, 이번에는 제가 갈 테니 시리우스 님께서는 그대로 쉬고 계세요. 물론 리스도 마찬가지고요."

피곤한 건 사실이었기에 에밀리아의 호의를 받아들이기로 했다.

여전히 잠들어 있지만 안색이 조금 좋아진 브렌다와 그 모습을 바라보는 카렌을 지켜보면서 멍하게 의자에 앉아 있자니 맞은편 창문으로 안쪽을 들여다보던 호쿠토가 움직임을 보였다.

"멍!"

바깥 경계를 호쿠토에게 맡겨두긴 했지만, 일을 하나 마치고 나니 긴장이 풀렸던 모양이다.

바로 '서치'를 발동시켜보니 이쪽으로 다가오는 커다란 반응을 두 개 포착했다.

"……한쪽은 제노드라 님인 것 같은데. 이야기가 끝난 건가?"

"우리가 적이 아니라는 걸 이해했을까?"

"그건 나도 모르겠지만 호쿠토의 반응을 보니 적어도 살기는 없는 것 같아. 그래도 준비는 해두자고."

"그래. 도망칠 준비는 해두자."

무슨 일이 생기더라도 대처할 수 있게끔 에밀리아에게 '콜'로 말하자 집 전체가 살짝 흔들릴 정도로 땅이 울렸다.

아마 바깥에서 용이 착지했기 때문이겠지만, 제노드라가 착지했을 때는 조용했으니 다른 한쪽 때문인 것 같다.

그렇게 생각하면서 기다리고 있자니 문이 열리고 사람 크기로 변한 제노드라가 나타났다.

"기다리게 해서 미안하구나. 머리가 딱딱하게 굳은 녀석들에게 설명하는데 애를 좀 먹었다."

헤어졌을 때와는 달리 조금 피곤한 기색이 보였지만, 미소를 짓고 있는 걸 보니 도망칠 필요는 없을 것 같다.

"그런데 저희는 어떻게 되나요?"

"으음. 미안하다면 나와 함께 가주겠나? 장로가 너희 얼굴을 직접 보고 싶은 모양이다."

"거절하는 건 용납 못 한다."

제노드라는 미안하다는 눈치였지만, 뒤늦게 들어온 다른 용족은 날카로운 눈초리로 바라보았다.

온몸이 붉게 물든 용족인데, 우리를 매우 경계하고 있는 것 같았다.

"메지아, 그렇게 노려볼 필요는 없을 텐데. 왜 그렇게 예민하게 구는 거냐?"

"닥쳐라. 네놈이 외부인에게 마음을 너무 터놓는 거다. 외부인은 우리에게 불행만 가져다주는 어리석은 녀석들이잖아?"

"불행이 아니다. 봐라, 그렇게 괴로워하던 브렌다가 편안하게 자고 있잖나."

제노드라가 도착해서 이 방으로 오기까지 시간이 좀 걸린 걸 보니 이미 데보라에게 이야기를 들은 모양이었다.

그 이후로도 두 사람은 말다툼을 조금 벌어졌지만, 제노드라가 냉정하게 계속 정론을 내세웠기에 점점 메지아라는 붉은 용족의 말수가 줄어들었다.

그리고 겨우 조용해진 것을 확인한 제노드라는 우리를 보고 미소를 지었다.

"데보라에게 들었다. 그대들이 브렌다의 목숨을 구해줬다면서?"

"할 수 있는 범위 안에서 치료를 했을 뿐이에요."

"흥, 정말로 나았는지 어떤지 의심스러운데."

메지아가 속지 않겠다는 듯이 노려보았지만, 제노드라는 아랑곳하지 않고 계속 말했다.

"실패했다면 우리 모두가 적이 되었을 텐데도 겁을 먹지 않는군. 하지만 그러니 더 이야기가 무난하게 잘 풀릴 것 같다. 바로 가도록 하지."

"알겠습니다. 모두……, 가야 하는 건가요?"

"당연하잖나! 너희가 마음대로 굴지 못하게끔 내가 온 거니까."

다시 말해 메지아는 감시자라는 건가?

제대로 이야기를 할 필요가 있으니 가는 건 상관이 없지만, 교섭에 실패하면 돌아오지 못한다는 게 아쉽다.

브렌다의 상황을 지켜보기 위해서라도 며칠 정도는 남아 있을 수 있게끔 부탁해야겠는데.

그리고 다들……, 특히 리스와 레우스는 배가 고플 테니 저녁 식사만이라도 한 다음에 가고 싶지만, 이렇게 된 이상 어쩔 수가 없다.

제노드라와 메지아는 바깥에서 기다리겠다고 말한 뒤 나갔기 때문에 우리도 일단 데보라에게 사정을 설명하러 갔다.

"그랬구나. 장로가 정한 거라면 어쩔 수 없지."

"언제 돌아올지 모르니 저희 식사는 다음에……."

"아니, 딸과 손녀를 구해주었으니 분명히 장로도 이해해줄 게

다. 요리를 잔뜩 해두고 기다릴 테니 신경 쓰지 말고 다녀오렴."

"감사합니다."

시원스러운 미소를 지으며 배웅해주는 데보라를 보니 내 마음이 조금 가벼워진 느낌이 들었다. 역시 나는 어머니 같은 존재에게 약한 건지도 모르겠다.

마지막으로 카렌에게 이야기를 하려고 했는데, 왠지 모르겠지만 보이지 않았다.

집으로 돌아온 이상 어디론가 가진 않았을 테고, '서치'의 반응으로 보아 근처에 있는 것 같으니 문제는 없을 것 같다.

그렇게 생각하면서 바깥으로 나왔는데…….

"카렌도 갈래!"

용으로 변한 제노드라의 등에 카렌이 매달려 있는 광경이 눈에 들어왔기에 나는 멍해져버렸다.

제노드라에게 이야기를 들어보니 좀 전에 하던 이야기를 듣고 불안해졌는지 걱정하면서 뛰쳐나온 모양이었다.

"엄마가 괜찮다는 걸 알았으니까, 다음에는 오빠하고 언니 차례야!"

"그래도 모처럼 엄마를 만났잖아? 그러니까 할머니하고 같이 기다리는 게……."

"갈 거야!"

꽤 고집이 센 아이다. 하지만 우리를 걱정해서 하는 행동이니 기뻐해야 할지, 혼내야 할지 판단하기가 힘들다.

어떻게 해야 할지 곤란해하고 있자니 데보라가 집에서 나왔기에 카렌을 설득해달라고 부탁하자 그녀는 쓴웃음을 지으면서 카렌을 바라보기만 했다.

"너희들만 괜찮다면 데리고 가주렴. 한 번 결심하면 좀처럼 양보하지 않는 아이니까."

"그래도 되나요?"

"이 아이가 딸에게 그랬던 것처럼 너희들을 걱정해서 그러는 게야. 그리고 장로가 있는 곳이라면 안전할 테고."

뭔가 의미심장한 말인데, 데보라를 보니 위험하진 않을 것 같았기에 데리고 가는 데 문제는 없는 모양이다.

『카렌이 무사했다고 모두에게 직접 보여주는 것도 괜찮겠군. 그런데 시리우스, 브렌다는 언제쯤 깨어나는 건가?』

"적어도 내일이나 모레쯤에는 깨어날 것 같네요."

『그렇다면 오늘밤 안으로 돌려보내기만 하면 문제는 없겠지. 뭐, 그대들이 한 말이 맞다면 여기는 데보라 혼자서도 충분할 거다.』

『제노드라 님, 그렇다면.』

『저희는 이대로 여기에 남아서.』

『무슨 일이 생기면 보고하러 가는 게 어떨까요?』

그러자 세 용이 좋은 생각을 떠올렸다는 듯이 꼬리를 쫑긋 세우며 앞으로 나섰다.

브렌다가 갑자기 괴로워하면 연락해주는 게 좋긴 하겠지만, 제노드라는 세 용을 날카로운 눈초리로 바라보고 있었다.

『……장로들을 만나는 게 껄끄러워서 그런 건 아니겠지?』

『그렇지는!』

『않습니다!』

『저희는 브렌다 공이 걱정되어서…….』

"멍!"

▥죄송합니다! 혼나고 싶지 않아서 그런 겁니다!▥

우리가 브렌다를 치료하고 있던 동안에도 교육을 계속 받았는지 호쿠토 앞에서는 바로 솔직해질 정도로 조교당한 상태였다.

나중에 알게 된 건데, 브렌다가 습격을 당해서 예민해졌다고는 해도 상대방을 확인하지도 않고 습격한 것도 문제였지만, 숲을 태워버릴 수 있는 불꽃 브레스를 연달아 날린 것이 가장 큰 문제였던 모양이다.

물론 카렌과 브렌다를 걱정해서 그런 거겠지만, 남겠다는 말을 꺼낸 이유는 그 때문이었다.

"만에 하나에 대비해서 전령이 있으면 안심이 되니까 남아주면 좋겠는데요."

『알겠다. 어차피 먼저 혼나든 나중에 혼나든 마찬가지일 테니 말이다.』

"호오, 완전히 끝장 난 느낌인가?"

『끝장 났지.』

▥…………▥

레우스가 그렇게 말하자 혼나는 건 확정이라는 사실을 알게 되었다.

그렇게 풀죽은 세 용을 두고 가기로 정한 다음, 우리는 제노드라의 등에 탔다.

『에잇, 언제까지 장로를 기다리게 할 셈이냐!』

『그리 급하게 굴지 마라. 장로는 그렇게 성급하게 굴지 않으니까.』

메지아에게 혼나면서도 우리는 왔을 때와 마찬가지로 제노드라를 타고 하늘로 다시 날아올랐다.

하지만 하늘로 날아간 이유는 목적지가 멀기 때문이 아니라 날아가야만 갈 수 있는 높이에 있기 때문이다. 귀찮을 것 같기도 한데, 용과 유익인은 하늘을 날 수 있으니 불편하진 않을 것 같다.

그렇게 잠깐 하늘에서 이동을 마치고 도착한 곳은 높은 곳에 뚫려 있는 거대한 동굴이었다.

『이곳은 우리가 회합 같은 것을 할 때 쓰는 동굴이고 지금은 장로와 주변 용족들을 다스리는 자들이 모여 있다. 참고로 옆에 있는 완고한 메지아도 그중 하나다.』

『네놈! 외부인에게 내 이름을 멋대로 알려주지 마라!』

『그대가 계속 가르쳐주지 않았기 때문이다. 자, 그럼 나를 따라오거라.』

동굴은 용의 모습으로도 충분히 지나갈 수 있을 정도로 넓었기에 메지아는 변신하지 않고 동굴 안으로 들어갔다.

그런 메지아를 어이가 없다는 듯이 바라보는 제노드라 위에서 내린 우리는 앞서가는 푸른 용을 따라 걸어가다가 어떤 사실을 깨닫고 물어보았다.

"제노드라 님. 우리가 신경 써야만 하는 예의 같은 게 있나요?"

『내게 하던 것과 마찬가지로 하면 충분하다. 늙은이라고 바보 취급하지 않는 한 여자와 아이들에게는 약한 영감이지.』

웃으면서 그렇게 말하는 걸 보니 그렇게까지 긴장할 필요는 없을 것 같다.

하지만 경계를 늦추지 않은 채 레우스를 선두에 세운 뒤 걸어가고 있었는데, 너무 넓고 곳곳에 장식이 되어 있는 동굴이 신기해서 무심코 시선이 이곳저곳으로 움직여버렸다.

"그건 그렇고 넓은 동굴⋯⋯이라고 해야 하나, 아예 신전이구나. 이런 걸 어떻게 만든 걸까?"

『장로는 장식을 만드는 게 취미라서 말이지. 틈만 나면 발톱과 마법으로 깎아낸 거다.』

"이걸 손하고 마법으로⋯⋯, 터무니없는 수고와 마력이 필요하겠네요."

"왠지 형님 같네. 제노드라 형씨보다 크다고 하니까 어떤 상대인지 기대가 되는데."

그렇게 이야기를 하면서 계속 걸어가다 보니 지나온 통로보다 몇 배는 더 넓은 공간으로 나왔다.

그 공간 안쪽에는 거대한 용의 석상이 있었고, 그 석상을 등지고 앉아 있는 검은 용이 보였다.

그 흑룡은 제노드라와 메지아보다 더 컸고⋯⋯, 무엇보다 존재감이 압도적으로 달랐기에 바로 저 용이 제노드라들의 장로인 것 같다.

그밖에도 공간 가운데에는 바위로 만든 커다란 그릇에 불이 피워져 있었고, 제노드라와 색이 다른 용들이 둘러앉아 있었다.

『아스라드 님. 그 외부인들을 데리고 왔습니다.』

『……왔나.』

메지아가 예의를 차리는 듯이 고개를 숙이자 아스라드라 불린 흑룡이 천천히 고개를 끄덕였다. 뭐라고 해야 하나, 왕을 알현하는 것처럼 엄숙한 분위기가 느껴졌다.

그리고 거대한 용들의 시선이 일제히 우리 쪽으로 쏠렸고, 긴장된 분위기가 흐르는 가운데…….

"아스 할아버지!"

『……잘 왔다. 바깥에서 찾아온 자들이여. 내 이름은 아스라드. 이 마을의 장로를 맡고 있는 용이다.』

"아스 할아버지! 오빠하고 언니는 나쁜 사람이 아니야!"

『그대들을 부른 건 다름이 아니라 이 마을에 온 이유가 무엇인지 그대들에게 직접 물으려…….』

"많은 것들을 알고 있어서 카렌에게도 가르쳐줬어! 그러니까 혼내면 안 돼!"

하지만 분위기를 전혀 파악하지 않으려 하는 카렌 때문에 좀 전까지 흐르던 엄숙한 분위기가 사라지려 하고 있었다.

과연 아스라드는 이런 분위기를 유지하면서 계속 이야기를 할 수 있을까?

『……얘야, 카렌. 할아버지가 중요한 이야기를 하고 있으니까 좀 조용히…….』

"안 돼!"

이미 늦은 모양이었다.

우리를 구해주려고 카렌이 필사적으로 호소하기 시작한 지 몇 분 뒤, 겨우 카렌을 달래서 얌전하게 만든 다음에야 겨우 다시 이야기를 하게 되었다.

『어흠……, 모험자들이여. 내 이름은 아스라드. 이 마을의 장로를 맡고 있는 용이다.』

어떻게든 처음처럼 엄숙한 분위기를 되찾기 위해 아스라드가 진지한 표정으로 다시 말하기 시작했지만…….

"아스 할아버지! 혼내면 안 돼!"

『알았다, 알았어. 혼내지 않을 테니 진정하거라.』

『하지만 아스라드 님. 이 자들이 우리에게 해를 끼치지 않을 거라는 보장이 없습니다. 더 엄하게 캐물어야 할 것 같습니다만.』

『에잇! 그것도 알고 있으니 그대도 입을 다물고 있거라!』

……그렇게 카렌과 다른 용이 끼어들어서 이야기가 진행되지 않았기에 좀 전까지 감돌았던 긴장감이 사라진 상태였다.

우리를 감싸주려 하는 마음씨는 기쁘긴 하지만 이야기의 진도가 나가지 않으니 일단 벌꿀 사탕을 먹여서 카렌을 얌전하게 만들었다.

주위에 있던 용들도 이야기가 진행되지 않는다는 것을 알고 조용히 기다리게 되었지만, 제노드라나 아스라드와는 다르게 카렌을 보는 눈초리가 별로 자상하지 않은 것 같다.

그 온도차가 신경 쓰이긴 하지만 상대방이 자기소개했으니 이 쪽에서도 하지 않으면 실례가 된다. 그리고 간단히 소개를 마치 자 갑자기 아스라드가 고개를 숙였다.

『우선 우리 동포인 카렌을 지켜주고 데려다준 점에 대해 고맙다는 인사를 하지.』

『아스라드 님! 장로이신 당신께서 함부로 고개를 숙이시면 안 됩니다!』

그렇게 소리친 메지아는 외부인을 탐탁치 않아하기도 하지만, 그 이전에 규율에 엄격한 성격인 것 같았다.

우리에게도 곤란한 상대이긴 하지만, 집단으로 살아가는 이상 엄한 의견을 말할 수 있는 사람이 필요하다는 것도 알고 있기 때문에 끼어들지 않고 지켜보기로 했다.

『하지만 카렌을 구해준 것뿐만이 아니라 여기까지 데려다주었 잖느냐. 위에 선 자로서 제대로 본보기를 보여야지.』

『그렇긴 합니다만…….』

『결단은 마지막에 내린다. 그럼 좀 전에 한 질문을 다시 하도록 하지. 마을을 찾아온 모험자들이여, 정직하게 대답하거라. 그대들은 어째서 여기에 온 것이지?』

카렌에게 보여주던 온화한 태도가 단숨에 바뀌었고, 아스라드 는 엄청나게 위압적으로 우리를 노려보았다. 함부로 거짓말을 하면 마을에 있는 모든 용이 적이 될 거라고 하는 듯한 분위기 였다.

이미 제노드라가 이야기했을 만한 내용을 물어보는 걸 보니 우리의 반응을 직접 살펴보려는 것 같았다. 그리고 뭔가 꿍꿍이가 있는지 자백하게 만들기 위해 협박하는 것이기도 했지만, 우리는 딱히 숨길 것도 없고 부끄러워할 것도 없으니 당당하게 대답하기로 했다.

"제노드라 님께 들으셨을 거라 생각합니다만, 저희는 여행하던 도중에 보호한 카렌을 어머니 곁으로 데려다주기 위해 여기까지 왔습니다."

『정말 그것뿐인가?』

"한 가지 더 덧붙이자면 흥미가 생겼기 때문이죠. 유익인이 어떤 곳에 살고, 어떤 생활을 하는지 신경 쓰였기 때문입니다."

『그런 이유 때문에 찾아왔다고? 우리나 마물에게 습격당해서 죽었을지도 모르는데?』

"쉽게 지지 않을 정도로 단련했고, 무엇보다 이렇게 어린아이를 저버리면 꿈자리가 사나우니까요."

그렇게 딱 잘라 대답하자 아스라드는 조금 어이가 없다는 듯한 눈치를 보인 다음 제자들을 바라보았다.

『다른 자들도 마찬가지인가?』

"카렌을 위해서 온 것이기도 하지만, 저는 시리우스 님의 시종이기 때문에 주인을 따라갈 뿐이에요."

"나도 형님을 따라갈 뿐이야!"

"저는 시종이 아니지만 카렌을 위해서 왔어요."

"우리는 그를 중심으로 모인 가족이니까 그런 질문은 무의미한 것이나 마찬가지지."

"멍!"

거대한 몸집까지 합쳐지니 위압감이 엄청났지만, 다들 눈을 피하기는커녕, 굴하지 않겠다는 듯이 노려보고 있었다.

애초에 우리는 올바른 일을 하기 위해 왔다. 상대가 아무리 거대하다 하더라도 죄책감을 느낄 필요는 없다.

『흐음, 적어도 거짓말을 하는 것 같진 않군.』

『장로님의 눈을 의심하는 건 아닙니다만, 믿으시는 겁니까?』

『적어도 우리의 적은 아닐 것이다. 우리 쪽에서 먼저 손을 대거나 하는 한심한 짓은 하지 말 거라.』

날카로운 눈초리로 아스라드가 그렇게 말하자 반대하던 용들도 얌전히 고개를 끄덕였다.

그리고 그 짧은 시간을 노리고 있었는지 제노드라가 절묘한 타이밍에 제안했다.

『아스라드 님. 말씀하시는 도중에 죄송합니다만, 중요한 보고 사항이 하나 있습니다. 그들이 브렌다가 쓰러진 원인을 밝혀냈고, 그것을 제거하는 데 성공했다고 합니다.』

『뭐라고?! 메지아, 그대도 보았는가?』

『네, 네! 완치했는지까지는 모르겠습니다만, 브렌다의 몸 상태가 좋아지긴 했습니다.』

"나쁜 건 오빠가 빼내줬으니까 엄마는 이제 괜찮대!"

『구원받은 동포의 은혜에 보답하기 위해서라도 저는 이자들을 환영해야 한다고 제안합니다.』

제노드라는 한 발짝 앞으로 나서면서 그렇게 제안했지만, 주위에 있던 용들의 눈초리는 여전히 엄했다. 애초에 원인은 우리처럼 바깥에서 온 외부인이니 제노드라의 의견에 찬성할 수가 없는 것 같다.

한동안 고민하던 아스라드는 우리를 힐끔 본 뒤 마지막으로 제노드라를 똑바로 바라보며 입을 열었다.

『제노드라, 동포를 구해주긴 했지만, 그자들과 만난 지 시간이 얼마 지나지 않았을 텐데? 마을로 데리고 오기로 한 것도 그대인 모양이고, 이자들을 꽤 높게 평가하는구나.』

『맞아. 우리에게 해를 끼칠 존재가 아니라고 어떻게 믿을 수 있지?』

『우리나 동포를 노린 것치고는 너무나도 허술합니다. 게다가 카렌을 손에 넣었는데도 일부러 위험을 무릅쓰면서까지 데리러 올 것 같습니까?』

『이 마을까지 안내하게 하려는 것 아니었나?』

세 용도 그렇게 말했는데, 상황을 보아하니 그렇게 생각해도 어쩔 수 없을 것 같다. 하지만 제노드라는 그 생각을 코웃음치듯이 부정했다.

『그렇다면 카렌을 협박하기만 해도 충분할 테고, 이렇게까지 신뢰 관계를 쌓을 필요는 없다. 그리고 우리 때문에 위험해질 것이라는 사실을 알면서도 브렌다를 치료해줄 필요는 없을 텐데.』

『그렇게 우리의 신뢰를 얻고 빈틈을 노리려는 것 아닌가?』

『뭐지? 우리가 빈틈을 보이면 쉽사리 당할 정도로 허약한 존재였나? 게다가 아스라드 님께서 거짓말을 하지 않는다고 판단을 내리셨으니 이제부터 느긋하게 살펴보면 될 텐데.』

다른 용들도 따지고 들었지만, 제노드라의 끈질긴 연설은 계속되었다.

그건 그렇고 제노드라가 우리를 감싸주는 건 고마운데, 그는 어째서 우리를 이렇게 좋게 봐주는 거지?

『이자들은 사람이고 우리에게 둘러싸인 상황에서도 겁을 먹은 모습을 보이지 않습니다. 저 백랑이라 불리는 존재가 마음을 터놓고 있는 것을 보아하니 지금까지 봐온 어리석은 외부인과는 확실히 다릅니다.』

『흐음, 그렇긴 하군.』

『무엇보다도, 흥미롭지 않습니까. 예전에 그 남자처럼 우리에게 무언가 새로운 것을 보여줄지도 모릅니다. 장로님께서는 이해하실 겁니다.』

『……그렇지.』

『아무튼 그들이 원하는 게 무엇인지 들어봐야 합니다. 어찌 됐든 우리 협력이 없으면 이 마을에서 나갈 수도 없을 테니까요.』

제노드라가 이야기를 대충 정리해야겠다는 듯이 돌아보았기에 나는 고맙다는 듯이 살짝 고개를 숙였다.

제노드라도 뭔가 생각이 있어서 우리 편을 들어주는 것 같긴 한데, 말과 태도로 보아 수상쩍은 것 같지는 않으니 지금은 믿어도 괜찮을 것 같다. 뭔가 사정이 있는 것 같은 느낌이 들기도 하지만 그건 나중에 물어보기로 하고, 지금은 우리가 무엇을 원하는지 말해야겠다.

『그러는 게 이치에 맞겠군. 그럼 묻겠다. 그대들은 우리에게 무엇을 원하는가? 돈을 원한다면 이 동굴에서 캐낸 보석을 줄 수도 있다. 외부인들은 그런 걸 원한다고 하던데.』

"그렇다면 마을에서 며칠 정도 머무를 수 있게 허가해주셨으면 합니다."

『어째서지?』

"브렌다 씨의 몸 상태를 확인하고 싶다는 이유도 있습니다만, 여기에 사는 사람들의 생활을 봐두고 싶기도 합니다. 저희가 여행을 하는 목적은 신기한 것들을 알기 위해서니까요."

견문을 넓히기 위한 여행이니 유익인과 용족의 관계를 알아보거나, 이곳의 삶을 체험해보고 싶다.

내가 그렇게 말하자 메지아와 다른 용 한 마리가 끼어들었다.

『알아서 어쩌겠다는 것이지? 우리의 생활에 대해 알고 싶다면 하루만 있어도 충분할 터인데.』

『그리고 브렌다의 치료가 끝났다면 상태를 지켜볼 필요도 없을 터인데?』

"튼튼한 당신들과는 달리 사람에 가까운 유익인은 완치될 때까지 방심하면 안 될 거라 생각합니다. 상처를 얕보지 않았으면 하는데요."

『뭐라고!』

『꽤 세게 나오는구나.』

어차피 나는 외부인이니까 그쪽이 무슨 생각을 하는지도 이해가 되긴 하지만, 브렌다는 나와 리스가 치료한 환자이기도 하다. 게다가 그녀는 카렌의 소중한 어머니니까. 적어도 걸어다닐 수 있게 될 때까지는 돌봐주고 싶다.

딱히 의사인 것도 아닌 내가 그런 말을 하는 건 거만한 태도일지도 모르겠지만, 나도 양보할 수 없는 게 있고 계속 얕보이기만 하는 것도 거슬린다.

도발하는 듯한 태도로 받아들인 용들이 떠들기 시작했지만, 나는 아랑곳하지 않고 계속 받아쳤다.

"그리고 안다는 것은 책이나 다른 사람들에게 들은 정보뿐만이 아니라 자신이 직접 보고, 느끼고, 체험해야 하는 거라 생각하기 때문입니다. 용족들에게 저희는 작은 존재겠지만, 긍지나 신념은 크기와 별 상관이 없을 것 같은데요."

『으윽……, 말은 잘하는군.』

『장로의 허가만 없었더라면 승부를 내려 했을 텐데.』

"할 테면 해보시지! 그쪽이야말로 내 이빨로 찢어버릴 테니까!"

"크르르르르릉…….."

"싸우면 안 돼!"

싸움……까지는 벌어지지 않았지만 분위기가 약간 험악해지자 레우스와 호쿠토뿐만이 아니라 카렌까지 우리를 감싸려는 듯이 앞으로 나섰다.

이런 상황에서도 전혀 겁을 먹지 않는 카렌을 보고 쓴웃음을 짓고 있자니 상황을 조용히 지켜보던 아스라드가 갑자기 큰 소리를 내며 웃기 시작했다.

『푸하하하핫! 그대들은 물러나거라. 우리가 졌다는 걸 솔직하게 인정하도록.』

『……장로님께서 그렇게 말씀하신다면.』

『크윽! 용족인 우리가 그런 말을 듣고 물러설 수는.』

진심으로 우리를 미워하는 것이 아니라 그냥 말싸움에 져서 분한 모양이었다. 용족은 지는 걸 싫어하는 경향이 있는 것 같다.

『그렇게 아쉬워할 필요는 없다. 이자들은 한동안 마을에 머무를 테니 졌다고 생각한다면 나중에 뭔가 승부를 내도록 하거라. 그리고 방금 큰소리를 친 게 거짓말이 아니라는 것을 우리 눈으로 똑똑히 살펴보면 되지 않겠느냐. 그대들이 우리를 알 수 있게끔.』

"아스라드 님, 그러면……."

『으음. 우리는 그대들을 환영하며 마을에 머무르는 것을 허가하마.』

"감사합니다. 하지만 하루 종일 관찰하면 곤란하니 적당히 부탁드립니다."

"이제 괜찮아?"

"그래, 우리가 카렌하고 같이 있을 수 있대. 네 할아버지에게 고맙다고 하렴."

"아스 할아버지, 고마워."

피아가 괜찮다고 해주자 기뻐진 카렌이 아스라드의 꼬리 쪽으로 달려들자 꼬리가 위쪽으로 올라가고 카렌은 손바닥 위에 타고 있었다. 용의 크기로 보아 꽤 높게 올라갔는데, 카렌이 기뻐하는 걸 보니 익숙한 모양이었다.

그렇구나, 카렌이 호쿠토를 별로 겁내지 않았던 건 커다란 상대에게 익숙했기 때문이구나. 커다란 존재는 적의만 없으면 자신을 지켜주는 존재라고 생각하는 것 같다.

『하지만 내가 결정했다고는 해도 마을에는 외부인을 경계하는 동포가 많다. 문제를 일으키지 않게끔 주의하거라.』

"물론이죠."

『그렇다면 제가 이자들을 안내해주려 합니다.』

『으음, 손님들은 제노드라에게 맡기도록 하마. 그럼 이만 해산한다. 다들 용족의 이름에 부끄럽지 않은 행동을 할 수 있게끔 명심하도록.』

『ㅠㅠ네!ㅛㅛ』

아스라드의 호령을 듣고 용들이 제각각 등을 돌린 뒤 동굴 입구 쪽으로 나갔다.

하지만 중간에 메지아가 돌아서서 우리를……, 아니, 나를 빤히 바라보았다. 하지만 상대방도 아직 완전히 이해하지 못한 건 마찬가지인 모양이라 결국 메지아는 아무런 말도 하지 않고 고개를 갸웃거리며 동굴을 나갔다.

그리고 동굴에 우리와 아스라드, 제노드라만 남게 되자 앞으로 어떻게 할지 이야기를 나누기 시작했다.

『자, 다음에는 그대들이 머물 곳 말인데, 어디가 좋겠는가?』

"카렌 집!"

『으음……, 그게 좋긴 하겠지만, 그 집에 다섯 명이 머무르기에는 좁을지도 모르겠군.』

"저희에게는 야영 도구가 있으니 장소가 부족하면 밖에서 자도 괜찮습니다."

"집에 모두 들어가지 못한다면 매일 교대하죠."

"오히려 저는 좁은 게 더 좋아요. 그러면 합법적으로 시리우스 님 곁에서 잘 수 있……으읍!"

여유가 생겨서 그런지 폭주하기 시작한 에밀리아의 입을 급하게 막았다. 요즘에는 카렌 눈치를 보느라 제대로 응석을 부리지 못했으니까.

이렇게 카렌을 무사히 데려다줄 수 있었기에 긴장이 풀려서 원래 모습이 나오기 시작한 것 같다. 오늘 밤쯤에는 자고 있을 때 숨어들 가능성이 매우 크다.

"저기, 마을 사람들이 잘 가지 않는 건물은 없어?"

『마을 변두리에 창고로 쓰는 오두막이 있다. 밤이 되면 아무도 다가가지 않으니 어지럽히지만 않는다면 마음대로 써도 상관없다.』

"나중에 확인해볼 필요가 있겠네. 목소리라면 내 바람으로 어떻게든 될 테니 살짝 청소해볼까?"

"대체 지금 무슨 이야기를 하고 있는 거야!"

"중요한 거잖아? 우리 미래가 달린 문제니까."

피아는 평소에 함께 태클을 걸어주는데, 그쪽 이야기가 나오면 적극적으로 나서면서 멈추지 않는 경우가 종종 있다. 요즘에는 카렌을 봐서 그런지 더욱 심해졌다.

지금 우리에게 가장 부족한 인재는 이런 상황을 해결할 수 있는 태클 담당일지도 모르겠다.

그리고 우리는 다시 제노드라를 타고 카렌의 집으로 돌아왔다.

건물 바깥에 앉아서 기다리던 세 용이 호쿠토를 보자마자 기합이 바짝 들어간 자세로 맞이해준 광경을 보고 나도 모르게 쓴웃음을 지어버렸다.

『ㅠ어서 오십시오!ㅠ』

"멍!"

뭐, 세 용도 진짜 싫어하는 건 아닌 것 같으니 문제는 없을 것 같다.

바깥은 호쿠토에게 맡기고 사람 모습으로 변한 제노드라와 함께 집 안으로 들어가자 향기로운 요리 냄새와 함께 데보라가 미소를 지으며 맞이해 주었다.

"어서 오렴. 무사히 돌아온 것 같아서 다행이구나."

"걱정을 끼쳐드렸네요. 장로님께 여기에 머물러도 좋다는 허가를 받았습니다."

"카렌하고 같이 있을 수 있대!"

신이 난 카렌을 달랜 다음 결과를 보고하고 한동안 브렌다의 상태를 봐주고 싶다고 하니 데보라는 어이가 없다는 표정으로 한숨을 쉬었다.

"휴우……, 모험자라는 것들은 정말 묘한 녀석들밖에 없구나."

"그렇지? 마치 그 녀석이 다시 나타난 것 같지 않은가."

마주 보며 웃는 데보라와 제노드라가 신경 쓰였는데, 그와 동시에 리스와 레우스의 배에서 다시 꼬르륵거리는 소리가 울렸다. 중간에 먹었던 말린 고기로 허기를 때우는 것도 한계가 온 것 같다.

"하하하, 우선 저녁 식사를 해야겠구나. 너희 입맛에 맞을지는 모르겠지만 잔뜩 만들었으니 사양하지 말고 먹으렴. 제노드라 님도 함께 드시는 게 어떠신가요?"

"그래, 그럼 잘 먹도록 하지. 아직 이야기하고 싶은 것도 있으니까."

"저도 마찬가지예요. 그런데 바깥에서 대기하고 있는 세 명은요?"

"저 바보 같은 녀석들은 한동안 내버려 두거라. 좋은 지도자도 있는 것 같으니 내가 다시 돌아왔을 때 해산시키도록 하지."

반성하라는 의미도 있는 것 같긴 한데, 뭐라고 해야 하나……. 조금만 더 힘내라, 세 용. 일단 나중에 몰래 먹을 것을 가져다줘야겠다.

돌아온 뒤에 브렌다에게 이상이 없는지 확인했을 때쯤에는 준비가 다 끝났기에 조금 좁긴 하지만 모두가 테이블 앞에 앉아서 늦은 저녁 식사를 하게 되었다.

이곳의 특징이라 그런지 전체적으로 고기보다 채소로 만든 요리가 많았고, 특히 감자 같은 식재료로 만든 요리가 대부분이었다.

"이거 말이니? 이건 이 근처에서 캘 수 있는 모프트라는 열매인데 우리가 자주 먹는 거란다. 맛도 그럭저럭 있고, 많이 캘 수 있거든."

유익인들이 밀 같은 곡식을 키우고 있어서 빵도 만들 수 있는 것 같긴 하지만 주식은 이 모프트라는 식재료인 것 같다.

내가 두 손으로 감쌀 수 있을 만큼 크고, 표면이 울퉁불퉁하고 동그란 열매다. 그것을 적당한 크기로 잘라서 굽거나 쪄서 먹는 걸 보니 전생에서 보았던 감자와 비슷한 식재료인 모양이다.

식감이 조금 독특하긴 하지만, 다른 식재료와 함께 쪄서 간이 적당히 배었다.

"맛이 잘 배어서 정말 맛있네요."

"뜨거워?! 그래도 맛있는데!"

"한 그릇 더 부탁드릴게요."

"맛있어. 그래도 배가 금방 불러서 그런지 많이 먹을 수 있을 것 같진 않네."

제자들도 꽤 마음에 든 모양이니 마을을 떠날 때 조금 나누어 달라고 해야겠다.

이렇게 깊은 산속이라 향신료가 별로 없어서 간이 좀 싱겁긴 하지만 나도 꽤 마음에 들었다. 가정의 맛이라고 해야 하나…… 먹다 보면 차분해지는 맛이다.

우리 먹보 남매가 계속 빈 그릇을 만들어내는 와중에 스튜 한 그릇을 다 먹은 카렌도 그 그릇을 데보라에게 내밀고 있었다.

"한 그릇 더!"

"호오, 카렌이 한 그릇 더 먹다니 신기하네. 평소였다면 배가 불렀을 텐데."

"카렌은 언니들처럼 되고 싶으니까 잔뜩 먹어서 얼른 클 거야."

"어머, 그렇게 말해주니 기쁜데?"

"그래도 억지로 먹으면 안 돼요. 방금 먹은 양의 절반 정도만 먹는 게 괜찮을 것 같네요."

에밀리아가 해준 조언대로 지금 카렌에게는 그 정도가 한계일 것이다.

카렌이 내민 그릇에 스튜를 담고 있자니 다시 그릇을 비운 리스와 레우스가 만족스럽게 고개를 끄덕이고 있었다.

"그래, 그래, 식사는 즐겁게 하는 게 중요하지. 배가 너무 불러서 힘들어하면 아까우니까."

"그렇지! 데보라 씨! 나도 한 그릇 더!"

"그래. 자, 카렌도 먹으렴. 좋아하는 걸 잔뜩 넣었으니까."

카렌이 평소보다 많이 먹는 건 가족이 해준 요리이기 때문이기도 할 것이다.

좀 전에 한 말을 듣고 정말 신기한 건지 데보라는 깜짝 놀라면서도 미소를 지으며 그릇을 건네고 있었다. 그것 말고도 뭔가 신경 쓰이는 게 있는 것 같기도 했지만, 심각한 느낌은 아니니까 내버려 둬도 괜찮을 것 같다.

참고로 리스가 너무 많이 먹어서 괴로워하는 모습은 아예 못 본 척하기로 했다.

저녁 식사를 마치자 테이블에 잔뜩 놓여 있던 요리들이 깔끔하게 사라졌다.

그리고 식사를 마치자마자 브렌다에게 간 카렌과 리스를 바라보던 우리는 에밀리아가 끓여준 홍차를 마시며 쉬고 있었다.

"잔뜩 먹는다는 이야기를 듣긴 했지만 이 정도일 줄은 몰랐구나. 집에 쌓아두었던 식재료가 텅 비어버렸어."

"죄송합니다. 내일 바로 식재료를 확보해 올게요. 안 그래? 레우스."

"그래! 사냥이라면 내게 맡기라고!"

"하하하, 그렇게 신경 쓸 필요는 없어. 카렌이 없어진 뒤로는 나도 그렇고 딸도 밥을 별로 먹지 못했으니 마침 잘 된 거니까."

쌓아두었던 식재료가 썩는 것보다는 훨씬 낫다며 데보라는 입을 크게 벌리고 웃었다.

처음 만났을 때는 정신적으로 지쳐 있었던 탓에 우리에게 소리를 지르기도 했지만, 이게 진짜 데보라의 모습인가 보다. 시원스럽고 호탕한 어머니 같은 느낌이다.

"그리고 식재료는 찾아보면 얻을 수 있지만, 내 딸과 손녀는 잃으면 두 번 다시 얻을 수 없으니까. 며칠 분의 식량 정도는 아깝지도 않아."

"하지만 한동안 신세를 지게 될 테니 여러모로 돕겠습니다. 사양하지 마시고 일을 시켜주세요."

"예의가 바르구나. 그럼 무리하지 않는 범위로 부탁하마. 조금 좁을지도 모르겠지만 자기 집이라고 생각하고 편히 지내렴."

식사 중에 카렌이 원하기도 해서 이 집에 머무를 수 있게끔 허락을 받았다.

그리고 마을의 생활에 대해 제노드라와 데보라에게 이야기를 듣고 있자니 중간에 리스만 혼자 옆방에서 돌아왔다.

"카렌은 어디 있어?"

"브렌다 씨를 보고 있다가 잠들었길래 옆 침대에 재우고 왔어."

"오늘은 여러 가지 일들이 있었으니까 배가 부르니 졸린 것도 당연하겠지."

"카렌을 맡겨두기만 해서 미안하구나."

"제가 좋아서 하는 거니까 신경 쓰지 마세요. 그리고 잠든 모습이 귀여웠거든요."

리스는 엘리시온에서 언니에게 자주 응석을 부리곤 했지만, 리펠 공주와 만나기 전에 태어나 자란 마을에서는 아이들을 돌봐주곤 했기에 은근히 아이들을 잘 다루는 것 같았다.

그리고 만족스럽게 미소를 지은 리스가 의자에 앉아 홍차를 받았을 때 현관 쪽에서 문을 두드리는 소리가 들렸다.

바깥에 있는 호쿠토와 세 용이 소란을 피우지 않는 걸 보니 적은 아닌 것 같은데, 기척을 살펴보니 뜻밖의 손님이 온 것 같았다.

"실례하마."

데보라가 대답하기 전에 문이 열렸고, 그곳에 나타난 사람은 인간 모습으로 변한 용족의 장로, 아스라드였다.

보통은 친한 이웃만 오기 때문에 최소한의 신호만 보내고 집에 들어와도 문제는 없는 모양이었다.

"아스라드 님?! 여긴 어떻게……."

"그냥 브렌다와 손님이 어떻게 지내고 있는지 보러 왔을 뿐이다. 나는 신경 쓰지 말고 편하게 있게."

"아, 알겠습니다. 그러면 바로 마실 것을……."

"제게 맡겨주세요."

겉으로 보기에는 지팡이를 짚고 다녀도 이상할 것 같지 않은 노인이지만, 자연스럽게 흘러나오는 존재감과 분위기를 보아하니 아스라드가 분명한 것 같다.

늙었다는 느낌이 전혀 들지 않을 정도로 힘찬 발걸음으로 다가와 근처에 있던 의자에 앉자 곧바로 에밀리아가 끓인 홍차가 앞에 놓였다.

"아가씨처럼 예쁜 아이가 차를 내주다니 영광이로군. 그리고 이렇게 맛있는 홍차를 마신 건 처음이야."

"입에 맞으신 것 같아 다행이에요."

"맛있는 홍차를 끓일 수 있는 것뿐만이 아니라 아름답기까지 하군. 에밀리아, 앞으로는 나만을 위해 홍차를 끓여줄 수 없겠나?"

갑자기 에밀리아를 꼬시려 들었다.

우리가 멍해진 와중에 에밀리아는 시원스러운 미소를 지으며 바로 흘려 넘겼다.

"저는 시리우스 님께 모든 것을 바치겠다고 맹세했으니, 거절하겠습니다."

"이거 힘들겠군. 하지만 이래 봬도 나는 아직 훌륭한 남자이고, 여자를 행복하게 해줄 수 있는 자신이……."

"이미 행복하니 거절하겠습니다."

에밀리아가 날카롭게 쳐내고 있지만, 상대방도 포기할 기색이 없었다.

용으로 만났을 때는 마을을 위해 성실하게 행동하는 이미지였는데…….

"혹시 이쪽이 진짜 모습인가?"

"그렇다. 이게 진짜 아스라드 님……, 아니, 우리 할아버지다."

아이뿐만이 아니라 여자라면 모두 좋아하는 모양이다.

그리고 제노드라의 가족이라는 사실도 알게 되었다. 그래서 분위기나 말투가 비슷했던 거구나.

"어떻게 좀 안 되겠나? 살날이 얼마 남지 않은 늙은이의 부탁이니 잠깐이나마……."

"안 됩니다."

"아마 다른 여자도 꼬시려 할 테니 너무 끈질기게 굴면 내게 알려다오. 용족은 몸이 튼튼하니까 상황에 따라서는 때려도 상관없다."

"기억해두죠."

에밀리아가 계속 거절해도 포기하지 않고 계속 꼬시는 영감님이니까.

피아는 재주 좋게 피할 것 같지만, 리스는 매달리거나 밀어붙이는데 약하니까 조심해야 할 것 같다.

"영감님, 여기에 온 목적을 까먹은 거 아니야?"

"음?! 그랬지. 데보라, 안으로 좀 들어가마."

몇 번 와본 적이 있는지 헤매지 않고 브렌다와 카렌이 자고 있는 방으로 들어간 아스라드는 바로 나와서 안도의 한숨을 쉬었다.

"흐음, 브렌다에게서 생기가 느껴지는군. 저 상태라면 이제 괜찮겠지."

"브렌다 씨가 신경 쓰여서 온 거구나. 역시 장로쯤 되면 힘들겠어."

"당연하지……라고 말하고 싶지만 내게 브렌다와 카렌은 좀 특별해서 말이다."

"그러고 보니 종족이 다른데도 카렌이 정말 잘 따르던데. 진짜 손녀하고 할아버지인 것처럼."

"나와 카렌은 피가 전혀 이어지지 않았다. 그래……, 너희는 여러모로 알고 싶어 하니 조금만 가르쳐주마. 데보라도 상관없는가?"

"네. 그들이라면 저도 상관없습니다."

허락을 받은 뒤 아스라드가 먼 산을 바라보며 이야기하기 시작했다.

"내가 두 사람을……, 아니, 카렌이 태어나기 전이니 브렌다를 신경 써주기 시작한 건 몇 년 전이다. 그날은 마을의 평화를 지키기 위해 하늘에서 주위를 경계하고 있었지."

"아니야, 영감님. 심심하다고 우리에게 말도 없이 멋대로 하늘로 산책나갔을 때지."

아스라드가 쓸데없는 말을 하지 말라는 듯이 꼬리를 휘둘렀지만, 제노드라도 마찬가지로 꼬리로 그 일격을 흘려 넘겼다. 꼬리가 부딪혀서 엄청난 충격음을 냈지만, 그것도 항상 있던 일인 모양이었다.

"어흠. 아무튼 내가 하늘을 날아가다 보니 지상에서 다투는 것 같은 모습이 보였다."

아스라드가 지상을 잘 살펴보니 모험자 몇 명에게 둘러싸인 브렌다가 보였다고 한다.

"모험자들은 유익인을 찾으려고 잠입한 녀석들이었고, 숲에서 식재료를 따고 있던 브렌다를 우연히 발견하고 잡으려 했던 게다."

당시에 브렌다는 모험자들에게 겁을 먹고 다리에 힘이 풀렸는지 마비독을 바른 화살에 맞을 뻔한 상황이었다.

하지만 그때, 모험자들 사이에서 한 남자가 뛰쳐나와 날아온 화살을 자신의 몸으로 막아내고 브렌다를 등진 뒤 감싸기 시작했다고 한다.

"그 남자는 무기를 든 녀석들을 상대로 한 발짝도 물러나지 않으면서 브렌다를 지키려 했다. 내가 지상으로 내려간 건 그때였다."

그 상황에 개입한 아스라드는 눈 깜짝할 새에 모험자를 물리치고 마비되어 괴로워하는 남자를 내려다보았다.

한 행동은 둘째치고 같이 있었던 걸 보니 동료가 분명했기에 남자를 처리하려고 생각했을 때…….

"하지만 그 녀석은 웃고 있었다. 내가 물어보니 브렌다가 무사해서 다행이다……라고 진심으로 안심했던 거다."

별생각 없이 이야기를 들어보니 그 남자는 유익인을 보고 싶다는 순수한 흥미 때문에 온 모양이었고, 다른 녀석들은 호위와 안내인으로 고용한 모험자였다고 한다.

그리고 우연히도 용족에게 들키기 전에 유익인을 찾아냈지만, 고용한 녀석들이 욕망을 억누르지 못했던 거다.

"그 남자의 이름은 비트. 인간족 남자이고……, 카렌의 아버지다."

다시 말해 비트는 우리처럼 견문을 넓히기 위한 목적으로 여행을 하던 남자였다는 건가?

아스라드와 제노드라가 우리의 이야기를 듣고 어이없어하지 않고 왠지 정겨워했던 이유가 그것 때문인 것 같다.

"이야기를 더 들어보니 브렌다에게 한눈에 반한 모양이더군. 왠지 기운이 빠진 나는 비트를 데리고 돌아가기로 했다. 마을 사람들은 비트를 수상쩍어했지만, 그가 구해준 브렌다는 딱히 싫지 않은 모양이었는지 나중에 알고 보니 두 사람은 맺어지게 되었다."

"동포 중 일부는 외부인을 탐탁치 않아 했지만, 비트가 가져온 외부의 지식 때문에 삶이 편해졌다. 내게도 마음 편한 친구였고."

"카렌은 인간족과 유익인 사이에 태어난 아이였구나."

"어라? 그런데 카렌의 아버지는……."

"으음. 브렌다가 카렌을 임신한 것과 동시에 비트의 건강이 악화되기 시작했고, 카렌이 태어나기 직전에 세상을 떠나버렸다."

모험자라는 말을 듣고 데보라가 망설이던 이유를 알 것 같았다.

이유는 어찌 됐든 딸과 손녀를 두고 먼저 떠나버린 남자가 생각 났기 때문일 것이다.

"내가 데리고 온 이상 내버려 둘 수가 없어서 말이지. 그 이후로 브레다와 태어난 카렌을 신경 써주다 보니 카렌이 나를 그렇게 부르게 된 것이다."

"진짜 손자에게는 엄한 주제에 카렌의 응석만은 다 받아주는 영감님이야."

"시끄럽다! 남자보다 여자가 더 귀여우니 당연하지. 그리고 용족으로서 강해져야만 하니 엄하게 대하는 건 어쩔 수 없다."

다시 두 사람이 꼬리로 치고 받는 와중에 나는 방금 들은 이야기를 생각해보며 여러모로 납득하고 있었다.

사실 우리가 써도 된다고 한 방에는 손으로 쓴 책이 몇 권 있었다. 그것은 카렌의 아버지인 비트가 쓴 책일 것이다.

그 책 중에는 도감 같은 것도 있었고, 세계의 신기한 사건이나 현지의 체험담이 적혀 있었다. 아마 카렌은 그 책을 읽으면서 호기심이 왕성한 아이로 자란 것 같다. 어디까지나 내 상상이지만.

그렇게 의문이 몇 가지 풀리긴 했지만, 리스는 조금 슬픈 듯이 혼자서 중얼거리고 있었다.

"혹시 카렌의 아버지가 인간족이라서 날개가 그렇게 되어버린 건가?"

"그건 상관없을 거다. 내 할아버지의 할아버지가 그런 유익인을 본 적이 있다고 했으니까."

"상관없어. 우리가 신경 써봤자 소용도 없고, 날개가 어떤 형태든 카렌은 카렌이니까."

"그렇구나……, 그렇겠지?"

종족의 차이나 그런 이유 때문이 아니라 돌연변이 같은 건가?

그리고 카렌은 마법 적성이 무속성이니 어떤 의미로는 기적적인 존재인 것 같다.

하지만 피아가 한 말대로 우리가 신경 써봤자 소용이 없다. 카렌을 있는 그대로 받아들이고 평소처럼 대해주기만 하면 된다. 언젠가는 외모만 신경 쓰는 녀석을 알아보는 데 써먹을 수 있게끔 마음이 강해졌으면 좋겠다.

머무르는 동안 예정대로 카렌에게 여러 가지를 가르치기로 하고, 이야기가 나온 김에 유익인의 마을이 있다고 들었을 때부터 들었던 의문에 관해 물어보기로 했다.

"한 가지 질문이 있는데요, 어째서 용족이 유익인과 함께 사는 거죠?"

개인의 능력이나 체격이 확실하게 차이가 나고, 하늘을 날 수 있다는 점 말고 다른 공통점은 전혀 없다.

그리고 데보라에게 이야기를 들어보니 주인과 하인처럼 엄한 상하관계가 아니라 서로 배려해주면서 공존하고 있는 것 같다.

"용족은 능력이 뛰어난 종족이긴 하지만, 치명적으로 뒤떨어진 부분이 있다. 뭔지 알겠나?"

"숫자……인가요?"

"그렇다. 용족은 아이를 임신할 가능성이 매우 낮다. 수명이 길어서 그런지 아이를 만드는 경우가 매우 희귀하지."

"엘프와 마찬가지 상황이구나. 용족은 엘프보다 숫자가 적은 모양이니 우리보다 출생률이 낮을 것 같아."

"그렇다. 용족이 이 마을에 살지 않았을 무렵에 우리 선조는 여러 대륙을 돌아다니며 다른 종족과 시험해보았지만 모두 용족의 아이를 갖지 못했다. 하지만 그중에 유일하게 유익인만은 용족의 아이를 가질 수 있었다."

반드시 가질 수 있다는 보장은 없지만, 수십 명의 한 명의 확률로 용족이 태어난다고 한다.

그리고 양쪽 다 애초에 숫자가 적은 종족이기 때문에 서로 도우면서 공존하기로 한 것이다.

"…………."

"시리우스 님, 왜 그러세요?"

"아니……, 괜찮아. 그건 그렇고 한 가지만 더 여쭤봐도 될까요?"

용족에 대해 생각하면 예전에 엘리시온 미궁에서 만났던 용족…… 고라온이 생각난다.

그 녀석이 적이긴 했지만, 나는 얼마 안 되는 용족을 죽여버렸다. 후회하는 건 아니지만 숨을 끊은 자로서 그의 최후를 알려줘야 할지도 모르겠다.

"고라온……이라는 이름을 들어보신 적 없으신가요?"

""윽?!""

그 이름을 말하자 두 용족은 이 마을에 온 뒤 가장 큰 반응을 보였다.

특히 아스라드는 진지한 표정으로 나를 보고 있었고, 그나마 냉정한 제노드라가 나를 다그쳤다.

"시리우스, 그 이름을 어디서 들은 게냐?"

"몇 년 전에 자신이 고라온이라는 용족이 저희 앞에 나타났습니다. 그리고……."

모험자 길드에서 지명수배당할 정도로 악랄한 살인귀였고, 그저 쾌락만을 위해 제자들의 목숨을 노렸기에 내가 해치웠다는 사실을 설명했다. 두 사람의 표정이 나를 미워하는 것 같지 않아 보였기에 전혀 둘러대지 않고 말할 수 있었다.

"……그렇게 된 겁니다. 제자를 구하기 위해서라고는 해도 제가 당신들의 동포를 해쳐버렸네요."

"아니……, 금기를 범한 고라온은 죽을 운명이었던 게다. 오히려 용족의 긍지를 더럽힌 녀석을 막아줘서 고맙다. 내가 확실히 해치운 줄 알았다만."

"골치 아픈 점도 한 가지 있지. 고라온은 메지아의 형이다."

나를 별로 마음에 들어 하지 않는 상대의 형이란 말이지.

아무래도 느긋하게 관광……을 할 순 없을 것 같다.

고라온이 유익인 마을에서 태어난 것은 수십 년 전. 내가 태어나기 한참 전이다.

그는 용족으로 태어나 마을을 지키는 전사가 되기 위해 다른 용족들에게 단련을 받으며 성장하고 있었다.

하지만 용으로 변신한 고라온에게는 날개가 존재하지 않았다. 그는 대지를 달리는 것에 특화된 지룡으로 태어나버린 것이다. 주위 사람들은 그런 고라온을 가엾게 여겼다. 지룡이 태어나는 경우는 딱히 드물진 않지만 숲과 산으로 둘러싸인 이곳에서는 하늘을 날 수 있는 익룡이 더 대우받기 때문이다.

그래도 부모와 주위 사람들은 그에게 아낌없는 애정을 보였기에 고라온은 딱히 문제없이 자라났다.

하지만……, 고라온은 치명적으로 일그러져 있었다.

먹으려고 잡은 사냥감도 아닌데 적당한 마물을 잡아서 쓸데없이 발톱으로 찢어발기고, 그렇게 튄 피로 몸을 붉게 물들이고 있는 광경이 자주 목격된 것이다.

그 행동을 보고 아스라드와 제노드라는 수상쩍어했지만, 고라온은 큰 문제를 일으키지 않고 계속 성장했다.

그리고 고라온이 청년이라 불리는 나이가 되었을 무렵, 고라온의 어머니가 메지아를 낳자 그에게 동생이 생겼다.

형이라는 입장이 되어서 그런지 고라온의 기행도 줄어들기 시작했기에 아스라드와 다른 용들은 조금 경계를 늦추게 되었다.

하지만……, 그 방심이 문제였던 모양이다.

아스라드와 다른 용들이 잠시 한눈을 판 사이에…… 그 사건이 일어났다.

『아버지. 나는 말이지. 더……, 더 강해지고 싶거든.』

용족의 몸속에는 막대한 힘이 깃든 결정……, 통칭 '드래곤 하트'라 불리는 것이 존재한다. 그 결정으로 인해 용족은 강한 힘과 경이로운 재생력을 얻게 된다.

어떤 용족이라 해도 몸속에 하나밖에 존재하지 않는 결정에 눈독을 들이고 늘리려 한 고라온은…….

『그러니깐 힘이 필요해. 내 안에서 하나가 되어서……, 그 망할 영감을 쓰러뜨리자고!』

아버지를……, 동족을 먹는다는 금기를 범한 것이다.

이미 용족으로서 충분한 힘을 지니고 있던 고라온에게 허를 찔린 아버지는 어떻게 해보지도 못하고 살해당한 뒤……, 먹혀버렸다.

"……참 지독하구나. 그런데 그렇게 간단히 힘을 얻을 수 있는 거야?"

"으음, 엘프 아가씨는 예리하군. 어때, 오늘 밤은 나와 함께……."

"영감님, 그런 이야기는 나중에 해."

"어쩔 수 없지. 엘프 아가씨가 말한 대로 동포의 결정을 흡수하는 건 매우 위험한 행동이다."

예전에 똑같은 짓을 저지른 자가 있었던 모양인데, 그 용족은 피를 토하며 곧바로 숨이 끊어졌다고 한다.

보아하니 다른 용족에게서 결정을 흡수한다 해도 자신의 몸에 맞지 않으면 죽어버리는 것 같다. 다시 말해 혈액형에 맞게끔 수혈을 하거나 다른 사람의 장기를 이식하는 것과 마찬가지인 것 같다.

확률을 생각해보면 용족의 숫자가 줄어드는 행위이니 금기가되는 것도 당연하다.

"내가 달려갔을 때는 이미 늦었고, 고라온은 자신의 아버지의 드래곤 하트를 먹은 뒤였다. 그리고 결정을 흡수하고 괴로워하는 고라온을 본 나는……."

자업자득이라고는 해도 피를 토하며 발버둥치는 고라온을 가엾게 여긴 아스라드는 단숨에 브레스로 그의 몸을 날려버렸다고 한다.

"내 브레스를 맞으면 여기 있는 제노드라도 살아남지 못할 게다. 하지만 그 녀석은 살아 있었다……는 건가."

"그런데 용족으로서 미숙한 축에 속하는 그 녀석이 살아 있었다는 것도 묘하군. 그 녀석이 우리가 알지 못하는 특수능력을 가지고 있었던 건가?"

"그러고 보니 제가 만났던 고라온은 팔을 잘라내도 곧바로 재생되어 버릴 정도로 이상한 재생 능력을 지니고 있었습니다. 이건 제 상상인데 고라온은 브레스에 몸이 타면서도 계속 재생해서 겨우 살아남은 게 아닐까 하는데요."

아마 고라온은 아버지의 드래곤 하트가 잘 맞아서 그 시점에 경이로운 재생력을 얻었던 것 같다. 잘 맞은 이유는 피를 이어받은 부자 관계때문일 가능성이 크다.

하지만 완전히 들어맞진 않았던 것 같다.

고라온이 강적이긴 했지만, 마을에 있는 용족과 비교하면 실력이 훨씬 떨어지는 것 같기 때문이다.

그 이상한 재생 능력 대신 용족의 힘을 어느 정도 잃어버렸는지도 모르겠다. 고라온이 용으로 변한 모습은 제노드라나 세 용과 비교하면 크기가 전혀 달랐으니까.

생각나는 것들을 이야기해보니 두 사람이 이해가 된다는 듯이 고개를 끄덕이고 있었다.

"그렇군, 충분히 그럴 수도 있겠어. 하지만 내 브레스로도 쓰러뜨리지 못했는데 그대는 용케도 쓰러뜨린 모양이로군."

"마법으로 움직임을 막고 드래곤 하트 두 개를 동시에 파괴해서 쓰러뜨렸습니다."

"영감님, 시리우스, 이제 그 이야기는 그만둬. 고라온은 이미 세상에 없으니 메지아에게 어떻게 설명해야 할지 생각해야지."

"맞아! 가족이 살해당했으니 복수하고 싶어질지도 모르겠지만 형님은 우리를 지키기 위해서 싸웠어. 만약 형님에게 시비를 걸면 먼저 내가 상대해줄 거라고!"

"진정해, 레우스. 그런데 그……, 메지아 씨는 형인 고라온을 어떻게 생각하나요?"

"금기를 범하고 아버지를 죽인 죄인이라는 사실은 이해하고 있다. 적어도 갑자기 복수를 하겠다고 덤비지는 않겠지."

메지아가 규율을 중요시하는 건 금기를 범하고 배신한 형의 영향 때문일지도 모르겠다.

그리고 이야기를 나눈 결과, 그가 경계하고 있는 우리가 고라온의 죽음에 대해 알리면 이야기가 꼬일 것 같으니 메지아에게는 기회를 봐서 아스라드가 설명한다는 결론이 내려졌다.

"저기, 좀 지독한 생각이긴 하지만 죽었다고 생각하고 있으니 딱히 설명할 필요는 없지 않아?"

"그럴 수도 있겠지만 고라온 때문에 아버지를 잃은 그 녀석은 알 권리가 있을 것 같기 때문이다. 그럼 슬슬 실례할 생각인데, 엘프 아가씨. 술을 좋아한다더군. 오늘 밤에 우리 집에서 한잔 어떤가? 좋은 술이 있는데."

"매력적인 제안이긴 하지만, 미안해. 모두 함께 있지 않으면 연인이 곤란해하거든."

"그 남자인가? 하지만 인간족인데?"

"그래, 다 알면서도 함께 있는 거야. 마지막까지 확실하게 함께 있을 거고."

"그렇다면 딱히 할 말은 없군. 백 년쯤 뒤에 다시 말을 걸도록 하지. 그럼 거기 있는 푸른 머리카락이 예쁜 아가씨는 어떤가?"

"적당히 좀 하라고! 영감님!"

제노드라가 아스라드를 억지로 바깥으로 끌고나간 뒤 용들이 집으로 돌아갔다.

"좋은 아침입니다. 시리우스 님."

마을에 온 지 이틀 뒤.

세 용이 가져다준 우리 마차 안에서 자고 있던 나는 오늘 아침에도 에밀리아의 목소리를 듣고 눈을 떴다.

혼자서 깰 수도 있긴 하지만 아침에는 에밀리아의 목소리를 듣는 게 당연해졌기에 그러지 않으면 깨어난 것 같지 않을 정도다.

에밀리아가 없으면 안 되는 남자가 되지 않게끔 조심하고 있긴 하지만, 에밀리아가 그렇게 되어주었으면 하고 바라는 게 문제다.

"좋은 아침이야. 에밀리아. 다들 뭐하고 있어?"

"리스와 피아 씨는 슬슬 일어날 것 같고, 레우스는 이미 일어났습니다."

카렌의 집 옆에 세워둔 마차에서 나온 다음 몸을 풀면서 주위를 둘러보니 집 주위를 달리고 있는 레우스와⋯⋯.

"좋은 아침이야! 형님!"

"""좋은 아침입니다!"""

사람 모습으로 변한 세 용도 함께 뛰고 있었다.

나도 모르게 고개를 갸웃거리고 있자니 멀리서 그 광경을 바라보고 있던 호쿠토가 꼬리를 흔들며 내게 다가왔다.

"멍!"

"음……, 저 세 사람은 미숙한 면이 있는 것 같아서 호쿠토 씨가 다시 단련시키고 있다고 하네요."

"그래서 뛰고 있는 거구나. 네가 지도를 맡은 걸 보니 저 세 사람에게 성장할 구석이 있다고 느낀 거야?"

호쿠토에게 남매는 후배 같은 존재라 함께 훈련해주곤 하지만, 호쿠토가 스스로 나서서 지도를 하는 모습은 매우 신기했다.

그래서 몸을 비벼대는 호쿠토의 머리를 쓰다듬으면서 물어보니…….

"끄응……."

"음, 자질은 나쁘지 않은 것 같은데 시리우스 님의 부하가 되기에는 다시 단련시킬 필요가 있기 때문이라고 하네요."

"멋대로 부하나 사제를 늘리려 하는 녀석이 여기에도 있었구나."

엘리시온 학교에 다니던 때도 남매가 비슷한 행동을 하곤 했지. 왜 늑대는 상사의 사제를 만들고 싶어 하는 거지?

"멍!"

"그 밖에도 그들이 태워주면 모두의 이동속도가 빨라지기 때문이라고 하네요. 물론 시리우스 님을 태울 수 있는 건 호쿠토 씨뿐이라는데요."

"저 사람들을 탈것 취급하지 마. 뭐, 본인의 의지를 일그러뜨리지 않는 정도로만 해야 한다."

"멍!"

"알겠다고 하시네요. 그리고……, 에밀리아의 머리를 쓰다듬어주었으면 한다고 해요."

마지막은 자기가 원하는 걸 말하는 것 같다고 생각하면서 에밀리아의 머리를 쓰다듬어주니 호쿠토까지 포함해서 크고 작은 꼬리 두 개가 붕붕 흔들리고 있었다.

아침부터 태클을 걸 구석이 잔뜩 있긴 하지만 세 용은 호쿠토와 레우스에게 맡기고 나와 에밀리아는 브렌다의 상태를 살펴보러 카렌의 집으로 들어갔다.

브렌다는 그 이후로 침대에서 잠든 채 한 번도 의식을 되찾지 못했지만, '스캔'으로 이상한 점을 찾아내지 못했으니 슬슬 깨어날 것이다.

그렇게 생각하면서 브렌다를 계속 진찰하고 있자니 데보라가 방으로 들어왔기에 아침 인사를 했다.

"너희는 정말 일찍 일어나는구나. 그에 비해서 내 딸하고 손녀는 참."

"저희는 평소에 일찍 일어나니까 자연스럽게 눈이 떠지는 것뿐이에요."

"너희처럼 우리 아이들도 일찍 일어났으면 좋겠는데. 이럴 때까지 늦잠을 잘 필요는 없잖니."

데보라도 농담을 할 수 있을 정도로 차분해진 것 같았다.

아침인데도 전혀 일어날 기색이 없는 카렌과 치료가 끝났는데도 좀처럼 깨어나지 않는 브렌다. 그리고 데보라가 한 말을 들어보니 카렌의 늦잠 버릇은 어머니에게 물려받은 건지도 모르겠다.

브렌다의 진단이 끝났으니 아침 훈련을 시작했으면 하지만, 이 집에 신세를 지고 있는 이상 집안일을 도와야 할 것 같다.

그렇게 생각하면서 아침 식사 준비를 돕겠다고 했는데, 데보라는 그럴 필요 없다는 듯이 웃었다.

"여기는 됐으니까 시리우스 너도 바깥에 나갔다 오려무나. 아침 훈련이 일과라면서?"

"그래도 아무것도 하지 않을 수는."

"맞아요. 그리고 저희는 많이 먹으니까요."

"괜찮다니까, 많이 만드는 것만이라면 나 혼자서도 충분해. 그리고 마을 사람들에게 받은 식재료가 아직 많이 남았거든."

그렇다, 어제는 정말 눈이 돌아갈 정도로 정신이 없는 하루였다.

아침 일찍 제노드라와 세 용이 온 것까지는 좋았지만, 이미 우리 이야기가 모두에게 퍼졌는지 마을에 사는 유익인과 용족이 계속 번갈아가며 찾아왔기 때문이다.

아스라드가 했던 말처럼 우리를 경계하는 사람도 있었지만, 대부분 카렌과 브렌다가 걱정되어서 확인하러 온 사람들이었고 두 사람이 무사하다는 사실을 알고 축하할 겸 식재료 같은 것들을 두고 간 것이다.

참고로 카렌의 나이와 비슷한 용족과 유익인 아이들도 왔지만 우리가 무서워서 그런지, 아니면 부모에게 무슨 말을 들어서 그런지 다가오지 않았기에 에밀리아 같은 일행들이 조금 쓸쓸해했다.

"그럼 너희가 가지고 온 냄비를 또 쓰도록 하마."

그리고 데보라는 우리 의견을 듣지 않겠다는 듯이 방에서 나가버렸다.

　며칠 동안 함께 지내며 알게 된 건데, 그녀는 돌봐주는 걸 매우 좋아해서 우리가 신세를 지게 되어 많이 힘들 텐데도 전혀 신경 쓰지 않았다. 억지로 도와도 오히려 혼날 것 같으니 순순히 호의를 받아들여야겠다.

　다시 바깥으로 나와보니 깨어난 리스와 피아가 준비운동을 하고 있었는데, 레우스와 세 용이 이상하다는 걸 눈치챘다.

　"항상 뒤쪽을 의식해! 호쿠토 씨한테 한순간에 당해버린다고!"

　"나도 알고 있긴 한데……, 안 되겠어! 따라잡을 수가 없어!"

　"그렇다면 내가 미끼로……, 끄아악?!"

　"아무리 호쿠토 님이라 해도 공격할 때는 빈틈이……, 끄어억?!"

　호쿠토에게 쫓겨다니고 있는 레우스와 세 용이 차례차례 앞발의 일격을 맞고 지면에 내동댕이쳐지고 있었기 때문이다.

　물론 호쿠토는 힘을 조절하고 있는 것 같긴 하지만, 좀 전까지는 그냥 뛰고 있었을 텐데……, 무슨 일이 있었던 거지?

　"우리가 왔을 때는 이미 쫓아다니고 있던데?"

　"호쿠토 말고는 도망치기만 하는 걸 보니까 공격을 피하는 훈련을 하는 것 같아."

　"그러니까, 술래잡기를 하는 건가?"

　다시 말해 호쿠토의 교육은 이미 시작되었고, 장애물이 없는 곳에서 도망쳐다니면서 반사신경과 상황 판단 능력을 단련하는 거다.

　덤으로 술래인 호쿠토에게 그냥 잡히는 게 아니라 지면에 내동댕이쳐져서 긴장감이 엄청날 것이다.

그렇게 세 번째 비명소리가 울려 퍼지는 와중에 우리도 아침 훈련을 시작하기로 했다.

우선 가볍게 뛰기 시작했는데, 정신을 차리고 보니 레우스 일행을 상대해주고 있던 호쿠토가 나란히 뛰고 있었다.

"음, 벌써 끝난 거야?"

"멍!"

옆쪽을 돌아보니 마지막까지 저항하던 레우스가 땅바닥에 엎드려 있었다. 보아하니 나와 함께 달리고 싶어서 서둘러 레우스를 쓰러뜨린 모양이었다.

백랑인 호쿠토가 우리 속도에 맞춰주면 훈련이 안 되겠지만, 호쿠토는 나와 함께 뛰는 것이 전생부터 습관이었고, 산책 같은 거나 마찬가지다.

그래서 신나게 옆에서 뛰어가는 호쿠토와 함께 한동안 뛰고 나서 웨이트 트레이닝을 하고 있자니 집의 문이 열리고 카렌이 나왔다.

"흐음……, 아침 식사……, 다 됐대…….

"그래, 알았어. 다들 들어가기 전에 몸을 닦는 걸 잊지 마."

"수분도 꼭 챙기세요."

에밀리아가 모두에게 물과 수건을 가져다주고 있을 때 나는 우리를 부르러 와준 카렌에게 고맙다는 인사를 하려고 했는데, 아무래도 상태가 이상했다.

비틀거리고 있어서 위험해 보였기에 얼굴을 들여다보니……,

놀랍게도 카렌은 선 채 자고 있었다.

"……쿠울."

"저기……, 이거 자고 있는 거지?"

"어이가 없는 걸 넘어서서 오히려 대단한데?"

고향으로 돌아와서 안심했다는 증거일지도 모르겠다. 어떤 의미로는 거물인 카렌을 안고 집 안으로 돌아갔다.

여담이지만 레우스와 세 용은 중간에 부활해서 좀 전에 했던 훈련의 반성회를 하고 있었다. 앞다리 일격의 위력이 지면에 파고들 정도로 강했는데도 호쿠토와 훈련을 하는데 익숙한 레우스는 그렇다 치더라도 세 용도 아무렇지도 않은 걸 보니 대단한 것 같았다.

받은 식재료를 적당히 넣어서 만든 찜 같은 요리였지만 주위에서 따온 향신료가 잘 어울려서 정말 맛있었다.

먹보 남매가 계속 추가로 먹어대는 와중에 데보라는 천천히 먹고 있는 카렌을 보면서 만족스럽게 고개를 끄덕이고 있었다.

"설마 벌꿀을 사용해서 카렌을 간단히 깨울 줄이야. 매일 깨우는 게 정말 힘들었는데, 이제 좀 편해지겠어."

"냠……, 쿠울……."

"아직 덜 깬 것 같은데요?"

"예전에는 먹지도 않았으니까 많이 나아진 거야. 그런데 이제 어떻게 할 거니?"

데보라가 묻고 싶은 건 오늘 일정일 것이다.

어제는 여러 가지 일들이 있어서 마을을 둘러보지 못했기 때문에 제노드라가 오면 안내해달라고 할 수도 있겠지만, 카렌하고 한 약속도 지켜야지.

"점심을 먹을 때까지는 카렌에게 마법을 가르쳐주려고 해요."

"그럼 잘 부탁한다. 카렌의 속성을 들었을 때는 고민하기만 했지만 이 아이가 기뻐하며 마법을 쓰는 걸 보니 속성 같은 건 상관없을 것 같다는 생각이 들더구나."

"무속성이 다른 속성에게 뒤처지지 않는다는 걸 증명해 보이죠. 그리고 카렌은 재능이 있으니까 저도 가르치는 보람이 있네요."

"형님보다 무속성에 대해 잘 아는 사람은 없으니까. 열심히 하면 카렌도 형님처럼 강해질 수 있을 거야!"

레우스가 그렇게 말하니 허들이 올라간 것 같기도 하지만 개인적으로는 나를 뛰어넘었으면 한다는 생각이다.

어디 사는 매직 마스터가 말했던 것처럼 마법에는 무한한 가능성이 있으니까. 카렌은 전투에 특화된 나와는 다른 길을 찾아냈으면 좋겠다.

내가 그렇게 남몰래 기대를 품고 있는 카렌은…….

"……한 그릇 더."

너무 기대가 큰 건가? 아니, 카렌은 잠이 덜 깼을 뿐이야.

이 아이의 재능을 키워나가면 분명히…….

"……쿠울."

괜찮을 거야…………, 아마도.

그 이후로 아침 식사를 마친 우리는 각자 흩어졌다. 에밀리아와 리스는 집안일을 돕고, 레우스는 다시 세 용과 함께 호쿠토와 훈련을 했다.

그리고 나와 피아는 카렌을 데리고 집 근처에 있는 커다란 나무 그루터기가 있는 곳으로 왔다.

이 시간이 되니 카렌도 완전히 잠이 깨서 새로운 마법이라는 말을 듣고 눈을 반짝이며 날개를 움직이고 있었다.

"이번에 가르쳐줄 건 '스트링'이야. 간단히 말하자면 마력의 실을 만들어내는 마법이지."

"실? 그거 대단한 거야?"

"보기에는 수수한 것 같지만 사용하기에 따라서는 여러 가지 방법으로 쓸 수 있는 마법이야."

"네 어머니나 네가 다쳤을 때도 사용한 마법이야. 익혀두면 손해는 안 보겠지."

우리가 한 말을 듣고 고개를 연달아 끄덕이는 카렌에게 우선 내 '스트링'을 보여주기로 했다.

만들어낸 마력의 실을 뻗어서 카렌에게 닿게 하자 신기하다는 표정을 지으며 잡아당기고 있었다.

"이걸 만드는 거야?"

"그래. 마력이 확실하게 담기지 않으면 금방 끊어지거나 실이 사라져버려. 우선 이걸 참고해서 도전해보렴."

"응."

마력을 압축시킨 실을 만들어내기만 하면 되기 때문에 '임팩트'를 익힌 카렌이라면 어렵지 않을 것이다.

시범을 보여준 덕분인지 카렌은 쉽사리 마력의 실을 만들어 냈지만, 내가 살짝 잡아당기자 바로 끊어져 버렸다.

"어라? 오빠가 만들었던 거 하고 달라."

"'임팩트'와 마찬가지로 마력을 모으는 게 부족했어. 그리고 튼튼하게 만들려고 두께만 생각했지?"

실 한 줄기를 튼튼하게 만든다 해도 와이어 같은 게 아니라면 끊어지는 게 당연하다. 그리고 전생에 있었던 고무처럼 수축성이 필요할 경우도 있다.

내 경우에는 전생에 존재했던 특수합금 와이어를 알고 있기 때문에 튼튼한 것을 만들 수 있었지만, 비슷한 마력의 실을 재현하는 건 쉽지 않았다.

"으으……, 어려워."

"내 실을 한 번 더 만져보고 확인해봐. 또, 그래, 요령을 익히는 것도 중요하지."

"요령?"

"카렌에게는 좀 어려운 말이었나? 다시 말해 한 가지만 고집하지 않게끔 하는 거야. 예를 들자면 이게 한 줄기로만 보인다 해도, 이 실이 한 줄기라는 보장은 없겠지?"

"한 줄기…………, 이렇게?"

"어머, 이번에는 튼튼하네? 시리우스도 만져봐."

카렌이 다시 '스트링'을 발동시켜서 만든 마력의 실을 만져보니 얇은 실 세 줄기를 합쳐서 한 줄기로 만들어 낸 모양이었다.

아직 마력의 집중이 어설퍼서 금방 끊어질 것 같긴 했지만, 좀 전에 만든 것과 비교하면 꽤 튼튼해졌다.

실을 두껍게 만들 줄 알았는데, 카렌은 내 조언을 조금 참고해서 거의 자신의 힘만으로 이 방법을 눈치챈 것이다.

이 아이를 만난 뒤로 여러 번 놀랐는데, 이번에도 또 놀랐다.

"대단하네. 용케 눈치챘어."

바로 칭찬해주자 카렌이 기쁜 듯이 날개를 퍼덕이며 나를 올려다보았기에 무의식적으로 카렌의 머리에 손을 올려놓아 버렸다.

""아…….""

아차, 버릇 때문에 에밀리아를 대하던 것처럼 해버렸다.

카렌은 노예가 되었던 경험 때문에 머리를 쓰다듬으려 하면 맞았던 기억이 되살아나서 싫어했다. 실제로 우리 여자 일행들이 지금까지 여러 번 도전했지만 전부 실패했으니까.

그래서 바로 손을 치우려 했지만, 카렌은 싫어하지 않고 멍하게 나를 올려다보기만 했다.

"싫지 않아?"

"……음, 오빠는 괜찮아. 그러니까 더 칭찬해줬으면 좋겠어!"

"그렇구나, 그럼 사양하지 않고 칭찬해줄게. 장하다, 장해. 카렌은 정말 착한 아이구나."

"응!"

"아, 치사해. 나도 쓰다듬게 해줘."

이것도 어머니인 브렌다를 치료해준 덕분인가?

카렌은 미소를 지으며 나와 피아가 쓰다듬어주는 걸 받아들여주었다.

　잠시 칭찬한 다음 바로 다음 마법을 가르쳐줄 생각이었는데, 집에서 집안일을 돕던 에밀리아가 우리 쪽으로 다가왔다.

　"시리우스 님. 방금 브렌다 씨께서 의식을 되찾으셨어요."

　"알았어. 바로……"

　"엄마!"

　가장 먼저 반응한 카렌이 뛰어가기 시작했기에 우리도 호쿠토에게 당한 레우스를 회수한 다음 집으로 돌아갔다.

　방으로 들어가자 침대에 누워 있던 브렌다가 윗몸을 일으킨 다음, 뛰어든 카렌을 껴안고 있었다.

　"엄마아……."

　"아……, 꿈이 아니었구나. 네가 무사해서 정말 다행이야. 카렌까지 없어지면 나는……."

　"그렇게 재수 없는 소리 하지 마라. 그건 그렇고 이 사람들에게 할 말이 있지 않아?"

　"어머니, 이분들이?"

　"그래. 너뿐만이 아니라 카렌까지 구해서 여기로 데려다준 은인들이야."

　우리가 여기로 오는 동안 어느 정도 설명을 들은 모양이었다.

　이제 막 깨어나서 졸린 것 같긴 했지만, 브렌다는 우리에게 미소를 지으며 고개를 숙였다.

　"여러분께 여러모로 신세를 졌나 보네요. 딸을 구해주셔서 정말 감사드립니다. 뭔가 보답을 하고 싶은데 보시는 것처럼 제대로 움직일 수가 없어서…….”

“그 말씀만으로도 충분합니다.”

“오히려 카렌하고 함께 지낼 수 있어서 정말 즐거웠어요.”

“그래, 여동생이 생긴 것 같아서 기뻤어.”

“그래도 이렇게까지 해줬는데 말만으로 끝낼 수는 없지. 어머니, 뭔가 없을까?”

신경 쓸 필요가 없다고 해도 브렌다의 표정을 보니 그냥 넘어갈 순 없을 것 같다. 그만큼 카렌을 소중하게 여기고 있는 모양이다.

한동안 보답에 대해 생각하던 브렌다는 갑자기 좋은 생각이 떠올랐는지 손뼉을 쳤다.

“그렇지! 내 깃털은 어떨까? 유익인의 깃털은 귀중한 거라고 그 사람이 말했는데. 필요하면 전부 가져가도…….”

“얘가 무슨 소릴 하는 거야! 그러면 네가 날 수 없게 되어버리잖니!”

“카렌이 무사하다면 날 수 없는 것 정도는 사소한 일이야.”

“네 마음은 이해가 되지만, 기세만으로 뭔가 정하지는 마라. 정말, 너는 죽을 뻔했는데도 여전하구나.”

보아하니 브렌다는 기세에 몸을 맡기고 내달리는 사람이라고 해야 하나, 소중한 것 말고는 다른 건 별로 신경 쓰지 않는 사람인 것 같다.

“진정하세요. 만약에 받는다고 해도 하나면 충분하니까요.”

이야기를 주고받는 모녀를 달래면서 일단 그 이야기는 보류하기로 했다.

할 수만 있다면 뭐든지 하겠다고 하지만, 나는 카렌을 단련시켜 줄 수 있게끔 허락해주고 이 집에 머무를 수 있게 해주면 충분하니까.

그래도 보답에 대해서 나중에 물어볼 것 같으니 뭔가 생각해 두는 게 나을 것 같다.

카렌은 한동안 어머니의 감촉을 듬뿍 맛보다가 갑자기 생각났다는 듯이 브렌다의 얼굴을 올려다보며 옷소매를 잡아당겼다.

"저기, 엄마! 카렌은 말이지, 마법을 쓸 수 있게 되었어!"

"어? 정말이니?!"

"응, 오빠한테 배웠어. 엄마한테 보여줄게!"

깜짝 놀란 브렌다에게서 물러난 카렌은 주위를 둘러보고 나서 창문 쪽으로 다가갔고, 거기서 보이는 나무 한 그루를 손가락으로 가리켰다.

그 나무는 좀 전까지 마법을 가르쳐주던 곳이었고, 내가 바로 쫓아가서 카렌의 어깨에 손을 얹으며 말렸다.

카렌은 마법을 선보이려다 내가 말리자 불만스러운 표정을 지었지만, 마법의 스승으로서 그냥 넘길 수는 없다.

"창문 밖으로 날린다 해도 실내에서 '임팩트'를 쓰면 안 돼. 만약 무슨 일이 생겨서 어머니에게 맞으면 어쩌려고 그래?"

"아……."

"그리고 '임팩트'라면 나중에 보여줄 수 있잖아. 그리고 여기서 써도 괜찮은 마법을 아까 가르쳐줬지?"

카렌은 이제 막 마법을 배우기 시작했고, 흥분한 상태여서 폭발할 가능성도 있다. 그리고 비상 상황도 아닌데 바위에 금이 갈 정도로 강한 마법을 실내에서 날리는 건 바람직하지 못하다.

그렇게 천천히 타이르자 카렌은 순순히 고개를 끄덕인 다음 브렌다 앞으로 돌아갔다.

"오빠가 안 된다고 하니까 이 마법을 보여줄게."

"……그래, 카렌의 마법이라면 뭐든 좋아. 엄마에게 보여주렴."

왠지 브렌다가 묘하게 놀란 것 같은데, 카렌의 마법을 기대하는 걸 보니 기분이 상한 건 아닌 것 같다.

내가 궁금해하고 있는 와중에 모녀는 카렌이 만들어낸 '스트링'을 즐겁게 잡아당기기 시작했다.

그렇게 훈훈한 시간이 한동안 이어졌고, 겨우 진정이 되자 카렌의 적성 속성에 대해 설명하기로 했다.

"그래서 이 아이가 마법을 잘 쓰지 못했던 거구나. 그걸 눈치채지 못하다니, 어머니 실격이야."

"여기에 있는 그 누구도 눈치채지 못했어. 풀이 죽지만 말고 이 아이의 성장을 기뻐해주렴."

"엄마, 카렌의 마법 어땠어?"

"그래, 대단하던데? 네가 마법을 쓸 수 있게 되어서 엄마는 기뻐."

"응! 카렌은 말이지, 오빠에게 마법을 많이 많이 배워서 강해질 거야!"

"무속성이라 해도 이 아이는 강해질 수 있는 소질을 충분히 지니고 있는 것 같아요. 저희는 한동안 머무를 예정인데 앞으로도 카렌에게 마법을 가르쳐도 될까요?"

데보라에게도 이야기를 하긴 했지만, 역시 어머니인 브렌다에게도 허락을 받아야 할 것 같다.

내가 고개를 숙이며 묻자 브렌다가 먼 곳을 바라보는 듯한 눈초리로 카렌의 머리를 쓰다듬으며 대답해 주었다.

"시리우스 군……이라고 했지? 이 아이를 잘 부탁해. 나는 무속성 마법을 제대로 가르쳐줄 수가 없으니까."

"최선을 다하겠습니다. 앞으로는 더 힘들어지겠지만 열심히 하자, 카렌."

"형님의 제자라면 몸도 단련해야지. 내일부터 나하고 같이 뛰자."

"시종 교육은 어떨까요? 교양이 몸에 밸 거예요."

"카렌은 우리 후배가 되었구나. 곤란한 일이 생기면 뭐든지 말해."

"다치면 내가……, 음. 왠지 다치는 게 전제인 것 같아서 좀 그렇다. 식사를 맛있게 할 수 있는 방법이라면 내게 맡겨."

"앞으로도 시끌벅적해질 것 같구나."

"그렇……지. 카렌에게는 좋은 일이야."

지금까지는 조금 애매했지만, 가족에게 허락을 받았으니 카렌은 이제 본격적으로 내 제자가 된 것이다.

어머니가 자애로운 미소를 지으며 지켜보는 가운데, 우리는 카렌의 교육에 대해 이야기를 나누었다.

그날부터 카렌의 생활은 크게 바뀌었다.

이른 아침……, 카렌은 아침에 누가 깨우기 전까지 일어나지 않았지만, 우리와 같은 시간에 일어나겠다는 말을 꺼낸 것이다.

"카렌도 언니들처럼 될 거야. 그러니까 같이 일어나서 훈련할래!"

"그렇게 긍정적인 자세는 좋지만, 아침에 일어날 수 있어?"

"…………깨워줘!"

응석을 받아주는 것 같긴 하지만, 태도가 너무 당당했기에 깨워주기로 했다. 계속 그렇게 하다 보면 자연스럽게 일어날 수 있게 될 테니까.

그렇게 이른 아침 훈련에 카렌이 참가하게 되었지만, 중간에 힘이 다 빠져서 호쿠토를 타고 있을 때가 많았다. 훈련이 되지 않는 것 같기도 하지만 몸이 익숙해질 때까지 반복하면서 습관을 들이는 게 중요하기 때문이다.

애초에 유익인은 하늘을 날아다니기 위해서 몸무게가 가벼운 종족이기 때문에 무기나 육체를 이용한 싸움에는 적합하지 않다. 그렇기 때문에 카렌의 체력 단력은 적당히 하고 마법을 주로 단련시키는 방향으로 갈 예정이다.

아침 훈련과 아침 식사를 마치고 바깥에서 카렌과 마법 훈련을 하려던 참에 하늘 위에서 용 한 마리가 내려왔다.

세 용은 호쿠토와 함께 있으니 제노드라가 얼굴을 보러 찾아왔나 싶었는데, 나타난 용은 푸른 용이 아니라 붉은 용이었다.

"시리우스 님. 저 붉은 용은?"

"메지아……야."

우리들이 있는 곳에서 조금 떨어진 광장에 착지한 메지아는 사람 모습으로 변신하면서 이쪽으로 다가왔다.

며칠이 지나서 경계가 많이 느슨해진 것 같긴 하지만, 오늘 메지아는 뭔가 마음을 단단히 먹은 듯한 표정을 짓고 있었다.

아마……, 아스라드에게 형인 고라온 이야기를 들은 것 같다.

"네게 꼭 물어보고 싶은 게 있다. 잠깐만 시간을 내다오."

"아스라드 님께 들은 이야기 때문인가요?"

"그래, 형인 고라온 말이다. 정말 네가……, 쓰러뜨린 거냐?"

카렌이 근처에 있어서 죽었다고 하지 않는 걸 보니 메지아는 냉정한 것 같았다.

상황을 이해한 에밀리아가 카렌을 데리고 멀리 가자 나는 고개를 끄덕였다.

"맞습니다. 다른 사람일 가능성도 있긴 하지만, 본인이 자신의 이름을 그렇게 말했고, 변신했을 때는 붉은 지룡이었으니 아마 틀림없을 겁니다."

"그런……가. 설마 형이 인간족에게 당할 줄이야."

눈을 감고 돌아선 모습에서 감정을 제대로 읽어낼 수가 없었다.

적어도 분노나 슬픈 감정이 느껴지지는 않았기에 나는 조용히 메지아가 대답하길 기다렸다.

그리고 천천히 눈을 뜬 메지아는…….

"그렇다면 부탁할 게 하나 있다. 나와……, 싸워다오."

메지아에게 도전을 받은 다음 날.

우리는 메지아와 함께 유익인의 마을에서 더 안쪽으로 들어간 곳에 있는 신전에 와 있었다.

"도착했다. 여기라면 문제가 없겠지?"

"넓은데. 설마 산속에 이런 곳이 있을 줄은 몰랐어."

"우리 용족이 싸우면 주위에 피해가 엄청나니까 말이지. 이런 곳이 꼭 필요하다."

정확히는 신전이었던 것……이라고 해야 하나.

건물로 보이는 것은 완전히 폐허가 되었고, 주위에 깔려 있는 돌바닥은 군데군데 드러나 있거나 식물로 뒤덮여 있었다.

그 밖에도 올려다봐야 할 정도로 높은 돌기둥이 여러 개 있었 지만 그것도 돌바닥과 마찬가지로 무너지고 쓰러져 있는 게 대 부분이었다.

척 보기에도 역사적 가치가 있을 것 같은 곳인데, 용족의 선조 가 장난삼아 만든 것이라 딱히 중요하지는 않다고 한다. 그래도 쓸데없이 넓은 곳이기 때문에 용족 전용 운동장처럼 쓰고 있는 모양이었다.

"다시 말해 마음껏 마법을 날려도 상관없다는 거로군."

유익인 마을에서 보이는 산 반대쪽에 있고, 용이 태워다 줬는 데도 수십 분은 걸리는 곳이기 때문에 여기라면 피해를 고려하지 않고 온 힘을 다해 싸울 수 있을 것 같다.

"그럼 슬슬 시작하지. 저쪽도 기다리고 있는 것 같으니 말이다."

옆쪽을 돌아보니 조금 높은 곳에 제자들이 돗자리를 깔고 앉아 관객처럼 구경하고 있었다. 그곳에는 사람 모습으로 변한 제노드라도 있었고, 원래는 장로로서 함부로 마을을 벗어나면 안 되는 아스라드도 있었다.

메지아가 너무 지나친 행동을 하지 못하게끔……이라고 그럴싸한 이유를 대면서 억지로 따라왔는데, 완전히 시간을 때우러 온 것 같다.

"그건 그렇고 그대들은 용케 냉정하게 행동하는군. 인간족이 홀로 용족과 맞서면 죽더라도 이상하진 않을 터인데."

"용족이든 뭐든 형님이라면 상관없어."

"시리우스 님께서는 반드시 돌아오실 겁니다. 여러분, 홍차와 빵을 더 드시겠어요?"

"냠냠……, 세 개 줘."

"나는 홍차. 카렌은 어떻게 할래?"

"빵! 엄마도 먹을 거야?"

"음~, 엄마는 아직 많이 못 먹으니까 카렌하고 반씩 나눠 먹을까?"

카렌도 배울 게 있을 것 같아 데리고 왔는데, 그 옆에는 어머니인 브렌다도 있었다.

브렌다는 이미 혼자 걸어 다닐 수 있을 정도로 회복되긴 했지만, 무리는 금물이기 때문에 데리고 올 생각은 없었다. 하지만 내가 메지아와 싸운다는 것을 알고는 꼭 보고 싶다며 고개 숙여 부탁했기에 함께 오는 걸 허락한 것이다.

그렇게까지 보고 싶어 하는 이유는 모르겠지만, 카렌의 지도를 맡은 자로서 한심한 꼴을 보이지 않게끔 조심해야겠다.

"아스라드 님과 제노드라 님은 어떠세요? 시리우스 님하고 같이 잔뜩 만들어왔으니 사양하지 마시고 드세요."

"잘 먹도록 하지. 그런데 이 고로케라는 건 정말 맛있군. 그 모프트가 이렇게 맛있어질 줄은 몰랐다."

"나도 마찬가지다. 특히 이 까만 육수를 발라서 빵 사이에 끼워 먹으면 최고로군."

아예 저쪽은 완전히 소풍 기분인 것 같다.

즐기는 건 전혀 상관없지만, 저렇게 가까이 있으면 전투의 여파가 닿을 것 같으니 조심해줬으면 좋겠다.

뭐, 제자들도 자기 몸을 지킬 수는 있고, 무슨 일이 생긴다 해도 제노드라와 아스라드가 지켜줄 것이다.

"잠깐, 제노드라. 고로케는 이 쌀이라는 것과 번갈아가면서 먹는 게 더 맛있다."

"아무리 영감님이라 해도 이건 양보 못 하지. 빵 사이에 끼워 먹는 게 제일 맛있다고."

"아니, 쌀이다!"

"빵이야!"

쌀파와 빵파로 나뉘어서 말다툼을 벌이는 용족의 모습은 정말 한심하다.

보고 있자니 불안해지기만 하는데, 카렌 같은 아이들이 위험해지면 지켜주겠지……, 아마도.

"이런! 이쪽은 진지한데 장로와 제노드라는 장난이 지나치군!"

그리고 이쪽은 이쪽대로 너무 진지하다.

당장에라도 불평을 늘어놓으러 날아갈 것 같았기에 나는 메지아를 달래기 위해 다가갔다.

"진정하라고. 저쪽은 그냥 견학하러 온 거니까 마음대로 하게 내버려 둬."

"하지만 결투라는 것은 신성한 의식이기도 하다. 저렇게 불성실한 태도로 보는 건 참을 수가 없군!"

"너야말로 장난치는 거 아니야? 내게 도전해놓고 상관도 없는 상대를 신경 써서 어쩌게?"

"음……."

"휘말릴 것 같으니 실력을 발휘할 수가 없다……라는 말은 하지 않겠지? 너도 용족의 전사라면 한눈팔지 말고 덤비라고."

"……그렇긴 하지. 이러면 네게 실례가 되겠어."

내가 지적하자 납득했는지 냉정해진 메지아는 순순히 고개를 숙였다.

잘못을 인정하고 제대로 사과를 하는 걸 보니 나쁜 녀석은 아니다. 하지만 방금 본 것처럼 너무 진지한 게 단점이라서 제노드라와 아스라드도 고생을 하는 모양이었다.

참고로 어제 싸울 상대에게 공손히 대할 필요는 없다는 말을 들었기 때문에 메지아에게는 말을 편하게 하고 있다.

아무튼 저쪽에서 싸우기 시작하기 전에 우리도 시작하는 게 나을 것 같다.

완전 장비를 갖춘 나와 자기 자신이 무기인 메지아가 일정한 거리를 두고 마주 보았는데, 왠지 모르겠지만 그는 인간 모습을 유지하고 있었다.

"그 모습으로 싸우려고?"

"용의 모습으로는 힘 조절이 힘들다. 나는 딱히 너를 죽이고 싶은 게 아니니까."

메지아가 그렇게 말했지만, 딱히 방심하는 건 아닐 것이다. 용의 모습이 되면 나보다 몇 배는 커질 것이고, 발톱에 스치기만 해도 치명상을 입을 테니 당연하다고 할 수 있다.

그리고 선수를 양보할 생각인 모양이었다. 메지아가 자세를 취한 채 움직이지 않았기에 나는 의식을 전환하면서 뛰쳐나갔다.

"……흐읍!"

"으음?! 하지만 그 정도 움직임으로!"

'부스트'를 발동시켜서 한달음에 상대방의 품속으로 뛰어들었지만, 메지아는 내 움직임을 파악한 것 같았다. 다가선 내게 맞춰서 정확하게 주먹을 휘둘렀다.

그 일격을 피하면서 온몸으로 마력을 뿜어내 잔상을 만들어내는 '미라주'를 발동하자 바람을 가르는 소리가 매우 강하게 들린 것과 동시에 메지아의 주먹이 내 옆을 스쳤다.

주먹의 풍압으로 잔상이 바로 흩어져버렸지만, 나는 그 틈을 타서 메지아의 옆으로 돌아 들어가 무릎 뒤쪽을 걷어찬 뒤 목

던지기로 메지아를 돌바닥에 내동댕이쳤다.

상대방을 무력화시킬 때 자주 쓰는 기술인데, 위치에 따라서는 상대방의 뒤통수를 가격하게 되기 때문에 자칫하다가는 죽일 가능성도 있는 기술이다.

하지만 용족의 육체는 튼튼해서 내 힘으로 내동댕이치더라도 큰 통증은 없을 것이다. 저번에 제노드라와 세 용의 협력을 받아 용족이 얼마나 튼튼한지 예습했으니까.

그리고 예상했던 대로 메지아는 아무렇지도 않게 일어나려 했지만…….

"흥, 이런 걸로 내가…….'

"그렇겠지!"

나는 사정없이 '부스트'로 강화한 발차기를 메지아에게 때려 넣었다.

불안정한 자세였던 메지아는 버틸 수가 없어 걷어차인 뒤 멀리 날아가 돌바닥을 굴러갔다. 거리가 떨어진 뒤에도 추격타로 '임팩트'를 연달아 날렸고, 더 멀리 날아간 메지아는 근처에 있던 돌기둥에 등을 거세게 부딪혔다.

거친 충격음과 함께 돌기둥이 무너졌고, 메지아의 몸이 잔해에 파묻혔지만……, 좀 전과 마찬가지로 아무렇지도 않다는 듯이 일어섰다.

"훌륭하군. 설마 인간족의 공격이 이 정도일 줄은 몰랐다. 하지만 내 비늘을 뚫기에는…….'"

"아니, 충분해. 방금 공격으로 대충 알았어."

"이미 이겼다고 생각하는 건가?"

"맞아. 지금 상태로는 나를 이길 수 없을 거야."

"……뭐라고?"

내 승리 선언을 듣고 메지아는 짜증이 난 모양이었지만, 확신하고 한 말이었다.

제노드라와 세 용의 이야기를 들어보니 용족은 몸이 튼튼해서 치명적인 공격 말고는 피하려 하지 않고 대부분 정면으로 받아내는 경향이 있는 모양이었다.

그야말로 살을 주고 뼈를 친다……라는 말이 어울리는 종족일 것이다.

상급 마법조차 튕겨내는 비늘을 지니고 있는 것 같고, 몸집이 거대하여 공격을 피하는 게 힘들어서 자연스럽게 그렇게 되는 것이다.

방금 펼쳐진 공방을 봐도 알 수 있듯이 사람 모습으로도 튼튼한 것 같긴 하지만, 어째서인지 몸무게는 모습에 맞게끔 가벼워지기 때문에 지금 메지아는 '임팩트'뿐만이 아니라 내 발차기만으로도 날아가 버렸다.

만약 내가 진짜로 끝장내려는 생각이었다면 날아간 틈을 타서 '안티 마테리얼'을 얼굴에 때려 넣었을 것이다.

그래서 메지아가 이길 수 없다고 딱 잘라 말하긴 했지만, 애초에 이번 싸움은 어느 쪽이 이기거나 지는 게 문제가 아니다.

"이 싸움은 양쪽 다 온 힘을 다해 맞부딪히지 않으면 의미가 없어. 어서 용으로 변해서 덤비시지."

나는 계속 도발하면서 메지아에게 도전을 받았을 때를 떠올리고 있었다.

※ ※ ※ ※ ※

『그렇다면 부탁할 게 하나 있다. 나와……, 싸워다오.』

그냥 생각하기에는 형의 복수를 하기 위해 도전하는 것 같지만, 그런 것치고는 살의가 전혀 느껴지지 않았기에 자세한 이유를 물어보았다.

『복수? 그럴 리가 없잖느냐. 형은……, 아니, 그 녀석은 동포를 배신한 것뿐만이 아니라 금기를 범한 죄인이다. 죽어 마땅하지.』

그렇게 말한 메지아가 아스라드에게 형 이야기를 들었을 때 떠오른 감정은 분노가 아니라 망설임이었다.

그래서 가만히 있을 수가 없었기에 본능에 몸을 맡기고 나를 찾아왔다고 했다.

『하지만……, 그래도 나는 그 녀석을 완전히 미워할 수가 없다. 그 녀석이 아버지를 죽인 걸 보지도 않았고, 어렸을 때 그 녀석이 단 한 번 같이 놀아준 기억을 여전히 잊을 수가 없다.』

성실한 성격 때문인지 고민하면서도 그렇게 말하는 메지아를 바라보고 있자니 왠지 이유를 알 수 있을 것 같았다.

분명 논리적인 이유 때문이 아닐 것이다.

금기를 범한 죄인이라 해도 메지아에게 고라온은 단 한 명뿐인 형이다.

『그러니 나는 너를 알고 싶다. 내 형이 강한 자에게 쓰러졌다는 걸 실감하고 싶은 것이다.』

용족은 강한 자를 공경하고, 강자에게 도전하는 것을 자랑스러운 행동이라고 느끼는 모양이었다.

다시 말해 복수가 아니라 무의식적으로 형의 긍지를 조금이라도 지키고 싶은 메지아의 자기만족에 불과하기에 위험을 무릅쓰면서 내가 싸울 필요는 없을지도 모르겠다.

하지만 내가 고라온을 해치운 건 사실이고, 싸워서 조금이나마 마음이 풀린다면 받아주고 싶은 마음도 들었다.

그리고……, 나는 지금보다 더 강해져야만 한다.

스승인 내가 멈춰 서버리면 내 뒤를 따라오고 있는 레우스도 마찬가지로 멈춰서게 되어버릴 테니까.

뭐, 그렇게 여러 가지 생각을 하면서 나는 메지아의 결투 신청을 받아들인 것이다.

※※※※※

"설마 변신하라고 할 줄이야. 정말 이상한 녀석이로군."

내 도발을 받고 천천히 일어선 메지아는 용족답게 사나워 보이는 미소를 짓고 있었다.

광기가 느껴지지는 않지만, 저 웃음을 보니 신기하게도 고라온이 생각났다. 역시 두 사람이 형제라는 사실을 묘하게 받아들일 수 있었다.

"스스로도 이상하다는 건 자각하고 있어. 참고로 네 형은 바로 변신했거든?"

"나는 형과 다르다! 어떻게 되든 상관없는 거냐?"

"상관없어. 결투란 건 그런 거니까."

"……좋다!"

막대한 마력이 뿜어져 나온 것과 동시에 메지아의 몸이 용의 모습으로 변했다.

그냥 서 있기만 해도 느껴지는 위압감과 스치기만 해도 치명상을 입게 될 발톱과 이빨. 이제 발차기뿐만이 아니라 '임팩트'로도 꿈쩍도 하지 않을 거대한 몸집과 지금부터 싸우게 되는 것이다.

『큰소리를 쳤으니 나를 실망하게 하지 말 거라!』

"그래, 나도 알아."

이 긴장감……, 강검 영감님이나 매직 마스터 교장하고 싸웠을 때와 마찬가지다.

오랜만에 느껴지는 감각에 긴장되는 와중에 나는 숨을 고르면서…….

"……간다."

스위치를 전환했다.

—— 셰미피아 ——

"휴우……, 여전하네."

미리 이야기를 듣긴 했지만, 용을 상대하면서도 굴하지 않고 돌격하는 시리우스를 바라보고 있자니 자연스럽게 한숨이 나와 버렸다.

그야 용감하게 싸우는 모습은 멋지고, 시리우스라면 괜찮을 거라고 믿긴 하지만, 걱정이 되는 건 또 다르니까.

"갈아입을 옷도 준비해두죠. 리스, 거기 있는 가방을 집어주실래요?"

"이거? 음~, 괜찮······겠지?"

그리고 시리우스를 믿어 의심치 않는 에밀리아는 냉정하게 가방에서 수건과 마실 것을 꺼내 전투가 끝난 뒤를 대비하고 있다. 손을 끊임없이 움직이면서도 시리우스를 계속 바라보는 게 정말 대단하다니까.

한편, 리스는 불안한 마음이 더 커서 그런지 걱정스럽게 시리우스를 바라보았다.

여자인 내가 봐도 지켜주고 싶을 정도로 귀여운데 두 손으로 들고 있는 고로케빵 때문에 그런 매력이 줄어드는데 아쉽단 말이지.

나는 믿는 마음과 불안한 마음이 반반인데, 이렇게 생각하니 우리는 신기하게도 균형이 잘 맞는 것 같아.

시리우스의 성격은 잘 알고 있고, 우리는 기다리는 게 익숙하니까 딱히 상관은 없지만······.

"저기, 피아 언니. 오빠는 괜찮을까?"

"메지아 씨는 용족 중에서도 상당한 실력자라고? 그런데 변신한 상태로 싸우다니······."

시리우스에 대해 아직 잘 알지 못하는 카렌과 브렌다가 허둥대는 것도 당연하겠지.

인간족과 용족의 체격에는 절망적인 차이가 있긴 하지만, 시리우스는 처음부터 용의 모습과 싸울 생각이었으니 뭔가 방법이 있을 거야.

싸움은 이제부터 시작일 테니 시리우스에게 부탁받았던 걸 해둬야지.

나는 걱정스럽게 바라보는 카렌의 머리를 쓰다듬으면서 싸움이 벌어지고 있는 곳을 바라보았다.

"카렌. 걱정되는 마음은 알겠지만, 저 싸움을 잘 봐두렴. 시리우스가 네게 가르쳐준 마법을 어떻게 쓰는지 보여줄 거야."

"'임팩트'나 '스트링'말이야?"

"그래. 나중에 가르쳐줄 예정인 마법도 쓸 테니까 놓치지 말고."

"그래도 눈을 안 감으면 따끔거려."

"……눈은 깜박여도 돼."

"웅!"

정말. 이 아이는 여러모로 똑똑한데도 어딘가 맹한 구석이 있어서 내버려 둘 수가 없다니까.

그래도 그게 귀엽다고 해야 하나……, 이게 시리우스가 말했던 모성본능을 자극한다는 건가?

내 말을 듣고 카렌이 조용히 견학하기 시작했을 때, 브렌다가 나를 빤히 바라보고 있다는 걸 눈치챘다. 역시 어머니를 제쳐두고 이것저것 참견한 게 실례였나?

그래서 사과하려고 말을 걸었는데, 브렌다는 쓴웃음을 지으며 고개를 저었다.

"아, 그게 아니야. 딱히 그런 게 아니라, 저기……, 이런 상황이라 좀 그렇긴 하지만 셰미피아 씨에게 물어보고 싶은 게 있어서."

"나는 피아라고 불러도 상관없어. 그런데 물어보고 싶다는 게 뭐야?"

"메지아 씨가 변신했는데도 피아뿐만이 아니라 아무도 말리려하지 않는 이유가 뭐야? 내가 이상한가?"

"후후, 안심해. 우리가 좀 특이할 뿐이고, 당신이 평범한 거니까."

옆에서 여전히 말다툼을 벌이고 있는 용족 두 사람은 모르겠지만, 우리는 이미 시리우스의 행동에 많이 익숙해졌으니까.

레우스는 조금이라도 요령을 흡수하기 위해서 아까부터 한마디도 하지 않고 싸움을 지켜보고 있었고, 우리 중에서 가장 불안해하는 리스도 빵을 먹으면서 마력에 집중하여 언제든 치료할 수 있게 대비해두고 있으니까.

진짜로 위험해지면 말릴 거라고 하자, 브렌다는 미묘한 표정을 지으면서도 고개를 끄덕였다.

"그렇구나. 그런데 시리우스 군은 무섭지 않을까? 용족처럼 싸움을 좋아하는 아이 같지는 않은데."

"시리우스는 자신을 단련하는 거나 경쟁을 하는 걸 좋아하는 편이지만, 싸움 자체를 좋아하진 않아."

강해지는 것은 자신의 의지를 관철하기 위해서, 그리고 소중한 것을 지키기 위해서라고 말하곤 하니까.

그 증거로 어젯밤에 시리우스가 이번 싸움을 받아들인 이유를 가르쳐주었는데, 메지아의 망설임을 떨쳐내기 위해서만이 아니라 자신의 한계를 뛰어넘기 위해서라고도 했지.

자신이 강해지면 쫓아오는 레우스가 더 강해질 수 있을 거라고도 했고, 카렌에게 무속성의 가능성을 보여주기 위해서라는 이유도 있는 것 같아.

이러쿵저러쿵해도 결국에는 자신보다 남을 우선시해버리는 거지.

"그래도 시리우스가 싸울 때는 보는 사람에게 영향을 주는 경우가 많아. 그러니까 지금은 아무런 말도 하지 않고 봐줬으면 해."

"……그래."

내가 한 말을 듣고 이해했는지 브렌다는 카렌의 머리를 쓰다듬으면서 싸우고 있는 두 사람을 보고 있었다.

그녀가 반쯤 억지로 따라오거나 그런 질문을 한 이유는 시리우스를 걱정했기 때문만이 아니라 그를 알기 위해서인 것 같다. 뭐, 딸을 맡긴 상대니까 조금이라도 알고 싶어 하는 건 당연하겠지.

그리고 싸움은 서서히 치열해졌고, 시리우스는 다른 사람들 앞에서 잘 쓰지 않는 마법도 쓰기 시작하고 있었다.

"오빠가 하늘을 날고 있어?!"

"저건 '스트링'을 벽에 걸치거나 마력으로 발판을 만들어서 날아다니고 있는 거야. 언젠가 카렌에게도 가르쳐주겠지."

"잔해가 이상한 방향으로 날아가는데, 저건 어떻게 된 거지?"

"저것도 '임팩트'와 '스트링'을 응용한 거지. 이유는 모르겠지만 저것도 뭔가 의미가 있을 거야."

시리우스는 '임팩트'뿐만이 아니라 특기인 '매그넘'까지 날리고 있었지만 메지아의 방어력을 돌파할 수는 없는 것 같다.

그리고 체격 차이 때문에 메지아보다 많이 돌아다니고 있어서 피로 때문에 서서히 밀리기 시작하고 있는 것 같기도 했다.

그럼에도 불구하고 시리우스의 표정에는 초조한 기색이 드러나지 않았다.

뭐, 포기는 죽은 다음에 해라……라고 레우스에게 말한 사람이니 그 정도는 당연하겠지.

"오빠……."

"카렌. 차분히 시리우스를 살펴봐. 포기한 것처럼 보이니?"

당신이 신경 쓰던 카렌에게 설명하는 역할은 내게 맡겨줘.

그러니까 당신은 평소처럼…….

"모두를 위해 마음껏 싸우고 와."

———   ———

용의 모습으로 변신시킨 다음 온 힘을 다하는 메지아와 싸우게 된 나는 스위치를 전환한 것과 동시에 '부스트'를 발동시키며 땅을 박차고 있었다.

『자, 오거라! 시리우스!』

269

처음으로 내 이름을 부른 걸 보니 강자로 인정해준 것 같다.

그 기대에 부응할 수 있게끔 이번에는 '임팩트'가 아니라 '매그넘'을 연달아 날리며 뛰어가기 시작했다.

『으음?! 그 정도로!』

철판도 꿰뚫을 수 있는 마력의 탄환을 세 발 동시에 때려넣었는데도 메지아의 몸은 살짝 흔들리기만 했다.

"이게 진짜 용족이구나. 하지만!"

나는 멈춰 설 생각이 없다.

온몸에 두른 마력을 항상 최대치로 유지하면서 정면으로 달려들자 거대한 몸집에 어울리지 않는 속도로 메지아가 팔을 휘두르려 했다. '미라주'를 발동하여 그 일격을 피한 나는 잔상을 남기면서 상대방의 측면으로 돌아들어 갔다.

『두 번이나 똑같은 수법에 당할 것 같으냐!』

메지아는 꼬리를 휘둘러 주위를 휩쓸려 했지만, 나는 그 공격을 뛰어올라 피하면서 다시 '매그넘'을 날렸다.

이번에는 비늘로 덮여 있지 않은 날개 뿌리 부분이나 관절 부분을 노렸지만, 살짝 구멍이 뚫렸을 뿐, 피를 약간 흘리고 구멍이 곧바로 아물어버렸다. 비늘뿐만이 아니라 피부와 근육도 튼튼해서 골치 아픈 상대다.

『안이한 움직임이군. 잡았다!』

메지아는 뛰어오른 나를 날개로 내동댕이치려 했지만, '에어 스텝'으로 더욱 높이 뛰어올라 피했다.

『뭐?!』

"그렇게 놀라고 있을 상황인가?"

설마 공중을 박찰 줄은 몰랐는지 깜짝 놀라면서 올려다보는 메지아를 향해 탄환을 비처럼 퍼부었다.

'매그넘'뿐만이 아니라 '런처'도 잔뜩 퍼부었지만, 메지아의 몸에는 생채기 하나 내지 못했다.

『흥, 꽤 하는구나. 하지만 내 비늘을 뚫기에는 아직 부족하다!』

눈만을 지켜내면서 내 마법을 견뎌낸 메지아는 사격의 빈틈을 노려 브레스를 날렸다.

그것은 넓은 범위를 휩쓰는 브레스가 아니라 가늘게 모여든 열선이었지만, 나는 '에어 스텝'으로 멀리 움직여 피했다.

일단 거리를 벌린 나는 마력의 소모량을 확인하면서 바로 근처에서 느낀 정보를 정리했고, 다른 사고로 전력 차이도 예측했었다.

"아슬아슬⋯⋯하겠는데."

굳이 말할 필요도 없겠지만, 한 번이라도 제대로 맞으면 지게 될 것이다.

다시 말해 내가 승리하기 위해서는⋯⋯, 또는 살아남기 위해서는 메지아의 공격을 전부 다 피하고 저 비늘을 뚫을 수 있는 일격, '안티 마테리얼'을 때려 넣을 수밖에 없다.

하지만 그것은 마력을 응축시키는데 시간이 좀 필요한 마법이기도 하다.

그리고 탄환이 날아가는 속도는 '매그넘'보다 느려서 그냥 날려봤자 피할 가능성이 크다.

좀 전에 눈을 지키려고 했듯이 치명상을 입힐 것 같은 공격을 제대로 파악하고 있는 것 같으니까.

애초에 체격 차이 때문에 내게 공격을 맞추는 게 힘들긴 하겠지만, 종합적인 전력을 따지면 상대방이 훨씬 강하다.

그렇기 때문에 내가 더 뛰어난 점을 들자면 순발력과 전투 경험…… 정도려나?

아무튼 승부의 갈림길은 메지아가 내 움직임에 익숙해지기 전에 '안티 마테리얼'을 확실히 때려 넣을 수 있을지 여부에 달려 있다.

승리로 이어지는 길은 너무나도 좁고 멀지만, 지금은 온 힘을 다해 달려갈 수밖에 없을 것이다.

『내 공격을 그렇게까지 계속 피할 줄이야.』

그 이후로도 메지아의 공격을 '에어 스텝'과 근처의 돌기둥에 묶은 '스트링'으로 이동하며 계속 피하는 상황이 이어졌다.

힘든 상황이긴 하지만, 나는 메지아를 중심으로 주위를 뛰어다니며 사이로 '매그넘'을 날리고 있었다.

그리고 '크리에이트' 마법진을 그린 마석을 땅바닥에 던져서 주위에 있는 돌기둥과 비슷한 기둥을 만들기도 했다. 메지아의 일격에 파괴된다 해도 돌기둥은 장애물 역할도 있기에 계속 만들었다.

그렇게 파괴와 창조를 반복하며 계속 싸웠고, 마석을 다 썼을 때는 이미 주위가 돌기둥 투성이로 변한 상태였다.

그리고 '매그넘'도 그냥 쏘기만 하는 것이 아니라 주위의 잔해

를 이용해서 도탄으로 사방팔방에서 때려 넣었지만 큰 효과는
없었다.

『잔머리만 굴리는 공격뿐이군. 하지만 슬슬 보이기 시작하는
구나.』

몸 어느 곳에 때려 넣어도 메지아는 짜증만 낼뿐, 통증을 느끼
지는 않는 것 같았다.

약점인 것 같은 눈은 팔을 써서 확실하게 방어하고 있기 때문
에 메지아는 여전히 멀쩡하다고 할 수 있을 것이다. 그 밖에도
약한 부분을 찾아낼 수 있다면 좋겠다……고 생각했지만, 그렇
게 잘 풀릴 리는 없을 것이다.

내가 고전하는 반면, 메지아는 내 움직임에 익숙해졌는지 서
서히 공격 정확도가 올라가서 피하기가 힘들어지고 있었다.

『언제까지 그런 공격을 반복할 셈이지? 궁지에 몰렸다는 사실
을 모르는 것도 아닐 터인데?』

"글쎄……. 그쪽이야말로 어째서 하늘을 날지 않는 거지?"

『네 능력을 고려하고 있기 때문이다. 날개를 노리면 함부로 날
수도 없을 테니까.』

비늘을 뚫지는 못하더라도 충격까지는 막아낼 수 없을 테니까.

하늘로 날아오르면 날개를 쏴서 떨어뜨릴 생각이었지만, 메지
아도 마찬가지로 나를 냉정하게 관찰하고 있었던 모양이다.

여전히 불리한 상황에서 넓은 범위를 휩쓰는 불꽃 브레스를
옆쪽으로 뛰어서 피하자 마치 노리고 있었다는 듯이 메지아가
그쪽으로 팔을 휘둘렀다.

피할 곳을 예측하고 공격하게 되었는데, 그것 또한 내 예상 범위 안에 있다. 공중을 박차고 피한 나는 좀 전에 부서진 돌기둥 파편에 '임팩트'를 발사해서 바위를 날려 메지아의 얼굴에 부딪히게 만들었다.

『으윽?! 그런 방식으로 쓰다니!』

질량이 많이 나가는 바위에 제대로 맞고 메지아의 머리가 크게 흔들리긴 했지만 코를 살짝 맞은 정도에 불과한 것 같았다. 방금 그 공격으로도 움직임을 잠깐 멈추는 게 한계라니.

이렇게 되니 '안티 마테리얼'로 쓰러뜨릴 수 있을지도 의심스럽다.

하지만 그런 망설임이 겉으로 드러났는지 불꽃 브레스와 함께 휘두른 발톱을 간파하는 게 약간 늦어버렸다.

불안정한 자세로도 억지로 몸을 비틀어 피하긴 했지만, 메지아는 그 틈을 놓치지 않고 꼬리를 휘두르고 있었다.

지금 같은 상황에서는 코앞으로 다가온 거대한 꼬리를 피하는 게 불가능하지만, 아직 포기하긴 이르다!

"'런처'."

곧바로 오른손으로 마법을 날려 그 충격파로 꼬리의 궤도를 바꾸려 시도했다.

바위조차 박살 내는 충격탄으로 인해 꼬리가 크게 튕겨나갔지만……

『으아아아아아아앗──!』

내 힘을 이미 예상하고 있던 메지아는 튕겨져 나간 꼬리에 억지로 힘을 주어 끝까지 휘둘렀다.

제대로 맞는 건 피할 수 있었지만, 꼬리가 내 몸의 일부에 닿아버렸기에 나는 팽이처럼 회전하며 날아가 버렸다.

그럼에도 불구하고 겨우 자세를 바로잡은 뒤 낙법을 하면서 착지할 수는 있었지만, 바로 일어설 수는 없었다.

『드디어 포착했다. 네놈의 움직임……, 보인다.』

맞은 오른팔은……, 아직 움직인다.

스친 것에 불과한데 이 정도라니. 재빨리 팔을 마력으로 보호하며 충격을 흘리지 않았다면 지금쯤 이 오른팔은 사라졌을지도 모르겠다.

고통을 참으며 메지아의 추격을 경계하고 있었는데, 왠지 모르겠지만 메지아는 나를 내려다보기만 했다.

『여기까지만 하지.』

"벌써 이겼다고 생각하는 건가?"

『그 팔로 더 이상 싸울 필요는 없다. 너는 충분히 싸웠으니 얌전히 패배를 인정하거라.』

"그래……."

방금 그건 정말 종이 한 장 차이였다.

매우 심한 통증 때문에 마력을 제대로 유지하지 못할 뻔했고, 오른팔은 살이 헤집어진 것뿐만이 아니라 뼈가 부러져서 제대로 움직일 수 없는 상태다.

메지아는 내 움직임을 파악했고, 패배가 다가오고 있긴 하지만……, 아무래도 내가 먼저인 것 같다.

수단은……, 전부 갖춰졌다.

"그렇다면 이게 마지막 공격이다. 견딘다면 네 승리겠지."

『아직 뭔가 있다는 건가? 좋다, 받아들이도록 하지!』

메지아의 주위를 계속 뛰어다니면서 마석을 써서까지 돌기둥을 잔뜩 만들어내고 '매그넘'이 거의 통하지 않는데도 계속 날렸던 것은 전부 이 순간을 위해서였다.

내 왼손에는 수많은 '스트링'이 생겨나 있고, 그것들은 메지아뿐만이 아니라 주위에 있는 돌기둥과 바위에 얽혀서 고정되어 있다.

그리고 단숨에 마력을 회복시킨 나는 단 하나 남은 마석을 꺼내 마력을 넣은 다음 땅바닥에 떨어뜨렸다.

"발동!"

'크리에이트' 마법진이 그려진 마석이 부서지자 강한 지진과 함께 주위에 남아 있던 모든 돌기둥이 뿌리부터 무너져내렸다.

메지아는 지진 때문에 놀라면서도 냉정하게 주위를 둘러보고 있다가 바로 다음에 벌어진 상황을 보고 깜짝 놀라했다.

『뭐?! 기둥이 어째서?!』

부러진 돌기둥, 주위에 굴러다니던 잔해가 갑자기 메지아를 향해 일제히 날아든 것이다.

그것들이 전부 셀 수 없을 정도로 양이 많았고 전방위에서 날아들고 있었기에 쳐내는 것을 포기한 메지아는 하늘 위로 피하려 했지만…….

『날개가?! 아니, 몸에도? 어느새?!』

그물 형태로 변한 '스트링'이 날개뿐만이 아니라 몸 전체에 감겨 있었기 때문에 날개를 제대로 펼치지 못해서 날 수 없었던 것이다.

동요하던 동안에도 돌기둥과 잔해가 차례차례 날아들었고, 메지아의 몸에 부딪힌 뒤 마치 자석처럼 달라붙어서 움직임을 방해했다.

나중에는 걷는 것조차 힘든 상황이 되었고, 균형을 잃은 메지아는 앞쪽으로 쓰러졌다.

『어떻게 된 거지?! 이런 걸 대체 어떻게…….』

"시간을 들여서 준비했지. 걸려주지 않으면 곤란하다고."

돌기둥과 잔해가 날아간 것은 주위를 뛰어다니면서 설치한 '스트링' 때문이었다.

마석을 써서 돌기둥을 만들어낸 것은 장애물로 쓰기 위해서가 아니라 튼튼한 고무줄처럼 수축하는 '스트링'을 걸치기 위해서였다. 하늘 위에서 내려다보면 수많은 돌기둥과 '스트링'이 마치 거미집처럼 펼쳐져 있었을 것이다.

마지막으로 말뚝 역할을 하던 돌기둥을 무너뜨리면 그물처럼 펼쳐져 있던 '스트링'과 잔해가 일제히 메지아를 향해 날아가는 구조다.

다시 말해 추가 달린 투망을 잔뜩 설치해두고 일제히 날려서 메지아를 사로잡은 것이다.

꽤 수고가 많이 든 함정이었지만, 하나씩 설치해봤자 금방 끊어질 것 같았기에 이번에는 여러 겹에 걸쳐서 준비했다.

그 준비가 끝나기 전에 메지아의 맹공을 견뎌낼 수 있을지 여부가 내가 한 도박이었다.

효과가 약한 '매그넘'을 몸 전체에 계속 퍼부어댄 것은 메지아의 몸이 걸친 '스트링'의 위화감을 속이기 위해서이기도 했다. 중간에 마력의 실이 여러번 끊어졌고, 그것을 싸우면서 계속 유지하는 것이 제일 힘들었을지도 모르겠다.

위화감을 별로 신경 쓰지 않고 공격을 정면으로 받아내는 경향이 있는 용족이기에 가능했던 전법이다.

『크윽……, 이 정도 구속으로!』

튼튼하게 만든 '스트링'으로도 용족의 힘 앞에서는 오래 버티지 못할 것이다.

내버려 두면 금방 탈출하겠지만, 잔해가 달라붙은 상태라 커다란 빈틈이 생겼다.

마지막 마석을 부쉈을 때부터 압축시키기 시작한 마력 덩어리……, '안티 마테리얼'을 발사할 준비는 이미 끝났다.

"형하고 마찬가지구나……."

방법은 다르지만, 고라온도 마찬가지로 수많은 '스트링'으로 움직이지 못하게 막았었지.

왼손은 '스트링'을 유지하는데 쓰고 있기에 다친 오른팔을 들어 메지아 쪽으로 내민 것과 동시에 나는 '안티 마테리얼'을 날렸다.

공기를 가르고 멀리 떨어진 산에 커다란 구멍을 뚫은 마력의 포탄은……, 메지아의 머리를 스치고 두 개 있던 뿔 중 하나를 없애버렸다.

『……어째서지? 이런 상태에서 조준이 빗나갈 리도 없었을 텐데?』

"이건 사투가 아니니까. 그런데 방금 그 일격을 맞고 살아남을 자신이 있어?"

『방금 그건……, 힘들지도 모르겠군.』

"그럼 내가 무슨 말을 하고 싶은 건지도 알겠지?"

『그래, 인정할 수밖에 없겠군. 내 패배다.』

그렇게 말한 것과 동시에 '스트링'을 없애자 천천히 몸을 일으킨 메지아가 크게 숨을 내쉬면서 패배 선언을 했다.

―― 시리우스 ――

메지아가 패배를 인정한 것을 확인하고 스위치를 되돌린 나는 그 자리에 주저앉았다.

마력의 회복, 소모를 여러 번 반복해서 이미 몸과 마음이 한계에 가까워졌기에 서 있는 것조차도 벅찼기 때문이다.

역시 용족은 강했다. 애초에 혼자서 도전한 시점에서 이상한 거지만.

만약 동료들과 함께 싸웠다면 고전하지도 않았을 것이다. 레우스와 호쿠토에게 움직임을 막아달라고 하고, 내가 원호를 하면서 '안티 마테리얼'을 때려 넣고 끝냈을 테니까. 최악의 경우에는 호쿠토가 온 힘을 다하면 혼자서도 이길 가능성이 있을 것 같다.

『음, 팔이 아픈가?』

"당연하잖아."

메지아가 걱정스럽게 말을 걸었지만, 이미 곤죽이 된 상태라 대답도 대충했다.

전투가 끝나서 긴장이 풀렸기 때문인지 오른팔의 통증이 매우 심하게 느껴졌기에 마력을 흘려서 마취시키려 했지만 예상했던 것보다 마력을 너무 많이 소모해서 그런지 의식을 잃을 것만 같았다.

몸에서 힘이 단숨에 빠졌고, 큰일이라고 생각하면서도 뒤쪽으로 쓰러지려던 순간…….

"멍!"

"시리우스 님!"

익숙한 목소리를 듣고 돌아보니 쓰러지려던 나를 호쿠토가 앞발로 받쳐주고 있었다.

그와 동시에 호쿠토의 등에 타고 있던 에밀리아와 리스가 내 양쪽에 앉아서 걱정스럽게 들여다보고 있었다.

"금방 치료해줄게, 나이아! 부탁해!"

"리스. 하는 김에 이 천도 적셔주세요."

진지한 표정을 지은 리스가 마법을 발동시키자 중상을 입은 오른팔이 물에 뒤덮인 뒤 통증이 가시기 시작했다. 이제 단순한 마력 고갈과 피로만 남았으니 팔의 상처를 치료하고 안정을 취하면 괜찮을 것이다.

치료하는 동안 호쿠토는 내 등을 계속 받쳐주었고, 에밀리아는 물을 먹여주거나 물에 적신 수건으로 내 얼굴과 몸에 묻은 흙먼지를 닦아주면서 열심히 돌봐주었다.

피아와 다른 사람들이 조금 늦게 용의 모습으로 변한 제노드라와 아스라드를 타고 왔는데, 흥분해서 그런지 내게 다가오자마자 마구 떠들어대기 시작했다.

『훌륭하더구나. 인간족이면서도 과감하게 공격한 것뿐만이 아니라 용족조차 해치울 수 있을 것 같은 마법을 쓸 줄이야.』

『설마 정말로 이길 줄은 몰랐다. 오랫동안 살면서 꽤 재미있는 싸움을 보게 되었어.』

"역시 형님이야! 나도 언젠가 혼자서 용족에게 이길 수 있게끔 강해져야지!"

"환자 앞이에요. 조금 조용히 해주실 수 있을까요?"

"누나! 미안해!"

『네…….』

웃고 있긴 하지만 에밀리아의 조용한 분노를 느낀 세 사람은 동시에 입을 다물었다. 레우스는 당연하다고 쳐도 설마 저 용족들까지 순순히 고개를 끄덕이게 할 줄이야. 내 시종이지만 참 무시무시하다.

형세가 불리하다고 느낀 제노드라와 아스라드가 메지아에게 가는 모습을 바라보고 있자니 피아가 어이가 없다는 표정을 지으며 다가왔다.

"정말. 괜찮을 거라 생각하긴 했지만, 너무 걱정을 끼치진 않았으면 좋겠어. 팔이 사라진 줄 알고 모두가 비명을 지를 뻔했잖아."

"아……, 미안하다는 말밖에 할 말이 없네."

"온 힘을 다해 싸웠으니까 어쩔 수 없겠지만, 진짜로 조심해. 우리는 두 팔로 확실하게 껴안아줬으면 하니까."

에밀리아와 리스도 맞장구를 치는 듯이 고개를 연달아 끄덕이고 있었다.

그런 다음 피아는 어린아이를 혼내는 것처럼 내 이마를 살짝 찔렀지만, 바로 미소를 지으며 사랑스럽다는 듯이 볼에 손을 가져다 댔다.

"그래도 무사해서 다행이야. 한동안 심한 훈련은 금지고."

"나도 알아. 뼈도 부러진 것 같으니 한동안은 운동을 삼가야겠어."

"지금이 바로 제가 나설 때로군요! 시리우스 님의 시종으로서 식사와 목욕, 그리고 그것까지 포함해서 돌봐드리는 건 맡겨주세요!"

"여전하구나……."

리스의 치료 마법은 뼈에 효과가 비교적 약하다.

그리고 이번에는 금이 간 게 아니라 완전히 부러진 것 같으니 치유력을 높여서 느긋하게 치료해야 할 것 같다. 원래는 완치되는데 몇 달 정도 걸릴 만한 증상이지만, 마력으로 치유력을 높이면 2~3일만에 어느 정도 움직일 수 있게 될 것이다.

모두에게 걱정을 많이 끼쳐버렸으니 한동안은 얌전히 지내는 게 나을 것 같다.

팔의 치료가 끝난 뒤 마지막으로 붕대와 막대기로 팔을 고정하고 있자니 치료가 끝나기를 기다리고 있던 카렌과 브렌다가 다가왔다.

"이제 안 아파?"

"아프긴 하지만 이제 괜찮아. 그건 그렇고, 카렌, 내가 사용한 마법은 제대로 봤어?"

"응! 대단했어!"

처음에는 내 상처를 보고 안타까운 표정을 지었지만, 괜찮다는 것을 알자마자 눈을 반짝이며 날개를 퍼덕거리고 있었다.

그런데 생각해보던 동안 의문이 생겼는지 날개를 멈춘 것과 동시에 귀엽게 고개를 갸웃거렸다.

"그런데 카렌도 할 수 있을까? 마지막 마법은 좀 무서웠어."

"딱히 전부 익히려 할 필요는 없어. 내가 마법을 보여준 건 무속성이라 해도 노력하면 용족 상대로 싸울 수 있다는 사실을 카렌에게 가르쳐주고 싶었기 때문이야."

세간에서는 적성 속성이 무속성이면 불쌍하다는 말을 듣곤 하며, 그것은 유익인이라 해도 예외가 아니다.

마을로 오던 도중에 보여주었던 '임팩트'로 무속성의 가능성을 알게 되었을지도 모르겠지만, 이번 전투로 인해 더 확실하게 알게 되었을 것이다.

"혹시 카렌이 쓰고 싶은 마법이 있었니?"

"음……, 카렌은 하늘을 나는 마법을 써보고 싶어!"

아마 카렌은 '에어 스텝'을 말하는 것 같다.

하지만 그것은 마력 소모가 심한 데다 어설프게 만들어내면

발판이 뚫려서 떨어질 가능성이 크다. 그리고 하반신을 단련해야만 하기 때문에 지금 카렌에게는 아직 이를 것이다.

그렇게 설명했는데도 흥분이 가라앉지 않아서 그런지 카렌은 두 손과 날개를 움직이면서 계속 떠들어댔다.

"카렌. 시리우스 군은 많이 피곤하니까 그만해두렴."

"으으……, 그래도……."

"나도 알아. 카렌이 하늘을 날 수 있게 되는 걸 엄마도 기대하고 있으니까."

"응!"

역시 어머니라 그런지 카렌의 마음을 잘 이해하고 있는 것 같다.

브렌다는 딸의 머리를 쓰다듬으면서 침착하게 만든 다음 바로 내 앞에 앉아서 조금 책망하는 듯이 바라보았다.

"시리우스 군이 무사해서 다행이야. 그래도 말이지, 나는 은인이 다치는 모습을 별로 보고 싶진 않았어."

"걱정을 끼쳐드렸네요. 하지만 당신의 따님을 교육시키는 허가를 받은 이상, 실력을 확실하게 보여드리고 싶었거든요."

"정말. 그래도 억지를 부려서 따라온 보람은 있었어."

하지만 바로 부드러운 미소를 보여주었기에 그녀가 딱히 책망하는 게 아니라 나를 걱정해주었던 것뿐이라는 사실을 알 수 있었다.

친애하는 감정을 느끼고 조금 마음이 편해진 나는 천천히 일어서서 메지아가 있는 곳으로 갔다. 굳이 말할 필요도 없겠지만, 에밀리아와 호쿠토가 걱정하면서 딱 달라붙어 있었기 때문에 걷기가 조금 불편하다.

『팔은 괜찮은 것 같군.』

"다른 사람들 덕분에 말이지. 그런데 마음은 좀 풀렸어?"

『……그래. 적어도 형이 네게 진 게 당연하다는 건 이해할 수 있었다.』

지금 메지아는 용의 모습이라 표정 변화를 알아보기가 힘들다.

하지만 말투로 보아 망설임이 어느 정도 남아 있는 것 같기도 했다.

"……아직 뭔가 남은 것 같은데?"

『아니, 그런 건…….』

『메지아. 이렇게 되었으니 숨기지 말거라.』

『그래. 너는 졌으니까 진심을 드러내야만 한다.』

제노드라와 아스라드가 떠밀었기에 포기했는지 메지아는 내가 구멍을 뚫은 산을 올려다보며 중얼거렸다.

『신경 쓰이긴 하지만, 소용없는 이야기다. 들어봤자 네가 불쾌하기만 할지도 모른다.』

"그래도 상관없어. 이야기를 하면 마음이 편해질 수도 있잖아?"

『……특이한 녀석. 생각해봤자 소용이 없다는 건 알고 있지만, 형이 왜 아버지를 죽이면서까지 금기를 범했는지 궁금하다.』

그 의문이 고라온이 사라진 뒤로 계속 마음속에 남아 있었던 모양이고, 일시적으로 잊고 지내다가도 갑자기 생각나곤 해서 고민이 된다고 한다.

『고라온은 힘을 너무 추구한 나머지 가족조차 희생시킨 대죄인이다. 하지만 아무리 싫다 해도 나는 아직 그를 형이라 부르고 싶은 마음을 버리지 못하고 있다.』

"내가 이런 말을 할 입장은 아니지만, 메지아의 생각은 조금 잘못된 것 같아."

『무슨 소리지?』

"너희에게 들은 고라온하고 실제로 만나서 느낀 고라온의 모습으로 추측해보자면, 메지아만은 가족으로 보았던 것 같거든."

고라온은 강자와 싸우는 기쁨보다 죽이는 것을 더 즐기는 살인귀였다.

그렇기 때문에 당시에는 어린아이였던 메지아를 노리지 않고 어른인 아버지를 노렸다는 것이 신경 쓰였던 것이다.

"강해지기 위해서 결정이 필요했는데, 가장 먼저 아버지를 노린 시점에서 이상하지."

『그건 아버지의 힘을 얻기 위해서였을 텐데. 허를 찔려서 당하긴 했지만, 아버지는 마을에서 다섯 손가락 안에 드는 실력을 지니고 있었으니까.』

"바로 그거야. 기습이나 허를 찌르는 짓을 하는 녀석이 가장 노리기 편한 메지아를 어째서 노리지 않았을까."

그냥 생각하자면 우선 간단한 동생을 노린 다음 아버지를 노리는 게 더 편했을 것이다.

가족이니까 어린 메지아를 놀러가자고 꼬신 다음 아무도 없는 곳에서 처리하는 것 정도는 손쉬울 것이다. 한눈을 판 사이에 마물에게 습격당했다거나 하는 일은 용족이라 해도 어린아이라면 충분히 있을 수 있으니까.

하지만……, 메지아는 지금도 이렇게 살아 있다.

그때, 제자들도 내가 하고 싶은 말이 무엇인지 깨달았는지 에밀리아가 대표로 나서서 말했다.

"혹시 동생이라서 노리지 않았다는 뜻인가요?"

"어디까지나 가능성 중 하나지만 말이야. 한 번밖에 놀아주지 않았던 것도 정이 드는 걸 피하려고 그랬는지도 모르지."

단순히 강한 녀석만을 노렸거나, 애초에 아무런 생각이 없었을 가능성도 있다.

본인이 존재하지 않는 이상, 진상은 어둠 속에 묻히게 되었지만…….

『……꽤나 형편 좋은 해석이로군.』

"그건 나도 알아. 하지만 형편 좋게 생각하면 안 될 이유라도 있나?"

아무리 발버둥쳐도 알아낼 수 없으니 오히려 받아들이는 사람이 편하게끔 생각해도 될 것 같다.

계속 고민하는 것보다는 아예 딱 잘라 결론을 내야 인생이 즐거워질 경우도 있다. 내가 전생에서 배운 것 중 하나다.

"때로는 마음을 고쳐먹고 앞을 볼 필요도 있을 것 같은데. 그리고 내 생각이 무조건 틀렸다는 보장은 없잖아?"

『……그렇게 생각할 수도 있겠군.』

"바로 그렇게 생각하긴 힘들겠지만, 앞으로 천천히 생각해나가면 돼. 마음에 여유를 가질 필요가 있다고."

정신적으로 여유가 없으면 일이 잘 안 풀리기 마련이다.

그리고 아무리 대죄인이라 해도 한 명 정도는 형이라고 불러주는 사람이 있어도 괜찮을 것 같고, 아예 반면교사로 삼을 수도 있을 것 같다.

그 녀석이 한 짓을 용서할 생각은 없지만, 제자들의 정신을 크게 성장시켜주었다는 점만큼은 고마워하고 있으니까.

내가 한 말을 듣고 있던 메지아는 용에서 사람 모습으로 돌아왔는데, 시합하기 전과는 전혀 다르게 부드러운 분위기가 느껴졌다.

"설마 형을 쓰러뜨린 상대에게 꾸지람당할 줄이야."

『그래도 나쁘진 않은 모양이로군. 네 표정을 보니 알겠다.』

"그래……, 조금은 그렇군."

제노드라가 한 말을 듣고 고개를 끄덕인 메지아의 표정은 어두운 통로에서 한 줄기 빛을 찾아낸 것처럼 시원스러웠다.

다음 날, 나는 평소보다 조금 늦은 시간에 깨어났다.

바깥이 밝은 걸 보니 이미 이른 아침 훈련을 시작할 시간이겠지만, 나는 부상당한 오른팔이 완치될 때까지 심한 훈련을 금지당했기에 결코 늦잠을 잔 게 아니다.

어제 쌓인 피로도 있으니 이번에는 카렌의 집에서 자게 된 내가 천천히 눈을 떠보니.

"좋은 아침입니다, 시리우스 님."

내 머리맡에 앉아 활짝 웃고 있는 에밀리아가 보였다.

언제부터 거기 있었는지는 모르겠지만, 여전히 내 잠든 모습을 들여다보고 있었던 모양이다.

"……좋은 아침이야. 오늘도 훌륭하구나."

"그렇지 않습니다. 시리우스 님께서는 어제 싸움 때문에 지치셨으니까요."

"그래도 이긴 건 이긴 거야. 이리 오렴."

"네!"

요즘은 내가 에밀리아의 기척을 느끼고 깨어나지 않으면 상으로 머리뿐만이 아니라 볼까지 쓰다듬어주게 되었다.

그래서 얼굴을 가져다 댄 에밀리아의 머리와 볼을 쓰다듬어주고 일어난 나는 몸을 가볍게 움직이면서 상태를 확인했다. 오른팔은 붕대와 막대기로 고정시킨 상태지만, 어젯밤에 푹 쉰 덕분에 피로는 거의 남지 않은 것 같다.

"시리우스 님. 몸 상태는 어떠신가요?"

"그래, 이제 통증은 거의 없어. 그러니까 옷을 갈아입는 걸 도와줄 필요도 없고."

"거절하겠습니다. 이런 상황에서 돌봐드릴 수 없다면 뭘 위해 있는 시종일까요! 그리고 시리우스 님께서 이런 상황에 처하시는 경우는 별로 없으니까 지금이 바로 제 기술을 살릴 때랍니다!"

"적어도 그 콧김을 억누르는 노력을 좀 해줄래?"

옷을 갈아입는 것 정도는 그냥 할 수 있는데, 에밀리아가 돕겠다고 하면서 물러서지 않았다.

그렇게 한바탕 소란을 벌이면서도 옷을 갈아입은 내가 바깥에 있는 우물에서 세수를 하고 있자니 아침 훈련으로 바깥을 뛰고 있던 리스와 피아, 그리고 레우스와 사람 모습으로 변한 세 용이 보였다.

잘 살펴보니 호쿠토도 뛰고 있……, 아니, 레우스와 세 용을 사냥하러 가는 것 같은 기세로 쫓아가고 있었는데, 내가 깨어났다는 것을 알고 멈춰 섰다.

그리고 꼬리를 흔들며 내 곁으로 달려왔는데, 코앞까지 다가온 호쿠토를 보고 내 눈을 의심했다.

"멍!"

"너……, 호쿠토야?"

놀랍게도 호쿠토의 등에 날개가 돋아났기 때문이다.

비대칭이긴 하지만 새하얗게 빛나는 날개가 보여서 백랑이 진화하면 이렇게 되는 줄 알았는데…….

"쿨……."

"……재주도 좋게 자네요."

호쿠토 등에서 카렌이 엎드린 채 자고 있을 뿐이었다.

아침 훈련을 하는 줄 알았던 카렌이 왜 거기서 자고 있는지, 호쿠토도 그런 상태로 레우스와 세 용을 쫓아다니고 있었던 건지, 아침부터 태클을 걸 구석이 잔뜩 있는 것 같다.

내가 당황한 것도 모르고 꼬리를 흔드는 호쿠토의 머리를 쓰다듬고 있자니 달리기를 마친 리스와 피아가 땀을 닦으며 설명해 주었다.

"중간까지는 그냥 달렸는데, 어제 시리우스 씨를 봐서 그런지 조금 힘이 많이 들어가 버린 모양이야."

"그래서 호쿠토에게 집까지 데려다달라고 할 생각이었는데, 마침 괜찮은 핸디캡일 것 같아서 그대로……."

참고로 카렌에게 본격적으로 훈련을 시키기 시작한 뒤에 알게 된 건데, 카렌은 피로가 어느 정도 쌓이면 스위치가 꺼진 것처럼 잠들어버린다. 정말 갑자기 잠들어버리기 때문에 처음 봤을 때는 깜짝 놀랐다.

에밀리아가 그런 카렌을 안아서 회수하자, 겨우 추격에서 해방된 레우스와 세 용이 내 근처로 돌아오자마자 쓰러졌다.

"허억……, 허억……, 더, 덕분에 살았습니다. 시리우스 공."

"좀 전부터 계속……, 쫓겨 다녀서……, 숨이……."

"당신께서 오지 않으셨다면……, 저희가 또 지면에 내동댕이 쳐지고……."

"멍!"

"휴우…… 아무리 몸이 튼튼하다 해도 제대로 써먹지 못하면 쓸데없이 지칠뿐이다. 그 피로가 무엇보다 확실한 증거……라고 호쿠토 씨가 말하는데?"

"""네, 네……."""

나는 그냥 나왔을 뿐인데, 세 용이 엄청나게 고마워하고 있었다.

그런 한편, 숨을 헐떡이고 있긴 하지만 레우스는 냉정하게 통역하고 있다. 뭐, 1년 정도 호쿠토에게 당했으니 익숙하기도 할 것이다.

"쫓아가면서도 등에 타고 있는 카렌이 떨어지지 않게끔 계속 뛰었구나. 너도 열심히 하는 것 같은데?"

"카렌이 깨지 않았다는 건 놀라지 않으시나요?"

"이 아이가 흔들린 정도로 일어날 것 같아?"

"……그렇긴 하네요."

마음만 먹으면 어디서든 잘 수 있고, 벌꿀을 사용하지 않으면 좀처럼 일어나지 않는다는 건 이미 알고 있으니까.

아무튼 호쿠토는 모두를 단련시키면서도 스스로도 확실하게 단련하고 있는 것 같다.

으음……, 나도 알고 있긴 하지만 모두가 계속 노력하는 모습을 보니 왠지 답답해졌다.

팔을 쓰지 않고 하반신만 단련하는 거라면…….

"……안 됩니다."

"안 된다니까."

"안 돼."

"……알았어."

여자 일행들의 나무라는 듯한 목소리를 들으니 포기할 수밖에 없었다. 표정에 드러낸 것 같진 않은데, 용케도 알아차린 것 같다.

그렇게 말해보니 에밀리아는 자신만만하게, 리스는 쓴웃음을 지으면서, 그리고 피아는 한쪽 눈을 감으면서 고개를 끄덕였다.

"주인의 생각을 알아차리는 것도 시종이죠."

"나는……, 왠지 그럴 것 같았어. 그래도 틀리진 않았으니 오늘만큼은 쉬어야 해."

"당신이라면 몸 상태 관리 정도는 알아서 하겠지만, 윗사람이 쉬는 모습을 보여줄 필요도 있잖아?"

내가 제자들을 살펴보듯이 그녀들도 나를 살펴보고 있는 거구나. 말투에서 느껴지는 자상한 마음씨 때문에 나는 항복한다는 듯이 왼팔을 들어 올릴 수밖에 없었다.

그렇게 우리가 유익인 마을을 찾아온 뒤로 벌써 2주일이 지났다.

이곳에 사는 사람들의 삶에 대해 알게 되고, 훈련하면서 카렌을 단련시켜주고, 하는 김에 요리 교실을 열어서 용족과 유익인들에게 요리를 가르쳐 주는 등 꽤 바쁜 나날을 보내고 있다.

그리고 오늘도 마찬가지로 나는 에밀리아를 데리고 유익인과 사람 모습으로 변한 용족들에게 요리를 가르쳐주고 있었다.

"이렇게 양쪽 손을 써서 고기를 뭉쳐주세요."

"햄버그는 이렇게 하지 않으면 맛있게 구울 수가 없습니다. 에밀리아의 움직임을 따라하면서 계속 도전해서 몸으로 익혀주세요."

"으음……, 이건 우리 힘으로는 좀 어렵군."

"이런 작업은 우리 같은 유익인이 나설 차례죠. 용족 여러분은 냄비하고 불 조절을 부탁드립니다."

"그래도 그대들에게 기대기만 하면 안 되지. 아무튼 계속 반복하면서 익숙해질 수밖에 없겠어."

용족의 힘으로는 햄버그 재료 안에 든 공기를 빼내는 작업을 하기가 힘든 모양이었다. 힘이 너무 세서 반대쪽 손으로 쥐면 완전히 뭉개져버리기 때문이다.

하지만 계속 도전하는 용족들과 가르쳐준 순서대로 만들어 나가고 있는 유익인들을 바라보며 나는 조용히 고개를 끄덕이고 있었다.

"여기까지 배웠으니 이제 제가 없어도 괜찮겠네요."

"네. 선생님처럼은 할 수 없지만 어떻게든 될 것 같아요."

"이렇게 만들 수 있게 되었으니 장로님도 불평하진 않겠지. 고맙다."

요리를 가르치기 시작했을 때든 다들 표정이 딱딱했지만, 지금은 자연스럽게 미소를 지어주게 되었다.

유익인은 인간족과 비슷해서 신경 쓰이지 않지만, 용의 특징이 남아 있는 용족이 고기를 손으로 뭉치거나 냄비에서 거품을 떠내는 광경은 정말 비현실적이다.

그리고 오늘이 마지막인 요리 교실을 마치고 카렌의 집으로 돌아와 보니 제자들과 브렌다가 지켜보는 가운데 카렌이 훈련을 하고 있었다.

"야앗! 하앗!"

"그렇게 하면 돼, 카렌. 멈추지 말고."

"열심히 해! 카렌!"

"카렌! 얼마 안 남았어!"

매일 훈련을 거듭한 효과가 있는지 카렌은 드디어 '에어 스텝' 까지 쓸 수 있게 되었다.

하지만 카렌의 몸속에 있는 마력은 그렇게 많지 않기 때문에 지금은 몇 발짝 움직이는 게 한계다.

움직임도 어색해서 여러 번 균형을 잃을 뻔했지만, 확실하게 다섯 발짝 하늘을 박차고 날아오른 카렌은 그 앞에 서 있던 브렌다의 품속에 뛰어들었다.

앞으로 날아오른 기세를 죽이지 않고 들이받았기에 브렌다가 미처 받아내지 못하고 뒤쪽으로 쓰러질 뻔했지만, 호쿠토가 몸을 날려 쿠션이 되어주었기에 다치지는 않았다. 여전히 멋진 활약을 보여주고 있는 것 같다.

"허억……, 허억……, 봤어?"

"그래, 대단하더라, 카렌. 오늘은 다섯 발짝이나 움직였네!"

안겨 있는 카렌뿐만이 아니라 그녀의 머리를 쓰다듬어주고 있는 브렌다도 진심으로 기쁜 듯이 웃고 있었다.

카렌이 뭔가 성공할 때마다 확실하게 칭찬해주는 브렌다를 보고 있자니 정말 사이좋은 모녀인 것 같다. 칭찬이 지나친 것 같기도 하지만, 브렌다가 아버지 몫까지 딸을 귀여워해주고 있는지도 모르겠다.

그런 모녀를 바라보며 다가가자 내가 돌아왔다는 걸 눈치챈 카렌이 달려왔다.

"저기, 저기, 오빠도 봤어?"

"그래, 확실하게 봤지. 실력이 늘었구나, 카렌."

다가온 카렌의 머리를 쓰다듬어주자 카렌은 날개를 퍼덕이며 기쁜 듯이 웃고 있었다.

예전 남매 모습이 떠올라서 정겨운 느낌이 든다고 생각하면서 카렌의 몸 상태를 확인해보니 아주 약간 마력 고갈 징조가 보였다.

"그래도 이제 슬슬 쉬는 게 낫겠어. 나도 끝났으니까 같이 쉴까?"

"응! 그러면……."

"그래, 물론 알고 있지. 가지고 와."

"바로 가지고 올게!"

피곤할 텐데도 집으로 뛰어가서 책 한 권을 가지고 온 카렌은 근처에 있던 나무에 기대 앉아 있는 내 무릎 위에 올라탔다.

요즘 카렌은 이렇게 책을 읽는 걸 마음에 들어 하는데, 그 이유는 카렌이 가지고 온 책 때문이다.

"저기, 저기, 이 커다란 호수에는 물고기가 잔뜩 있었어?"

"잔뜩 있기만 한 게 아니라 신기한 물고기도 많이 있었지. 온몸이 부드럽고 다리가 여덟 개나 달린 생물이나 호쿠토보다 더 큰 물고기도 있었어."

"호쿠토보다?! 아스 할아버지가 먹어도 배가 부르겠네!"

카렌의 아버지인 비트가 남긴 책에는 그가 세계를 여행하면서 체험했던 신기한 사건이나 소문, 그리고 가는 곳마다 인상적이었던 것들이 적혀 있었고, 지금 펼치고 있는 페이지에는 우리가 예전에 들렀던 적이 있는 디네 호수에 대해 나와 있었다.

아버지의 유품이기도 하고, 카렌의 보물이기도 한 책이라고 브렌다에게 이야기를 듣고 읽어보았는데, 지은이인 비트는 호기심이 매우 왕성하고 여행을 정말 좋아한다는 사실을 페이지를 넘길 때마다 느낄 수 있었다. 카렌의 호기심이 왕성한 걸 보니 아버지의 피를 제대로 물려받은 것 같다.

책은 여러 권 남겨져 있었고, 내용 중 대부분이 모르는 것투성이였지만 계속 읽다 보니 우리가 실제로 가본 곳이 몇 군데 나와 있다는 걸 눈치챘다. 그 사실을 알려주자 카렌은 눈을 반짝이며 현지에 대해 물어보게 되었다.

그 이후로 책을 읽을 때는 내 무릎 위에 올라오게 되었고, 지금은 쉴 때마다 이렇게 함께 읽게 된 것이다.

"그럼 이건 본 적 있어?"

"이건……, 아직 못 봤는데."

"나는 알아. 시리우스와 만나기 전에 가본 적이 있는데, 알고 싶니?"

"알고 싶어!"

"아, 여긴 어머님께 이야기를 들어본 적이 있는 곳이야. 한 번이라도 좋으니 가보고 싶은데."

"카렌도 가보고 싶어!"

우리에게 들은 이야기를 상상하거나 새로운 지식을 얻어나가는 카렌은 매우 즐거워 보였다.

그래서 나도 즐겁게 가르쳐줄 수 있긴 한데……, 조금 곤란한 게 있다.

"카렌. 조금만……, 날개를 얌전히……, 말이야."

"저기, 저기, 이건?"

"말을 안 듣네."

카렌은 흥분하면 자연스럽게 날개를 움직여버리기 때문에 아까부터 내 얼굴에 날개가 여러 번 부딪히고 있었다. 날개가 부드러워서 아프진 않지만, 코가 간지러워서 견딜 수가 없다.

하지만 찬물을 끼얹는 건 좀 껄끄러웠기에 참으면서 계속 읽다 보니 레우스가 뭔가 깨달았다는 듯이 손뼉을 쳤다.

"형님은 왠지 카렌의 아버지 같네."

"그런 말하면 안 돼, 레우스."

"아……, 미안해."

태어나기 전에 아버지를 잃은 카렌 앞에서 그런 이야기는 피해야 할 것이다.

리스가 지적하자 레우스는 바로 입을 다물었지만, 이미 늦은 모양이었다. 아버지라는 단어에 반응한 카렌은 내 얼굴을 빤히 바라보았다.

"오빠가 아빠?"

"아니, 아니, 나는 카렌의 아빠가 아니야."

"그래도 아빠는 오빠처럼 정말 자상한 사람이었지? 카렌은 오빠가 아빠라도 좋아."

아버지라는 존재를 다른 가족을 통해서 밖에 알지 못하는 것 같다. 응석을 받아주고 믿음직한 남자가 카렌의 아버지상일지도 모르겠다.

나를 그렇게 믿어주고 있다는 증거라 정말 기쁘긴 하지만…….

"그건 안 돼. 나는 카렌의 아빠가 아니니까."

"으……, 아빠, 안 되는구나. 그래도……, 괜찮아. 엄마랑 오빠 같은 사람들이 있으니까."

아버지의 사랑에 굶주린 것까진 아니지만 동경하는 마음은 있는 것 같다.

별로 신경 쓰지 않는 것 같아서 안심하며 나는 티 없는 미소를 짓고 있는 카렌의 머리를 쓰다듬어주었다.

그런 다음 카렌의 훈련이 끝난 뒤에 나는 아스라드와 처음 만났던 동굴에 와 있었다.

원래는 제노드라나 대표 용족이 함께 있지 않으면 들어오지 못하는 곳인 모양인데, 나는 아스라드 본인에게 허가를 받았기 때문에 문제는 없다.

빛나는 광석이 비추고 있는 동굴 안을 잠시 나아가자 아스라드가 용의 모습으로 넓은 공간에서 바위를 깎아내고 있었다.

『음, 그대로군. 오늘 요리 교실이라는 걸 마지막으로 한다던데, 다들 어떻던가?』

"괜찮던데요. 기초는 충분히 이해했으니 이제 여러분의 노력에 달렸죠. 그건 그렇고 오늘 부탁드려도 괜찮을까요?"

『으음, 평소에 두던 곳에 있다. 그런데…… 신기하군. 오늘은 그대 혼자 온 겐가?』

"이유가 좀 있어서요."

카렌을 구해낸 것과 마을에 새로운 요리를 알려준 보답으로 이 동굴을 파냈을 때 나온 광석과 보석을 나눠받고 있다.

꽤 커다란 보석도 있어서 정말 매력적이긴 하지만, 내가 가장 기뻤던 것은 마석도 포함되어 있었다는 사실이다. 작은 조각만으로도 금화 여러 개 가치가 있는 마석도 그것을 이용할 필요가 없는 용족에게는 아무런 가치도 없는지 동굴 안에 꽤 많이 남아 있었다.

마음대로 써도 좋다고 허락을 받았기 때문에 나는 좋은 기회다 싶어서 새로운 마도구를 만들거나 실험을 하는 데 쓰고 있었다.

평소였다면 가져온 주머니에 마석을 담은 뒤에 바로 돌아갔겠지만, 그것 말고도 원하는 게 있었던 나는 아스라드에게 말을 걸었다.

"오늘은 이쪽 보석도 몇 개 가져가도 될까요?"

『갑자기 왜 그러지? 그대는 지금까지 그런 것에 흥미가 없지 않았나?』

"사실 이걸로 만들고 싶은 게 있어서요."

『호오, 뭘 만들 생각이지?』

아스라드는 좀 전부터 바위를 깎아내는 작업을 끊임없이 계속 진행하고 있었지만, 내 말을 듣고 손을 멈추고 있었다. 이 동굴 안에 있는 장식품을 만든 것처럼, 취미이기 때문일 것이다.

흥미진진하다는 듯이 얼굴을 들이댔기에 주위에 아무도 없다는 걸 확인한 다음 이유를 가르쳐주니…….

『그렇군, 그런 거였어. 혼자서 올만도 하군.』

"그럼 여기 있는 원석을 몇 개 가져갈게요."

『안 돼! 이유를 알았으니 간단히 줄 수는 없다!』

"……흔쾌히 넘겨줄 상황인 것 같은데요?"

『그럴지도 모르겠지만, 결과를 생각하면 순순히 넘길 수가 없겠구나. 가지고 싶다면 힘으로 손에 넣어보거라!』

"귀찮은 데다 어른스럽지도 못하시네!"

이야기를 나눈 결과 동굴에서 나온 나는 인간 모습으로 변한 아스라드와 맨몸으로 치고받게 되었다.

나중에 알게 되었지만, 아스라드는 질투한 것뿐만이 아니라 메지아와 싸운 나와 한번 싸워보고 싶었다고 한다.

온 힘을 다하는 게 아니라 장난 같은 싸움이긴 했지만, 그래도 상대방은 용족을 다스리는 장로였기에 마을에 사는 용족과 유익인들이 모여들어서 큰 소동이 벌어지게 되었다.

내가 오른쪽 어퍼컷으로 아스라드에게 이기고 보석을 얻은 지 며칠 뒤.

드디어 원하던 것을 만든 나는 그날 밤에 에밀리아, 리스, 피아, 세 사람을 불러서 밤에 산책하러 나섰다.

"여전히 별이 예쁘구나."

"네, 하늘이 정말 가깝게 느껴져요."

"여러 곳을 돌아보고 왔지만, 이 근처는 특히 예쁜데?"

"고도가 높아서 공기가 맑으니까. 별을 보기에는 딱 좋겠어."

하늘 가득 빛나고 있는 별 아래에서 즐겁게 웃는 그녀들과 함께 나는 딱히 목적지도 없이 마을 안을 돌아다니고 있었다.

그리고 마을에서 조금 떨어진 곳에 있는 작달막한 언덕에 도착하자 앞에서 걸어가고 있던 피아가 부드러운 표정을 지으며 돌아섰다.

"그런데 대체 무슨 일이야? 밤에 산책하자고 불러준 건 기쁘긴 한데, 우리에게 할 이야기가 있는 거지?"

"역시 눈치챘구나?"

"그야 당연하지. 산책이라면 레우스와 호쿠토가 따라올 법도 한데 여기에는 우리만 있으니까."

"혹시 고민이라도 있으신가요?"

하긴, 산책하러 간다면 호쿠토가 가만히 있지 않겠지만 딱히 따돌리는 건 아니다. 미리 레우스와 호쿠토에게는 설명해 두면서 오늘 밤만은 카렌의 집에서 기다리라고 했기 때문이다.

뭔가 심각한 이야기를 할 것 같다며 착각하고 걱정하는 것 같은데, 나는 그게 아니라며 웃었다.

"고민이 있는 게 아니야. 앞으로 어떻게 할지, 중요한 이야기를 하고 싶어서."

"의논이라면 모두 함께 하는 편이……, 아, 혹시 레우스하고 관련이 있는 이야기야?"

"또 그 아이가 무슨 짓을 저지른 건가?"

"그런 것들까지 포함해서 우선 내 이야기를 들어줬으면 해."

그렇게 말하고 일단 이야기를 끊은 나는 카렌의 집이 있는 방향을 보면서 말했다.

"우선, 슬슬 이 마을을 떠날 생각이야."

"그래……."

"그렇군요……."

요리 교실은 이제 충분히 했고, 브렌다의 몸 상태도 건강 그 자체다.

카렌에게는 마법뿐만이 아니라 마력의 기초도 가르쳤기에 앞으로도 훈련을 게을리하지 않는다면 유익인 중에서도 손에 꼽힐 정도로 강해질 것이다.

유익인의 삶에 대해서도 충분히 알았으니 솔직히 말해 우리가 여기에 있을 이유가 거의 없는 거나 마찬가지다.

"조금만 더……, 있어도 괜찮지 않을까?"

"그리고 싶긴 하지만, 대륙 간 회합 시기가 다가오고 있으니까."

각 대륙의 왕과 중진들이 모여서 회담을 하는 대륙 간 회합은 아직 멀었지만, 이동하는 걸 고려하면 시간에 여유를 두고 싶다.

내 말을 이해하긴 한 모양이었지만, 역시 간단히 결심하진 못하는 것 같다.

"이제 카렌하고도 헤어지게 되겠군요."

"모처럼 여동생이 생겼는데."

"아, 그렇지. 카렌은 바깥 세계에 흥미가 있잖아? 아예 우리와 같이 여행을 가자고 해볼까?"

피아가 한 말은 물론 농담이겠지만, 내가 고개를 끄덕이면 진짜로 그렇게 제안할 것 같다.

한 번 같이 여행을 해서 그런지 모두들 카렌에게 애착이 생긴 것 같다. 조금 성격이 독특하긴 하지만, 그 아이에게는 신기한 매력이 있으니까.

솔직히 말하자면 나와 같은 무속성이니 더 많은 것들을 가르쳐주고 싶었지만, 이것만큼은 어쩔 수 없을 것이다.

"그 마음은 나도 이해가 되긴 하지만, 어머니에게서 떼어놓을 수는 없잖아."

"……네. 역시 아이는 부모님과 함께 지내는 게 제일 좋겠죠."

"나도 알아. 그래도……, 쓸쓸해지겠네."

카렌과 헤어지는 건 아쉽지만 대륙간 회합 때 가족과 만날 수 있을지도 모르는 리스는 고민하는 표정을 짓고 있었다. 위로해주려고 머리를 살짝 쓰다듬어주니 표정이 조금 부드러워지긴 했지만, 그래도 괴로운 것 같았다.

"나, 웃으면서 헤어질 수 있을까?"

"카렌이 울면 마음이 정말 아플 것 같아요."

"그럴 때는 어른인 우리가 참아야겠지. 최대한 웃으면서 헤어지자."

"반드시 여기에 다시 오자. 카렌의 성장을 봐주고 싶으니까."

이미 이 이야기는 레우스와 호쿠토에게도 했고, 이해해주었다.

아쉬워하면서도 모두들 이해해주었기에 당장 내일이라도 브렌다와 아스라드에게 이야기를 꺼내 봐야겠다.

그리고…….

"사실, 중요한 이야기가 하나 더 있어. 아직 멀었지만, 생도르의 대륙 간 회합이 끝나면 메리페스트 대륙으로 돌아갈 생각이야."

"괜찮을 것 같네요. 오랜만에 언니들을 만나고 싶으니까요."

"그 이후로 1년은 지났으니 벌써 두 번째 아이가 태어났겠지?"

"시리우스의 가족이지? 나는 아직 만난 적이 없으니까 인사하러 가야겠네."

상황에 따라 일정이 달라질 가능성도 있지만, 메리페스트 대륙으로 돌아가는 것에 반대하진 않는 것 같아 안심이다.

그런데, 진짜로 중요한 건 지금부터다.

나는 심호흡을 한 번 한 다음 천천히 돌아서서 그녀들과 정면으로 마주 보았다.

"메리페스트 대륙으로 돌아가서 노엘네하고 만나고, 어머니의 무덤에 성묘를 마친 다음에…… 엘리시온에서 결혼식을 하려고 해."

"……어?"

"결혼……."

"언니하고 멜트 씨……를 말하는 건 아니지?"

"우리 결혼식이야."

우리는 연인 관계이고, 장래를 약속한 사이이긴 하지만, 여행을 하고 있다는 사정 때문에 아직 결혼에 관해 이야기를 깊게 나누진 않았다.

애초에 이 세계의 사람들에게 결혼식이란 두 사람을 선보이는 행사가 아니라 귀족들끼리 연줄을 만드는 정치적 수단 중 하나이기 때문에 반드시 한다는 생각은 없다.

실제로 과거에 레우스의 친구였던 알베리오의 결혼식에 초대받았을 때는 부러워했지만, 그녀들이 결혼식을 하고 싶다고 말한 적은 거의 없다. 함께 있을 수 있다는 것만으로도 만족했고, 피아는 더 나아가서 아이를 가지고 싶어하니까.

다른 사람이 보기에는 부부 같기도 하겠지만, 그렇다고 해서 아무것도 하지 않는 건 그녀들에게 실례일 것이다.

이제 나도 결혼하기에는 충분한 나이가 되었고, 이렇게 된 이

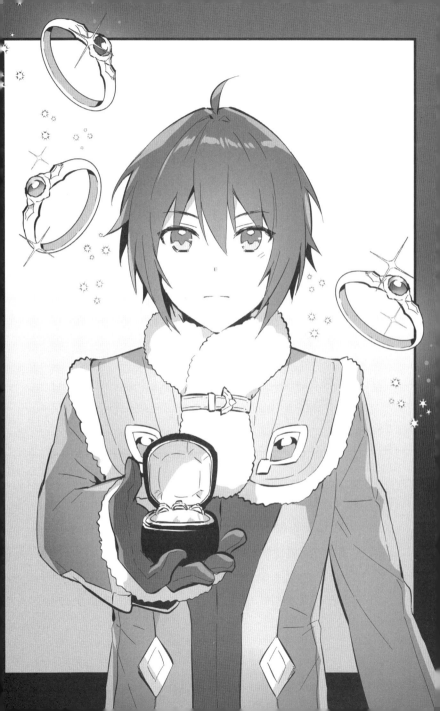

상 아는 사람들을 모아서 성대한 결혼식을 올려서 부부라는 것을 확실한 형태로 나타내자는 결심을 한 것이다.

"에밀리아. 리스. 피아. 왼손을 내밀어주겠어?"

결혼이라는 말을 듣고 멍해진 그녀들 앞에 선 나는 최근 며칠 동안 만든 반지를 품속에서 꺼냈다.

그리고 은색, 푸른색, 녹색, 그렇게 자그마한 보석이 달려 있는 반지를 그녀들의 약지에 끼워준 다음 나는 한 사람, 한 사람의 눈을 보면서 확실하게 말했다.

"에밀리아. 항상 나를 받쳐줘서 정말 고마워."

"시리우스 님……."

"그러니까 앞으로도 곁에서 나를 받쳐줬으면 해. 시종으로서가 아니라 내 부인으로서."

"아……, 아……, 물론……이죠."

내 프로포즈를 들은 에밀리아는 감격했는지 울먹이고 있었다. 그래도 필사적으로 울음소리를 참으며 프로포즈를 받아들여 주었다.

눈물을 흘리면서도 이렇게 행복한 듯이 미소를 지어주고 있으니까.

"저, 정말 나라도 괜찮은 거야? 나는……, 그래! 엄청 많이 먹거든?! 그리고 시리우스 씨나 다른 사람들하고는 달리 싸우는 걸 잘 못하니까 폐를 끼칠 테고……."

"나는 리스가 먹는 모습을 보는 것도 좋아하고, 전투 때도 폐가 된다고 생각한 적이 없어. 그걸 전부 알면서도 리스를 좋아하게 되었고, 함께 있고 싶은 거야."

"나도……, 마찬가지야. 항상 우리를 자상하게 지켜봐 주는 시리우스 씨가……, 저기, 정말 좋으니까."

"고마워. 리스. 이런 나라도 결혼해주겠어?"

"……네, 기꺼이."

리스는 얼굴을 새빨갛게 물들이면서도 내가 끼워준 반지를 만지작거리며 고개를 힘차게 끄덕여주었다.

이게 피아만 남았는데, 그녀는 살짝 쓴웃음을 짓고 있는 것 같았다. 뭐, 그것도 당연하겠지만.

"설마 모두 함께 프로포즈를 할 줄은 몰랐어."

"미안해. 사실 한 사람씩 불러서 해야 할지도 모르겠지만, 순서를 가리고 싶지는 않았거든."

그녀들이 사이가 좋다는 걸 알지 못했다면 이런 식으로 프로포즈를 하지도 못했을 것이다.

조금 미안하기도 하지만, 쓴웃음을 짓고 있던 피아는 눈을 가늘게 뜨며 내 팔을 끌어안았다.

"후후……, 괜찮아. 시리우스가 신경 쓸 필요는 없어. 당신은 우리를 평등하게 사랑해주고 확실하게 부응해주니까."

"시종인 저를, 연인뿐만이 아니라 부인으로 삼아주시니까요. 이 이상 기쁠 수는 없어요!"

"이제 우리는 진짜 가족이구나!"

그와 동시에 에밀리아와 리스도 내 품속으로 달려들었기에 나는 부드럽게 받아주면서 그녀들에게 하는 것뿐만이 아니라 나

자신에게도 하는 맹세를 말했다.

"여행만 다녀서 여러모로 수고를 끼치고 있긴 하지만, 앞으로도 나는 너희를 계속 지킬 거야. 그러니까……, 계속 함께 있어줘."

"힘든 일이 있기도 했지만, 당신과 함께 지내면서 후회한 적은 없어. 당신은 그대로만 있어도 충분해."

"맞아. 그리고 우리는 지켜주어야만 하는, 부……, 부인이 될 생각은 없으니까!"

"저희는 앞으로도 계속, 시리우스 님을 받쳐드릴 거예요."

정말 믿음직스러운 말과 함께 연인……, 아니, 내 부인들이 웃어주었다.

서로 마음을 확인하고 여러모로 긴장도 했던 프로포즈 다음 날.

나는 카렌의 집에서 테이블을 사이에 두고 브렌다와 마주 보며 앉아 있었다.

다른 사람들은 바깥에서 카렌의 훈련을 지켜보았고, 데보라는 볼일이 있어서 외출했기 때문에 지금 이 집에는 나와 브렌다밖에 없다.

"시리우스 군. 할 이야기가 있다던데, 뭐야?"

"사실, 슬슬 다시 여행을 떠날 생각입니다."

"그래……, 기어코 가는구나."

왠지 예상은 하고 있었던 모양이다. 브렌다는 아쉽다는 듯이 숨을 내쉬며 창문 쪽을 바라보고 있었다.

나도 덩달아 돌아보니 창문 너머 밖에서 모두와 함께 훈련을 하고 있는 카렌이 보였다. 힘들어 보이긴 하지만 만족스러운 표정을 짓고 있는 딸을 브렌다가 자상하게 지켜보고 있었다.

"당신이 볼 때 카렌의 실력은 어때?"

"솔직히 말씀드리자면 장래가 정말 기대되는 아이인 것 같습니다. 노력가이고, 무엇보다 탐구심이 강한 덕분에 이미지를 잘 떠올리니 마법에 관한 재능은 매우 뛰어난 것 같고요."

"우후후……, 그거 다행이네."

무속성이라는 사실을 모르고 마법의 재능이 없다고 생각했기 때문인지, 브렌다는 정말 기뻐 보였다.

"카렌이 쓸만한 마법은 거의 다 가르쳐주었고, 마법의 요령도 대부분 이해시켰습니다. 이제 알아서 강해질 수 있을 거라 생각합니다."

"아직 가르쳐줄 마법이 더 있어?"

"있긴 하지만 카렌에게는 아직 이른 마법밖에 없네요. 함부로 쓰면 안 될 정도로 강력한 마법밖에 없어서요."

카란에게는 전생의 무기를 떠올리며 만든 마법을 가르쳐주지 않았다. 다른 사람의 목숨을 가볍게 뺏을 수 있는 마법은 저 아이에게 어울리지 않는다.

참고로 메지아에게 잔뜩 날린 '매그넘'을 카렌은 멀리서 봐서 그런지 '임팩트'를 강한 게 날린 거라고 이해한 모양이었다.

아무튼 결국에는 사용하는 사람에게 달렸다.

마물 상대로는 강력한 자기 보호 수단이 될 테니 '매그넘'만이라도 메모로 남겨두고 카렌이 힘을 사용하는 법을 알게 되면 제노드라가 건네줄 수 있게끔 부탁할 생각이라고 설명했다.

"……고마워. 그렇게까지 저 아이를 생각해주는 거구나."

"카렌은 가르치는 보람이 있는 아이여서 저도 모르게 귀여워하게 되어버리거든요."

우연히 만났다고는 해도 나는 내가 하고 싶은 일을 했을 뿐이다. 그런 나보다는 남편을 잃고도 카렌을 훌륭하게 키워낸 브렌다가 더 훌륭한 것 같다.

내가 그렇게 말하자 브렌다는 쓴웃음을 짓다가 진지한 표정으로 나를 보고 있었다.

"저기, 시리우스 군. 여러 번 말한 거지만, 우리 목숨을 구해준 것뿐만이 아니라 지금도 딸을 위해 노력해주는 당신들에게 정말 고맙게 생각해."

"신경 쓰지 마세요. 저희를 이 집에 머무르게 해주셔서 정말 도움이 되니까요."

"그런 거로는 너무 부족하지. 그래도 말이지, 그렇게 갚지도 못할 은혜가 있는데도 나는 시리우스 군에게 부탁하고 싶은 게 있어."

"……말씀해보시죠."

짧은 시간이나마 함께 지내면서 브렌다가 매우 성실하고, 자상하고, 은혜를 갚지 않으면 참지 못하는 사람이라는 걸 알게 되었다.

그런 그녀가 이렇게 진지하게 부탁하는 걸 보니 그만큼 중요한 이야기인 것 같다.

그렇게 말하고 이야기를 멈춘 브렌다는 내가 고개를 끄덕인 걸 확인한 다음 각오를 다진 표정으로 말했다.

"딸을……, 카렌을 당신들이 데려가서 함께 여행해주었으면 해."

—— 브렌다 ——

내가 남편과 처음 만난 건 몇 년 전……, 마을에서 조금 떨어진 숲속이었다.

그날은 항상 따가는 산채를 좀처럼 찾지 못했고, 정신을 차리고 보니 마을에서 멀리 나와 있던 나는 인간족 다섯 명을 만났다.

인간족을 만나면 바로 도망치라고 배웠지만, 처음 느낀 인간족의 욕심 많은 눈초리에 겁을 먹은 나는 날아서 도망친다는 것조차 잊어버렸다.

그 틈을 타서 인간족이 화살을 날렸고, 나는 무심코 눈을 감아버렸지만……, 신기하게도 아프지 않았다.

왜냐하면…….

"크윽?! 너희들, 지금 무슨 짓을 하는 거야!"

재빨리 인간족 중 한 명이 내 앞으로 뛰어나와 몸을 날려서 나를 지켜주었기 때문이다.

다리와 옆구리에 화살을 맞으면서도 나머지 인간족에게 소리를 지른 그가 바로 내 남편이 된……, 비트였다.

나중에 이야기를 들었는데, 다른 네 명은 비트가 고용한 호위와 안내 담당이었고 동료 같은 게 아니었던 모양이다.

비트는 그저 유익인을 만나고 싶었을 뿐인데, 다른 인간족들은 나를 보고 욕심이 생겨서 그의 말을 무시하고 잡으려 한 것이다.

그리고 비트를 무시하고 다른 인간족 네 명이 다시 화살을 쏘려 했을 때, 아스라드 님께서 하늘에서 구하러 와주셨다.

하늘에서 내려오신 것과 동시에 인간족들을 브레스로 태워버린 아스라드 님께서는 곧바로 화살에 발라져 있던 마비독 때문에 쓰러져버린 비트에게 다가가셨다.

용족의 구역에 멋대로 들어와 버린 인간족이 전멸당하는 것은 항상 있던 일이다.

하지만……, 나를 구해준 비트를 죽게 내버려 둘 수는 없었다.

그래서 내가 말리려고 달려갔지만, 그에게 다가가신 아스라드 님께서는 공격하지 않고 비트를 내려다보고만 계셨다.

『신기한 녀석이로군. 이런 상황에서 어떻게 웃을 수 있는 게지?』

"말? 그렇구나……, 당신이 유익인을 수호하는 상룡종이군요."

『그런 건 어찌 됐든 상관없다. 그건 그렇고 이런 상황인데 어떻게 웃을 수 있는 게냐?』

"어째서냐니……, 그녀가 무사했잖아요. 그걸 알았으니……, 충분하죠."

박력이 넘치는 용이 노려보는데도 비트는 만족스럽게 웃고 있었기 때문에 아스라드 님께서 흥미를 보이신 모양이었다.

그리고 박힌 화살을 뽑아주려고 내가 다가가자 비트는 진심으로 안심한 표정으로 나를 보고 있었다.

"아, 네가 무사해서⋯⋯, 다행이야."

"당신이 지켜준 덕분이야. 저기, 왜 나를 구해준 거야? 안 그랬으면 이런 꼴을 당하지 않았을 텐데."

"그야 나는⋯⋯, 유익인을 보고 싶었을 뿐이니까. 그런데⋯⋯, 유익인이 이렇게 아름다울 줄은⋯⋯, 몰랐⋯⋯어."

"어?!"

비트는 그렇게 말하고 정신을 잃어버렸다.

내가 애원한 것뿐만이 아니라 아스라드 님께서도 그가 신경 쓰이셨는지 비트를 마을로 데리고 가게 되었다.

물론 인간족을 데리고 가자 여러모로 다툼이 벌어지게 되었다.

결국 아스라드 님께서 모든 책임을 지시겠다고 말씀하셨고, 우리 집에서 맡는다는 조건으로 비트는 마을에 사는 것을 허락받게 되었기에 내가 정말 안심했던 걸 기억하고 있다.

어머니도 모두와 마찬가지로 비트를 탐탁치 않아 했지만, 내 목숨을 구해준 것은 사실이기에 비트를 집에 들이는 것을 허락해 주었다.

그렇게 우리 집에 살게 된 비트는 주위 사람들이 꺼리는 와중에도 여행을 통해 얻은 지식으로 우리의 삶을 편하게 해주었다.

어렸을 때 아버지를 잃고 어머니와 둘이서만 살았던 내게 남자인 비트와 함께 사는 생활은 신선했다.

그보다 더 즐거웠던 것은 비트에게 여행 이야기를 듣는 것이었다.

"거기 사는 사람들은 독자적인 풍습이 있었어. 그래서 이유를 물어보니 진짜 신기하더라고……."

자신이 체험한 것들을 정신없이 이야기하는 모습은 마치 아이 같아서 귀여웠다.

"처음 너를 보았을 때는 천사를 만난 줄 알고 감동했지. 날개가 있어서 그런 게 아니라 네가 정말 예뻤거든. 그래서 네 곁에 있을 수 있으니 나는 정말 행복해."

그런 줄만 알았는데, 솔직하게 마음을 전하는 비트에게 나는 점점 끌리기 시작하고 있었다.

신기했던 건 아스라드의 손자인 제노드라 님과 비트가 마음이 맞았는지 정신을 차리고 보니 친구 같은 관계가 되어 있었다는 점이다. 비트가 제노드라 님의 등을 타고 놀러 나가는 모습을 웃으면서 배웅하곤 했다.

그리고 반년이 지나서 비트가 마을에 익숙해지기 시작했을 무렵…… 나는 카렌을 임신했다.

비트와 제노드라 님, 그리고 아스라드 님께서는 매우 기뻐하셨고, 어머니도 복잡한 심정이었지만 축복해주었다.

이렇게 행복한 시간이 한없이 계속될 거라 생각하던 차에…… 비트의 몸 상태가 안 좋아지기 시작했다.

원인을 알 수 없는 병이라 치료 마법도 거의 효과가 없었고, 하루 중 거의 대부분을 침대에서 지내게 된 비트는 책을 쓰기 시작했다.

글자를 쓰는 것조차 힘들 텐데도 계속 쓰는 비트를 보는 건 힘들었지만…….

"나는 이제 아이를 안아주기는커녕, 얼굴도 못 보게 될 것 같아. 그래도 내 아이에게 아무것도 해줄 수 없는 건 싫어. 그러니까 조금이라도 쓸쓸하지 않게끔, 그리고 내가 있었다는 증거를 남겨두고 싶은 거야."

마치 목숨을 깎아내는 듯이 책을 계속 쓰던 비트는 여덟 권째를 쓰던 도중에 조용히 숨을 거두었다.

함께 지낸 시간이 그리 길진 않았지만, 나는 비트와 맺어진 것을 후회하지 않는다. 각오하고 있던 일이고, 내게는 카렌이 있기 때문이다.

너는 비트가 내게 준 무엇보다 소중한 존재.

그러니 그 사람 몫까지 내가 성장하는 모습을 지켜보겠다고 맹세했어.

하지만 나는…….

※ ※ ※ ※ ※

"딸을……, 카렌을 당신들이 데려가서 함께 여행해주었으면 해."

"브렌다 씨……."

내가 한 말을 듣고 시리우스 님이 복잡한 표정을 짓는 건 당연할 것이다.

어머니인 내가 아직 응석을 부릴 나이인 딸을 맡기겠다고 했으니까. 제정신인지 의심하더라도 어쩔 수 없겠지만, 나도 각오를 다지고 말을 꺼냈으니 간단히 물러날 수는 없다.

그래서 눈을 피하지 않으며 바라보고 있자니 시리우스 군이 못 당하겠다는 듯이 크게 숨을 내쉬었다.

"데리고 갈지 여부는 일단 제쳐두죠. 카렌도 그걸 알고 있나요?"

"아직 아무것도 몰라. 하지만 그 아이도 함께 가고 싶어 할 테니, 적어도 싫다고 하진 않을 거야."

"카렌을 소중하게 여기실 텐데, 그런 결론을 내린 이유를 가르쳐주실 수 있을까요?"

"그 아이의 호기심이 정말 강하다는 건 시리우스 군도 잘 알고 있지?"

"그야 물론이죠. 그렇게 험한 꼴을 당했는데도 바깥 세계에 흥미가 있는 아이니까요."

"후후, 나도 모르게 웃음이 나올 정도로 알고 싶은 게 많은 아이지? 하지만 나는 그 아이의 어머니인데도 가르쳐줄 수 있는 게 너무 없거든."

마법도, 바깥 세계도, 이 마을 밖으로 나가본 적이 없는 내게는 한계가 있다.

지금 나는 마을에서 조금 떨어진 강으로 데리고 가서 카렌의 호기심을 아주 조금 채워주는 게 전부다.

아니, 전부라고 할 수도 없다.

그러다가 습격을 당한 나는 카렌뿐만이 아니라 내 몸조차 제대로 지키지 못하고 그 아이를 영원히 잃을 뻔했다.

"하지만 카렌과 마찬가지로 무속성인 시리우스 군이라면 마법을 더 잘 가르쳐줄 수 있을 테고, 바깥 세계에 대해 많이 알고 있으니 그 아이의 호기심을 채워줄 수 있지. 그리고 당신들의 힘도 충분히 이해했어."

메지아 씨와 싸우게 되었을 때, 억지를 부리면서 따라간 덕분에 시리우스 군이 얼마나 강한지 충분히 알 수 있었다.

제자라는 그 아이들도 충분히 강하고, 전설이라 불리는 백랑도 곁에 있는 그들과 함께라면 카렌도 안전할 것이다. 그리고 시리우스 군에 대해 알아보기 위해 그를 따르는 아이들에게 이야기를 들은 적도 있었다.

『시리우스 님께서는 훌륭하신 분이세요. 노예였던 어린 시절의 저와 레우스의 목숨을 구해주셨고, 살아갈 방법을 가르쳐주셨으니까요.』

『형님? 내가 동경하면서도 목표로 삼은 남자야!』

『음……, 모두의 보호자이자 어머니라는 느낌? 엄할 때도 있지만 자상하고 믿음직한 사람이야.』

『멋진 남자야. 헤어질 때가 올 때까지 계속 함께 있고 싶을 정도로.』

다들 시리우스 군을 진심으로 다르고 그와 함께 지내면서 행복하게 웃고 있다.

겨우 2주일밖에 안 되긴 했지만, 카렌을 통해 함께 지내본 결과 시리우스 군이 믿을 만한 사람이라는 건 알게 되었어.

우리를 구해준 것뿐만이 아니라 그 이후로도 카렌에게 여러 가지 지식을 알려주고, 위험한 짓을 하려던 그 아이를 아버지처럼 혼내주기도 했지.

남인데도 카렌에게 애정을 주고, 이렇게까지 진지하게 돌봐준 당신이라면…….

"그런 시리우스 군 일행이라면 안심하고 카렌을 맡길 수 있어. 저 아이를 지키면서 바깥 세상을 보여줄 거라고……, 믿을 수 있어."

그를 믿을 수 있다는 근거는 또 있다.

어렸을 때 구해주고 키워줬다는 에밀리아 양과 레우스 군이 저렇게 강하고 올곧게 자랐으니까.

그리고 나보다 연하인데도 마치 아이를 키워본 경험이 있는 것처럼 애들을 잘 다룬다. 분하지만 나보다 더 잘하는 것 같다.

그런 시리우스 군에게 카렌을 맡기려는 나는……, 정말 비겁한 엄마다.

우리를 구해준 은혜를 제대로 갚지도 않았으면서 시리우스 군의 착한 마음씨를 이용하려 하니까.

자기혐오에 빠지면서도 내 마음을 털어놓자, 시리우스 군은 나를 날카로운 눈초리로 바라보면서 듣고 있었다.

역시……, 화가 난 건가?

화를 내는 것도 당연하겠지. 너무나도 갑작스럽고 일방적인 제안이니까.

"정말 그래도 괜찮은 겁니까?"

하지만……, 시리우스 군은 화를 내지 않고 왠지 슬프게 나를 바라보고 있었다.

뜻밖의 반응에 의아해하고 있자니 시리우스 군은 나를 나무라는 듯이 부드러운 목소리로 말했다.

"모처럼 다시 만났는데 다시 떨어지게 되잖아요?"

"…………."

"솔직히 말씀드리자면, 저는 카렌을 데리고 함께 여행해도 상관없다고 생각합니다. 하지만 여행이란 건 무슨 일이 벌어질지 모르는 거예요. 뜻밖의 사태에 휘말려서 카렌을 지켜내지 못하고 정말로 따님을 잃게 될 가능성도 있거든요? 일시적이라고는 해도 그 기분을 맛본 당신이라면 이해하실 텐데요."

"그래, 이해는 하지."

역시 시리우스 군은 착한 아이다. 자기보다 떨어지게 될 우리를 신경 쓰고 있으니까.

물론 사실은 카렌과 헤어지고 싶지 않다.

하지만……, 그 아이를 생각하기 때문에 나는…….

"그래도 나는 그 아이의 재능을 묻어버리고 싶지 않아."

예전에 시리우스 군은 내게 가르쳐주었다.

어렸을 때의 경험은 매우 중요하고, 어른이 되어도 영향을 주는 법이라고.

무속성이지만 마법에 재능이 있다는 카렌에게는 바로 곁에 좋은 선생님이 있어줄 필요가 있다.

"그리고 말이지, 이 마을은 카렌에게 너무 좁아."

노예가 된 적이 있는데도 바깥에 흥미를 가지는 아이니까. 내버려 두더라도 언젠가 그 아이는 이 마을을 떠날 게 분명하다.

그리고 만약 비트가 살아 있었다면 카렌이 여행을 떠나는 것을 말리지 않을 테니까.

『저기, 비트. 당신이 쓴 책을 읽고 이 아이가 여행을 떠나고 싶다고 하면 어떻게 할 거야?』

『그렇군. 그때는……, 최대한 말리지 않았으면 좋겠어. 위험한 일도 많지만 여행은 즐거운 일이나 운명적인 만남도 많으니까. 너와 내가 만난 것처럼.』

『그래도 바깥 세계는 너무 위험해. 태어난 아이가 유익인이라면 더…….』

『물론 그냥 보내는 게 아니라 그 아이가 지식과 힘을 가지고 있을 때 말이지. 필요한 지식은 이 책에 적어두었고, 만약 자신의 의지로 여행을 떠나고 싶다고 하면 네가 마법을 가르쳐서 강하게 만들어줬으면 좋겠어. 사실 여행에 익숙하고 믿을 수 있는 사람에게 맡기면 좋긴 하겠지만, 너무 많은 걸 바라는 건가?』

외부인이 거의 올 수 없는 곳인데도 비트가 농담처럼 말했던 희망이 눈앞에 있다.

부모이기 때문에 자식의 좋은 기회를 놓치고 싶지 않다.

마치 기적과도 같이 카렌을 맡길 수 있는 사람이 나타났으니까.

"시리우스 군은 교육자가 되는 게 꿈이라고 부인들에게 들었어. 그런 당신이 볼 때 카렌에게 가르칠 게 이제 없는 거야?"

"좀 전에도 말씀드렸지만, 아직 가르쳐주고 싶은 게 많긴 해요."

"그럼 더 가르쳐줬으면 좋겠어. 카렌도 분명히 당신에게 배우는 걸 기대하고 있을 테니까."

쓸쓸하지만……, 영원히 헤어지는 건 아니다.

내가 참으면 카렌도, 시리우스 군도 만족할 테니까.

그건 그렇고 시리우스 군 일행에게 무슨 보답을 할지가…… 중요하겠지?

카렌을 맡기는 이상 반드시 부담이 늘어날 테고, 신세를 진 보답도 하고 싶은데, 줄 게 아무것도 없다.

바깥에서 쓰는 돈 같은 건 당연히 없고……, 죄송하지만 나중에 제노드라 님께 의논해봐야겠다.

설명을 마친 내가 그런 생각을 하고 있자니 시리우스 군이 갑자기 일어서서 등을 돌렸다.

"일단 양쪽 다 가족하고 이야기를 나눠보는 게 좋을 것 같네요."

"그렇……겠지. 그 아이의 진심도 물어보지 않고 멋대로 정해버리면 안 되니까."

그렇게 말한 시리우스 군이 방에서 나가는 모습을 바라보고 있자니 내가 생각했던 것보다 더 지쳤다는 사실을 깨달았다.

계속 긴장하고 있어서 그런지 목이 말라서 일어난 것과 동시에 옆방에서 기다리던 어머니가 다가와서 물이 담긴 컵을 내밀었다.

"고마워, 어머니."

"정말 이러면 되는 거야?"

"······모르겠어."

이번 일에 대해 미리 어머니와 의논했다.

내 이야기를 들은 어머니는 시리우스 군과 마찬가지로 복잡한 표정을 지었지만, 마지막에는 마음대로 하라고 말해주었다.

그래서 스스로 결심하고 그 아이를 맡기는 길을 선택했는데도······, 한숨이 끊이질 않는다. 그런 나를 보고 어머니가 어이가 없다는 표정을 지으며 내 어깨를 두드렸다.

"그 한숨은 뭐니? 혹시 반대해줬으면 했던 게야?"

"그게 아니라······, 아니, 이게 맞는 건가?"

"그 문제는 그 아이의 어머니인 네가 답을 내릴 수밖에 없어. 그야 나도 손주가 떠나는 건 쓸쓸하지만, 네가 한 말도 이해가 되니까."

컵에 담겨 있던 물을 다 마셔도 전혀 마음이 가라앉지 않았는데, 시리우스 군이 보냈는지 카렌이 방으로 들어왔다.

"왜 그래? 엄마. 모처럼 마법을 잘 쓸 수 있을 것 같았는데."

"미안해, 카렌. 지금부터 정말 중요한 이야기를 할 테니까 들어줘."

카렌이 순수하고 빨려들어 갈 것 같은 눈으로 바라보는 와중에 나는 딸에게 시리우스 군의 여행에 따라가라는 이야기를 꺼냈다.

"······그렇게 된 거야. 시리우스 군 일행이라면 너를 반드시 지켜줄 거고, 모두와 함께 여행을 하면 여러 가지를 볼 수 있게 돼."

"가도 돼?!"

"네가 가고 싶다면 말이지. 그리고 카렌은 시리우스 군이나 다른 사람들이 좋지?"

"응!"

역시 카렌도 여행을 떠나는 걸 생각하고 있었던 모양이구나.

그렇다면 분명히……

"오빠도, 언니도, 호쿠토도 엄마하고 비슷한 정도로 좋아!"

"…………그렇구나. 모두와 함께 간다면 내가 없어도 괜찮겠지?"

"엄마는…… 안 가?"

그런 생각도 했었지만, 내 실력으로는 방해만 될 것이다.

미숙한 카렌을 맡기는데 나까지 돌봐달라고 하는 건 너무 한심하다.

"미안해. 나는 여행을 떠날 수가 없어."

"그렇구나……"

여행을 떠날 수 있다는 말을 듣고 그렇게 눈을 반짝였는데, 내가 가지 않는다고 하자마자 카렌은 풀이 죽었다.

지금이라면 아직……, 돌이킬 수 있다.

『역시 나는 카렌하고 함께 지내고 싶어. 시리우스 군이라면 분명히 다시 와줄 테니까 함께 기다리자.』

그렇게 말하면……, 분명히.

하지만 그러면 안 된다.

"……엄마는 괜찮아. 카렌은 모두와 함께 여행을 하고 싶지?"

"으, 응. 그래도 엄마가……."

네가 강에 빠졌을 때는 절망해서 눈앞이 깜깜해졌지만, 한 번 떨어지게 되고, 시리우스 군 일행 곁에서 성장해가는 너를 보면서 나는 깨달았어.

이 아이보다 내가 더 의존하고 있다는 것을.

아이의 성장을 위해서 어머니인 내가 지금 할 수 있는 일은……, 카렌의 등을 살짝 밀어주는 거겠지.

"나는 여기서 네가 돌아오는 걸 기다릴게. 그리고 여행 이야기를 잔뜩 해주렴."

"엄마는 카렌의 이야기를 듣고 싶어?"

"응. 엄마는 말이지, 네 아버지에게 여행 이야기를 듣는 걸 정말 좋아했단다. 그러니까 카렌에게도 듣고 싶은데?"

시리우스 군에게 배운 것을 정신없이 이야기하는 네 모습은……, 비트와 똑같아.

"그럼……, 갈래! 엄마에게 이야기를 잔뜩 해주고 싶어! 그리고 카렌은……."

그리고 카렌이 남몰래 품고 있던 꿈에 대해 들은 나는 그 누구보다 사랑스러운 딸을 껴안았다.

—— 시리우스 ——

브렌다가 제안한 것 때문에 놀라긴 했지만, 내가 원하던 것이기도 했다.

후계자까지 생각하진 않았지만, 나 말고 다른 무속성이 얼마나 성장할 수 있을지 순수하게 흥미가 있기 때문이다.

하지만 지켜야 할 대상이 늘어나는 이상, 위험도 늘어나게 된다.

나 혼자서 결정할 수는 없기에 바로 모두와 의논해봤는데……

"저는 시리우스 님의 판단에 따를 뿐이에요. 하지만 개인적인 의견을 말씀드리자면 반대할 이유는 없죠."

"나는 찬성이야. 그렇구나, 저번에 우리나 시리우스 씨에 대해서 물어본 게 그것 때문이었구나?"

"앞으로 힘들어질 것 같긴 하지만 나도 바라던 바야. 모두 함께 이것저것 가르쳐주자."

"그래! 내가 지켜줄게!"

"멍!"

대충 예상했던 반응이다.

아무래도 카렌을 동료로 받아들이는 것을 반대하는 건 아닌 모양인데, 나와 마찬가지로 마음에 걸리는 것 같다.

"그래도 카렌하고 브렌다 씨는 괜찮을까?"

"그렇게 사이좋은 모녀가 떨어지게 되는 거니 그냥 기뻐할 수는 없겠네요."

"카렌도 그렇지만 문제는 브렌다야. 남편도 먼저 세상을 떠났는데, 쓸쓸해져서 마음의 병을 앓지 않았으면 좋겠어."

"형님, 둘 다 데리고 갈 수는 없어?"

"아니, 브렌다 씨는 여행을 다니기 힘들 거야. 이미 두 번이나 습격을 당했으니 바깥에서는 마음이 편하지 않을 테고."

조금 잔인한 것 같긴 하지만, 그런 문제는 확실하게 판단해야
한다.

그리고 브렌다가 그 이야기를 꺼내지 않은 이유는 방해가 될
것이라는 사실을 알고 있기 때문일 것이다.

"전부 카렌에게……, 달렸겠구나."

어느 쪽을 선택한다 해도 우리는 모녀의 생각을 존중해서 행
동할 뿐이다.

그날 밤. 테이블에 나란히 앉은 우리는 카렌 일가와 마주 보면
서 이야기를 나누게 되었다.

자연스럽게 긴장되는 분위기 속에서 양쪽 다 이야기를 나눈
결과에 대해 보고하자 카렌은 기쁜 듯이 날개를 퍼덕거렸고, 브
렌다 씨는 가슴을 쓸어내렸다.

"하지만 카렌을 맡으려면 조건이 두 가지 있어요. 우선 카렌,
앞으로 나를 선생님이라 불러줘."

"오빠라고 부르면 안 돼?"

"내게 여러 가지를 배울 테니까. 역시 그렇게 부르는 게 맞을
것 같아."

"그럼 아빠라고 부르면 안 돼?"

"카렌……."

내가 아빠 같다는 말을 들어서 그럴 것이다. 카렌이 그렇게 말
하자 브렌다는 복잡한 표정을 지으며 딸을 보고 있었다.

예전에도 이런 이야기가 나오긴 했지만, 나는 역시 카렌의 아

버지 역할을 맡을 수 없다.

책임이나 그런 문제가 아니라…….

"카렌에게는 말이지, 너를 그 누구보다 사랑하는 아버지가 계셔. 나는 그 사람에게 절대로 이길 수가 없으니까 대신이라고 해도 아버지라 부르지 말았으면 하거든."

"그래도……."

"나중에 그 증거를 보여줄게. 괜찮겠죠? 브렌다 씨."

"어?! 그, 그래. 지금이 그때겠구나."

갑자기 이야기를 넘겨서 놀라긴 했지만, 내가 무슨 말을 하고 싶은 건지 이해한 모양이었다. 브렌다는 결심한 듯이 고개를 힘차게 끄덕였다.

고개를 갸웃거리는 카렌을 제쳐두고 다른 조건을 말하자 브렌다가 그것을 받아들였고, 이야기가 끝났다.

함께 여행을 떠날 수 있다며 신이 난 카렌을 보며 부드러운 미소를 짓고 있던 브렌다가 말했다.

"카렌. 기뻐하는 건 좋지만, 앞으로 신세를 지게 될 테니 인사를 제대로 하렴. 아까 가르쳐준 네 꿈도 같이 말하고."

"응!"

그리고 활짝 미소를 지은 카렌은 우리를 돌아보면서 고개를 크게 숙였다.

"카렌은 말이지, 아빠처럼 여러 가지를 보고 책을 쓰고 싶어. 음……, 앞으로 잘 부탁합니다!"

그렇게 카렌이 함께 여행을 떠나기로 했기에, 우리는 마을을 떠날 준비를 하기 시작했다.

여행에 필요한 물자를 마차에 싣기만 하면 끝이기에 금방 끝나겠지만, 카렌이 함께 가게 되었으니 짐을 정리할 필요가 있었다.

카렌의 물건이 늘어날 테니 정리는 여자 일행들에게 맡겼고, 그동안 나는 아스라드에게 가서 카렌을 데리고 가겠다고 보고했다.

『브렌다와 카렌이 선택한 거라면 나도 말리진 않겠다. 하지만 급하지 않다면 출발을 이틀 정도 미뤄주지 않겠나?』

어찌 됐든 카렌에게 마음의 준비도 시키고 싶었기에 기다리는 건 전혀 상관이 없었다.

찾아보면 할 일이 얼마든지 있었기에 여행에 필요한 것들을 카렌에게 가르치는 동안 이틀이 눈 깜짝할 새에 지나갔고, 우리는 다시 아스라드를 찾아갔다.

카렌도 데리고 오라고 해서 모두 함께 찾아갔는데, 동굴의 넓은 공간에는 용의 모습으로 변한 아스라드뿐만이 아니라 제노드라와 메지아도 있었다.

그런데 제일 신경 쓰이는 건 아스라드가 묘하게 지쳐 보인다는 점이다. 최근 이틀 동안 그를 전혀 볼 수가 없었는데, 무슨 일이 있었던 건가?

고개를 갸웃거리고 있자니 아스라드가 카렌에게 다가가며 물었다.

『카렌. 다시 묻겠다만, 정말 그들과 함께 가려는 게냐?』

"응! 선생님하고 같이 바깥에서 여러 가지를 보고 올 거야. 돌아오면 아스 할아버지에게도 이야기해줄게."

『그래, 기대하마. 그런데 여행을 하려면 마법만으로는 불안할 수도 있겠지. 시리우스, 이 아이에게 줄 무기는 벌써 마련했는가?』

"아뇨. 근처 마을에 도착하면 이 아이에게 맞는 무기를 찾아볼 생각이에요."

『그렇다면 찾아볼 필요는 없다. 카렌, 이걸 가지고 가거라.』

그렇게 말한 아스라드는 나이프 한 자루를 카렌에게 건넸다.

흑요석처럼 검게 빛나는 나이프였고, 칼날과 자루가 일체화된 형태를 보니 아마 하나의 덩어리를 깎아서 만든 물건 같다.

척 보기에는 투박하고 까만 나이프로만 보이지만, 막대한 마력이 담긴 걸 알 수 있었다.

『그것은 내 뿔을 깎아서 만든 것이다. 아직 어린 네게는 조금 무거울지도 모르겠지만, 금방 익숙해지겠지.』

그 말을 듣고 돌아보니 아스라드의 머리에 난 뿔이 조금 짧아졌다는 것을 눈치챘다.

전체적으로 보면 큰 손실은 아니겠지만, 용족의 뿔은 비늘보다 더 단단해서 깎아내기만 하더라도 고생을 해야 한다는 모양이었다. 아스라드가 지친 이유는 저걸 계속 깎았기 때문인 것 같다.

"고마워! 아스 할아버지!"

『사람이든 마물이든 간단히 찌를 수 있는 나이프니까 다룰 때는 조심해야 한다.』

"아스 할아버지도?"

『하하하, 내 비늘을 얕보지 말거라. 그렇게 자그마한 걸로 내 자랑스러운 비늘을 뚫을 수 있을 리가……, 으윽?!』

"찔렀어!"

자기 몸이 튼튼하다는 것을 자랑하던 아스라드의 팔을 카렌이 나이프로 찌르고 있었다.

살짝 찌른 정도라 피가 나진 않았지만, 저 나이프는 용의 비늘조차 뚫을 수 있다는 걸 알게 된 것 같다.

카렌은 정말 장난꾸러기 같은 구석이 있긴 하지만, 아스라드가 튼튼하다는 것을 알고 한 행동이니 아무나 상관없이 찌르지는 않을 것이다.

이번에는 손녀에게 허세를 부리던 영감님이 잘못했다는 걸로 해두자.

"카렌. 그럴 때는 상대방에게 허락을 받고 해야 하는 거야. 너도 갑자기 누가 찌르면 싫겠지?"

"그래도 아스 할아버지라면 괜찮을 것 같았고, 아스 할아버지도 궁금해하는 것 같길래."

『하하하, 이 정도라면 별것 아니니 신경 쓸 필요 없다. 보거라, 벌써 상처가 아물기 시작했지?』

"다행이야. 그럼 어디를 찌르면 안 들어갈까? 아스 할아버지의 비늘은 대단하니까."

『……이제 찌르지 말아다오.』

외모나 몸집이 전혀 다른데도 보고 있으면 항상 즐거운 손녀와 할아버지다.

용족의 장로도 아이에게는 이길 수 없다고 생각하며 바라보고 있자니 겨우 카렌을 달랜 아스라드가 내게 손을 내밀었다.

그리고 눈 앞에 펼쳐진 그 손바닥 위에는 카렌에게 준 것보다 커다란 나이프가 있었다.

『그대들에게는 카렌을 구해준 것과 지금까지 애써준 것에 대한 보답으로 이걸 주마. 내 이빨을 깎아서 만든 나이프다.』

아스라드의 이야기를 들어보니 예전부터 브렌다가 우리에게 줄 보답에 대해 의논했던 모양이다.

모녀의 목숨을 구해준 것뿐만이 아니라 카렌을 맡아주기까지 하는데 아무것도 줄 게 없다며 고민했던 것 같다.

그래서 모녀를 계속 지켜봐 온 아스라드가 대신 뭔가 마련해 주게 된 것 같다.

"그런 거라면 사양하지 않고 받겠습니다."

『으음, 그 아이에게 필요한 것을 마련하기 위해 돈도 필요하겠지? 곤란해지면 팔아서 돈으로 바꿔도 된다.』

"마석이나 보석도 잔뜩 받았으니 당분간은 문제없어요."

용족, 그것도 장로가 될 정도로 성장한 용의 이빨로 만든 물건이니 믿음직스럽다.

하지만 나는 디에게 받은 검과 피아, 그리고 스승님에게 받은 나이프가 있기 때문에 무기는 충분하다.

어떻게 할지 잠깐 고민하다가 받아들고 포장된 천을 벗겨보니 카렌이 받은 나이프와 마찬가지로 까맣게 물들어 있고 멋지게 생긴 칼날이 드러났다.

"오오……, 왠지 대단한데."

"응, 카렌의 나이프와는 다른 힘이 느껴져."

"보고 있기만 해도 빨려들어 갈 것 같은 칼날이야. 엘프가 만든 것보다 더 대단하네."

"정말 좋아 보이는 무기네요. 철도 간단히 잘라버릴 것 같아요."

"그럼 에밀리아가 써볼래?"

"그래도 될까요?"

부족한 것까진 아니지만, 우리 중에서 공격력이 가장 낮은 사람이 에밀리아이기 때문이다.

나이프는 레우스와 맞지 않을 테고, 리스와 피아에게는 강력한 정령 마법이 있다. 그리고 나 다음으로 나이프를 잘 다루는 게 에밀리아니까.

『그건 이제 너희들 것이니 누가 쓸지는 마음대로 정하도록 하거라.』

전체적인 전력이 올라가면 그만큼 카렌을 잘 지켜줄 수 있으니까.

이건 에밀리아가 쓰는 게 가장 좋을 것 같은데, 정작 본인은 조금 곤란하다는 표정을 짓고 있었다.

"제가 쓰게 되면 기쁘겠지만, 그렇게 대단한 나이프라면 시리우스 님께서 더 잘 다루실 것 같아요."

"그럼 말이지, 형님의 미스릴제 나이프를 누나가 쓰면 되는 거 아니야?"

"좋은 생각일지도 모르겠지만, 됐어. 이건 지금까지 써온 파트너 같은 거니까.”

손에 익숙하기도 하고, 소중한 추억이 담긴 물건이기도 하다. 한계를 맞이할 때까지는 내가 계속 쓰고 싶다.

물론 스승님에게 받은 나이프도 다른 사람에게 넘기고 싶지 않다. 사실 지면에 꽂지 않아도 말을 할 수 있어서 내가 모르는 사이에 에밀리아에게 이상한 소리를 할 수도 있을 테니까.

“그렇게까지 소중히 다뤄준다면 나도 준 보람이 있네.”

“이 녀석에게는 여러 번 도움을 받았으니까. 그러니 이 나이프는 사양하지 말고 에밀리아가 써줘.”

“알겠습니다. 소중히 쓰도록 할게요.”

내게 받은 나이프를 조심히 받아든 에밀리아는 자랑스럽다는 듯이 웃었다. 아마 주인에게 무기를 받는 것이 시종으로서 최고의 명예이기 때문일 것이다.

기뻐서 에밀리아의 꼬리가 이리저리 흔들리는 와중에 나이프를 바라보고 있던 피아가 뭔가 생각났다는 듯이 고개를 끄덕이고 있었다.

“그러고 보니……, 어딘가의 풍습으로 남자가 여자에게 프로포즈를 할 때 나이프를 준다는 이야기를 들은 적이 있어.”

“그게 무슨 소리야? 무기를 받으면 기쁜가?”

“남편 말고 다른 사람에게서 정조를 지키기 위해서 어찌할 수 없는 상황이 되면 자결해달라는 뜻인 모양이야. 딱히 진짜로 그러라는 건 아니고, 자신만의 여자가 되어달라는 의미로 주는 거지.”

“우후후. 제 모든 것은 이미 시리우스 님의 것인데요.”

꼬리를 흔드는 속도가 멈출 줄 모르고 계속 올라가고 있으니 이제 좀 진정해줬으면 좋겠다.

그리고 제노드라와 메지아가 자연스럽게 이빨과 비늘을 나누어 주었기에 잘 사용하면 여러 가지 물건을 만들 수 있을 것 같다.

그 이후로 내일쯤 출발하겠다고 말한 뒤 집으로 돌아왔는데, 카렌은 함께 오지 않았다.

아직 아스라드와 이야기를 하고 있다고 말하자 브렌다와 데보라는 딱히 신경 쓰지 않는 것 같았다. 나는 그런 두 사람을 데리고 바깥으로 나왔다.

"이런 곳까지 데리고 오다니, 대체 볼일이란 게 뭔가?"

"그래. 아직 가지고 갈 것들을 다 챙기지도 못했는데."

"출발하기 전에 두 분께 보여드리고 싶은 게 있어서요."

갑자기 데리고 나오자 의아해하는 두 사람과 함께 우리는 아스라드가 살고 있는 동굴이 보이는 곳으로 나왔다.

올려다봐야 할 정도로 높은 위치에 있는 동굴 입구는 하늘을 날아서만 갈 수 있고, 지금 그 커다란 입구 앞에 한 소녀가 서 있었다.

"저건……, 카렌? 아스라드 님께서 놀아주고 계신 것 아니었나?"

"오늘은 아스라드 님께서 데려다주시는 줄 알았는데. 바로 데리러 가야겠어."

"잠깐만요. 카렌이 저기 있는 건 두 분께 보여드리고 싶은 게 있기 때문이에요.”

　만에 하나를 대비해 근처에 호쿠토를 대기시켜두었으니 최악의 사태는 벌어지지 않을 것이다.

　두 사람이 고개를 갸웃거리는 와중에 심호흡을 마친 카렌은 갑자기 하늘을 향해 뛰어올랐다.

　유익인이라면 날 수 있기 때문에 초조해할 필요는 없지만, 날개가 비대칭인 카렌은 하늘을 날 수가 없기에 올려다보고 있던 모녀가 매우 당황하기 시작했다.

　카렌을 구하기 위해 브렌다와 데보라가 급하게 날개를 펼쳤지만, 중간에 둘 다 굳어버렸다.

　“어……? 카렌?”

　“어떻게 된 게야? 저렇게 천천히…….”

　“카렌이 두 분 몰래 하던 훈련의 성과죠.”

　왜냐하면, 카렌의 낙하 속도가 매우 느렸기 때문이다.

　새처럼 날개를 활짝 펼치고 포물선을 그리며 천천히 활공하는 카렌의 모습을 두 사람이 멍하게 올려다보고 있었다.

　“지상에서 날아오르는 건 힘들지만, 높은 위치에서 뛰어내리는 것 정도는 문제없어요.”

　“어머니, 카렌이……, 카렌이!”

　“그래. 조금 비틀대기는 하지만, 훌륭하구나. 같은 나이 또래 아이도 저렇게까지 즐겁게 날 수는 없을게야.”

　“그래도……, 어떻게? 카렌의 날개로는 저런 바람을…….”

　“저 아이의 날개를 잘 살펴보세요.”

의아해하던 두 사람은 내 말을 듣고 카렌의 날개 중 짧은 쪽이 희미하게 빛나고 있다는 걸 눈치챈 모양이었다.

"마력은 응축시키면 질량이 생기죠. 카렌은 마력을 날개에 집중시켜서 양쪽 날개의 크기를 맞춘 겁니다."

애초에 유익인은 그냥 날개를 퍼덕여서 날아다니는 게 아니다. 날개에 마력을 담아서 부력을 얻어, 양쪽 날개로 균형을 잡으며 날아다닌다고 한다.

그래서 카렌은 똑바로 날기는커녕, 낙하 속도를 줄이는 것도 제대로 하지 못했지만, 지금은 마력으로 유사 날개를 만들어서 모양새는 조금 다르지만, 유익인과 마찬가지로 날 수가 있게 되었다.

당연하게도 그에 맞게 마력을 소모하고, 마력 조작도 정밀하게 해야 하기 때문에 지금은 활공만 가능하고, 오래 버티지도 못한다. 다른 유익인이 하늘을 나는데 마력을 1 소비한다면, 카렌은 4 정도는 필요할 것이다.

그럼에도 불구하고 카렌은 하늘을 날기 위한 첫걸음을 내디딘 것이다.

"허억…… 허억……, 엄마! 할머니! 봤어?"

중간에 위험한 상황도 있긴 했지만, 숨을 헐떡이면서 브렌다 앞에 무사히 착지한 카렌은 자랑스럽다는 듯이 웃고 있었다.

딸을 껴안고 기뻐하던 브렌다는 신경 쓰이는 게 있는지 의아해하고 있었다.

"정말 대단하더라, 카렌. 그런데 왜 날려고 생각을 한 거니"

"그래. 다른 아이들도 아직 날지 못하는데 말이지……."

카렌 정도 되는 나이에 하늘을 나는 연습을 하는 건 이른 모양이었다. 위험하기도 하고, 아직 몸과 날개가 성숙되지 않았기 때문이다.

그 사실을 알고 있을 텐데도 카렌이 왜 내게 부탁해서 훈련까지 하면서 부모님에게 보여주려 한 걸까?

"내가 얼른 크면 엄마랑 할머니도 괜찮겠지?"

그것은 조금이나마 부모를 안심시키기 위해서였다.

지금까지는 보여준 적이 없는 진지한 표정으로 날 수 있게 되고 싶다며 카렌이 부탁했을 때는 깜짝 놀랐지만, 그때 들고 있던 책을 보니 이해할 수 있었다.

그 책은 나를 선생님이라 부르게 되었을 때 준 책이었고, 비트가 마지막으로 남긴 책이었다.

때가 될 때까지 숨겨두었던 그 책에는 여행에 필요한 지식과 주의사항뿐만이 아니라 카렌에게 남겨둔 말도 적혀 있었기에 이 아이는 그것을 실천한 것에 불과하다. 어머니를 안심시켜주기 위해 딸이 강하게 자랐으면 한다는 마음에 부응한 것이다.

"그렇……구나. 더 많이 커서 엄마를 안심시켜주렴."

"응!"

딸의 마음을 이해한 브렌다는 복잡한 감정을 필사적으로 억누르면서도 카렌의 머리를 자상하게 쓰다듬고 있었다.

그리고 여행을 떠나는 날.

우리가 출발한다고 하자 많은 유익인과 용족들이 배웅하러 와

주었다.

처음에는 우리를 꺼려 했지만, 카렌과 브렌다를 구해주었다는 것과 요리를 가르쳐준 덕분인 것 같다. 우리는 마을 사람들에게 작별 인사를 하면서 마지막 준비와 모녀들끼리 작별 인사를 하고 있는 카렌이 집에서 나오기를 기다리고 있었다.

"……늦네, 카렌."

"한동안 어머니를 만날 수 없게 되는 거잖아. 마음 편히 기다리자."

"아, 아직 멀었어? 카렌? 나는 슬슬 한계인데!"

뒤에서 묘하게 한심한 목소리가 들린다 싶었는데 마을에 사는 아이들이 레우스에게 몰려들어서 엄청난 상황이 벌어지고 있었다.

겉과 속이 똑같은 성격인 데다 훈련을 하다가도 짬짬이 아이들과 놀아줘서 잘 따르게 되어버린 모양이었다.

"레우스 형! 가지 마!"

"그래! 더 놀아줘!"

"안 된다니까. 나는 형님하고 함께 가야 해."

"""싫어!"""

팔과 다리에 달라붙어 있는 아이들을 억지로 떼어낼 수도 없어서 부모들이 필사적으로 달래는 와중에 드디어 카렌이 브렌다와 함께 집에서 나왔다.

개인적인 물건을 가지고 오라고 해서 그런지 카렌이 가죽제 가방을 무겁다는 듯이 끌어안고 있는데…….

"가득 찬 모양인데."

"갈아입을 옷이나 일용품은 마차에 실어두었는데, 뭐가 들어 있을까요?"

"선생님! 준비 다 됐어!"

"아하하……."

고개를 갸웃거리고 있는 우리를 보고 브렌다가 쓴웃음을 짓는 걸 보니 왠지 기분 나쁜 예감이 들었다.

"카렌, 그렇게 많이 뭘 챙긴 거야? 필요한 것만 가지고 오라고 했을 텐데."

"그런데?"

"그럼 뭐가 들어 있는지 보여줄래?"

"……필요한 거야!"

물어보지 말라는 듯이 주머니를 몸으로 가리려 했는데, 그 반동으로 가방에서 무언가가 떨어져서 땅바닥에 굴러갔다.

그것을 확인한 우리는 일제히 고개를 끄덕인 다음 말없이 카렌을 둘러쌌다.

"……강제 수사를 실행한다."

"아, 안 돼! 이건 카렌의……, 아앗!"

"…………벌꿀이군."

"벌꿀이네."

가방에는 용기에 담긴 벌꿀이 가득 들어 있었다.

지금까지 카렌이 떼를 써서 벌꿀을 몇 번 따러 갔었는데, 보아 하니 내가 모르는 사이에 몰래 자기 몫을 챙겨두었던 모양이다. 설마 이렇게 많이 숨겨두었을 줄은 몰랐다.

살펴본 결과……, 짐의 8할 정도가 벌꿀이었다.

보존식량이라고 생각하기에도 지나치게 많았기에 필요한 만큼만 남기고 나머지는 전부 집에 두고 가기로 했다.

"카렌의 벌꿀……."

"그렇게 많이 가져가지 않아도 여행하다가 또 따면 되잖아."

"현지 조달은 여행의 기본이야."

"응. 그래도……."

아직 미련이 남아 있는 걸 보니 어서 출발하는 게 나을 것 같다. 계속 내버려 두면 그 틈을 타서 가지러 갈지도 모르고.

그리고 레우스에게 몰려든 아이들이 진정했을 때쯤, 브렌다가 우리 앞으로 와서 고개를 크게 숙였다.

"여러분, 이렇게 먹보 같은 딸이지만 부디 잘 부탁드립니다."

"이런 건 익숙하니까 맡겨만 주세요."

우리 일행 중에는 먹보가 두 명 더 있으니까. 그리고 먹보라 해도 벌꿀 한정이니 귀엽기도 하다.

가끔 이 마을로 돌아올 거라 말해두긴 했지만, 역시 불안할 테니 내가 선언하는 듯이 브렌다에게 말했다.

"브렌다 씨. 당신의 따님은 책임지고 맡겠습니다. 그러니 저와 한 약속도 지켜주세요."

"그래. 당신에게 지지 않게끔 온 힘을 다해 노력할게."

브렌다의 눈이 빨간 걸 보니 집안에서 딸을 끌어안고 울었던 것 같다.

그렇지만 결의에 찬 눈빛으로 고개를 끄덕여주었기에 나도 안심하고 여행을 떠날 수 있을 것 같다.

그리고 우리 마차를 끌어안은 제노드라와 세 용들을 타고 마을을 출발하려고 하자 카렌이 브렌다에게 소리쳤다.

"엄마! 할머니! 카렌은 열심히 할게!"

"카렌, 그게 아니잖아?"

"아, 응. 다녀올게…… 어머니!"

마지막으로 어머니의 호칭을 바꾼 카렌을 보고 브렌다는 멍하게 있다가 바로 손을 흔들며 딸과 우리를 배웅해주었다.

『그럼 잘 가거라. 다음에 올 때는 하늘에 뭔가 신호를 보내도록. 바로 마중을 보내마.』

『여러모로 배웠습니다.』

『곤란한 일이 생기면 언제든 불러주십시오.』

『호쿠토 님과 레우스도 건강하길!』용의 둥지 입구인 숲 앞에 내려달라고 한 다음, 제노드라 일행과 작별 인사를 마친 우리는 다음 목적지인 생도르로 향해 마차로 나아가고 있었다.

근처 도로를 향해 길 없는 길을 나아가던 동안 우리는 멀어져 가는 용의 둥지를 마차에서 바라보며 이야기를 나누고 있었다.

"여러 일이 있었지만, 마음이 따뜻한 사람들밖에 없었지."

"다른 종족이라 해도 서로 존중하면서 사니까 평화로워서 지내기 편한 마을이었어요."

"우리하고 할아버지가 살던 마을이 생각나는데."

"그래. 자리를 잡게 되면 저런 곳에 살고 싶어."

여행을 영원히 계속할 예정은 없으니 언젠가는 끝을 맞이할 테고, 자리를 잡게 될 때가 올 것이다. 부인을 세 사람이나 맞이했으니 아이도 많이 생길 테고, 천천히 아이와 제자들을 키워보고 싶기도 하다.

미래 이야기는 일단 제쳐두고, 지금은 카렌이 중요하다.

"그렇게 기운이 넘쳤는데……, 역시 쓸쓸하구나."

여행을 기대하던 카렌은 지금 마차 뒤쪽에 앉아서 흘러가는 경치를 멍하게 바라보고 있었다.

지금까지는 바깥에 대한 동경이나 호기심 때문에 신경 쓰지 못했을지도 모르겠지만, 실제로 고향을 떠나자 쓸쓸한 마음이 한꺼번에 밀려왔을 것이다.

그렇게 슬픈 분위기가 느껴지는 카렌의 뒷모습을 보고 있자니……, 왠지 이상했다.

그때, 나와 같은 의문을 품고 있던 에밀리아가 코를 움직이더니 갑자기 여행 물자를 넣어둔 상자를 뒤지기 시작했다.

"시리우스 님. 벌꿀이 하나 없어졌어요."

"내, 내가 먹은 게 아니야?!"

"나도 마찬가지야! 아, 그러고 보니 아까 카렌이 그쪽에 있었던 것 같은데……."

"그렇군, 모두의 눈을 속이다니, 훌륭한 솜씨야. 벌꿀 한정일지도 모르겠지만."

"어찌 됐든 여행 물자를 멋대로 먹다니, 못된 아이구나. 혼내야 하는데, 지금 카렌에게는 너무 엄한가?"

"흐음, 이번만은 특별히 봐주자. 미안하지만 내게 맡겨주지 않겠어?"

부인들이 고개를 끄덕이며 조용히 지켜보고 있는 가운데 나는 벌꿀을 손가락으로 떠서 먹고 있던 카렌 옆에 앉았다.

평소에 벌꿀을 먹을 때는 활짝 웃으면서 먹곤 했는데, 지금은 무표정하게 먹고 있다.

"맛있어?"

"앗?! 카, 카렌은 안 먹었는데?"

내 말을 듣고 허둥대며 벌꿀을 뒤쪽으로 숨겼지만, 그러면 에밀리아와 다른 사람들에게 다 보인다.

일단 눈치채지 못한 척하긴 했지만, 내가 옆에 앉을 때까지 알아차리지 못할 정도로 멍한 상태였다는 뜻이기도 하다. 좋아하는 음식을 먹으면서 모르는 척하는 거겠지만, 확실하게 말해두어야 할 것 같다.

"카렌. 지금이라면 어머니가 있는 곳으로 돌아갈 수 있어. 창피할 수도 있지만, 네 나이라면 집에 가고 싶은 게 당연한 거니까."

"……아니. 아빠 책에……, 울보가 되면 안 된다고 적혀 있었으니까."

"그렇구나."

카렌의 집에 남겨두고 온 비트의 책에는 여행에 대한 마음가짐과 여러 가지 내용이 적혀 있었다.

여행이란 새로운 만남과 신기한 것들을 찾아내는 즐거움뿐만이 아니라 지독한 현실과 친한 자들과의 이별 같은 공포, 슬픔도 있는 법이다.

그렇게 어두운 감정에 짓눌리지 않게끔 참을성과 인내를 키워야 한다고도 적혀 있었다.

충분히 성장한 아이를 위해 남긴 내용일 테니 어린 카렌에게는 어려운 내용이었겠지만, 툭하면 울거나 포기하면 안 된다는 것은 이해한 것 같았다.

그게 잘못이라는 건 아니지만…….

"그래도 울면 안 된다는 뜻은 아니겠지?"

"울면 울보가 되는 거 아니야?"

"그래. 가족이나 고향을 생각하면서 우는 건 나쁜 게 아니야. 중요한 건 계속 울고만 있지 않고 다시 어머니를 만날 수 있는 날을 기대하는 거지."

"다시…… 만날 수 있어?"

"언제가 될지는 모르겠지만, 반드시 카렌의 집으로 돌아갈 거야. 그때까지 울보를 벗어나면 되는 거지. 참는 법도 나중에 익히면 되니까, 지금은…… 알겠지?"

"……응. 흐윽……."

새 제자의 머리를 쓰다듬으면서 천천히 품속으로 끌어안아 주자 카렌은 울음소리를 참으려는 듯이 울기 시작했다.

이럴 때는 참지 않고 우는 게 제일 좋을 것이다. 특히 어린아이의 경우에는 이것저것 마음속에 담아두다 보면 정서가 불안정해질 수도 있으니까.

그 책에 적혀 있던 마음가짐은 카렌의 성장에 맞게 내가 천천히 가르치도록 해야겠다.

　카렌……, 울보가 되면 안 된다고 했지만, 어머니와 고향이 그리워도 돌아가겠다고 말을 하지 않는 너는 정말 강한 아이야.

　앞으로도 우리가 온 힘을 다해 지켜줄 테니까 네 성장을 곁에서 지켜볼 수 있게 해줘.

　그렇게 이별을 거쳐 조금 성장한 소녀와 함께 우리는 생도르로 향하게 되었다.

—— 브렌다 ——

"……정말 괜찮은 게야?"

"당연하지. 카렌은 비트도 인정해줄 것 같은 선생님하고 함께 있으니까 무슨 일이 생긴다 해도 무사히 돌아올 거야."

"아니, 카렌이 아니라 너 말이다. 그 아이가 없는 생활을 정말 견뎌낼 수 있겠어?"

어머니가 걱정할 만도 하다.

비트를 잃고 나서 뭘 하더라도 울적했던 무렵의 나를 봐왔기 때문이다.

그리고 남편을 잃은 슬픔을 딸인 카렌에게 의존하면서 둘러대던 모습도 알고 있으니 더더욱 그럴 것 같다.

"그건……, 모르겠어. 내일쯤이면 쓸쓸해서 아무것도 하지 못할지도 몰라."

생각하면 생각할수록 기분 나쁜 상상만 든다.

나를 어머니라고 불러준 모습을 마지막으로 이제 두 번 다시 카렌과 만나지 못하게 될지도 모르니까.

"하지만 말이지, 이대로 카렌하고 함께 산다 해도 내가 안 될 것 같다는 걸 깨달아버렸어."

그들과 만남으로써 카렌뿐만이 아니라 나도 성장해야 한다는 걸 배우게 되었다.

서로 발목을 잡을 수는 없으니까.

"그리고 시리우스 군하고 약속했어. 열심히 연습해서 그 아이가 돌아왔을 때 맛있는 요리를 먹여줘야지."

카렌을 맡는 조건으로 그 아이가 시리우스 군을 선생님하고 부르게 되었고, 다른 조건은 나와 관련된 것이었다.

『여기에 적혀 있는 식재료와 요리를 만들 수 있게끔 연습해주세요. 카렌에게 필요한 거니까요.』

그에게 받은 것은 한 권의 책이었고, 그 안에는 시리우스 군이 기록한 요리 레시피와 식재료를 만드는 법이 자세하게 적혀 있었다.

『제가 여행하는 동안 적어둔 요리 레시피와 그 요리에 필요한 식재료를 만드는 법이에요. 오랫동안 숙성시키거나 발효시킬 필요가 있는 것들이 많아서 여행하는 동안에는 힘들었거든요.』

『이게 조건이야? 카렌하고는 별로 상관이 없을 것 같은데.』

『저희가 다시 돌아왔을 때 여기에 적어둔 요리를 카렌에게 만들어주세요.』

그 말을 들었을 때는 귀를 위심했다.

딱히 요리를 하는 걸 싫어하진 않지만, 시리우스 군 일행이 만든 요리의 맛을 알아버린 이상, 나 같은 건 발치에도 못 미칠 것 같았으니까.

나중에 그 아이가 내 요리보다 시리우스 군의 요리가 더 맛있다……고 하면 한동안 풀 죽어 지낼지도 모른다.

"그래도 어렵기 때문에…… 도전하라는 거겠지?"

아마 딸만 보며 살았던 내게 새로운 목표를 정하라는 뜻일 것이다.

그리고 비트가 책을 쓰던 모습을 봐 왔기에 시리우스 군이 얼마나 진지하게 이것을 썼는지 잘 알고 있다.

이렇게까지 해준 그에게 부응하지 못하면 나는 그를 볼 면목이 없다.

제노드라 님께서도 도와주실 것 같으니 열심히 해보자.

그건 그렇고, 바깥 세계에는 다양한 요리가 있구나. 익히는 게 힘들 것 같긴 하지만, 다음에 그 아이들이 돌아오면 은혜도 갚을 겸, 이 요리를 잔뜩 대접해줘야겠다.

자……, 숙성이라고 해서 시간을 오래 들일 필요가 있는 식재료도 있으니 시작하려면 바로 하는 게 좋겠지?

나는 그 아이가 날아가는 모습을 바라보면서 맹세하는 듯이 중얼거리고 있었다.

"다녀오렴, 카렌. 엄마도 열심히 할게."

—— 남겨져 있던 책의 한 구절 ——

내 아이에게.

이걸 읽고 있는 걸 보니 네가 바깥 세계로 여행을 떠나기로 결심한 모양이구나.

그러기 위해 필요한 마음가짐은 이미 알려주었지만, 조금만 더 적도록 하마.

여행이라는 것은 즐거운 것만 있는 게 아니라, 힘든 일이나 슬픈 일도 잔뜩 있는 법이란다.

그러니 몸뿐만이 아니라 마음도 강해지렴.

그렇게 하면 분명히 어머니도 안심하고 너를 보내줄 테니까.

그리고 진심으로 믿을 수 있는 동료를 만들렴.

서로 받쳐주면서 너뿐만이 아니라 동료도 함께 강해질 수 있을 테니까.

그런데……, 너는 어떤 아이일까?

남자아이?

아니면 여자아이인가?

아니, 어느 쪽이든 상관없단다.

왜냐하면 나는 네가 무사히 태어나준 것만으로도 기쁘니까.

너를 안아줄 수도 없고, 이름을 불러줄 수도 없는 아버지지만, 나는 너를 그 누구보다 사랑한단다.

마지막으로 부탁하마.

하늘을 자유롭게 날아다니는 유익인의 날개처럼 너는 자유롭게 살 거라.

네가 자유롭게 살면서 씩씩하게 자라나는 것이 내게 무엇보다 큰 행복이니까.

시리우스 일행이 유익인 마을에 머무르기 시작한 지 며칠 뒤.

이것은…… 메지아와의 문제를 해결하고 외부인들을 기피하던 유익인들이 시리우스 일행에게 익숙해지기 시작하며 아무렇지도 않게 말을 걸어주게 된 무렵의 이야기다.

그날, 마을의 장로인 아스라드의 명령에 따라 중요한 회의를할 때 쓰는 동굴에 많은 용족들이 모였다.

『다들 모인 모양이로군. 소집한 이유는……, 알고 있겠지?』

『네, 이해하고 있습니다.』

『이건 매우 위험한 상황입니다.』

용의 모습이기 때문에 겉으로 보기에는 박력이 대단한 용족들도 항상 힘을 주고 다니는 것이 아니라 평소에는 엄숙한 분위기에서 이야기를 나누곤 했다.

하지만……, 오늘 모인 용족들의 표정은 다들 굳어 있었고, 그 자리에 있으면 피부가 타버릴 것처럼 분위기가 날카로웠다.

『장로님, 역시 외부인을 받아들인 게 잘못 아니었을까요?』

『그 녀석들의 영향은 매우 큽니다. 이대로 가다간 거친 수단을쓰려는 자가 나타날지도 모릅니다.』

『나쁜 결과만 있는 건 아닐 텐데. 비트 때와 마찬가지로 우리를 풍요롭게 해주는 기술을 가져다주었잖느냐.』

『하지만 이건 용족의 긍지를 더럽히는 행위입니다! 저는 참을 수가 없습니다!』

　지금 용족들은 두 파벌로 나뉘어서 각자의 주장을 내세우며 부딪히고 있었다.

　하지만 말다툼을 벌이는 동안 감정이 들끓었는지 기어코 꼬리로 몸싸움을 벌이는 자들까지 나왔지만, 제노드라의 일갈에 겨우 잠잠해졌다.

　『휴우……, 역시 우리만으로는 수습이 안 되는군. 이번 문제는 장로님께 정해달라고 하지.』

　『그렇습니다. 이대로 말다툼을 벌여봤자 계속 평행선일 테니까요.』

　『어느 쪽을 고른다 해도 우리는 후회하지 않을 겁니다. 결단을!』

　점점 이야기가 정리되기 시작했고, 용들의 시선이 장로에게 쏠리자 아스라드는 눈을 크게 뜨며 결단을 내렸다.

　『내일 아침에…… 결행한다! 다들 각오를 다지거라!』

　『네!』

　그렇게 긍지를 버리면서까지 각오를 다진 용족은 미래를 크게 바꾸기 위해 움직이기 시작했다.

──── 시리우스 ────

　"여, 좋은 아침이야. 오늘도 열심히 하는구나."

　"좋은 아침입니다. 나중에 도와드리러 갈 테니 너무 무리하지 마시고요."

"기다릴게. 밭을 단숨에 확장할 수 있어서 정말 도움이 많이 되거든."

이른 아침······, 아침 훈련으로 달리고 있던 우리는 중간에 밭일하던 유익인 청년 옆을 지나가며 인사했다.

중간에 마을의 아이가 따라오거나, 우리를 보고 미소를 지으며 손을 흔들어주는 할머니도 있었기에 우리를 많이 받아들여주었다는 것을 실감했다.

"처음에는 그렇게 경계했는데, 마음씨가 따뜻하고 좋은 사람들만 있는 것 같아."

"우리가 적이 아니라는 걸 용족들이 인정해준 덕분이겠지. 그리고 경계하더라도 원래부터 마음씨가 착한 사람들이 많다는 증거일 테고."

그 이후로 이른 아침 훈련이 끝났고, 중간에 늘어진 카렌을 호쿠토의 등에 태우고 돌아오니 카렌의 집 앞이 평소와는 다르다는 것을 눈치챘다.

아침부터 제노드라와 세 용이 오는 경우가 많긴 했지만, 오늘은 제노드라뿐만이 아니라 아스라드를 비롯한 스무 마리 가까운 용족이 집 앞에 늘어서 있었기 때문이다.

그리고 다들 사람 모습이었는데, 표정이 진지함 그 자체여서 언제 공격하더라도 이상하지 않을 분위기를 풍기고 있었다.

솔직히 말해 짐작 가는 게 전혀 없지만, 그냥 내버려 둘 수도 없었기에 우리는 경계하면서 그들에게 다가갔다.

"기다리고 있었다. 제노드라에게 들었던 시간보다 늦게 왔군."

"훈련이 좀 오래 걸려서요. 그런데……, 무슨 일 있나요?"

"으음, 문제가 좀 생겨서 말이다. 우선 각오하고 듣도록 해라."

그리고 묘하게 살벌한 말투로 아스라드가 그렇게 말하자 뒤에 나란히 서 있던 용족들이 일제히 날붙이를 꺼내들었다.

너무나도 갑작스러운 행동 때문에 놀라면서도 자세를 취한 순간, 용족들은…….

"""'고로케'를 만드는 법을 가르쳐주십시오!"""

고개를 숙이며 그렇게 말했다.

그 이후로 너무 뜻밖이라 넘어질 뻔한 우리에게 제노드라가 사정을 설명해 주었다.

"……그러니까, 고로케의 맛을 잊지 못했다고요?"

"으음. 저번에 나와 영감님이 그대들에게 부탁해서 고로케를 만들어주었잖나? 그걸 모두에게 대접하니 푹 빠져버린 모양이라서."

"따, 딱히 그 정도까지는 아니다! 그냥……, 또 먹고 싶어졌을 뿐이지."

"맞아! 맞아! 그렇게 한입에 먹을 만한 것에 우리가 속아 넘어갈 것 같으냐!"

제노드라가 한 말을 들은 용족들이 반발하고 있긴 한데, 아무리 봐도 푹 빠진 것 같다.

일단 사정은 이해했는데, 어째서 그렇게 진지한 표정을 짓고 있는 용족이 많으냐고 물어보니 아무래도 용족의 긍지와 체면

이 걸려 있기 때문인 모양이었다.

"너희에게 고개를 숙이는 걸 참을 수가 없는 녀석들이 많기 때문이다. 정말, 고집스러운 녀석들밖에 없는 것 같아 미안하군."

"고집스럽다니, 그게 무슨 소리냐! 우리보다 작은 자들에게 아양을 떨다니, 용족으로서 용납할 수는 없지!"

"알겠냐? 좀 전에 보여준 우리 모습은 잊거라. 그러지 않으면 용서하지 않을게다!"

특수한 종족이라 그런지 작은 상대에게 쉽사리 고개를 숙이는 걸 용납하지 못하는 모양이다. 우리 종족으로 따지면 귀족과 평민 같은 관계인 것 같다.

메지아와 싸웠던 것처럼 힘을 보여주면 태도가 달라질지도 모르겠지만, 한 번 싸우면 힘들 것 같으니 포기하기로 했다.

"저런 태도라 미안하군. 딱히 우리가 아니라 유익인 중 누구라도 좋으니 고로케를 만드는 법을 가르쳐주었으면 한다. 안 그러면 또 몸싸움을 벌일 것 같으니."

"맞아! 맞아! 우리는 어서 고로케를 먹을 때 빵이 더 맛있는지, 쌀이 더 맛있는지 정해야만 한다."

"아무튼 고로케가 필요하다. 어서 가르쳐주거라."

어젯밤에 동굴 쪽에서 큰 소리가 나는 것 같더니, 코로케를 빵과 같이 먹을지, 쌀과 같이 먹을지를 놓고 싸운 모양이다. 생각해보니 저번에 제노드라와 아스라드도 그 문제로 싸웠던 것 같다.

일부를 제외하면 남에게 무언가를 부탁하는 태도가 아니긴 하지만, 그래도 고개를 숙였고, 딱히 거절할 이유도 없었기에 요리 강습회를 열겠다고 말해보았다.

그 말을 들은 용족들은 안심하는 듯이 숨을 내쉬었지만, 문제가 한 가지 있다.

"가르쳐드리는 건 상관없지만, 배울 사람이 이렇게 많으면 장소와 불을 피울 곳이 부족하지 않을까요?"

"그건 걱정할 필요 없다. 우리를 따라오거라."

"네에⋯⋯."

잠든 카렌을 집의 침대에 재운 다음, 묘하게 자신만만해하는 용족들에게 안내를 받으며 간 곳은 마을에서 조금 떨어진 강가였다.

그곳에는 유익인 수십 명과 돌을 짜맞춰서 만든 간단한 조리대, 그리고 돌솥이 여러 개 있었다. 요리를 하기에는 충분한 장소가 마련되어 있었다. 어제까지 아무것도 없었을 텐데, 어느새 이런걸⋯⋯.

"어젯밤에 모두 함께 협력해서 만들었다. 이만큼 있으면 불을 피울 곳이 부족하진 않겠지."

"고로케에 필요한 모프트는 잔뜩 마련해두었다."

"고기와 기름이 필요하다길래 적당한 마물도 사냥해두었다. 또 필요한 게 있나?"

"그래요⋯⋯, 장작이 좀 부족하지 않을까요? 고로케는 튀김이라서 불을 꽤 많이 쓰는데요."

"불 말인가? 우리가 있잖느냐."

그 말을 듣고 근처 조리장을 돌아보니 돌솥 앞에 앉아 불꽃 브레스를 뿜어대는 용족이 보였다.

불을 스스로 조달할 수 있다면 문제가 없을 테니 쓸데없는 걱정이었나?

"아……."

"바보 같은 녀석! 모처럼 만든 걸 망쳐버리다니!"

큰 소리를 듣고 돌아보니 젊은 용이 힘 조절에 실패했는지 브레스로 돌솥을 통째로 날려버린 상황이었다.

용족은 규격에서 벗어난 종족이라 행동의 규모가 크다고 해야 하나, 조잡하다고 해야 하나……, 아무튼 휩말리면 우리도 위험할 것 같다. 의욕이 넘치는 용족들에게는 미안하지만, 우리가 요리할 때는 그냥 장작을 써야 할 것 같다.

그 이후로 나는 내 작업을 하면서 주위 사람들에게 지시를 내렸고, 각 가정에서 가져온 냄비로 감자 비슷한 열매……, 모프트를 삶은 다음 용족들이 잡아 온 사냥감으로 고기와 기름을 마련하며 준비를 빠르게 마쳤다.

그리고 재료를 섞어서 고로케를 튀겨낼 반죽을 완성한 다음에 모두에게 시범을 보이며 설명해 나갔다.

"이 정도 양을 손에 얹어서 가마니 모양으로 만들어주세요. 어느 정도라면 무너져도 문제는 없고요."

중간에 온 카렌과 가족들도 함께 고로케 반죽을 만들게 되었다.

그런데 반죽이 부드러워서 좀처럼 성공하기가 힘든지 시범을 보여준 것처럼 만들지 못하고 고전하는 사람이 많았다. 특히 용족은 힘이 넘쳐나서 그런지 반죽을 뭉개버리는 경우가 잦았다.

그런 와중에 특이하게도…….

"좋았어! 됐다! 조금 둥글게 뭉쳤지만 이 정도면 불만은 없겠지!"

"……다시 하세요."

고로케 여러 개 분량의 반죽을 힘으로 뭉개서 모양만 낸 사람도 있었다.

용족의 완력으로 압축된 반죽은 요리라고 할 수 없을 정도로 단단해서 과장을 조금 하자면 캐치볼을 할 때도 쓸 수 있을 정도였다.

"이렇게까지 압축시키면 잘 익지도 않고, 다시 써먹기도 힘들겠네. 어쩔 수 없지. 어떻게든 다른 요리에……."

"으음, 역시 전혀 다르군. 이 상태에서 어떻게 그렇게 맛있어지는지……, 수수께끼야."

재활용 방법을 생각하고 있자니 실패작이 그의 배 속으로 들어갔다.

용족은 잡식성이라 먹어도 딱히 문제는 없지만, 뭐라고 해야 하나……, 여러 가지 의미로 한눈을 팔면 안 될 것 같은 사람들 뿐이다.

하지만 모든 용족이 서투른 건 아니었다. 그중에는 손재주가 좋은 사람도 있었고, 제노드라와 아스라드를 비롯해서 잘 만드는 사람도 있었다.

"봐, 엄마. 카렌도 만들었어!"

"어머, 꽤 잘 만들었네? 그리고 어머니도 벌써 그렇게 많이 만든 거야?"

"요령만 알면 간단하지. 아직 잔뜩 남았으니 팍팍 만들자꾸나."

전체적으로 보면 역시 평소에 요리하는 유익인들이 잘 만드는 것 같다.

그렇게 반죽을 전부 다 쓰고 난 다음에 나는 모두의 주목을 받으며 냄비 앞에 섰다.

"이제 방금 만든 반죽을 뜨거운 기름에 튀기기만 하면 됩니다. 기름이 튈 가능성이 크니까 화상을 입지 않게끔 조심하세요."

"카렌은 하면 안 돼?"

"네가 화상을 입으면 곤란하니까 엄마에게 맡기렴."

"그래, 그래. 카렌이 만든 걸 제일 먼저 튀겨줄 테니까 냄비에서 멀리 가 있어."

카렌 일가와 유익인들은 동료들과 함께 느긋한 분위기로 차례차례 고로케를 튀기고 있었다.

한편, 용족들은…….

"으음, 좀 미지근한 것 아닌가? 화력을 키워보자고."

"이건 꽤 두껍게 만들어졌군. 더 강한 화력으로 튀기는 게 나을 것 같다."

"그럼 내 브레스로."

"네, 거기!"

정말……, 진짜로 한눈을 팔면 안 되는 용족밖에 없다.

자칫하다간 냄비 바닥이 뚫릴 정도로 뜨겁게 가열할지도 모르겠다.

게다가 저쪽에 있는 용족은 튀긴 고로케를 젓가락이 아니라 손으로 기름 속에서 꺼내고 있으니……, 진짜 어디서부터 태클을 걸어야 할지.

아니, 용손의 손이라면 뜨거운 기름도 아무렇지도 않을 테니 문제는 없겠지만, 유익인 아이가 따라하면 큰일이니까. 진짜로 자중해줬으면 좋겠다.

그런 해프닝을 겪으면서도 고로케를 전부 튀긴 다음에 겨우 시식을 하게 되었다.

"오오……, 이거다! 이것이 바로 고로케야!"

"으음. 막 튀긴 게 가장 맛있다고 듣긴 했는데, 정말이었군."

"그런데……, 왠지 저번에 먹었던 것과는 다르군. 다른 이유가 뭐지?"

초보라는 이유도 있겠지만, 재료를 준비할 때 맛을 세밀하게 조정하거나 튀기는 시간 같은 곳에서 차이가 생겼기 때문일 것이다.

이제 만드는 순서는 알았을 테니 여러 번 도전하면서 이상적인 맛에 다가가면 된다고 알려주고 이번 강습회를 마쳤다.

입맛을 다시는 사람이나 이상적인 맛과는 다르다며 고개를 갸웃거리는 사람 등, 여러 가지 반응을 보이는 학생들을 만족스럽게 바라보고 있자니 용족 일부가 분한 표정을 지으며 중얼거렸다.

"으음……, 이것도 좋지만 역시 빵이 더 낫군. 그건 식어도 맛있었는데."

"아니, 빵보다는 쌀이지. 두 개를 동시에 먹었을 때 느낀 맛은

빵과는 비교도 되지 않는다고 몇 번이나 말했을 텐데.”

“뭐라고? 어제 했던 싸움을 여기서도 할 셈이냐?”

“흥, 네가 물러서지 않는다면 말이지!”

“……호쿠토.”

“멍!”

곧바로 호쿠토를 파견하자 싸우기 시작한 용족을 눈 깜짝할 새에 진압해주었다. 용의 모습이라면 호쿠토도 조금 버거웠을지 모르겠지만, 사람 모습이어서 간단히 이긴 모양이다.

“크윽?! 용족인 우리가 이렇게 간단히…….”

“정리가 아직 끝나지 않았으니 싸움은 나중에 해주세요.”

“하지만 정리보다는 더 중요한 싸움이…….”

“크르르르릉!”

““네…….””

용족들의 쓸데없는 싸움과 호쿠토의 사제가 더 늘어날 것 같은 상황을 보고 나는 자연스럽게 한숨을 내쉬었다.

그렇게 강습회를 진행한 다음 날, 나는 아침부터 제노드라를 타고 하늘을 날고 있었다.

왜냐하면 아침 훈련을 마친 뒤에 갑자기 나타난 제노드라의 초대를 받았기 때문이다.

『더 맛있는 고로케를 만들려면 소재가 중요하겠지? 희귀한 사냥감이 서식하는 곳에 갈 생각이다만, 같이 가지 않겠나?』

저번에 용족들이 잡아 온 마물 고기와 기름은 고로케와 어울리지 않았던 것 같긴 하다.

요즘 며칠 동안은 카렌의 훈련에 전념했으니 슬슬 휴일을 잡을 생각도 있었기에 모두에게 오늘은 자유시간이라고 말한 다음 제노드라와 함께 가기로 한 것이다.

그런데…… 그는 조건을 하나 내세웠다.

『미안하지만 많이 몰려갈 수 있는 곳은 아니다. 갈 거라면 시리우스 혼자만 따라와다오.』

카렌 눈치를 보는 걸 보니, 소재를 확보하는 것뿐만이 아니라 나와 개인적인 이야기를 하고 싶은 것 같았다.

그런 느낌이 든 나는 상관없다고 했지만, 에밀리아가 이야기를 듣고 끼어들었다.

"잠깐만요. 적어도 저희 일행 중에서 한 명만이라도 데리고 가주실 수 없을까요?"

메지아와 싸우다가 부러진 뼈도 꽤 많이 나아서 일상생활 정도라면 문제가 없지만, 심하게 움직이면 아직 아프다.

그런 내 몸을 걱정하는 에밀리아의 마음을 이해한 제노드라가 한 명 정도라면 괜찮다고 하자 피아를 제외한 제자들의 분위기가 확 바뀌었다.

"역시 이번에는 시종인 제가 가야 하지 않을까요?"

"그래도 말이야, 사냥이라면 나잖아? 맛있는 걸 찾으러 간다면 내가 가야지."

"다친 사람이 있으니까 치료할 수 있는 내가 낫지 않을까?"

"카렌도 가고 싶어!"

카렌은 애초에 갈 수가 없지만, 세 사람 모두 물러날 생각이 전혀 없는 것 같았다. 참고로 피아도 가고 싶은 마음이 있긴 했지만, 연장자로서 배려해준 모양이었다.

그리고 이야기를 나눈 결과 가위바위보로 정하게 되었는데…….

"그럼, 갑니다……."

"""가위 바위……."""

"멍!"

어째서 호쿠토까지 참가한 거지?

아니, 참가한 건 좋은데, 호쿠토의 발로는 보……, 애써봤자 주먹밖에 못 내니까 꽤 불리할 것 같다.

"……호쿠토 씨는 가위를 내셨군요. 그럼 한 번 더 해야겠네요."

그리고 모두가 손을 내민 순간에 호쿠토의 발치에서 먼지가 피어오르나 싶더니 거기에 가위 마크가 그려져 있었다. 그렇구나. 발톱으로 지면에 손을 그리면 불리하진 않겠지. 신체능력을 낭비하는 것 같긴 하지만.

그리고 모두의 예측을 간파한 것은…… 호쿠토였다.

그렇게 매우 신이 난 호쿠토와 함께 제노드라를 타고 하늘을 날아가고 있는데, 한 가지 신경 쓰이는 부분이 있었다.

"저기, 딱히 이렇게까지 할 필요는 없을 것 같은데."

"끄응……."

유익인의 마을로 처음 왔을 때는 참았지만, 나를 태우는 건 역시 자기여야만 한다고 생각하는 것 같다.

그 결과, 제노드라의 등에 엎드린 호쿠토 위에 내가 타서, 옆에서 보면 정말 비현실적인 모습이 되었다.

『뭐, 너무 그렇게 뭐라고 하지 말 거라. 호쿠토도 그대를 태우는데 긍지를 지니고 있어서 그런 모양이니.』

"멍!"

통역해주는 사람은 없지만, 도와줘서 고맙다……고 말하는 것 같다.

복잡한 마음으로 하늘을 계속 날아간 다음 목적지 근처에 도착하자 갑자기 제노드라가 감상에 젖은 듯한 느낌으로 우리에게 말을 걸었다.

『후후……, 정겹군. 예전에 비트와 함께 하늘을 날아다니던 때가 생각나는구나.』

"그러고 보니 제노드라 님이 그분의 친구였다면서요?"

『그래. 잊고 싶어도 잊을 수가 없을 정도로 내게 좋은 벗이었다.』

역시 카렌의 아버지에 대해 이야기하고 싶어서 나를 데리고 온 거구나.

그렇게 말하고 입을 다문 제노드라는 깊은 숲속 한가운데에 착지한 다음 우리를 내려주고 사람 모습으로 변하면서 뒷이야기를 말해주었다.

"처음에는 어른이면서도 어린애처럼 까불어대는 녀석이라고 정색했지만, 이야기해보니 묘하게 마음이 맞아서 말이지. 정신을 차리고 보니 등에 태우고 이곳저곳을 날아다닐 정도로 사이가 좋아졌다."

마을로 데리고 온 비트의 감시는 제노드라가 맡았다고 한다.

비트는 다른 유익인이나 용족에게 신기한 경치나 동물, 식물이 자생하는 장소에 대해 들을 때마다 제노드라에게 데려다 달라고 몇 번이고 부탁한 모양이었다. 내가 메지아와 싸웠던 곳인 신전 폐허에도 데리고 간 적이 있다고 한다.

"처음 보는 식물이나 마물을 발견할 때마다 비트는 어린애처럼 신난 모습을 보였지만, 우리는 상상도 못 한 활용 방법을 바로 발견해서 가르쳐주곤 했지. 예를 들자면……, 이거다."

숲을 걸어가면서 이야기하던 제노드라는 근처에 자란 풀을 잡고 내게 보여주었다.

"그대들은 데보라가 만든 감자조림을 먹어보았겠지?"

"네. 만드는 방법이 간단한 것 같았는데 매우 깊은 맛이 나서 맛있던데요."

"그 요리에 사용한 향신료의 재료가 이거다. 이 풀을 먹을 수 있다는 것을 눈치채고 가공해서 향신료로 만드는 방법을 고안해낸 게 비트지."

예전에 비트가 쓴 책을 보고 알게 되었는데, 그의 지식량과 기억력이 정말 대단한 것 같았다.

아마 나와는 비교도 안 될 정도로 오랫동안 여행을 하면서 여러 가지를 경험하고 기술을 익혔을 것이다.

간단하지는 않았겠지만, 그러면 이 근처에서 딸 수 있는 미지의 약초를 발견하고 가공할 수 있다 해도 이상하지는 않을 것 같다.

"그 밖에도 농업의 수확량이 늘어나는 방법이나 새로운 옷감, 편리한 도구를 만들어 주었고, 좀처럼 낫지 않는 병에 잘 듣는 약초의 조합 방법도 가르쳐주었다. 그 덕분에 동포들의 삶이 아주 편해졌지."

바깥과는 교류를 단절하고 있는데도 바깥 세계와 비슷한 옷과 도구가 있던 건 그런 이유 때문이었구나.

혼자서 납득하고 있자니 갑자기 제노드라의 분위기가 바뀐 것을 눈치챘다.

"비트가 오기 전까지 동포인 유익인들의 삶은 그다지 편하다고 할 수는 없었다. 딱히 곤란한 건 아니었지만, 그냥 별생각 없이 살아간다……는 느낌이었지."

용족들은 강인한 육체를 가지고 있는 것뿐만이 아니라 뭐든지 먹을 수 있는 잡식성이다. 마음만 내키면 혼자서도 살아갈 수 있는 존재이기 때문에 유익인에게 부족한 것을 알 수가 없었다.

그리고 유익인도 용족이 지켜주고 있는 처지라 문제없이 살아갈 수 있었기에 무언가를 추구하거나 불만을 토하지는 않았던 거다.

"그런 상황을 바깥에서 온 비트가 금방 눈치챘다. 나도 마찬가지로 그 녀석에게 이야기를 듣고 눈치챘지. 그래서 조금이나마 삶을 개선하려고 움직이는 비트를 내가 돕기로 했다. 그 녀석이 무슨 짓을 할지 흥미도 있었으니까."

그렇게 지식과 기술, 주위를 돌아다니면서 모은 새로운 식재료와 약초를 이용해서 삶에 활기를 불어넣은 결과가 지금의 마을이라는 거구나.

꽤 힘들었을 것 같은데, 비트뿐만이 아니라 제노드라도 즐겁게 했는지 딱히 고생이라고 생각하진 않는 것 같다.

"아쉬운 건 그 녀석이 카렌의 얼굴도 보지 못하고 먼저 가버린 거겠지. 아이가 태어나서 가족들하고 놀러 갈 때는 내가 데려다주겠다고 약속했는데⋯⋯."

오래 사는 용족이기에 사람의 죽음은 어쩔 수 없다고 생각하지만, 아이가 태어나는 걸 기대하던 비트의 원통한 마음을 생각하니 마음이 흐트러지는 모양이었다. 제노드라에게 비트는 가족이라 해도 될 정도로 친한 친구였던 것 같다.

분위기가 조금 무거워졌지만, 그런 분위기를 털어버리려는 듯이 제노드라가 웃으며 나를 보았다.

"⋯⋯뭐, 내가 비트에 대해 알고 있는 건 이 정도다."

"정말 흥미롭던데요. 그런데 어째서 제게 말씀해주신 거죠? 이런 곳까지 데려오면서까지."

"카렌에게 비트 이야기를 해주기는 아직 이르니까 말이다. 그리고 신경 쓰이지 않더냐? 만난 지 얼마 되지도 않은 너희를 내가 바로 받아들였던 이유가."

생각해보니 의아해한 적도 있었던 것 같다.

제노드라의 성실하고 친숙한 성격 때문에 잊어버렸지만, 우리를 받아들여 준 이유가 두 가지였구나.

첫 번째는 친구가 남기고 간 아이인 카렌을 구해준 것.

그리고 두 번째는 어제 했던 요리 강습회처럼 새로운 지식과 기술을 유익인들에게 가져다주었으면 했기 때문일 것이다.

그런 내 추측을 말해보자 제노드라는 정답이라는 듯이 고개를 끄덕였다.

"역시 너는 감이 좋구나. 나이와 성격은 전혀 다르지만, 비트가 돌아온 것 같은 느낌이다. 그런데, 받아들여 줄 건가?"

"언젠가 여기를 떠날 몸이니 할 수 있는 범위 내에서라면요. 하지만 그 전에……."

나는 비트처럼 될 수 없고, 그를 흉내낼 생각도 없다.

하지만 한 가지만 흉내 내자고 생각한 나는 제노드라에게 손을 내밀면서 웃었다.

"저하고 친구가 되는 건 어떨까요? 비트 씨가 연인과 가족을 위해서 노력했다면 저는 친구들을 위해서 노력하고 싶으니까요."

내가 갑자기 손을 내밀자 제노드라는 고개를 갸웃거렸지만, 친애의 증거라고 말하자 시원스러운 미소를 지으며 내 손을 잡아주었다.

"좋다! 시리우스, 앞으로도 카렌과 동포들에게 많은 것들을 가르쳐다오. 나도 최대한 힘이 되어주마!"

"저야말로 잘 부탁드립니다. 제노드라 님."

"하하하, 친구가 되었으니 그렇게 예의를 차릴 필요는 없겠지. 앞으로는 제노드라라고 부르거라."

"알았어. 앞으로 잘 부탁해, 제노드라."

"멍!"

"으음, 그대도 마찬가지로군. 그 바보 같은 녀석들의 교육도 부탁하마, 호쿠토."

나와 마찬가지로 내민 호쿠토의 앞발을 잡은 제노드라는 만족스럽게 고개를 끄덕이면서 등을 돌렸다.

"그럼 어서 사냥을 마치고 돌아가도록 하지. 그 마물의 고기라면 분명히 고로케도 더 맛있어질 게 분명하니까."

"고로케뿐만이 아니라 다른 요리에도 어울리는지 시험해보고 싶은데."

"호오, 가능하다면 그것도 가르쳐줬으면 좋겠군. 기대되는 게 더 늘었는데."

그 이후로 호쿠토와 제노드라의 힘을 합쳐서 쉽사리 마물을 확보한 우리는 의기양양하게 돌아왔다.

그런 다음……, 제노드라에게 허락을 받은 나는 적극적으로 요리 강습회를 열어 이 마을에서도 만들 수 있을 것 같은 요리를 가르쳤다.

그 밖에도 유익인도 만들 수 있을 것 같은 도구나 전생의 지식을 살린 농업도 가르쳐 보았다. 너무 지나치면 유익인들의 순박함이 사라질 것 같았기에 어느 정도 조절하는 것도 잊지 않았다.

그리고 오늘은 새로운 요리로 라멘을 만드는 법을 가르쳐보았는데……,

"당연히 돈코츠지! 그 농후한 맛이야말로 라면의 극치일 테니까!"

"시오다! 기본이자 쓸데없는 맛이 섞이지 않은 것이 바로 최고의 맛이라고!"

비트와는 달리 내가 가르치는 것은 항상 싸움을 부르는 모양이다. 주로 쓸데없는 방향으로.

돈코츠 라멘 파와 시오 라멘 파로 나뉘어 몸싸움을 벌이는 용족을 바라보던 나는 크게 한숨을 쉬면서 호쿠토에게 진압해달라고 부탁했다.

후기

여러분, 오랜만에 뵙습니다. 네코입니다.

여기까지 읽어주신 여러분과 책을 발매하기까지 힘써주신 분들 덕분에 12권을 낼 수 있었습니다. 진짜, 정말 감사드립니다!

자……, 이번 권부터는 새로운 캐릭터인 날개 달린 소녀가 등장했는데요. 귀엽게 느끼셨나요? 독신이라서 어린아이의 귀여움을 제대로 표현해냈는지 신경 쓰입니다.

그녀는 딱히 선택받은 자도 아니고, 특별한 힘을 지니고 있는 것도 아닙니다. 성격이 특이하긴 하지만, 날개가 달린 것 말고는 일반인과 별다른 차이가 없는 아이죠.

그런 그녀가 시리우스 일행의 뒷모습을 보며 어떻게 자라날 것인가? 그렇게까지 중요하진 않지만, 앞으로는 레우스 같은 제자들뿐만이 아니라 소녀의 성장도 즐겨주셨으면 좋겠습니다.

그리고……, 13권을 낼 수 있을 것인가?

이건 네코의 기합과 근성, 운에 달려 있긴 합니다만 다음에도 여러분을 만나 뵐 수 있으면 좋을 것 같습니다. 그럼!

안녕하세요. 천선필입니다.
이번 월드 티처 12권, 재미있게 읽으셨는지 모르겠습니다.

이번 12권에서는 처음부터 끝까지 카렌과 함께 하는 이야기를 다루었던 것 같습니다. 만남, 문제 해결, 귀향, 그리고 새로운 출발, 이런 플롯 자체는 메리 이야기를 다루었던 11권과 비슷하지만, 어머니인 브렌다의 결심과 카렌의 향상심으로 인해 제자가 되어 함께 여행을 떠나게 되는 마지막 부분만은 크게 달라지게 되었죠. 같은 어머니 캐릭터인 이자벨라와 브렌다를 비교해보면 뭔가 생각해볼 구석이 많아서 흥미로운 것 같기도 합니다.

그렇다고 무조건 여행을 떠나는 것만이 바람직한 삶은 아닐 겁니다. 환경에 맞게, 자신이 추구하는 삶에 맞게, 그리고 가족과 자신의 마음에 맞게 살아가는 것이 행복으로 다가갈 수 있는 길이 아닐까 하는 생각도 들거든요. 그런 면에서 메리도 자신을 사랑해주는 가족, 국민들과 함께 앞으로도 행복하게 살게 되지 않을까 합니다.

그리고 카렌과 브렌다, 비트 가족을 보면서 시리우스도 뭔가 느낀 건지 본편 마지막 부분에서 큰 결심을 합니다. 일방적으로 주기만 하는 관계가 아니라 남을 도우면서도 자신 또한 무언가를 얻을 수 있는 관계인 것 같아 마음에 드는 장면이었습니다. 주인공이라 해서 꼭 무언가를 내주기만 할 필요는 없겠다는 생각도 들었고요.

이런 생각을 하면서 이번 월드 티처 12권을 번역하였습니다. 매번 그랬듯이 감사의 말씀 드리고 후기를 마치려 합니다.

항상 신경을 많이 써주시는 담당 편집자분, 그리고 책을 내는 데 도움을 많이 주신 소미미디어 관계자 여러분, 그리고 가족 여러분. 감사합니다.

그 누구보다 감사드리고 싶은 분은 독자 여러분입니다. 제가 이렇게 무사히 번역을 마치고 후기를 쓸 수 있는 것도 독자 여러분 덕분이라 생각합니다. 진심으로 감사드립니다.

다시 찾아뵙게 될 때까지 행복한 하루 보내시길 바랍니다. 감사합니다.

천선필

World Teacher 12
©2020 Koichi Neko/OVERLAP
First published in Japan in 2020 by OVERLAP, Inc.
Korean translation rights reserved by Somy Media, Inc.
Under the license from OVERLAP, Inc., Tokyo JAPAN

월드 티처 이세계식 교육 에이전트 12

2020년 8월 8일 1판 1쇄 인쇄
2020년 8월 15일 1판 1쇄 발행

저　　　자 네코 코이치
일 러 스 트 Nardack
옮 긴 이 천선필
발 행 인 유재옥
본 부 장 조병권
담당편집자 김민지
편집 1팀 정영길 김민지 조찬희
편집 2팀 김다솜 이본느
편집 3팀 오준영 관혜민 김혜주
미　　　술 김보라 서정원
라이츠담당 김슬비 한주원
디 지 털 박성섭 이성호 최서윤
인쇄제작처 코리아피엔피
발 행 처 ㈜소미미디어
등　　　록 제2015-000008호
주　　　소 서울시 마포구 토정로 222, 403호 (신수동, 한국출판콘텐츠센터)
판　　　매 ㈜소미미디어
마 케 팅 한민지 이주희
경 영 지 원 우희선
물　　　류 허석용
전　　　화 편집부 (070)4164-3962, 3963 기획실 (02)567-3388
　　　　　　　판매 및 마케팅 (070)4165-6688, Fax (02)322-7665

ISBN 979-11-6507-867-6 04830
ISBN 979-11-5710-455-0 (세트)

월드 티처

이 세 계 식 교 육 에 이 전 트

티처

네코 코이치 지음
Nardack 일러스트
천선필 옮김

12

내 이름은 호쿠토. 충성을 맹세한 주인, 시리우스 님을 섬기는 개다.

사람들은 나를 전설의 늑대……, 백랑이라 부르는 것 같지만, 그래도 나는 개다. 주인의 충실한 개면 된다.

어느 날, 견문을 넓히기 위해 여행하던 주인이 마물에게 습격당하던 유익인이라 불리는 종족의 어린아이……, 카렌을 구해냈다.

아무런 관계도 아닌 어린아이인데도 주인은 당연하다는 듯이 카렌을 정성껏 보호하며 헤어졌다는 어머니에게 데려다주기로 결심했다. 그런 주인의 개로서 자랑스럽게 생각한다.

하지만 카렌은 주인이 그렇게 배려해주는데도 우리를 무서워하며 좀처럼 마음을 터놓으려 하지 않았다. 그럴 만도 할 것이다. 사람의 욕망 때문에 억지로 잡혀서 험한 꼴을 당했으니까.

하지만 주인의 애인인 피아 공만은 잘 따랐고, 우리에게서 도망치려 하지 않아서 다행인 것 같다. 멋대로 돌아다니면 위험하겠지만, 어린아이를 쫓아다니고 싶진 않았으니까.

어린아이는 웃는 게 제일이라 생각하기 때문에 어머니와 헤어져서 쓸쓸해하는 카렌과 놀아주고 싶지만, 안타깝게도 커다란 늑대인 내 모습은 자극이 심할 것 같다.

그래서 나는 최대한 카렌을 자극하지 않게끔 멀리 떨어진 곳에서 그녀를 지켜보고 있었다.

전생보다 훨씬 강해져서 주인에게 도움이 된다는 걸 기뻐했는데……, 세상은 마음대로 되지 않는군.

그렇게 며칠이 지났고, 카렌이 주인 일행을 조금씩 따르기 시작할 무렵이었다.

"……커다란 개."

아무런 예고도 없이, 왠지 모르겠지만 카렌이 내게 다가온 것이다.

처음 만났을 때, 이 아이를 습격하던 마물 중에 나와 비슷하게 생긴 늑대가 있어서 내게 익숙해지려면 한참 걸릴 거라 생각했기 때문에 그런 행동은 뜻밖이었다.

보아하니 멀리서 바라보고 있던 주인도 놀라면서도 아무런 말도 하지 않고 지켜보고 있는 걸 보니 내 마음대로 하라는 것 같았다.

이 어린아이가 무슨 생각을 하는 건지 모르겠지만, 스스로 다가와주니 기쁘다.

하지만 성급하게 굴면 안 될 거라 생각했기에 나는 석상처럼 움직이지 않고 카렌의 반응을 기다렸다.

"음~……, 좀 높은데."

그러자 카렌은 내 옆으로 돌아오더니 내 등 위로 올라오려 했다.

으음……, 내 등에는 주인이나 주인에게 인정받은 자만 태우고 싶은데, 이렇게까지 적극적인 어린아이를 떨쳐낼 수는 없다.

어쩔 수 없이 앉아있던 자세를 엎드린 자세로 바꿔주자 카렌은 내 등에 올라타자마자 엎드려서 누웠다.

그리고 한동안 몸을 움직여대는 것 같더니…….

"……쿠울……."

기분 좋게 자고 있었다.

설마 내 등에 탄 이유가 침대로 쓰기 위해서였다니. 이거 정말 대단하군.

담력 같은 문제가 아니라 이 어린아이는 정말 나를 두려워하지 않는 것 같았다. 사람이나 소형 마물을 무서워하는데 커다란 나는 무서워하지 않는다니……. 이 어린아이는 커다란 마물을 많이 봐서 익숙할지도 모르겠다.

나는 그런 생각을 하면서 어린아이가 깨지 않게끔 조용히 엎드려 있었다.

시간이 한참 지난 뒤, 주인이 카렌을 깨우러 왔는데, 나는 조금 충격을 받았다.

오늘 아침에 주인이 빗질을 해줘서 가지런해진 털이 카렌이 자면서 뒤척이고 흘린 침 때문에 많이 흐트러져버렸기 때문이다.

크윽……, 딱히 카렌을 원망하진 않겠지만, 이렇게까지 흐트러지니 신경 쓰여서 견딜 수가 없었다.

어떻게든 뒷다리로 털을 고르려 하고 있자니 주인이 카렌을 피아 공에게 맡기고 돌아왔다.

"고생했어, 호쿠토. 나중에 빗질해줄 테니까 조금만 기다려."

"멍!"

내 이름은 호쿠토. 주인의 충실한 개다.

그리고 행복을 느낄 때는 주인이 손수 빗질을 해줄 때다.

시리우스 일행이 아비트레이를 출발하기 며칠 전.

그날 저녁, 평소에는 각자 방에서 느긋하게 지내던 레우스와 키스가 성의 정원에 있는 풀밭에서 포복전진을 하고 있었다.

게다가 머리에 두른 머리띠에는 나뭇잎이 달린 나뭇가지를 달았고, 주위 색과 비슷한 망토로 몸을 가리고 있어서 정말 뻔한 모습이었다.

"이봐……, 그만 두는 게 나을걸? 분명 살해당할 거라고."

"바보 같은 녀석! 뭐라 해도 너는 끝까지 같이 가줘야 해."

"같이 가겠다고 하긴 했지만, 이런 목적일줄은 몰랐다고."

얼마 전, 레우스의 실수로 키스가 다친 사건이 벌어졌다.

상처가 심하진 않았고, 키스 본인도 전혀 신경 쓰지 않았지만, 책임감이 강한 레우스는 사과를 하고 싶다며 키스와 함께 행동하게 된 것이다.

그리고 그들이 지금 뭘 하고 있냐면…….

"왜 목욕탕을 엿보러 가는 건데. 그냥 보면 되잖아."

"볼 수 있을 리가 없잖아! 여탕이라고!"

"형님이라면 갈 수 있을걸? 오히려 누나가 와달라고 할 정도인데."

"너네 형님……, 장난 아니구나."

얼마 전 완성된 성 안의 노천탕을 엿보려 하는 것이다.

지금 노천탕에는 에밀리아 일행뿐만이 아니라 메리와 이자벨레도 있어서 그야말로 남자들의 도원향이 펼쳐져 있다.

하지만 두 사람의 목적은 조금……, 아니, 꽤 많이 엇나가 있었다.

"그래서, 진짜로 누나들을 보진 않을 거지?"

"나는 메리 말고 흥미가 없어. 오빠로서 의무를 다하러 가는 것뿐이라고."

순수하게 여동생의 성장을 확인하고 싶을 뿐인 오빠와 그냥 따라가기만 하는 사람, 이렇게 엿보러 가면서도 여러모로 잘못된 두 사람이었다.

"그래도 말이지, 누나들도 그렇지만, 너네 어머니에게 금방 들킬 것 같은데?"

"어머님은 메리에게 푹 빠지셔서 경계가 어설프고, 우리가 기척과 냄새를 지운 것도 완벽해. 한 번 보고 돌아오는 정도라면 괜찮을 거라고."

"에휴……, 정말. 어떻게 되더라도 난 모른다."

이제 막을 수 없겠다며 각오를 다진 레우스는 품속에서 꺼낸 천으로 눈을 가리기 시작했다.

엿보러 가는데 눈을 가린다. 영문을 알 수가 없는 그 행동을 본 키스도 멍해졌다.

"너, 바보지?"

"엿보러 가는 네가 더 바보야."

조금이라도 누나들의 벌을 가볍게 만들기 위한 고육지책이다. 아예 안 가면 될 텐데, 같이 가겠다고 말한 이상, 약속을 지켜야만 하는 것이 레우스였다.

그 너머에 기다리고 있는 것이 무엇인지, 그리고 결말이 어떻게 될 것인지 모두가 예상할 수 있었지만……, 그들은 계속 나아갔다.

몇 분 뒤…….

"아, 아니야! 어머님! 나는 메리를…… 끄아아아아아악──?!"

"잠깐만, 누나! 내 눈! 나는 아무것도 안 봤어!"

두 사람은 쉽사리 들켰고, 잡혔다.

두 사람의 위장은 완벽했고, 이자벨라뿐만이 아니라 에밀리아 일행도 기척으로 눈치채진 못했지만, 정령의 눈을 속일 순 없었던 것이다.

"누군가 있다고 해서 와보니……, 진짜 뭐하는 거야?"

"너는 한창 나이때라 그런 것도 아닌 것 같은데."

하지만 레우스가 그런 남자가 아니라는 것을 알고 있었기에 몸에 수건을 두른 에밀리아 일행은 레우스에게 자세한 이야기를 들었다.

"그래요. 의리를 중시하는 건 시리우스 님의 제자로서 훌륭한 일이죠. 하지만……."

그렇게 말한 것과 동시에 에밀리아가 날린 바람이 레우스의 눈을 가리고 있던 수건을 찢었고, 레우스의 눈이 드러났다.

"자, 봤죠? 그러니까 벌을 줘야겠어요."

"보여줬다……, 라고 해야 하지 않을까?"

"어느 쪽이든 상관없어요. 의리도 중요하지만, 주인의 허락도 없이 알몸인 저희에게 다가오는 아이에게는 벌을 줘야 하니까요."

"우선시해야 하는 걸 좀 더 생각했어야지."

"……네."

그 이후로……, 두 사람이 어떻게 되었는지는 굳이 말할 필요도 없다.

유익인인 카렌과 만난 지 며칠 뒤.

카렌의 고향인 유익인 마을은 수많은 용종들이 사는 위험지대……, 용의 둥지라 불리는 곳에 있다는 걸 알아냈기에 우리는 준비를 갖추고 그곳을 향해 가고 있었다.

처음에는 우리를 무서워하던 카렌도 며칠 동안 함께 지내면서 마음을 많이 터놓게 되었고, 마차로 이틀 정도 이동할 때는 딱히 문제가 없었다.

그렇다……, 큰 문제는 없었지만, 조금 곤란한 부분이 있었다.

"……오늘도 실패했어?"

"네. 푹 잠들었네요."

카렌이 좀처럼 깨어나지 않는 것이다.

야영을 하면서 밤을 보내고 아침 식사를 한 다음 출발하려 하는데, 카렌이 좀처럼 깨어나지 않아서 식사를 시작할 수가 없기 때문이다.

내버려 둬도 될지 모르겠지만, 카렌만 밥을 먹이지 않거나, 음식을 남겨두고 혼자 먹게 하는 건 최대한 피하고 싶다. 식사는 모두 함께 해야 하는 법이니까.

그리고 언젠가 헤어질 거라 해도, 장래를 생각하면 아침에는 자연스럽게 깨어나게 되었으면 한다. 수면 시간은 충분하고, 너무 많이 자는 것도 몸에 안 좋을 것 같다.

"여전히 말을 걸어도, 몸을 흔들어도 일어나지 않는단 말이지."

"바로 옆에서 냄비를 두들겨도 일어나지 않는다니, 어떤 의미로는 대단한 능력이야."

"레우스였다면 뺨을 때렸겠지만, 카렌을 때릴 수는 없으니까요……."

"내가 그랬으면 때릴 거라고?"

그렇게 잠자는 공주를 둘러싸고 제자들이 이야기를 하고 있는데도 잠든 카렌의 숨소리는 전혀 흐트러지지 않았다.

평소에는 누군가가 그녀를 데리고 가서 의자 같은 곳에 앉혀두면 잠시 후에 깨어나는데, 오늘은 비밀병기를 준비했다.

"에밀리아, 이걸 써봐."

그렇게 말하면서 에밀리아에게 내민 것은 작은 황토색 덩어리였다.

엄지손가락 손톱만한 그것을 받아든 에밀리아가 고개를 갸웃거리면서 카렌의 코앞에 들이대자…….

"음……, 아앙……."

"일어났는데?! 형님, 그건 뭐야?"

"벌꿀로 만든 사탕이야."

카렌은 정말 벌꿀을 좋아한다. 자고 있든 아니든, 실물을 보는 것뿐만이 아니라 냄새만 맡아도 반응을 보인다. 아마 벌꿀을 이용하면 쉽사리 유괴도 할 수 있을 것 같다.

그렇게 벌꿀과 여러 가지를 섞어서 만든 사탕의 효과는 정말 대단했고, 에밀리아가 한 발짝 물러서자 카렌도 따라오려는 듯이 움직이기 시작했다.

"어느 정도 깨면 입에 넣어줘. 많이 만들었으니까 아낄 필요는 없어."

깬 다음에 벌꿀을 주지 않았더니 토라진 듯이 다시 자버린 적이 있었기 때문이다.

애초에 벌꿀에 반응을 보이는 거니까 딱히 가공하지 않고 그대로 써도 되겠지만, 그것도 나름대로 귀찮다.

스푼을 쓰면 설거지거리가 늘어나고, 한입뿐만이 아니라 반드시 더 요구하기 때문에 달래기 더 힘들어진다.

사탕이라면 한동안 입속에 남을 테니 지나치게 많이 먹는 것도 피할 수 있을 것이다. 물론 당분을 과다섭취하지 않게끔 벌꿀과 다른 성분을 조절하는 게 꽤 까다로웠지만, 내가 생각해도 잘 만든 것 같다.

그대로 카렌을 몇 발자국 걷게 하여 잠에서 깨어난 모습을 확인한 에밀리아는 카렌이 벌리고 있던 입에 사탕을 넣어주고 있었다.

"음~, ……음? 어라?"

"좋은 아침이죠. 아침 식사를 할 시간이에요."

"……응."

"아, 다음! 다음은 내가 할게!"

아무튼 이제 카렌을 깨우는 게 편해질 것 같다.

재료는 충분히 있었기에 나중을 대비해서 이 사탕을 잔뜩 만들어두었는데…….

"……왠지 너무 많이 줄어든 것 같은데?"

"그렇지. 카렌 혼자 먹을 텐데, 4인분이나 줄어든 것 같아."

"""""………….""""""

맛있게 만들어버린 탓에 몰래 먹는 사람들이 생겨서 재고가 금방 바닥나 버린다는 새로운 문제가 생겨버렸다.

숨겨도 드러나는 것

우리가 유익인 마을에 머무른 지 며칠 뒤.

오늘도 카렌과 함께 훈련을 하거나, 유익인과 용족을 위해 요리를 이것저것 가르쳐주고 나서 카렌의 집에서 저녁 식사를 마쳤을 때였다.

식후 홍차를 마시며 느긋하게 있자니 카렌이 피아의 옷소매를 잡아당기면서 물어보고 있었다.

"카렌은 왜 피아 언니만 괜찮았던 거야?"

"……그건 오히려 내가 물어보고 싶은데."

요약하자면, 카렌과 처음 만났을 때 다른 사람들을 무서워하던 카렌이 어째서 피아만 잘 따랐던 것인가……라는 이야기인 것 같다.

본인조차 모르는 것에 대해 질문하자 피아는 쓴웃음을 지으며 생각하기 시작했다.

"그때 카렌은 상인이나 늑대 마물에게 습격당한 뒤였으니까 에밀리아와 리스를 피할 만도 한데, 나도 사람 같은 외모니까 그렇게 되더라도 이상하진 않거든."

"역시 엘프라서……, 그런 걸까요?"

"그냥 생각하기에는 그렇겠지만, 카렌이 알고 싶은 건 그 너머에 있는 거겠지."

카렌을 돌아보니 피아가 한 말에 맞장구를 치는 듯이 고개를 끄덕이고 있었다. 이 아이는 종족의 차이뿐만이 아니라 그 이유까지 확실하게 알고 싶어하는 것이다.

열심히 배우려는 카렌을 보고 내가 조용히 감탄하고 있자니 모두의 시선이 내게 쏠렸다는 것을 눈치챘다.

"그래서, 선생님이 뭔가 알려줄 것 없어?"

"슬슬 나한테 넘길 것 같았지. 그래, 이건 내 추측인데……."

유익인은 새이고, 새에게 친근한 것은 나무이다.

그리고 엘프라고 하면 숲……, 나무와 관련이 있으니 그 때문에 유익인이 자연스럽게 이끌리는 게 아닐까……, 나는 그렇게 생각한다.

또 하나 이유가 있다고 한다면, 피아의 분위기일 것이다. 카렌이 살고 있는 마을은 산속에 있고, 숲으로 둘러싸여 있기에 피아의 분위기가 고향을 연상케했다는 가능성이다.

그렇게 내 예상을 말해보니 다들 이해가 된다는 듯이 고개를 끄덕이고 있었는데, 레우스만은 다른 생각을 하고 있었던 모양이다.

"피아 누나가 브렌다 씨와 닮아서 그런 거 아니었어?"

"어머, 레우스 군도 참. 그런 말을 해주니 기쁘네."

포용력이라는 점만 놓고 보면 닮았을지도 모르겠다.

미인인 피아와 닮았다고 하자 브렌다는 기분이 좋아졌는지 쑥스러워하고 있었는데…….

"엄마는 피아 언니처럼 엄청 예쁘지 않은데?"

"하읔?!"

친딸이 그렇게 딱 잘라 말하자 브렌다는 풀죽었다. 아이는 때로 잔혹한 법이다.

그런 브렌다를 위로해주려고 말을 걸고 있자니 에밀리아가 뭔가 생각났다는 듯이 내 허리춤을 보고 있었다.

"시리우스 님, 엘프를 잘 따른다면 스승님은 어떨까요?"

"흐음……, 신경 쓰이긴 하네."

엘프들의 선조이기도 한 성수……, 그 일부인 스승님의 나이프를 보면 어떤 반응을 보일까?

시험삼아 허리에서 뽑아든 스승님의 나이프를 테이블 위에 올려놓자, 모녀가 곧바로 반응을 보였다.

"……왠지 무서워."

"그, 그래. 이런 말을 하고 싶진 않지만, 무시무시한 느낌이 들어."

아무리 봐도 너무 신성해서 다가갈 수가 없다……는 느낌은 아니다.

작아졌는데도 스승님의 사나운 성격을 숨길 수가 없는 건지, 카렌은 곧바로 어머니 뒤에 숨었고, 브렌다도 일부러 의자에서 일어서면서까지 거리를 두었다.

그런 모녀의 반응을 보고 스승님의 나이프가 따지려는 듯이 부들부들 떨리기 시작했기에 카렌이 더욱 겁을 먹었다.

"평소에 제멋대로 구니까 무서워하는 거야. 이 기회에 반성하고 좀 얌전히 굴라고."

"무슨 말을 하는 건지 알아?"

"오랫동안 함께 지냈으니까."

그런데 다음에 스승님에게 말을 걸 때는 기분이 안 좋겠는데.

지금 당장 땅바닥에 꽂아서 이야기를 하게 해달라며 호소하는 나이프를 보며 나는 조용히 한숨을 쉬었다.

그 무렵, 여자 일행들은…….

유익인 소녀, 카렌이 아직 피아 말고 다른 사람들을 따르지 않았던 무렵 이야기다.

가장 가까운 마을에 도착해서 시리우스와 레우스가 유익인의 단서를 찾아 모험자 길드로 간 동안, 여관에 남아있던 여자 세 명은 잠든 카렌을 조용히 지켜보고 있었다.

떠들어도 카렌이 깨어나지 않는다는 사실을 알고 있었기에 느긋하게 시간을 보내며 깨어날 때까지 기다리고 있자니 마차에 물건을 가지러 간다고 하며 방을 나섰던 에밀리아가 한 아름 크기의 상자를 떠안고 돌아왔다.

"그건 왜 가져왔어? 홍차 잎을 가지러 간 거 아니었나……."

"간 김에 마차에서 이것저것 가져왔어요."

"아, 그런 거구나."

에밀리아가 그렇게 말하며 상자 안에 들어있던 것을 보여주자 두 사람은 자연스럽게 이해할 수 있었다.

상자 안에는 시간을 때우거나 공부가 된다며 시리우스가 만들었던 여러 가지 장난감이 들어 있었기 때문이다.

"카렌이 일어나면 같이 놀아요. 그러면 우리도 사이 좋게 지낼 수 있을 거예요."

"좋은 생각이야. 카렌은 뭘 마음에 들어할까……."

"호기심이 왕성하니까, 이 아이는 뭐든지 달려들 것 같은데."

보드게임이나 그림패로 즐기는 카드 등, 여러 가지 장난감을 고르고 있자니 그제야 깨어난 카렌이 기지개를 켜고 있었다.

"아, 좋은 아침이야. 잘 잤니?"

"…………."

리스가 말을 걸었지만, 카렌은 한 마디도 하지 않고 피아 뒤에 숨어버렸다.

곧바로 세수를 시키고 간단히 몸단장을 한 다음, 그녀들은 각자 들고 있던 장난감을 카렌에게 보여주었다.

"카렌, 이거 가지고 놀래요?"

"동그란 판자?"

"이렇게 서로 던지는 도구예요."

실내이긴 하지만, 에밀리아가 살짝 플라잉 디스크를 던지자 카렌은 깜짝 놀라면서도 제대로 잡아냈다.

"후후, 잘 하네요! 그럼 저한테 다시 던져주세요."

"……어째서지?"

하지만 원반이 둥실둥실 뜬 게 신기해서 견딜 수가 없는지, 카렌은 던지지 않고 원반을 살펴보는데 정신이 없었다.

몇 번이고 원반을 뒤집어보는 모습이 귀엽긴 했지만, 원래 목적에서 벗어나버렸기에 의미가 없었다.

"저기……, 그냥 모두 함께 즐길 수 있는 게임을 하자. 이건 어떨까?"

리스는 각자 들고 있던 카드를 교환하며 카드의 그림을 맞춰서 버리는……, 소위 도둑잡기를 하자고 제안했다.

피아가 카렌 뒤에 서서 규칙을 가르쳐준 다음에 넷이서 도둑 잡기를 시작했는데……

"으!"

"하, 한 번만 더 할까요?"

"그래, 다음에는 이길 테니까……, 응?"

하필이면 한 명만……, 카렌만 계속 져버린 것이다. 이기게 해주고 싶어도 카렌의 표정을 읽을 수가 없어서 일부러 꽝을 뽑지 못한 것이다.

그 결과……, 세 번 연속으로 진 카렌은 울상을 지으며 볼을 부풀렸고, 에밀리아와 리스는 매우 초조해졌다.

"크윽?! 이래선 역효과죠. 어째서 제가 오른쪽 카드를 뽑지 않았던 걸까요!"

"이기고도 이렇게 분하다니…….."

완전히 풀죽은 두 사람은 지금까지 도망치곤 했던 거리까지 다가가도 카렌이 물러나지 않는다는 사실을 눈치채지 못한 모양이었다. 져서 분한 모습을 보이고 있긴 하지만, 카렌이 두 사람에게 익숙해졌다는 증거일 것이다.

그 사실을 유일하게 눈치채고 있던 피아는 여동생 같은 세 사람을 훈훈하게 바라보며 나갈 준비를 하기 시작했다.

"그렇게 풀죽어 있지 말고, 슬슬 식사나 하러 갈까? 카렌도 배고프지?"

"응, 배고파."

"알겠어요. 식사를 마치고 나서 다른 장난감에 도전해보죠."

"다음에는 뭘 해볼까?"

의욕을 되찾은 에밀리아와 리스가 다음에 가지고 놀 장난감을 생각하면서 방을 나섰지만, 그럴 필요가 없다는 걸 알게 되는 것은……, 시간이 좀 더 지난 뒤였다.

World Teacher 12
©2020 Koichi Neko/OVERLAP
First published in Japan in 2020 by OVERLAP, Inc.
Korean translation rights reserved by Somy Media, Inc.
Under the license from OVERLAP, Inc., Tokyo JAPAN

월드 티처 이세계식 교육 에이전트 **12** 초판 한정 소책자

2020년 8월 8일 1판 1쇄 인쇄
2020년 8월 15일 1판 1쇄 발행

저　　　자 네코 코이치
일 러 스 트 Nardack
옮 긴 이 천선필
발 행 인 유재옥
본 부 장 조병권
담당편집자 김민지
편집 1팀 정영길 김민지 조찬희
편집 2팀 김다솜 이본느
편집 3팀 오준영 곽혜민 김혜주
미　　　술 김보라 서정원
라이츠담당 김슬비 한주원
디 지 털 박성섭 이성호 최서윤
발 행 처 ㈜소미미디어
인쇄제작처 코리아피엔피
등　　　록 제2015-000008호
주　　　소 서울시 마포구 토정로 222, 403호 (신수동, 한국출판콘텐츠센터)
판　　　매 ㈜소미미디어
마 케 팅 한민지 이주희
물　　　류 허석용 최태욱
전　　　화 편집부 (070)4164-3962, 3963 기획실 (02)567-3388
　　　　　　판매 및 마케팅 (02)567-3388, Fax (02)322-7665

ISBN 979-11-6507-867-6 04830
ISBN 979-11-5710-455-0 (세트)